山东师范大学中国现当代文学学科重大科研项目

20世纪中国文学主流 · 历史档案书系

魏建 / 主编

变动时代的性别表达

——新时期女性文学与文化研究文献史料辑

孙桂荣/编

人民出版社

责任编辑:李　惠
装帧设计:雅思雅特

图书在版编目(CIP)数据

变动时代的性别表达——新时期女性文学与文化研究文献史料辑/
孙桂荣 编. —北京:人民出版社,2016.11
(20 世纪中国文学主流·历史档案书系/魏建主编)
ISBN 978－7－01－016833－3

Ⅰ.①变…　Ⅱ.①孙…　Ⅲ.①妇女文学-文学研究-中国-当代　Ⅳ.①I206.7

中国版本图书馆 CIP 数据核字(2016)第 244288 号

变动时代的性别表达

BIANDONG SHIDAI DE XINGBIE BIAODA

——新时期女性文学与文化研究文献史料辑

孙桂荣　编

人民出版社 出版发行

(100706　北京市东城区隆福寺街 99 号)

北京天恒嘉业印刷有限公司印刷　新华书店经销

2016 年 11 月第 1 版　2016 年 11 月北京第 1 次印刷
开本:710 毫米×1000 毫米 1/16　印张:21
字数:340 千字　印数:0,001-2,000 册

ISBN 978－7－01－016833－3　定价:52.00 元

邮购地址 100706　北京市东城区隆福寺街 99 号
人民东方图书销售中心　电话 (010)65250042　65289539

文学史的另一种做法

——《二十世纪中国文学主流·历史档案书系》序

《二十世纪中国文学主流》是山东师范大学中国现当代文学学科申请的特色国家重点学科重大科研项目。《20世纪中国文学主流》的学术参照首先是来自丹麦文学批评家、文学史家格奥尔格·勃兰兑斯所著《十九世纪文学主流》。

一

一百多年来，勃兰兑斯的《十九世纪文学主流》一直是中国文学研究界公认的文学史经典之作。中国学人为什么推崇这部著作？为什么能推崇一个多世纪？究竟是书中的什么东西构成为中国学人的集体性认同呢？

就中国现当代文学研究界来说，给大家留下深刻印象的是，1907年鲁迅先生写《摩罗诗力说》的时候就向中国人介绍这位“丹麦评骘家”①。此后鲁迅多次提及勃兰兑斯和他的《十九世纪文学主潮》②。鲁迅先生不仅是伟大的文学家、思想家，还是一位优秀的文学史家。他对文学史有很高的鉴赏水平，但很少向人推荐文学史著作。勃兰兑斯的这部书却是他向人推荐的为数极少的文学史著作之一。《十九世纪文学主流》的学术生命力主要来自它作为文学史的独标一格。直至今日，第一次阅读这套书的中国学人，依然大为惊叹：文学史原来也可以这些写！这种惊叹包括很多内容：文学史原来也可以这样抒情！文学史原来也可以写那么多的故事！文学史的行文原来可以这样自由地表达！文学史的结构原来可以这样的随意组合……当然，惊叹之余，读者大都少不了对这种文学史写法的将

① 《鲁迅全集》第一卷，人民文学出版社2005年版，第91页。

② 这是当时的译名。现在通译为“《十九世纪文学主流》”。

信将疑。“将信”是因为被书中的观点和引人入胜的文字打动，“将疑”是因为书中有太多名不副实的东西，如：名为“十九世纪文学主流”，实为十九世纪初至二三十年代的文学现象，最晚的才到1848年；书名没有地域范围（好似十九世纪世界文学主流），然则只是欧洲，又仅仅限于英、法、德三国；名为“主流”，有些分册论述的像是“支流”，如“流亡文学”、“青年德意志”等。

虽然中国学界不断有人对此书提出一些异议和保留，但《十九世纪文学主流》作为文学史著作的经典地位始终没有动摇。究其原因，很大程度上是因为但凡是经典著作都有可供不断阐释的丰富内涵。起初中国学者首先看重此书的，大约是认同其革命主题（如“把文学运动看作一场进步与反动的斗争”①）和适合中国人的文学价值观（为人生、为社会、为时代），还有对欧洲文学浪漫主义和现实主义（当时多称之为“自然主义”）文学潮流的描述。20世纪80年代是《十九世纪文学主流》在中国最走红的时期，书中“文学史，就其最深刻的意义来说，是一种心理学，研究人的灵魂，是灵魂的历史”②成为中国大陆文学史研究界引用最多的名言之一。书中“处处把文学归结为生活”③的“思想原则”成为当时中国文学研究者人所共知的文学理念。后来，书中标榜的精神追求（“无拘无束、淋漓尽致的表现”“独立而卓越的人类灵魂”④）和比较文学的研究视角和方法更为中国的学术新生代所接受。近年来，中国学界对《十九世纪文学主流》的关注热情虽然有所减弱，但对它的解读更为多元，少了一些盲目的崇拜，多了一些客观的认知。正是在这种相对客观的解读和对话中，《十九世纪文学主流》给我们的启示越来越多。

综上，《十九世纪文学主流》总是能够不断地进入不同时期中国学者的期待视野。其内涵的丰富完全是由阅读建构起来的，换句话说这是一部读出来的文学史巨著。我们的《二十世纪中国文学主流》的学术起点是以对《十九世纪文学主流》的全面认同为基础的。《二十世纪中国文学主流》的学术目标就是想撰写一部像《十九世纪文学主流》那样的文学史著作。

---

①〔丹麦〕勃兰兑斯著：《十九世纪文学主流》第一分册，张道真译，人民文学出版社1980年版，《出版前言》第1页。

②〔丹麦〕勃兰兑斯著：《十九世纪文学主流》第一分册，张道真译，人民文学出版社1980年版，《引言》第1页。

③〔丹麦〕勃兰兑斯著：《十九世纪文学主流》第二分册，刘半九译，人民文学出版社1981年版，第1页。

④〔丹麦〕勃兰兑斯著：《十九世纪文学主流》第五分册，李宗杰译，人民文学出版社1982年版，第36页。

二

当然,《十九世纪文学主流》也不是尽善尽美的。中国人对这部巨著的认识还有很多误读,所得观点有很多属于望文生义的想当然,还有很多重要的东西被忽略。例如,对其中独具特色的文学史研究方法就缺乏足够的重视,而我们《二十世纪中国文学主流》课题组在文学史研究方法上就从《十九世纪文学主流》中获得了诸多启示。

我们《二十世纪中国文学主流》课题组在文学史研究方法上所获得的第一个启示是思辨与实证的结合。《十九世纪文学主流》是将抽象思辨与具体实证结合在一起的一部著作,并且结合得比较成功。可是,迄今为止中国学人谈论《十九世纪文学主流》,更多地看取了前者而忽视了后者:过于渲染《十九世纪文学主流》如何"哲学化"地"进行分馏"[①],如何高屋建瓴般将文学"主流"提炼出来,却大都忽视了这是一部实证主义倾向非常显明的文学史著作。读过《十九世纪文学主流》的人一定不会忘记,在第二册的目录之前,整整一页只印着这样几个字:

敬 献
伊波利特·泰纳先生
作 者

除了对伊波利特·泰纳,没有第二个人在书中获此殊荣。而伊波利特·泰纳是主张用纯客观的观点和实证的方法解说文学艺术问题的最有影响的美学家、文艺理论家之一。勃兰兑斯在相当长的时间里师法伊波利特·泰纳"科学的实证"的批评方法。在《十九世纪文学主流》中,他将思辨与实证相结合,所以才能把高远的学术目标落实到脚踏实地的具体研究工作中,才能做到既有理,又有据。这是勃兰兑斯的做法,也是前人成功经验的总结,尤其在当下中国学术界依然充斥"假、大、空"学风的浮躁氛围里,思辨与实证的结合更应成为我们在研究方法上的首选。

在文学史的叙述方法上,《二十世纪中国文学主流》课题组所获得的启示是宏观概括渗透到微观描述中。作为文学史的叙述方法,《十九世纪文学主流》在宏观历史叙述与微观历史叙述结合方面做得相当成功。然

---

① 〔丹麦〕勃兰兑斯著:《十九世纪文学主流》第二分册,刘半九译,人民文学出版社 1981 年版,第 1 页。

而，多年来中国学者更多地看取其宏观历史叙述一面而忽视了它微观历史叙述的另一面。对此，勃兰兑斯在书中讲得很清楚，他“有许多作品需要评论，有许多人物需要描述，面面俱到是不可能的。只从一个方面来照明整体，使主要特征突现出来，引人注目，乃是我的原则”。[①]在《十九世纪文学主流》中，勃兰兑斯的宏观历史叙述就是概括“主要特征”，其微观历史叙述就是凸显历史细节、包括许许多多的逸闻趣事。这二者如何结合呢？勃兰兑斯的做法是：“始终将原则体现在趣闻轶事之中。”[②]的确，《十九世纪文学主流》中的大多数章节都是从小处入手的，流露出对“趣闻轶事”的浓厚兴趣。然而，无论勃兰兑斯叙述的笔致怎样细致，但他叙述的眼光可不是就事论事，而是从时代、民族、宗教、政治、地理等大处着眼。让读者从这些琐细的事件中看到人物的心灵，再从人物的心灵中折射出一个社会、一个时代、一个种族乃至整个人类的某些东西。这就是《十九世纪文学主流》中一个个小事件里所蕴含的大气度。

在文学史的结构方法上，《二十世纪中国文学主流》课题组所获得的启示是以个案透视整体。从著作结构上来看，《十九世纪文学主流》好像没有任何外在的叙述线索，全书呈现给读者的是把英、法、德三个国家的六个文学思潮划分为六个分册。每一分册之间没有任何明显的逻辑关系。对此，勃兰兑斯做过两个形象的比喻解说他的各分册与全书之间的关系。第一个比喻是：“我准备描绘的是一个带有戏剧的形式与特征的历史运动。我打算分作六个不同的文学集团来讲，可以把它们看作是构成一部大戏的六个场景。”[③]第二个比喻是：“在本世纪诞生之初，我们发现一种美学运动的萌芽，这种美学运动后来从一个国家蔓延到另一个国家，在长达五十年之久的一段时期内……如果以植物学家的方式来解剖这种萌芽，我们就能了解这种植物复合自然规律的全部发育史。”[④]第一个比喻是强调这六个分册之间独立、平等、连续的并联关系；第二个比喻揭示了这六个分册之间发育、蔓延、生成的串联关系。这两个形象的比喻从不同的侧面说明，《十九世纪文学主流》的各分册与全书存在着深层的有机关联，看似孤立的每一个个案都具有透视整体文学运动的效用。

---

①〔丹麦〕勃兰兑斯著：《十九世纪文学主流》第二分册，刘半九译，人民文学出版社 1981 年版，第 1 页。

②〔丹麦〕勃兰兑斯著：《十九世纪文学主流》第二分册，刘半九译，人民文学出版社 1981 年版，第 1 页。

③〔丹麦〕勃兰兑斯著：《十九世纪文学主流》第一分册，张道真译，人民文学出版社 1980 年版，“引言”第 3 页。

④〔丹麦〕勃兰兑斯著：《十九世纪文学主流》第四分册，徐世谷等译，人民文学出版社 1984 年版，第 71 页。

三

我们编写的《二十世纪中国文学主流》显然受到了《十九世纪文学主流》的种种启发，但启发不能只是简单的模仿。如果《二十世纪中国文学主流》变成对《十九世纪文学主流》的照搬或套用，那就只能收获东施效颦式的尴尬。《二十世纪中国文学主流》之于《十九世纪文学主流》有继承，也有创造。

“创造”之一是通过“地标性建筑”展现二十世纪中国文学地图。

我们的《二十世纪中国文学主流》不仅追求像《十九世纪文学主流》那样在实证的基础上思辨、在微观叙述中显现宏观、通过个案透视发育的整体，我们还为以上所说的“实证基础”、“微观叙述”和“个案透视”找到了一些合适的“载体”。这些“载体”好比是二十世纪中国文学地图中的一个个“地标性建筑”。将这些“地标性建筑”作为历史叙述的基本单元，我们对二十世纪中国文学发展的重新阐释，才能落实到操作层面。这些构成《二十世纪中国文学主流》基本叙述单元的“地标性建筑”，就是二十世纪中国文学发展史上那些重要的文学板块，如：言情文学、白话文学、青春文学、乡土文学、左翼文学、京派文学、海派文学、武侠小说、话剧文学、延安文学、红色经典、散文小品、台港文学、新诗潮、女性文学、少数民族文学、历史叙事、文学史著述、影视文学、网络小说等。我们的《二十世纪中国文学主流》作为丛书，各分册由以上具体的文学板块组成。各分册与整个丛书的关系是分中有合、似断实连。所谓“分”与“断”，是要做好对每一个“地标性建筑”（文学板块）的研究。这样的个案透视既能使实证研究获得具体的依傍，又能把微观描述中落到实处；所谓“合”与“连”，是要在对一个个“地标性建筑”（文学板块）聚焦中观测整个二十世纪中国文学的历史嬗变。

“创造”之二是通过“历史档案”和“学术新探”两套书系深化二十世纪中国文学史的研究。

勃兰兑斯的《十九世纪文学主流》的确给予我们许多有价值的东西，但这只能说明我们从中获得了西方学术的有效营养。然而，西方的学术资源无论具有多少普适性，对于解读中国的文学艺术、中国人的心灵，毕竟是有限度的。今天，在超越株守传统的保守主义、走向全面开放的今天，在超越盲目崇洋的虚无主义、畅想民族复兴的今天，中国本土的学术资源更要得到应有的重视并加以现代转化。

“我注六经”与“六经注我”一直是中国人文学术的两大传统。我们的《二十世纪中国文学主流》力求“我注六经”与“六经注我”的结合。这既是本课题学术目标和学术规范的要求，也是本课题的特色所在，更是本课题学术质量的保证。由于目前学界相对忽视“我注六经”的研究，因此本课题提倡在做好“我注六经”的基础上，做好“六经注我”。为此，本课题成果分为两套书系：《二十世纪中国文学主流·历史档案书系》和《二十世纪中国文学主流·学术新探书系》(以下分别简称《历史档案书系》、《学术新探书系》)。出版这两套书系将有助于深化二十世纪中国文学史的研究。

首先，出版《历史档案书系》无疑体现了对文学史文献史料的高度重视。这种重视既强化了文献史料对于文学史研究的基础作用，又传达出一种重要的文学史理念——文献史料是文学史“本体”的重要组成部分。通过对每一个文学板块的文献史料进行多方面、多形式的搜集和整理，展现这一文学“地标性建筑”的原始风貌，直接、形象、立体地保存了这一文学板块的历史记忆。这岂能不是文学史的“本体”呢？如傅斯年宣扬过“史学便是史料学”①。再如，勃兰兑斯《十九世纪文学主流》中的文献史料多不是以论据的形式出现，而常常构成叙述对象本身。当今天的读者同时看到《二十世纪中国文学主流》这两套书系平分秋色的时候，这种理念应是一望便知。

其次，《二十世纪中国文学主流》的每一个文学板块都有“历史档案”和“学术新探”两部著作。二者的学术生长关系将会推动这一板块的研究甚至整个二十世纪中国文学史研究的深化。两套书系中的所有文学板块完全相同，即每一个文学板块是同一个子课题，如朱德发教授负责“五四白话文学”子课题。他既要为《历史档案书系》编著“五四白话文学”卷的文献史料辑，还要在“五四白话文学文献史料辑”的基础上撰写《学术新探书系》中刷新“五四白话文学”问题的学术专著。显然，这样的两部著作之间具有学术生长关系。前者既重建了这一文学板块活生生的历史现场，又为后者的学术创新做好了独立的文献史料准备；后者的“学术新探”由于是建立在“历史档案”的基础上，不仅能避免轻率使用二手材料所造成的史实错误和观点错误，而且以往不为所知的文献史料会帮助研究者不断走进未知世界，不断获得全新的学术发现。所以，“历史档案”会成为“学术新探”的不竭推动力。

---

①《傅斯年全集》第二卷，湖南教育出版社2003年版，第309页。

四

《二十世纪中国文学主流》还有几个需要说明的具体问题：

1. 关于“主流”

本课题组将《二十世纪中国文学主流》中的“主流”界定为：“以常态形式随着社会变化而变化的文学”。也就是说，所谓文学“主流”，不是先锋文学，而是常态的文学。常态文学的发展，总是与和读者紧紧结合在一起的。例如，“五四”时期的启蒙文学是属于少数读者的文学，也就是“先锋”文学，所以不是当时的“主流”文学；而这一时期的白话文学适应了多数读者的要求，成为晚清以来不断转化成的常态文学。

2. 关于《历史档案书系》

如前所述，《历史档案书系》不仅是为重新勾勒20世纪中国文学主流的历史发展提供文献和史料基础，而且通过各个重要文学板块文献史料的整体复原，尽可能直观、立体地呈现二十世纪中国文学史“本体”的原生态风貌。因此，《历史档案书系》追求文献和史料的“原始”性。《历史档案书系》各卷的内容以“原始史料”和“经典文献”为主，以“回忆与自述”和“历史图片”为辅。所有文献和史料凡是能找到初版本的，我们均选初版本；个别实在找不到初版本的，我们选尽可能早的版本。

3. 总课题与子课题

《二十世纪中国文学主流》是山东师范大学中国现当代文学学科承担的集体项目。总课题的选题及其初步编写方案由主编设计，在课题组成员认真讨论的基础上形成实施方案。子课题作者均为山东师范大学中国现当代文学学科的团队成员。各个子课题的承担者大都是这一文学板块的研究专家。主编和课题组成员充分尊重各子课题作者的学术个性，以保证各卷作者学术优长的发挥和各子课题学术质量的提升。各卷作者拥有独立的著作权，文责自负。

读者目前看到的只是《历史档案书系》已经完成的大多数子课题书稿。根据本课题设计方案，还有少部分子课题没有完成，如言情文学、京派文学、海派文学、延安文学、台港文学、影视文学……尚未完成的子课题待日后推出。虽然“面面俱到是做不到的”，但我们还是想尽可能地完成这一课题的学术目标。

4. 并非题外的话

本课题首先从历史档案做起。这也是继承了山东师范大学中国现当代文学学科一脉学术传统。1951 年，田仲济教授来到山东师范学院国文系任教不久就开设了“中国新文学史”课程，很快就组建了独立的教研室。山东师范学院遂成为国内最早建立中国现代文学学科的少数几个高校之一。1955 年又成为国内最早招收中国现代文学专业研究生的四所学校之一。田仲济先生作为中国现代文学学科奠基人之一，高度重视文献资料的建设。在他的直接领导和支持下，山东师范学院图书馆很快成为国内很有影响的中国现当代文学资料中心之一。我校的另一位前辈学者薛绥之先生尤其擅于研治文献和史料。以薛绥之先生为代表的一批学术前辈，早在 1950 年代后期就推出了国内第一批中国现代文学文献史料收集、整理和研究的资料成果。在“三年自然灾害”期间，以“山东师范学院中文系”名义编印的《中国现代作家研究资料丛书》(近 20 册)成为国内学界公认的中国现代文学文献史料学的奠基之作。其中有《中国现代文学史参考资料》、《中国现代作家研究资料索引》、《中国现代作家著作目录》、《中国现代作家小传》，以及十几位重要作家每人一册的研究资料汇编。20 世纪 70 年代薛绥之先生等人又完成了《鲁迅生平资料丛抄》11 册。20 世纪 80 年代我学科冯光廉、查国华、韩之友等人又参与了《鲁迅全集》、《茅盾全集》的编注工作。他们与我校其他老师还完成了国家社科基金重大项目《中国现代文学史资料汇编》的 6 个子课题。此后，文献史料研究一直是山东师范大学的优势研究方向，在老舍生平资料、郭沫若文献辑佚等方面保持领先地位。回顾这一切，只是想说明本学科承担《历史档案书系》具有学术传统的积淀和文献史料的积累。

《二十世纪中国文学主流》这两套书系是一种全新的文学史实践，难免存在尝试之作的稚嫩和偏差。我们渴望得到专家们的批评和帮助。我们最忐忑的是，不知学界的同行们能否认同——文学史的这样一种做法。

魏　建

2013 年

目　录

史料档案

研究文献

回忆与自述

史料档案

《美国女作家短篇小说选》编者序

朱 虹

本集选收了现当代美国女作家有关妇女题材的小说29篇，附同一题材的剧本一个；这类作品现在往往统称“妇女文学”，在当前西方文坛有较大影响。

美国当前的“妇女文学”，从20世纪60年代后期起始，风行已10年有余，目前在美国文坛仍有很大影响。现在，走进任何一家大一点的书店都有“妇女研究”“妇女文学”的专柜，图书馆有专门的分类，大学开设了专门性的课程并出版有关“妇女研究”和“妇女文学”方面的刊物，甚至哈佛大学出版社的《当代美国文学导论》还开辟了“妇女文学”的专章……如果不是把文艺流派的定义局限于一定的创作方法而是更广泛地包括题材方面的特点的话，那么，“妇女文学”已成为美国当前文艺中的一个创作流派是确定无疑的了。

大体说来，当前妇女文学的热潮是从20世纪60年代后期女权运动发展起来的。正如女作家琼恩·狄迪安所说：“就在那个令人沮丧的时刻，当代谁也不肯扮演无产者的角色，恰在那时，出现了女权运动，发明了‘妇女阶级’”；她在无意中透露了这个运动的起因。60年代将永远作为反战和争取人权的时代而载入史册。随着人权运动的发展，随着黑人社会不平等问题的提出，在1963年左右，提出了另一种“二等公民”——妇女——的状况问题。女权运动大体上是由两部分人组成的，一种是60年代激进的知识分子，另一部分则较正统。1961年，当时的美国总统肯尼迪指令成立一个妇女地位问题委员会。1963年，委员会的调查报告公之于世，列举了大量男女不平等的事实。经过几年的斗争，全国各地成立了许多妇女组织。1966年，以女权主义作家贝蒂·佛里丹为首，成立全国妇女会（National Organization of Woman）算是最有代表性的。另外，女权运动本身也是一个历史发展的产物，从历史渊源来讲，可以说起始于120多年前的黑人解放运动。最早的妇女运动便是妇女争取参加废奴运动的权力而斗争。后来，在19世纪末到20世纪初又进一步为普选权而斗争。从20世纪60年代后期到70年代，女权运动出现过几次高潮，如1970年为纪念妇女获得普选权50周年而举行的全国性纪念活动就影响很大，一时成为头版新闻。此外，还有1977年休斯敦举行的全国妇女代表大会，也是一个重要里程碑。行销全世界的《时代》周刊在1970年和1972年两度为美国的女权运动出版专号和发表专题文章，使它的影响遍及全国甚至引起国际舆论的关注。当前，美国的女权运动正在采取联合行动争取通过妇女平等权利修正案，这也是不久前的美国大选中的一个重要议题。共和党里根是反对此项提案的，他的当选被认为是美国女权运动的一个挫折。

美国的女权运动在20世纪60年代兴起当然不是偶然的。战后美国政府拨款安置退伍军人，帮助他们求学或者安家，当时是小家庭兴旺的时代，也是战后美国经济发展的时期。而进入60年代以后，反对越南战争和人权运动的影响暂且不论，就美国社会状况本身而言，当时机械化的发展和教育的普及使得广大妇女可以摆脱家务的重担而从事一项职业。然而也恰在这时，生活费用，当然包括劳动力价格的上涨使得女仆在美国一般家庭中绝迹，而大家族又早已解体，维持小家庭和照料孩子的重担完全落在妇女身上。因此就出现这样一种局面，即正当中产阶级妇女好像获得了平等就业机会的时候，美国生活方式本身又迫使她必须待在小家庭里为消费而奔跑。换句话说，到了60年代，受过教育的中产阶级白人妇女面临这样的抉择——要么成为家庭主妇、“消费的奴仆”，要么“同时担当起两项全日工作的不可忍受的重担”。妇女的这种不合理状况十分尖锐、普遍，以致行销上百万份的《读者文摘》杂志也提出了这个问题，把这类既操持家务又有职业的妇女叫作“超级妇女”。美国女权运动的这种社会背景也说明它为什么主要的是白人中产阶级妇女的运动，而黑人及其他少数民族妇女则更多地致力于争取整个黑人和少数民族不分男女的平等权利。还有一部分白人妇女由于宗教信仰原因不参加女权运动，譬如女权运动的思想当然包括节制生育的要求，是为天主教所反对的。总之，虽然美国女权运动是随着人权运动而发展起来的，但是，显而易见，它的规模、意义和影响是不能和前者相比的。

但是，无论如何，这个运动中提出的许多问题——小至托儿中心、大至管理国家、具体到同工同酬、抽象到“妇女意识”——也多少反映了美国妇女自己所谓的“不安全、挫折感与愤怒”，因而同时也多少反映、暴露了当前美国社会本身面临的许多问题。在这个意义上，它又是值得我们注意的。更何况当前女权运动在美国政治中的影响十分可观，《纽约时报》星期画刊最近还出版了“妇女的政治势力日益增长”的专号。总之，女权运动的影响是个否认不了的现实。早在1972年，《时代》周刊在检阅女权运动的成果时就曾说过：“不论如何，现在不能随便把妇女赶进玩偶之家了。越来越多的美国妇女将更充分地发挥自己的能力，远远地摆脱家务而扩大自己的生活。总之，将来会少一点尿布，多一些但丁。”

像任何其他的社会运动一样，女权运动不仅产生了妇女文学而且首先产生了一批论辩的著述。这类著述可分为历史的和现实的两部分，它们共同形成人文科学中的一个新的学科——妇女研究（women studies）。当前，在社会学、经济学、史学、人类学、心理学、神学等各个学科都从妇女角度探索了新的研究课题。

在史的方面，不少学者回顾了美国历史上妇女运动的发展以及妇女对创造美国历史所做的贡献。历史学家玛丽·比尔德1946年的旧著《妇女作为历史的动力》于1970年再版，是历史研究方面的一个标志。最近又有玛丽·贝斯·诺顿所著《自由的女儿：美国妇女的革命经验1750—1800》出版。此外，当前女权运动的兴起也很自然地推动人们去重新研究和纪念美国历史上的女权主义活动家，如阿比格尔·福斯特（Abigail Foster）及苏珊·B.安东尼（Susan B.Anthony）等人。

在思想史方面，当前出版了不少西方思想史上有关妇女论述的摘编；这类选本收集的范围之广是难以想象的，有的从圣经开始，包括亚里士多德、柏拉图、培根、霍布斯、卢梭、黑格尔、马克思、恩格斯、巴贝尔、蔡特金、尼采、弗洛伊德等，当然还少不了文学史上著名的乔治·桑、易卜生以及现代的维吉尼亚·伍夫等人。有的这类选本定名为《妇女研究思想史》无异于表明，妇女问题自古以来就存在，而关于妇女的研究从来就是人类思想发展的一个部分。

诚然，如有的作者指出的那样，美国的妇女运动缺乏统一的纲领和策略，缺乏经济方面的理论体系，但无论如何，随着社会运动的发展，还是有不少女权主义的著作提出美国社会中的妇女状况问题，表达了女权运动的现实要求。在这方面，也要以1963年为标志。这一年，贝蒂·佛里丹的《女性之谜》出版，一般公认这是女权运动的纲领宣言。《女性之谜》一书从揭露美国城市里中产阶级家庭妇女的苦恼入手，提出妇女现实状况的不合理性。作者设想一个男女平等的理想社会——妇女在教育、就业和政治、经济、法律方面有同样的机会和权力。当然这种改革实际上也包含了社会不以家庭为细胞和妇女不从属于家庭的思想前提。但它提出的纲领性要求终究还只是在现存社会结构内争取妇女的平等权利，因此，一般公认佛里丹为女权运动中的温和派的代表。更激进的女权主义者则对现存社会基础与结构本身提出质疑，有的主张取消婚姻和家庭、取消义务教育，如法厄史通的《性的辩证法》。女权主义的激进观点可以以雕刻家凯特·米勒特的《性的权术》一书为代表。1970年出版的《性的权术》是作者的博士学位论文。在这里，米勒特指出，男女生理上的区别不足以成为决定男女互相关系和相应地位的因素，而事实上现存的社会结构仍然是建立在父权制上的，男性掌握着社会的基本功能。因此，米勒特认为，解决妇女问题就得粉碎父权制的社会结构。米勒特还抨击了弗洛伊德的性心理学，指出其理论是支持男女不平等的。评论家认为米勒特实际上是从社会学、心理学方面设想了一个没有婚姻与家庭的社会。《性的权术》一书出版后当年就销了四版，是公认的美国女权主义的理论宣言，《时代》周刊为作者发了封面头像和专题评论。

在米勒特前后，还有不少女权主义作品，如《女太监》。作者日耳曼·格里尔指出美国生活方式迫使妇女承担的装饰品的角色耗尽了她们的精力，使得她们既无头脑又自我中心。女权主义的左倾观点则认为家庭是压迫妇女的工具，也是资本主义社会的最后堡垒。如像当前女权运动中的一位重要理论家罗克珊·登巴就把妇女运动作为社会革命的起点，因为现有的以男性为中心的家庭结构是资本主义社会的基本单位。玛吉丽·本斯顿（Margaret Benston）从经济学角度对妇女问题进行分析，指出妇女从事的家庭劳动只有使用价值，没有交换价值，因此看上去家庭似乎是男子的劳动维持的，而妇女处于从属地位。但是当劳动力不足时，如战争期间，女子被吸进劳动力市场，无异于从事两项职业，无异于是社会的劳动后备军。作者还指出，战后美国社会关于小家庭的理想化宣传实际上是把过剩的妇女劳动力引回家庭的手段。

还有左倾的批评家引用马克思和恩格斯的《德意志意识形态》等著作中有关经济基础与上层建筑的关系以及统治阶级的思想就是统治的思想等观点来论证妇女受压迫的地位，并解释为什么长期以来她们对自己的这种地位没有自觉。对父权主义社会的抨击还延伸到神学方面，有人指出整个基督教神学也是以男子为中心的。1968 年出版的《生来就是女人》检阅了女权运动的始末，列举美国社会为压制妇女而必须在社会、道德和人格方面付出的代价，指出美国社会本身也是男女不平等的受害者。

除著述之外，妇女研究还产生了许多刊物，各州妇女组织往往都有自己的刊物，如宾州史普林费尔德的《阿芙拉》、巴尔铁摩的《妇女：一个解放的期刊》以及华盛顿的《自己的一把扫帚》。此外，各大学还有学术性期刊。

妇女研究的水平还可以从一个刊物《标志》的发展略见一二。1974 年芝加哥大学出版社的《美国社会评论》出了一期妇女问题专号："变化中的社会、变化中的妇女。"出版后极受欢迎，这就促使有心人看出应该出版一个专门性的有关妇女研究的刊物。她们认为，妇女运动必得有个学术性刊物才能立住脚跟，《标志》(Signs) 就这样诞生了。出版后销路很好。第一任主编是巴尔纳学院的加瑟琳 · R. 史蒂姆普森教授 (Katherine R.Stimpson)，现在《标志》的编辑部转移到史丹福学院的妇女研究中心。《标志》在历史、经济学、人类学等各个方面发表的文章使得妇女研究获得了学术方面的权威性。当前，它还致力于把讨论的范围从中产阶级白人妇女扩大到黑人和少数民族妇女的问题。它的最终目标是要形成一个女权主义的理论体系。它提出："能不能形成一套女权主义的批评？即不是指妇女写的批评而是另一套批评标准。能不能形成一套女权主义的哲学？或一套女权主义的历史观？"这是《标志》雄心勃勃要达到的目标。

最近的《纽约时报》在教育专栏里又详细报道了妇女研究在大学的教育与研究中的进展。大学中的妇女研究是十余年前开始出现的，由加州的圣地耶各大学首创，接着有几座大学设了几门课。在当时人们不是说它琐碎就是说它太政治化。而现在各大学关于妇女研究的课程有 2 万门之多，其中有 600 座大学每年都开出 25 门妇女研究的课程，还有许多大学建立跨系科的妇女研究中心。当前一个新的趋势是打破妇女研究的专门性，在传统的课程当中注入妇女研究的成果。妇女研究“通讯”的主编，弗洛伦斯·豪（Florence Howe）教授说：“有关妇女问题的出版物之多简直是爆炸性的，再想否认它的存在是不可能的。当前的研究显著地打进了传统的学术领域。社会科学从此变样了。”

不论我们怎么样评论妇女文学，有一点可以肯定，它促成了学术研究重新发掘和评价文学史上女作家的作品，批判过去文学史对女作家的贬低与忽略。当前，关于美国文学史上著名女作家，如伊迪斯·沃尔顿、威拉·凯瑟、艾伦·格拉斯格等都出版了不少传记、评论等，她们的作品都有新版大量发行。还有些作家被重新发掘出来，其中最突出的当为19世纪末的凯特·肖班。总之，对美国文学史上女作家的发掘是当前空前热门的一项行业。譬如说，仅1820年至1870年，这50年间的妇女题材的作品被发掘出来的就多不胜数，目录已编辑成册。

女权运动和妇女研究促成了妇女文学几个不同方面的发展，即在创作方面、批评方面和史的研究方面。

研究评论所达到的规模是十分可观的。1976年出版了第一部《文学中的妇女：70年代批评》收入了关于妇女文学评论、著述的目录索引，1979年又出版了续编。除此之外，许多刊物和学会还单独编辑有关妇女文学研究评论的专门性刊物和目录索引，其中影响较大的有新泽西州路特格斯大学出版的《妇女与文学》半年刊。以发表女作家的创作为主的刊物是《自己的一间屋》，此外各个主要文学刊物都注意刊登女作家的作品。素以“作家访问记”吸引读者的《巴黎评论》也采访了代表性女作家，如奥茨、狄迪恩等人。而在各大学开设的妇女研究的课程当中，又以文学的课目占的比重最大。总之，美国的妇女文学不仅在创作上是一派，而且在研究方面也构成一家了。

妇女文学的研究评论要形成体系、要构成一门独立的学科必得建立理论和批评标准。妇女研究围绕的一个中心观念是“妇女意识”，妇女文学的批评标准也还是“妇女意识”。显而易见，这是一个横跨国界、种族和社会存在的抽象概念。现代概念中的“妇女意识”首先由法国存在主义女作家西蒙·德·波伏娃在1949年出版的社会学著作《第二性》中第一次从存在主义观点提出来。作者超越了通常关于妇女问题的性心理分析或社会学观点，把女性作为一个屈从于男性的集体来考察，认为她们在存在主义意义上的斗争中不是主体而是“另一个”、不是主动追求稳定的自我而是通过屈从达到自我。《第二性》1953年在美国出版，60年代女权运动兴起后被引为这个运动的精神指导。后来的美国女权主义著作如玛丽·艾尔曼的《思索妇女》、凯特·米勒特的《性的权术》等书都发挥了西蒙·德·波伏娃的基本思想观点。再后又有蒂丽·奥尔逊的《沉默》和阿德里安·里契的《谎言、秘密与沉默》，它们更多地从文化的角度论述了妇女意识问题。

以“妇女意识”为中心的文艺观，实际上最早是英国现代女作家维吉尼亚·伍夫在著名的演说（后来发表）《自己的一间屋》中提出来的，她虽然没有用“妇女意识”这个词，但她第一个指出，妇女的特殊生活条件决定了她在观察世界和分析性格方面的特点，而这种特点又决定她在创作中最适合采用的体裁。其次她又提出应该创造一种女性的文风，这实际上是在摸索着创造一种有自己的特点的妇女文学。至今，这还是当前妇女文学在理论方面的一个重要课题。耶鲁大学的斯帕克斯教授所著的《女性的想象》是这方面的一个重要尝试，她的副标题是：《关于妇女写作的一个文艺的和心理的调查，借以论证女作家的性别本身如何影响她的想象》。作者通过作品和生平材料试图证明，撇开社会的影响不论，妇女的特殊感受方式就直接造就了妇女的特殊表达方式。伊丽莎白·哈德威克的《诱惑与出卖》论文集也着重从女性心理的角度解释女作家的作品。此外，近年来陆续出版的《现代英国小说中的妇女意识》《女权主义小说中的疯狂与性的权术》《阁楼中的疯女人》等都是以“妇女意识”为中心的文艺批评的尝试。以“妇女意识”为轴心，有不少评论抨击了历来文艺中对妇女形象的诋毁，指出西方文学史中关于妇女的描写存在着某些类型，如“贞节的”“性感的”“解放的”，还有“狐狸精”“色情狂”“女神”“女人”等程式化的角色。她们指出，这种歪曲丑化的妇女形象是以男性为中心的社会结构在政治、经济方面的需要反映到文艺中的结果。有的评论说“人们毋须是马克思主义者也可以知道，妇女在经济方面被剥削，而文艺则鼓励了她们的屈服性，有助于这种剥削”。

当前，批评家把这种女权主义的文艺放到现代美国文艺批评的背景上去评价，说它与现实紧密结合，有战斗性，属于30年代“左”倾的文艺批评传统，正如女权运动也从来跟历史上的其他激进运动相联系。而历来的形式主义批评都是轻视妇女的。

总之，正如苏珊·考尼庸（Susan K.Cornillon）在她编的《小说中的妇女形象》一书序言中所说的，从“妇女意识”出发的文艺批评、文艺欣赏的影响是如此深远，从此以后“人们——男人和女人——都将用新的眼光理解文艺，这是女权运动开拓的”。

当然，这不是说，从“妇女意识”角度的文艺批评是适用于女作家的唯一批评方法。事实上，最近出版的斯帕克斯教授和麦克雷夫教授所编的两本《女作家评论选》都收入了不同批评流派关于一些代表性女作家的评论，有的从“妇女意识”、女权主义的角度，有的从社会学的角度，还有的仅从“纯”文艺的角度。但是，正如斯帕克斯教授在她的序言中所指出的，关于女作家研究实际上提出了一个文艺批评中的根本问题，即作家的社会存在、思想意识与创作的关系问题。即斯帕克斯教授说的：“意识形态在小说中的地位如何？在评论作家的艺术时需要同时评论她的说教吗？批评家的个人信仰影响他对文本的理解吗？”只有形式主义的批评才完全忽略社会存在、意识形态对创作的影响。因此，可以说“妇女意识”角度的批评还多少是属于历史主义和社会学观点的批评。当然，这股热潮还不限于美国作家。英国的简·奥斯丁就被推崇为文学史上第一个表现妇女意识的先驱。一般公认她在自己的作品中“第一次暗示了一种妇女意识的存在”。几乎被人遗忘的英国 17 世纪女作家阿芙拉·班也被重新发掘出来。这位在英国文学史上第一个以卖文为生并主张性解放的女作家，在 20 世纪的 20 年代曾被维吉尼亚·伍夫捧过一阵，近年又在女权运动的热潮中获得新生。现有两部她的传记相继出版，报刊上多见评论，《新闻周刊》也发表长篇书评，详细介绍她的一生，把她当作表现“妇女意识”的先驱。法国的乔治·桑、柯莱特也引起读者的浓厚兴趣，更不要说英国的勃朗特姊妹、多丽思·莱辛等人。总之，以“妇女意识”为主线，对过去文学史上作家的研究在当前妇女文学的热潮中占有重要地位，因此所谓“妇女文学”不仅指当前女权运动中产生的作品，而且要追溯到更早的根源。一般从 19 世纪后期算起为第一代，以 20 世纪以来到 50 年代的作家为第二代，当前的，特别是女权运动中涌现的作家为第三代。只不过，第二、第三代之间的界限有时难以划分。

当然，描写妇女的文艺不仅出自女作家的手笔，就以美国现代作家而论，福克纳的《献给爱米丽的一束玫瑰花》在描写妇女的短篇小说中可谓登峰造极，尽管女主人公从未露面。另外，也有极有成就的女作家，不以描写妇女为主，如美国现代戏剧家丽莲·海尔曼，就不被划入妇女文学之列。此外，尽管如前所述，妇女文学的存在已成为一个现实，但是，从严格文艺学的意义上说，究竟有没有一种妇女文学的类别，在学术界仍有不同看法。异议主要来自一部分男性学者。不过哈佛大学出版社出版的《美国当代文学导论》有关“妇女文学”的专章中列举托·斯·艾略特当年不承认英语中会有一种美国文学单独存在的旧话作类比，暗示不承认妇女文学的独立存在，将来也会落为同样的笑柄。

第一代妇女文学的代表作家是伊迪斯·沃尔顿、艾伦·格拉斯格、威拉·凯瑟，还有后来居上的凯特·肖班。她们都比较有意识地描写了妇女的境况和心理，艾伦·格拉斯格还参加了当时的女权运动。

伊迪斯·沃尔顿的作品细致地反映了环境对妇女的限制，她的长篇小说《老处女》描写一个少女因一时冲动失足而贻误终身，甚至不敢认自己的亲生女儿。《欢乐之家》中的女主人公莉丽·巴特冒犯规范付出了生命代价，而著名的《伊坦·弗洛姆》中的人物为了追求幸福也受到了严厉惩罚。威拉·凯瑟则主要描写她自己熟悉的中西部乡村。她的《我的安东尼亚》描写一个穷苦波西米亚移民的女儿。安东尼亚天真朴素，跟乡间的自然环境融为一体，她到城市去谋生被人欺骗，付出了痛苦的代价，最后还是回到乡下才重获幸福与安宁。艾伦·格拉斯格的《贫瘠的土地》也描写了穷苦少女在男人手下的遭遇，一生充满灾难，但始终保持做人的尊严。这一代作家中，最自觉、大胆描写女性的作品，当然是凯特·肖班的《觉醒》。

《觉醒》描写美国南部一位富商的妻子爱德纳·邦迪里埃太太的苦闷——对婚姻不满而生活又毫无意义。她朦胧地意识到自己是“家庭奴隶”，不仅是丈夫的奴隶，甚至“孩子站在她的面前，也像是征服了她的对手，要把她拖进灵魂的奴役之中”。爱德纳获得了作为一个独立人的意识，不愿再扮演社会强加于她的家庭主妇的角色。同时，与别的男性的接近也引起了她的性的意识。爱德纳对自己身上的变化不全理解，她的朦胧而强烈的自我意识向着社会的四壁猛烈而盲目地冲撞，毫无出路，最后只有以净洁的大海为归宿。不难看出，这第一代的作家大部分用传统的眼光看世界，她们写出了妇女在狭隘天地中的苦闷，但还缺乏明确的作为女性的自我意识。只有肖班做到了这种突破，使美国著名批评家埃德蒙·威尔逊大为惊讶，说她是 D.H. 劳伦斯的先驱。

本集选取的属于第一时期的作品共有 7 篇，肖班的《一个小时之内发生的事情》的主题与《觉醒》相近，表现了一个女人的自我意识的突然发现，比《觉醒》更集中、更有戏剧性。作者选取了玛拉德太太突然听说丈夫车祸身亡这样一个时刻作为故事的起点，她真诚地为丈夫的死悲痛，但又突然发现，自己是跟一个多么平庸乏味的人过了大半辈子，现在感到“自由”了。具有讽刺意味的是，要不是这种过度兴奋，她也不至于在见到丈夫生还时受那样大的刺激，致使她为这一刹那的自由感而付出了生命的代价。《一个争论之点》是肖班的短篇小说中颇具匠心的一篇。查尔斯与爱丽诺这对新婚夫妇决心做新型夫妇，互相尊重、信任，因此婚后为了各自的学业依然分手，各奔东西。他们相隔两地，事实上还是发生过误会。有趣的是，妻子坦率地向丈夫承认了自己的弱点，而做丈夫的以一种十足的居高临下的态度对待“女人的”弱点，却完全忘记了自己的妒忌。而真正“智胜神明”的却是同名故事中描写的波拉，这是多少西方作家，特别是女作家描写过的典型，肖班却做了完全不同的处理。通常这类故事以有钱的男主人娶了穷苦的家庭女教师来收场，而肖班在这里却以波拉拒绝阔少的求婚为故事高潮。受过生活磨炼的波拉坚持自己的事业和理想，对阔少的一时冲动不抱任何幻想：这种理智，如作者所说，“胜似神明”。

伊迪斯·沃尔顿的《另外那两位》描写了一个结过三次婚的女人，有一次巧合，她的两个前夫都来到她家，她丈夫也在场，在这样一个尴尬的场面，她的一举一动，落落大方。她的丈夫望着她，突然发现，她无论做谁的妻子都是在扮演角色，做妻子就是一个角色而已。

《瓦格纳作品音乐会》是薇拉·凯瑟的一个名篇。故事中的乔治娅娜婶婶原是波士顿的一位音乐教师，凭着一时冲动，与一文不名的流浪汉私奔，到未开发的内布拉斯加去安家，从此在荒无人烟的草原上挖山作屋、开荒种地，除了林中鸟儿的鸣叫，从未听过一声音乐。一个偶然机会，乔治娅娜 30 年后回了一趟波士顿，重新走进一场音乐会，乐声唤起她的回忆，近 30 年来的生活展现在她眼前，那么艰难，那么枯燥，一个女人的一生就这样过去了。《花园小屋》描写了另一种妇女。卡罗琳是一位阔太太，有闲者，她的音乐才能未能发展，只能作为女主人为客人伴奏。她内心里曾泛起过一阵感情的浪花，也被她决断地压下去了。与

《觉醒》中的爱德纳相反，她带着隐痛，始终是位好妻子、好主妇；妇女的压制——才能和感情的压制——尽在不言中。

玛丽·威尔金斯·弗里曼的《母亲的反抗》也是美国短篇小说的名篇，常被选入教科书。这个故事以新英格兰乡村的艰难生活为背景，描写在田地里操作的男人和在家里洗、做的女人。故事中的母亲一辈子操劳，惯于服从丈夫，但她也有自己的个性，40年来隐藏不露，在非常条件下却来了一次不同寻常的暴发。同一个作者的《新英格兰一修女》与上篇表面上完全不同，却有深刻的相似之处：长期狭隘刻板的生活使路易莎作为一个女人完全僵化，像个玩具蜡人，不可能想象过另一种真正的生活。可是在一个意想不到的情况下，她表现了对生活、对人的深厚的理解与体贴，那种宽容大度，也胜似神明。

属于第一时期的作品还有安娜·华尔纳的《新旧女性》，以及《被单》。在埃米莉的母亲看来，女儿能嫁出去就是一切。可是当那位信心十足的求婚者向埃米莉展示她未来的家庭生活时——家庭奴仆和无报酬助理教师的双重奴役——埃米莉宁可独守终身，恰恰以此证明自己是新式妇女。《被单》中的姑妈一辈子无声无息地为他人服务，她的天然的美感和艺术才能是通过何等曲折的途径表现出来！

在时间上属于第一时期而在精神上非常现代《黄色蝴蝶纸》的作者通过内心独白表现了在窒息的家庭环境和夫妻关系中的一个女人逐渐发疯的过程。

第二代妇女作家是第二次世界大战前后的一代。这一组的作家有好几位是南部的，严格说来她们不是专门写妇女题材的，但她们对妇女心理做过独特的描写，在妇女文学的热潮中被追认为知己和前驱。她们的作品打上了南部社会的烙印，她们爱写怪人、正统之外的异己者、时代的落伍者，要么就是无法用正常理性解释的行为与好恶。如奥康纳的小说《汇流》的女主人公——她没有姓名，只是“尤里安的母亲”——是一位满脑子旧时“仁义”的老太太、天主教徒、南部贵族的后代。尤里安愤怒地对她说：“你全不知道自己是谁，现在站在什么地方！”她乘公共汽车，对黑人小孩施她的“仁义”，自己狠狠地碰壁。这一打击之大，竟然送了她一命。在奥康纳描写的世界里，落伍者，不合时宜的人，无论如何，都要受到无情的惩罚。

本集注意选收南部作家那些偏重于描写家庭和妇女问题的作品。凯瑟琳·安·波特的《绳子》的沉闷压抑气氛里充满火药味，一触即发，哪怕是为了一根绳子这样一种微不足道的东西。在故事中绳既是导火线又是一种象征。擅长描写怪人的卡森·麦柯勒斯在《家庭矛盾》中满怀同情与谅解地描写了现代美国家庭中常见的现象：丈夫在外忙于谋生而同样受过教育的妻子则必须留在家庭里，在苦闷中酗酒。大城市生活中人们互不关心，也促成了她的精神危机。韦尔蒂的《熟路》用赞赏备至的口吻描写一位贫穷的黑人老太婆，她在智力和体力上都无比顽强。她艰难地走过林中的路，为小孙子取来免费的药品，她还拾到又讨来几文钱，凑够数为他买了一个心爱的小玩具。这最后一笔是画龙点睛，点出了老太婆对孙儿的一片深情以及她对付那些白人时的机智狡猾。派克的《高大的金发女郎》描写了所谓现代的独立女性的困境，婚姻的不稳定、生活的流动性使她的人生变得异常空虚，“高大的金发女郎”发现所有的男人都只是把她当作寻乐的伴侣。她的整个生活都失败——婚姻、职业、友谊，甚至自杀都未遂，她只能在一种不死不活的状态中苟延残生。派克向来以讽刺见长，她的《杜朗特先生》活灵活现地勾勒了一个自私虚伪、冷酷地玩弄女性的所谓绅士画像。

在20世纪二三十年代主要以进步的、实验性的戏剧活动著称的苏珊·格拉斯佩尔没有留下戏剧名著，倒是有一篇短篇小说很有名，即《同命人审案》。一个弱小、寡言、惯于服从的女人为什么能下手杀死自己的丈夫——一个粗暴剽悍的庄稼汉？英语中有个词叫作“最后的一根稻草”。物承受压力、人忍受压迫，都有一个极限。作者用近乎探索小说的手法层层深入，通过一些蛛丝马迹展示他们夫妇关系是怎样越过这一界线，酿成凶杀案。故事中的所谓“陪审团”——到被告人家里寻找线索的两个妇女——在发现线索之后心照不宣，她们的态度把故事推到一个意想不到的新高潮。

显而易见，第二时期的作品与第一时期的相比，更明确地谴责男女不平等，并且把妇女的处境作为一个社会问题提出来。

当前一般公认，第三代妇女文学的主要代表是英国的多丽思·莱辛、美国的玛丽·麦卡锡和在短短一生里足迹跨过美英两地的西尔维娅·普拉斯。她们是60年代以后用新的眼光描写妇女意识的代表作家。多丽思·莱辛生在南非，卷入过当时的进步运动，写过以激进派女知识分子玛莎·奎斯特为中心的一组小说《暴力的儿女》，她1962年出版的小说《金色笔记本》描写了一位幻灭的女作家的一生，在妇女题材小说中影响较大。

玛丽·麦卡锡的著名小说《毕业班》在30年代罗斯福新政的背景上描写了瓦萨尔女子学院的八位高材生毕业后的经历。她们抛弃了老一代的传统，要以新女性的姿态去征服世界，而最后都以惨败告终。有的当了阔太太、有的隶属于孩子和小家庭、有的堕落为同性恋者，天真的凯则在丈夫的折磨下自杀。全书语调表面上嬉笑嘲讽，底层却含着深深的同情与哀怜。在作者笔下，怎样处世、怎样与男性相处……对于妇女来说充满了痛苦与陷阱，毕业班中只有鄙视男性的同性恋者得以保持独立与安宁。本集选收了她的一个名篇《又残酷，又野蛮》，描写了妇女的另外一种悲剧。故事中女主人公似乎一切顺心如意：她年轻美貌，聪明富有，她抛弃丈夫另寻新欢也被舆论所接受，她还缺少什么呢？但她总是惴惴不安，疑神疑鬼，生怕自己的一举一动以及情人的形象有什么不“得体”。她不也是一种奴隶吗？所谓社交规范的奴隶。在这个故事中，到底是谁对谁“又野蛮、又残酷”呢？是她对丈夫还是她对那位准备抛弃的情人？还是丈夫对待她？要么是社会舆论对所有的人？

西尔维娅·普拉斯的小说《钟罩》从女主公艾斯特大学生时代写起，她是文科高材生，在纽约做新闻采访的实习，刚刚开始接触社会、接触男性，现实的丑恶、男朋友的自私和俗气就把她逼疯了。全书主要描写她精神失常的状态。所谓“钟罩”指艾斯特在精神错乱时感到自己是被扣在这样一个罩子里。书中还通过艾斯特写出妇女在家庭和职业方面进行选择的难题。有一段写到艾斯特的内心独白：不同的生活道路像无花果树上的果子，“无数个丰满的果子，一个是丈夫、孩子和家庭，一个是名诗人；一个是名教授；一个是名编辑；还有无数其他……我坐在树上饿得要命，但下不了决心吃哪一个，吃了一个就等于放弃其他。我看着看着，结果树上的果子干枯了，纷纷落到地上”。

本集选收的普拉斯的短篇小说《成功之日》写女主人公结婚之后，自己陷入了孩子和小家庭，而丈夫在她的支持下终于发表了作品。这时艾伦不仅在事业上落伍了，而且疑虑重重，生怕失去丈夫的欢心。最后事实证明，艾伦的疑虑是多余的，但也仅止这一次——丈夫成名以后又会怎样？

当代著名女作家乔伊斯·卡洛尔·奥茨以纤细的内心描写著称，早在60年代的三部曲《她们》中就曾描写过两代女性的成长。奥茨不是女权主义作家，但是她擅长描写在一个粗野的男性的世界里女性必须经受的一切，因而也被女权主义作者视为知己。她的短篇小说《如愿以偿》语调平和，写出了两个女人的悲剧。阿伯教授并无多大才华，而他的妻子是著名诗人，在写诗的同时还照料家务和孩子。尽管如此，阿伯教授还是照样毫无内疚地引诱了一位迷上了他的女学生，把她带到家里住，一旦妻子自杀身死，他就急忙娶了女学生多丽，迫使她重演妻子的角色。故事是从多丽的角度讲的，她“如愿以偿”地重蹈了前妻的覆辙。

关于追求事业的妇女在现实中的遭遇，杰瑟明·韦斯特在《倒霉的图书馆员》中作了独特的描写。作者对比了两个人物——路易斯是某校图书管理员，后来敢于放弃稳定的职务去学医，现任校医，备受尊敬。而麦克勒斯小姐也想放弃教书，改学绘画，但缺乏勇气，只好随波逐流。故事描写了她们之间的冲突。麦克勒斯宁可隐瞒病情，使路易斯误诊，以致被取消行医资格，重新回去管理图书。故事是恶作剧者麦克勒斯小姐用第一人称叙述的，不做任何解释，表现了一种女性与女性之间的恶毒。

著名女权主义作家蒂丽·奥尔逊的《我站在这里熨衣服》是短小精悍的一篇杰作。作者通过女主人公在熨衣服时的独白表述了一个饱经忧患的劳动妇女的心情，她终日为生活奔波，不能很好地照料自己的女儿，现在眼看着女儿长大成人，富有才华，而她却满怀忧虑，她默默祝愿女儿不致在生活中像熨斗下面的衣服一样被压平。克里斯丁·亨特的《雏凤出巢》也涉及同一主题，只是从少女的角度入手，而故事中的少女又是黑人，这就使她的生活道路更加坎坷不平。贫穷的黑人少女正在梳妆打扮准备自己的第一次舞会，恰在这时她也第一次接触了黑人贫民区的流氓。她要从这个田地里拔出来，进入黑人的中产阶层，阶梯当然是婚姻，第一个舞会就是进入婚姻市场的起点。她的母亲满怀希望地打扮她，好像成败全系于衣裙的皱褶，珠狄自己是那样地无知无识却又学着交际场上的手腕，使母亲终于放心了。作者用远距离透视的手法满怀同情与理解地描述这一情景。

著名黑人女作家安·佩特丽的《像一块裹尸布》表现了种族歧视与偏见的阴影如何笼罩在黑人的周围，甚至毒化人们的思想，而黑人妇女又是压在黑人当中的最底层。不大知名的黑人作家伊丽莎白·伏罗曼写了本集中最有生气、最有希望的作品——《看他们怎样跑》。它描写一个黑人女教师如何耗尽心血教育穷黑人的小孩子，故事亲切感人，女教师的事迹给人以鼓舞和力量。在这样一本书以表现妇女的苦闷、困惑、孤独、绝望为主的故事集里，《看他们怎样跑》可以说是难得的一篇以描写理想、正义感、同情心与献身精神的好作品。

吉恩·斯塔福德的《比特丽斯·特鲁勃拉德的故事》和《解放》都极具特色：前者在现实的框架中用近似荒诞的情节表现了一个仪表堂堂而实际上满脑子卑劣念头的男人对一个身世凄凉的妇女的精神折磨。作者采用了使比特丽斯突然耳聋的荒诞手法以强调这种卑劣如何使一个敏感的妇女不堪忍受——对于她来说，耳聋倒成了一种解脱。故事意想不到的结局却在于，当比特丽斯恢复病情终于另外结婚之后，她发现自己重又陷入了同样的境地。

斯塔福德的另一个故事《解放》描写一个有头脑的妇女如何打破中部小城的褊狭气息的束缚。她决定出走，到文化中心的波士顿，但并不如人们想象的仅仅是为结婚。当她的未婚夫突然病亡，她照样奔向波士顿，因为那里意味着“解放”。斯塔福德的这个故事不禁使我们脑中出现这个问题：到波士顿又怎样？

作为附录，本集还选收了女政治家、社会活动家克莱尔·布思·路丝的独幕剧《玩偶之家，1970年》。该剧是易卜生的名剧《玩偶之家》的翻版。全剧集中于现代美国的娜拉决定出走的前夕。她是典型的现代女权主义者，在与丈夫的交锋中熟练地引用女权主义者的话作为论据，她引用娜拉的话说：“我也是人，跟你一样，至少我要努力成为一个人。”最后，与易卜生的娜拉一样，美国的娜拉也以出走告终。这部充满机巧对话的独幕剧，与其说提出新问题，还不如说证明了在《娜拉》问世近一百年后的美国，娜拉提出的问题依然存在。在这方面，玛吉·皮尔西的小说《变化微乎其微》可以做一个脚注。小说分几个部分，描写几个妇女，无论是在“美满的婚姻”中还是在婚外的自由结合中，都处在一种从属的，被男性控制、摆布的地位。也就是说，世世代代，妇女地位的变化微乎其微。可以注一笔的是，另一位女权主义者兼作家格雷斯·佩莉在她的短篇小说集《最后一分钟的巨大变化》中，在提出问题的同时，又奏出了乐观的基调。

当前的妇女文学与过去的相比，抗议的基调更尖锐，把妇女问题跟全社会的不合理状况，甚至跟人类存在的荒诞状态联系起来，而且有更多的心理深度，这就跟女权主义思想家提出的“妇女意识”问题衔接起来了。

朱 虹

1981 年 1 月 1 日于哈佛大学

（原载《美国女作家短篇小说选》，朱虹主编，中国社会科学出版社 1983 年版，收入本书时作者作了一定修正）

谈女性文学

——钱虹编《庐隐外集》序

王富仁

按理说，读书的序言是不应由我来作的，但推托了一次没有成功，又恰值有几句闲话要说，便接受了下来。

当该书编者钱虹来信要求我为该书作序的时候，我刚刚参加过电影研究中心召开的近年来中国女导演执导影片座谈会。在这个座谈会上，方知世界上对于女性文学的研究颇为重视，国内有些同志也开始着手女性文学的研究。我无意专门从事这个专题的研究，也没有能力代女性立言，但却使我联想到关于中国现代文学研究的一些问题。我说“恰值有几句闲话要说”，就是这么一个意思。这些零碎想法难以构成一篇正式的评论文章，但又想说一说。钱虹同志正好给我提供了这么一个机会，于是便觍颜接受了这一任务。

女性文学不能与男性文学绝对对立起来，正像不能把女人与男人绝对对立起来一样，但这绝不意味着女性文学不能作为一个独立的研究学科。人类是由男人和女人组成的，二者必须有彼此联系的共同基础，在生理、生活上是这样，在思想感情、观念意识、审美趣味上也是这样。但二者又必须也必然有差别、有歧异，否则这个世界也便不成其为世界，不论神话中的女儿国还是男儿国，都是一种幻想，并且在幻想中也属于荒诞形的。我认为，女性文学研究学科的建立，标志着女性文学意识的自觉，它是建立在承认女性有而且也应当有与男性不完全相同的生活态度、思想观念、审美意识的基础之上的。自然承认差异，承认这种差异的合理性，我们也就应当用不完全相同的尺度衡量女性文学。表面看来，这个问题是蛮抽象的，但结合我们具体的文学研究，它的意义就十分明确了。例如，在现代文学研究中，我们对庐隐、萧红这类的女作家，对丁玲的《莎菲女士日记》《我在霞村的时候》这类的作品，评价是不很高的，有些还长期以来受到批判。当这类进步的作家和作品受到有意和无意的漠视及批评，像凌叔华、张爱玲这类作家就更难得到人们的理解了。茅盾是对庐隐第一个作出最公正、最高度的评价的作家，但我认为，他仍然是用一种男性尺度要求庐隐的。例如：

> 庐隐与“五四”运动,有“血统”的关系。庐隐,她是被“五四”的怒潮从封建的氛围中掀起的,觉醒了的一个女性;庐隐,她是“五四”的产儿。正像“五四”是半殖民地的中国社会经济的“产儿”一样，庐隐，她是资产阶级性的文化运动“五四”的产儿，“五四”运动发展到某一阶段，便停滞了，向后退了；庐隐，她的“发展”也是到了某一阶段就停滞。
>
> 我们读了庐隐的全部著作，总觉得她的题材的范围很仄狭。她给我们看的，只不过是她自己，她的爱人，她的朋友，——她的作品带着很浓厚的自叙传的性质。
>
> 但是，跟着“五四”运动的落潮，庐隐也改变了方向。从《或人的悲哀》（短篇集《海滨故人》的第八篇）起到最近，庐隐所写的长短篇小说，在数量上十倍二十倍于她最初期诸作，然而她告诉我们的，只是一句话：感情与理智冲突下的悲观苦闷。……然而我们很替庐隐所惜，因为她的作品就在这一点上停滞。①

这些评价都不无道理，但细心体察一下，便不难发现，茅盾是用一种统一的男性标准评价庐隐的。庐隐没有走上新民主主义政治革命的道路，没有反映更广阔的社会人生，她停滞了，这种停滞也像类似的男性作家的停滞一样受到批评。原则来讲，这是不合理的。萧军走上政治革命道路，萧红始终没有投入政治革命斗争的旋涡，能否说萧红作品的思想艺术价值就一定逊于萧军，仅就这一个侧面来说是如此，但就整体而言就未必如此。正像就平均身高女人不如男人，但却绝不能由此得出女人是劣等人一样。因为在其他方面，例如就平均寿命来说，女人又常常是长于男人的。女人有女人的世界，女人有女人

① 引文均见茅盾：《庐隐论》，见《茅盾论创作》，上海文艺出版社 1980 年版，第 176、177—179 页。

独特的生活道路、思想道路和文学道路，历史给男女作家提供的历史空间、思想空间和艺术空间是不完全相同的。在传统的封建社会里，封建礼教对中国妇女的束缚比对男性的束缚更严重，“五四”的反封建思想革命为她们提供了更广大的思想艺术空间，在这里，她们有着更直接的生活感受和思想感受，有着展开自己艺术才能的充分的空间。虽说妇女的解放最终要有赖于整个社会的解放，而整个社会的解放又离不开中国新民主主义的政治革命。但这个政治革命，充满着更多的血腥和污秽，进行的是残酷的阶级斗争和人杀人的无情战争。这对于始终与母性联系在一起的女性，是更难于接受的现实。有史以来的战争，都是男性担负着主要责任的，我们不能要求一个女性作家会与男性作家以相同的热情看待战争，看待战争这种极端险恶的环境。男女在生理上的差异直接决定了他们在投入这种环境时的心理状态。再者，当一个环境由绝大多数的男性组成的时候，当一个社会对女性的独立意识的理解还没有达到足够高的程度时，一个女性在决定投入这个男性世界时的心灵抉择就要思考自己个性维持的可能性，这是一个男性较少考虑到的，只要我们承认女性应当有足够的女性独立的意识，对她们这种抉择的标准就应当有足够的理解。这绝不是一个纯理论问题，而是一个实际问题。只要想一想丁玲的《莎菲女士的日记》和《我在霞村的时候》一度遭到的苛评，我们就应当承认，我们对女性独立意识的理解还是不够充分的。在这时，我们能要求一个女性作家与一个男性作家对当时进行的政治革命取完全相同的态度吗？当然，这绝非说女性作家就不能或不应投入政治革命斗争的旋涡，而是说有着相同进步愿望和社会改革要求的男女性作家，在外部表现上是会很不相同的，彼此的发展方向也可能是极不一致的。在追求方向上是这样，在题材范围上也是这样。庐隐并不是没有反映更尖锐的社会生活斗争的愿望，在前期，她写过不少反映劳动人民生活疾苦的作品。在20世纪30年代，她甚至创作了反映一·二八事变的中篇小说《火焰》，但这些作品大多数是失败的，特别是《火焰》，更是艺术上的失败。因为这离开了她的具体的、有生命活力的生活视野和艺术空间，离开了一个女性心灵能够精微体察的题材范围。我们不能说女性作家就应有一个什么特定的题材范围，但一当具体到一个特定民族、特定历史阶段的特定女性作家，这种范围也就有了确定的内涵了。女性作家中，庐隐是一个最大胆、泼辣的“野马”，但她依然不可能像郁达夫、曹禺那样具体描绘妓院生活。在日本，她曾到妓院区观察生活，但也只是在门外一瞥，我们能认为这是她的缺陷吗？在庐隐所处的历史阶段，在她所能表现的范围中，她充分表现了自己所能表现的东西，我认为这就足够了。这并非说她的作品就没有缺点，而是说不能以一个男性作家的尺度衡量她的作品。我认为，庐隐并没有找到更为有力的艺术形式以更充分地表现她的丰富的人生体验和审美体验，没有把她能够反映和表现的更广阔的社会人生更深刻地表现出来。她的议论比她的艺术表现更深刻，这说明她没有用艺术的力量更有力地传达出她的全部生活体验。

对于女性文学，可能有三种界定：一、描写女性生活的文学；二、具有女性意识的文学；三、女性作家创造的文学。实际上，这三种理解是极不相同的。描写女性的文学，可以包括男性作家的作品，不一定是女性作家的作品。这样界定女性文学，有利于全面研究女性在世界上的地位及其历史演变，有利于全面观察在各种历史文化环境中女性的生活和作用，也有利于了解女性的生活和心理。但是，描写女性生活的作品，不一定具有女性意识，它可能只是由特定历史时期、特定作家的男性审美观念和思想意识立体化了的女性形象。鲁迅说：

> 女人的天性中有母性，有女儿性，无妻性。
> 妻性是逼成的，只是母性和女儿性的混合。①

在以男性为中心的社会里，女性形象往往是妻性化了的形象，是以妻性为标准审美化了的形象。《孔雀东南飞》中的焦仲卿妻引起了我们历代人的同情，但她假若是一个不甘于婆婆虐待、愤然于焦仲卿的软弱无能的女性形象，还会不会得到作者的同情的描写并以如此美的女性形象呈现在我们面前呢？《水浒传》中的潘金莲最后被处理成了一个杀人犯，当然我们不能再说她是一个美的女性，但她的婚姻分明是不幸的，她不爱武大而爱武松并没有得到作者的应有的同情和理解。而假若从女性的眼光看人生，至少潘金莲会得到部分的同情和理解。这两个女性艺术形

① 鲁迅：《而已集·小杂感》，载《鲁迅全集》，人民文学出版社 1985 年版，第 531 页。

象一正一负，都反映了男性的思想意识和审美意识，是以统一的妻性眼光表现女性的结果。这种妻性眼光在当代文学中还有没有表现呢？我认为还有。电影《牧马人》《喜盈门》《人生》《良家妇女》中的女主人公，在审美形象上不都是好妻子形象吗？而作者所不满意的黄亚萍（《人生》）、大嫂（《喜盈门》）等女性形象，大都是不符合好妻子规范的。我们不能低估男性中心社会给我们积淀下的思想意识和审美观念的力量，但我们又不能要求作家离开自己的真实的审美感受去表现人生，表现女性形象，这同样会导致对整个人生，其中也包括女性形象的歪曲。这样，研究女性意识的特性，提高作家对女性心理特质的理解和感受，便成了一种历史的需要和文学的需要。

我认为，不能认为只有女性作家的作品才有可能具有女性意识。人的一个基本素质便是具有对象化的能力，便是具有相对远离自我而有意识地立于对象的立场上，以对象的审美意识、思想观念、感情态度环视人生的能力，这对于文学艺术家更是必不可少的条件和才能。在漫长的男性中心的社会历史上，文学也主要是由男性创造的，那时女性的意识较少有可能通过女性作家的作品反映出来。倒是在一些男性作家的笔下，女性意识得到了更充分的表现。所以以女性意识界定女性文学而不局限于女性作家的作品也有一定的合理性。《红楼梦》中薛宝钗和林黛玉、袭人和晴雯、尤二姐和尤三姐这些女性的形象，都以独特的审美特征出现在了人们的面前，我认为，从一个特定角度来说，是曹雪芹的对象化能力提高的结果。这种对象化能力的提高，带来了男性作家对女性的更多的理解和更精确的描写，在这些女性形象的描绘中所体现出来的女性意识，未必比像许穆夫人、蔡文姬等女作家的作品中少。到了现代文学中，由于作家妇女观念的改变和个性意识的增强，男作家笔下的女性形象也有了很大变化。曹禺《雷雨》中的繁漪、《原野》中的金子、《日出》中的陈白露，巴金作品中的一些女性形象，老舍《骆驼祥子》中的虎妞，都不能认为是完全妻性化了的形象。认真研究男作家对女性理解力的提高和女性意识的表现，我认为也可能作为女性文学研究的对象。

但是，任何一个人的对象化的能力都是有限的，并且这种对象化都必须以主体意识为立足点，脱离开主体意识的对象化只能是盲目的臆测，只能带来作品的失败。如上所述，曹雪芹是中国第一个深刻了解并艺术地表现了大量女性形象的作家，这些女性形象是他在没有受到男性中心主义思想观念的强烈影响的童年和少年时期感受到的，因而更少妻性的眼光。但即使他，也不能完全脱离男性对自己的束缚。譬如他所说的“女儿都是水做的骨肉，男子都是泥做的骨肉”，就带有强烈的男性特征，是一种有距离的对女性的观照，反映了异性对男性的特殊吸引力，这在女作家庐隐的作品里，是看不到的。相反，庐隐笔下的一些女性客观形象，都不带有特殊的美的魅力，而男性形象倒有可能成为具有魅力的形象。由此可见，以笔下的女性形象是否具有艺术魅力区别作家的女性意识的强弱往往会得到适得其反的结果。我认为恰恰相反，男性作家有可能塑造出最具艺术魅力的柔性女性形象，女性作家则有可能塑造出最具艺术魅力的有刚健美的男性形象。没有距离感便没有美，自我欣赏只是在把自我也对象化以后才有可能，对象才是清晰的，纯自我只是一个混沌的模糊整体。总之，女性意识只有在女性作家的作品中才能得到最深度的反映，因而研究女性作家的作品应该是女性文学研究的重点。

是不是女性作家的作品中都有比男性作家作品中更直接、更明确的女性意识的表现？我认为不一定。英国作家乔·亨·刘易斯说：“女性文学的出现，展示了妇女的生活观点和经验，换言之，它提供了一种新的因素在这个充满差异的社会中，它进一步证实了男女两性之间确实存在着不同的生理机制，各种体验大相径庭。……但是，迄今为止，妇女文学没有起到它应有的作用，很大程度上仍是一种模仿文学。这是出于一种非常自然而又极为明显的弱点：妇女在创作中总是把像男子一样写作当作目标；而作为女人去写作，才是她们应该履行的真正使命”[①]（《女小说家》）。我不同意这里说的女性作家只应为女人写作，正像男性作家不能只为男人写作一样。但这里说的女性作家还不可能充分体现自己的女性意识则是不能忽视的历史事实。整个漫长的文明史，都是男性中心的社会历史，在全部社会的价值观念和文学观念中，都浸透着男性中心的社会历史特征，一个女性作家要在这样一个文化环境中塑造自己、发展自己，才能取得一定的创作才能。也只有首先取得了这样的一套价值观念和文学观念，其作品才能得到这种文化环境的认可或默认。这样，一个女性作家的作品就不可能直接地、具体地体现自己全部的女性审美意

① 乔·亨·刘易斯：《女小说家》

识。这种可能性也是客观存在的：越是女性作家，越是不便于或不敢于公开表现当时文化环境中认为不合理的甚或丑恶的心理特征，而越是不敢于公开表现这种独特的心理特征，其作品的女性意识越不能得到更充分的体现。相反，倒是男性作家由于自己的特殊地位，敢于更直露地表现女性的心理活动，较少为女性掩盖社会所公认的“丑恶”的角落。但这是否意味着女性作家的作品倒更少女性意识呢？显然不能这样说。我认为，正是在对某些问题的敏感中，反映出了女性文学的特征和女性意识的特定历史阶段的特征，只不过我们不能从表层的直接表现中发现，只能在深层的曲折表现中研究出来。由此也可看出，女性的个性意识增强到什么程度，整个社会对女性个性意识的认可深入到什么程度，女性作家的作品能够直接表现出的女性意识也就会增强到什么程度。就在这样一个意义上，“五四”时期的女性作家的作品，是研究中国女性意识最值得注意的对象，而在“五四”时期的女性作家的作品中，庐隐的作品又是最值得重视的。就作品的丰富程度和艺术成就，庐隐不如与她齐名的冰心，但庐隐的生活道路和个性意识，分明更带有现代的特征。庐隐在传统的封建家庭里没有得到像冰心那样多的父爱和母爱，这决定了她对封建传统没有那么多的留恋，对封建意识和传统的审美意识没有那么多的偏爱。她被无情地抛入了现代社会生活，抛入了一个在生活道路上属于现代而在文化背景上仍与封建传统文化背景没有很大差异的中国现代社会上，她经历了一个觉醒女子在封建文化背景中所可能遇到的更多的生活波折，对封建传统对自己的压力具有更敏锐的感受，因而对生活和对人的观感较传统的女性也有了更大的变化。她是一个不想掩饰，也不善于掩饰自己真实心灵的女性作家，她对女性同类的那种存在着内在排斥和外在亲和力的心理活动，那种对异性充满怀疑、憎厌的亲和力感情，都比较直露地表现在自己的作品里。她追求着自我的和女性的个性解放，又本能地惊惧于男性的个性解放，因为男性个性意识的片面增长恰恰会给得不到充分个性解放的妇女带来严重的威胁。这种种复杂的意识，庐隐都坦露地表白了出来。当然在深层意识上，庐隐仍然没有完全摆脱封建传统和男性文学传统的束缚。例如，她的语言和她的文体更接近传统小说，这与她需要表达的思想情绪特征是不完全吻合的，这说明她的审美情趣的变化远远落后于她的理性追求和生活实际感受的变化。

什么是女性意识？什么是女性文学？女性意识和女性文学应该具备哪些特征？在女性文学的研究中，我们往往首先提出这些一些问题。我认为女性文学研究不能由此入手，应该从历史地、广泛地分析女性文学作品入手。女性文学是一个总体的概念，又是一个历史的概念。从狭义的女性文学（女性作家创作的文学）来说，从许穆夫人到张洁、王安忆、谌容、张辛欣、舒婷、刘索拉的作品，从萨福到乔治·爱略特、弗吉尼亚·伍尔芙等人的作品，都内蕴着女性意识，都属于女性文学，但它们外在的表现形式是有极大差异的，甚至比与同民族、同时代的男性作家的作品间的差异还要大。但是，正像恩耐斯特·贝克尔所说："文学界的女子有一些特性使她不同于男子，这些特性就像不同种族和不同古代传统的特性那样鲜明。我们随意挑选一些女作家，不管她们具有怎样的能力，持什么观点，个性如何，她们总是因鲜明的女性特质不谋而合。"①这才应当是女性文学的总体特质，但这应当是研究的结果，不是研究的起点。如果先验地规定下什么样的作品才更像女性文学，什么样的风格才是女性意识的表现，其结果往往把传统的女性作品的特征固定为一个先验的女性文学的模式，这不但不利于女性文学的发展，反而束缚了它。例如庐隐，较之凌叔华、冰心的作品更不像传统女作家的作品，但我认为，她恰恰较之她们更明显地表现着现代女性的特征，因而也更明显地反映着女性意识。吴黛英同志在一篇文章中指出："现代社会剧烈的竞争（包括知识、能力、体力等方面，并非指经济意义上的），往往使我们不知不觉地在某些方面日益男性化起来，譬如进取、好胜、强悍等原本属于男性的一些性格特征已在越来越多的女子身上体现出来。"②这绝非是女性意识的消失，而是女性意识在现代社会生活条件的新的贯彻形式，这种在表层男性化的形式下的女性意识的新发展，在"五四"时期的庐隐身上表现得已经极为明显，可以说，唯其妇女对男性的奴性服从和消极依附被现代社会生活条件逐步摧毁的过程中，唯其在女性以独立的人格介入现代的社会生活之后，女性的内在意识特征和独特的心理机制才有可能更充分地表现出来。也只有在女子的社会作用一步步增长的过程中，她们才会在世界上印下更多的女性意识的印迹。

① 恩·贝克尔：《英国小说史》

② 吴黛英：《女性世界和女性文学——致张抗抗信》，载《文艺评论》1986年第1期。

男性和女性也是彼此联系的，男性意识和女性意识也是互为因果的，在女性意识没有更大独立的社会环境中，男性意识也不会有自己更高程度的独立性。这里的原因很明显，因为男性永远不可能离开女性而独立占领世界，他们也不会乐意这样做。当女性意识没有独立发展的可能性的时候，当男性为了自己的根本需要抑制着女性意识的自行运演的时候，男性就要把自己可以赋予女性的意识从外部赋予女性，男性意识就必须把女性意识包容在自己的意识之中，与此同时，当男性剥夺了女性意识的发展而又必须与女性达成一定程度的和谐关系的时候，男性意识也不可能片面地、独立地发展起来。研究中国古典文学的发展是很有趣味的。在中国古典文学中女性的正面形象最多的是这么两大类，一类是像焦仲卿妻（《孔雀东南飞》）、赵五娘（《琵琶记》）这样的贤妻性形象，一类是木兰（《木兰诗》）、穆桂英（《杨家将》）、孙二娘（《水浒传》）这类比男性还男性的形象。这反映了男性既要女性成为自己的好妻子，在必要时又可完成男性的社会任务为自己分劳的社会无意识心理愿望，像安娜·卡列尼娜（列夫·托尔斯泰《安娜·尔列尼娜》）、繁漪（曹禺《雷雨》）这类既非好妻，亦不能为男性代劳的女性形象都不可能在古代构成正面的女性形象。而男性正面形象呢？在戏曲舞台上活跃着的是大量女扮男装的女性气十足的小生，在才子佳人小说中活跃着的是大量温情脉脉、多情善感的女性化才子，在绘画中出现的是无数温文尔雅、羽扇纶巾的女性般的儒生，在诗歌中有大量为妇女立言的闺怨诗。这类形象和感情分明适应着女性独立意识不得充分发展时易被女性接受的对男性公民的要求。除此之外，当然还有整个社会所需要的帝王将相、清官武侠，而像鲁迅《狂人日记》中的“狂人”、古希腊雕刻《掷铁饼者》中的男性形象，是极少见到的。就这个意义上，女性意识的发展绝非仅仅是女性的任务，也是整个社会意识发展的标志；女性文学的发展也不仅仅是女性作家的任务，而是整个文学事业发展的需要。但是女性文学的发展和女性意识的独立又绝非仅仅通过整个社会文学和社会意识的发展便自然而然得到解决，这是相联系的两码事，而不是可以彼此代替的一码事。这种情况也不是没有的，越是整个社会的个性意识得到充分的发展，原来居于统治地位的男性意识越是能迅速发展，而男子的独立意志越是能得到充分的发挥，萌芽中的女性意识便可能受到更严重的摧残。电影《人生》中的巧珍、鲁迅小说《伤逝》中的子君便是这种例子。在这时，妇女自身的独立意识的发展是一个独立的问题，女性文学的独立发展也是一个与整个社会文学的发展不同的问题。我还同意顾亚维同志的意见，她说："'女性文学'的繁荣不仅依赖于妇女地位的提高，更依赖于妇女自身精神意识的进步。"[①]这个道理是非常明显的，贾府里的贾母地位并不低于一般男子，但她创造不出女性文学，因为她并没有自己独立的精神意识。女性文学的发展不能依靠男性文学的让路，不能依靠评论家的优遇，不能依靠男性社会的鼓励和扶植，而应当自己为自己争取更大的活动空间。

在中国女性文学的发展中，"五四"时期的女作家为我们做出了巨大的贡献，而庐隐又是极重要的一个。

我们过去，几乎忘了她。

我们应当记住庐隐。

除了别的原因，这是否也与不自觉地漠视女性意识和女性文学的独立价值的社会理念有关呢？

在近年来的庐隐作品的整理和研究的工作中，除肖凤同志外，钱虹同志是工作做得最多的一个。肖凤和孙可二同志于1983年出版了二人合编的《庐隐选集》（百花文艺出版社），肖凤同志另有《庐隐传》一书问世（1982年北京师范大学出版社版），而钱虹同志几乎在同时，开始了庐隐作品的搜集、整理和研究的工作。那时她还在大学读书，除了编写《庐隐著作系年目录》《庐隐年谱》外，还写了题为《论庐隐的创作道路》的毕业论文和《试论庐隐笔下的女性形象》等论文。1985年，福建人民出版社出版了她编的上、下两卷本的《庐隐选集》，收印了较肖凤、孙可二同志合编的《庐隐选集》更多的庐隐作品。在读研究生期间，她又写了几万言的《青春期的现代女性——五四女作家群创作论》。现在，她又经过艰苦的搜集、整理过程，把庐隐未收入作品集的作品编为《庐隐集外集》，交由书目文献出版社出版，为庐隐研究提供了更加完备的资料。这是一个极有意义的工作，对现代文学研究和现在正在发展着的女

① 顾亚维：《时代的女性文学》

性文学研究都是一个贡献。钱虹同志以女性评论家的身份研究女性作家及其作品，既重视理论研究又注意扎实地做资料工作，这些都是极为可取的。祝钱虹同志取得更大的学术成果！

1986 年 11 月 12 日
于北京师范大学中文系

（原载《名作欣赏》1987 年第 1 期）

文学书简两则

陈思和

一、致陈幼石

陈幼石先生：

大札已拜读。你在信中对竹林小说的评价勾起了我的一些想法。你问我："在现代意识中竹林的作品有没有什么代表性？抑或是你觉得她写的那些小虫、小女，不登历史之大雅之堂，故此不值得提上文学批评的高度来讨论？"这些问题本该是可以深入讨论的题目。可是在你访问中国期间，你忙，我也忙，一直没有能够坐下来认真地聊聊。现在你已经回国了，我想答应朋友的事还是应该兑现的，所以就利用这封信，简单谈谈我的意见。

近一个月来，我断断续续地读了竹林的几本小说集，虽然跟你"用心看完了二百万字"的努力相比是微不足道的，不过我想我也许能够回答你的第一个问题了。在新时期文学所表现出来的各种各样现代人的困扰、痛苦和追求意识中，竹林小说是应该有其地位的。她的地位不是来自于她以特有的妩媚柔软的文体写出了富有江南水乡气息的农村生活，也不是因为她生动地描写了江南农村的风景或小动物——在这些方面，竹林自有她的成绩，但她对新时期文学的主要贡献，我认为是提出了女性在中国这块古老土地上的命运。这个命题，也许如同昨天一样古老，可是竹林赋予它一个现代人的感受。说来凄凉，竹林在小说里所表现的这种感受，由于被裹在传统的主题里而难以引人注目——中国新时期文学中女性文学的成就是那么的辉煌：爱情是不能忘记的，婚姻、道德与爱情之间没完没了的纠缠，以及知识女性在现代社会中的孤独感，等等，都曾经被一些女作家出色地描绘过。一位传记作者把这些主题归纳为几句非常点题的话："做人难，做女人难，做名女人更难，做单身的名女人，难乎其难。”这话几乎概括了新时期女性文学的最主要的特征。然而竹林却远远地离开了充满现代人喧哗与骚动的世界，她一头扎在古老的、非常“土”的环境里，写着一些不为现代人所注意的，当然也与“名女人”沾不上边的女人的遭遇。她们的遭遇在这里——

> 他像一头暴怒的公牛，呼哧呼哧地喘着气，用力扯，用力拉，用力推揉着一件一件地把她穿的衣服脱去，外衣、内衣、长裤、短裤……脱下一件就团成一团，塞到自己的枕头底下，她的衣服已被剥光了，就钻进了被窝。于是，他急不可待地向她扑来，一把掀开了被子……他的手滑下去，滑到了她的胸前，开始拧她的雪白的肌肤，还用指甲掐，不知什么时候他已经骑在她的身上，就好像骑着一匹马，或者一头牛那样。他把她置于自己的跨胯下。他骑着她，呲着一口白牙，嘴里发出低沉的吼叫，两只手乱拧乱掐，不管前胸还是后背，胳膊还是大腿，凡是能摸到的地方他都要拧，都要掐，一边拧够了，他就把她翻过来，再拧另一侧……于是就问：“你痛不痛，痛不痛？”

这是《昨天已经古老》里描写一个双目失明的“劳模”对自己妻子的作践，而这个人同他的妻子从小是青梅竹马，也深深地爱着她。我觉得竹林在这里触及了一个比较深的问题，它甚至使我想起了台湾女作家李昂的《杀夫》。我们常常说过去中国妇女被“四大绳索”紧紧束缚着，而通常文学中所表现的封建夫权，无非是指妇女在夫家的受制地位，很少有人从性压迫的角度来展示夫权对妇女的迫害。竹林在描写中国农村妇女命运时，富有独特的女性视角，她从丈夫对妻子的虐待中推出一系列农村妇女的地位：为什么丈夫要这样虐待妻子？是因为他变态地爱着妻子，无端地怀疑她有外遇；为什么丈夫敢这样虐待妻子？因为他是“劳模”，是“英雄”，他背后还有着当大队党支部书记的“娘舅”。更何况村里的农民们也认为，这样的妻子就应该“管得严一些”。这样，尽管她所揭示的仍然是农村妇女在社会上、文化上的受制地位，可是出发点却是从纯女性的问题开始的：妇女在两性生活中的受制地位。这个问题的出现，我认为是把目前停留在婚姻、道德、爱情的纠缠中的女性文学向深处推进了一步。

这个问题由竹林提出，我想是有其原因的。我发现，竹林的小说从

《生活的路》开始，无论长篇、中篇和短篇，都反复围绕着一个母题：性暴力对农村女青年的摧残。它最初是表现为农村落后势力对插队女知青的奸污，继之又表现为农村女孩子受到的性摧残，直至《昨天已经古老》，表现出丈夫对妻子的性压迫——后者所表现的夫妻关系是合法的，但是在一方不愿意的情况下，另一方使用暴力的性行为实质上与强奸无异——而表现妇女在这一范围内的受压迫现象，可以牵引出一系列的问题：妇女如何在两性关系上追求真正的平等和尊严？性道德与婚姻道德之间是怎样一种关系？在性关系上中国妇女究竟处于什么地位？虽然竹林的小说没能回答这一问题，可是她几乎浑然地把这个历来被传统道德盖得严严实实的现象捅了出来：在她的作品里，性暴力行为已经不是一种可有可无的情节，而上升成为一种象征，成为通篇作品的中心意象，她的小说中一切文字描写，似乎都是为它来铺陈的。

竹林在触及这个充满现代女性普遍感受到的问题时，她丝毫也没有把它当作一个新课题提出。她的小说从来没有孤立地表现过这一现象。她是把性暴力看作是中国农村封建文化中的一种野蛮象征，又是与一定的社会因素联系在一起的。在她的笔底下，性暴力的承担者总是一个固定的社会符号，或者是这种符号派生的一些从属性符号。这就使她的小说在社会批判方面的意义要大于对女性问题本身的探讨。譬如知青文学中，我至今还是认为在揭示知青上山下乡运动的反历史反文化的实质问题上，没有一部作品能在深度上与《生活的路》相比。它描写知青下乡的悲剧性命运，丝毫没有羞羞答答地把其归罪于某种外在的原因（如叶辛的《蹉跎岁月》就犯了这种毛病，把知青的受罪归于反动“血统论”），也没有如梁晓声那样用理想主义的豪情来编造虚假的英雄气概。它以一个弱女子的生命被摧残，毫不留情地揭穿了在这场所谓的“接受再教育”运动中，农村封建、愚昧、落后的文化是如何摧残刚刚受到现代文化教育的新生一代的。这里的性暴力行为，正是这种摧残的总体性象征。她以后的小说中，虽然主人公的身份屡有变化，但基本的象征意义没有变，所有被摧残的青年男女，总是接受过一定现代文化的教育，为农村传统文化势力所不容。因此，在一个时期内，竹林的小说在社会曾发生过相当大的意义。

但这也似乎带来了她的创作上的局限：人们对文学作品的价值判断是多方面的，除了具有特定历史下的社会批判的意义以外，还需要能够展示出更为普通的人性与人的命运问题，需要能展示出较为稳定的文化现象，以及展示出作为文学作品本身最为重要的特征——艺术的审美效能，等等。并不是说竹林在这些方面完全没有注意到，但也应该承认，我们在她作品中主要感受到的是对农村封建势力摧残青年女性的罪行的控诉。这些思想并不陈旧，也应该得到很好的表现，然而竹林在这些传统主题的表现上，无论深度或是力度，都未能对“五四”新文学以来的传统有所创造性的突破。而相反，她在女性问题上表现出来的新鲜而富有启发性的感受，却被套在传统主题中隐隐地显露出来，不但引不起读者的重视，或许连作者本身恐也难以自觉地注意到这一点。

讲到这里，我似乎可以转入到你提出的第二个问题了。在你的语气中：仿佛有责怪我们对竹林小说的技巧不够重视之意。我想就此谈谈想法——当然，只是我个人对你所提出的问题的一种解释——我想还是接着上面谈及的竹林创作上的局限谈下去。我读了竹林的一些小说以后，发现一个问题，即竹林虽然最早揭示出性暴力行为对青年女性的摧残，可是在相当长的时期内她却没能在这个母题下创造出更新的境界。性暴力所象征的内涵在她开始创作的第一步，就像一场噩梦那样久久缠在她的心头，她急于揭露它、控诉它……渐渐的，在旷日持久的作战过程中，她不知不觉地成了她的对手的精神上的俘虏，她无法摆脱它，她显然是被它吸引住了，包括她的全部创造性的思维能力和艺术想象力。这就使她的作品在主题内容上缺乏变化，而且在艺术构思上也常常重复自己，这也使她对自己所具有的一些新鲜的想法也失去了新鲜感，而往往一动笔则落入一些重复的模式之中。

你在信中极力赞扬竹林的文笔，这我同意。竹林确实有些写景，写动植物的片断非常优美，而且富有感情。但是对一部优秀作品来说，文笔优美的片断不具有独立的审美意义，它唯有与作品的艺术构思达成有机性的统一，才能显示出总体性的价值。竹林有些短篇构思颇佳，如《蛇枕头花》中关于蛇枕头花的描写使作品在现实内容上蒙上了一层寓言色彩，相当精彩。可是在竹林的一些份量比较大的作品中，构思上的弱点就很明显了。我可以举两个例子：一，长篇小说《苦楝树》中，如果以苦楝树为意象来着重刻画一个错划富农的儿子泉根的遭遇，可以说是很有意思的，但作者为了强调封建势力的威力，不惜用很多篇幅去写金铃姑娘被大队支书逼婚的经过，这本来已流于一般，更不堪的是后半部分平地编造出个老干部来主持正义，又让老干部的儿子来充当金铃姑娘的情郎，整个长篇的现实主义风格都被破坏了。这样，“苦楝树”的意象用得再好，也无助于作品的成功。二，中篇小说《昨天已经古老》中金元深深爱着妻子，因为工伤造成双目失明，在心理上产生一系列变态的现象，这本来是可以相当深刻地揭示出人的深层心理世界，展示生理变化给人带来的复杂的心理变化。可是作者仍然是为了强调那个“封建势力”，把一些很好的机会都轻易放过了，结果使人物只能在一些浅层次的寻死寻活中兜圈子，又一次重复自己过去的作品。

因此我想，竹林的创作似乎到了应该跳一跳的时候了。战斗的目标不变是可贵的，但战斗的武器经常换换，战斗的角度经常变变，是有利于在战斗中提高自己，发挥自己的优势的。竹林是一个很有才华的女作家，她的创作潜力还很大，还没有充分地发扬出来，如果她真能认真地总结一下自己的创作得失经验，也许，过几年我们就当刮目相看了。

以上看法，均不成熟，或许不能使你满意，只好请原谅了。

二、致孙惠芬

孙惠芬同志：

我们虽然一起参加全国青年文学创作会议，却没能在会上相识，不过你的作品我是早就拜读过的。去年在《上海文学》上读到你的《小窗絮雨》和《来来去去》，那种流动感很强的叙事文体曾经吸引过我。近日又在朋友的推荐下读了你的《攀过青黄岭》《变调》等四五篇作品，因为读的是复印件，不能判断这些作品的写作时间先后，而且这只是你全部创作的一小部分。我无法由此对你的创作道路作全面的分析和评价，只想借此机会谈一点初步印象。

从介绍中获知你在1982年就开始创作，但我读到的作品，时间最早的是你在1983年发表的短篇小说《沙包甸的姑娘们》。如果是孤立地读这篇小说，它不一定会引起我的注意。虽然它文笔是那么清新、活泼，虽然它以轻喜剧式的构思展示了农村姑娘的青春活力与传统文化心理之间的冲突——如果它早诞生60年，也许会是一篇满不错的反对封建道德风俗的抒情小说；如果它早诞生30年，也会成为一篇突破了“左”的清规戒律，从生活实感出发的优秀短篇。可是它毕竟诞生在1983年，在充满了现实性的血与泪，充满了生命力勃发时的喧腾与骚动的新时期文学潮流之中，思想上的肤浅与艺术上的稚嫩，决定了它不可能有举足轻重的地位。时代与文学都在发展与进步，任何一部文学作品的价值只能从当时的文学背景下作出判断，如果把这个作品同你以后的创作联系起来，如果把它和《攀过青黄岭》《小窗絮雨》并列地放在一起进行比较（我从一些介绍你的材料中得知你还写过《水花村少女》《静坐喜床》等作品，推想也应属于此类风格，因未读过，暂且不论）。那么，在你的创作道路上，这个作品已经初步具备了你对生活的独特的审美把握。从1982年到1986年，新时期文学熙熙攘攘，农村新经济政策给古老土地带来的经济、文化、道德、心理上的各种变化，先后都成为文学创作的热门话题。从你的创作中可以看到这些创作话题的影响，但可贵的是你从一开始创作，就撇开了流行的创作模式，你紧紧抓住属于你自己的世界——展示新时期农村中的年轻女性在两种文化撞击下产生的种种心理变化，写出了青年们向往高层次精神生活的诗一样的激情。

我不很熟悉北方的农村生活，我只觉得你描写的沙包甸的男女授受不亲的风俗有些过分，沙包甸姑娘们的心理变化也多少显得有些勉强。但在《攀过青黄岭》中你却选取了一个很好的表现角度，通过一个新娘出嫁上路的环境氛围的描写，情意融融地表现出山区青年对物质富裕以后生活现状的不满足，以及对于未来生活的理想，敏小为什么要出嫁到山外去？为什么四年来朝夕相处的小伙子的情义，4年来亲手创办的蘑菇种植事业，甚至是养育了她的家乡山水家乡人，都没有能够拴住她的心，而一个才见了几次面的大学生——论财无财，论貌无貌，却凭了他的知识与才华，凭了山里人永远也无法得到的文化气质，就深深地吸引了她。她要拔根，要飞出青黄岭，为了追求那永无止境的新理想、新天地。这篇作品的主题曾经有许多作家都接触过，但在我的印象里，似乎还没有一篇作品像你那样，把“拔根”（这是一个与历来农村知青题材的“扎根”思想相对立的概念）作为一种历史的进步，作为新一代农村青年对幸福与理想的追求来赞美的。

我们过去曾经为《人生》中的主人公的错误选择激烈地辩护，这种辩护的结果，除了对高加林的处境表示深切同情以外，只能面对沉沉的现实发出无可奈何的叹息。这种结果，其实在我们争论之前，作者路遥已经通过他的那沉重而深刻的人物心理分析暗示、引导了我们。作为一个男性作家，他的沉重感是真实的。因为告别土地即意味着告别千百年来列祖列宗筚路蓝缕、艰苦创业中逐渐形成的历史文化，告别直到今天仍然占着绝对优势的传统生活方式，进而告别我们自己血液中深深蛰伏着的一部分遗传密码。男性的人们，历来就是这种文化生活的中心点，他们要做出反叛的选择时，心理上的负荷也就格外的沉重。我曾发现，在文学作品中凡是由男性充当这种文化背叛者的主角时，他的步履总是迟疑不决，他的态度也是前顾后瞻的。而女性则不同，也许是她在这种旧文化生活中长期处于被动的地位，失去的太多太多，心理上有一种潜在的反叛倾向。她们一旦处于新旧文化的分水岭，往往显得盲目而且乐观。她们做出反叛性的选择时，心理上道德上的自缚很少，更多的是集中全力用于抵抗来自外界的社会（准确地说，是男性社会）的压力。这就是为什么新时期文学中凡涉及道德方面的题材，女性作家总是比男性作家更为勇敢而坚决的缘故。路遥对刘巧珍偏爱与维护的潜在意识中，仍然是一种对男性中心地位的文化生活方式的偏爱与维护。因为刘巧珍的“金子一样的心”说到底是一种符合男性社会标准的价值判断。而当你把高加林的角色换成女性敏小以后（在你的创作中，类似的女性不仅仅一个敏小，还有《变调》《小窗絮雨》等小说的主人公）所有的心理氛围全部变了。从爱情的选择到生活道路的选择，都是从根本上对传统生活方式与道德形态的动摇。这虽然是一部篇幅很小的作品，但它所包含的容量，则要比《沙包甸的姑娘》大得多。

这种心理基础上筑构起来的叙事文体：不沉重，不滞板，字行里时时透露出向往新生活的感情色彩。你告别旧生活，充满感情却不依恋。那种深刻的理性分析，那种沉重的道德感与历史感，仿佛都与你无缘，你不想在这方面多费脑筋，也懒得把它们分析清楚。你凭着对生活的感觉作出人生的选择，并根据这种选择创造了你笔下的一个个可爱的女孩子。她们有着共同的经历和共同的心理，都是在接受了现代文化教育以后重返家乡，用现代人的感受重新认识、理解旧生活的风俗文化。她们与土地的血缘感情远不及对现代生活的向往那么强烈，她们也愿意为改造旧农村作出一定的贡献，但决不容忍去为它献身。正像敏小那样，离开家乡亲友毫无留恋，因为她的心早已飞向岭外，两眼之间凝聚了盎然的春意。也正像《变调》中的女主人公，虽然家乡有一个能干的小伙子等着她，可一旦遇到新的爱情挑战会激动得做梦，并且感到“世界变样了”。

这并不是说你对于人们在历史进程中所付出的牺牲代价毫无同情心，不，如果是这样，那就形不成你所特有的那种絮雨叩窗式的缠绵文体了。在《变调》，在《小窗絮雨》中，女主人公的感情天地比敏小的要复杂得多，在这两篇小说里，你各自塑造出几乎在同一种模子里浇铸出来的男性形象：一个朴实深沉有股子力量，生在农村又养成了实干精神的青年农民，你决不漫画式地处理这个形象，他是农村姑娘的传统理想伴侣，是生活风暴中可以信赖可以依靠的参天大树。尽管你从姑娘的视角中描写那样的男人还没有把他写深写透，更糟糕的是你没有把他放在矛盾冲突中进一步深化他的性格力量，反而是孤立地当作一尊雕像似的陈列在另外一种男性形象对面供人选择和比较，因此你写不出这个男性形象的深度。但这个形象的出现毕竟比《攀过青黄岭》的成山进了一步，他毕竟是吸引过你小说里那些富有感情的女主人公，甚至还使得她们爱过、疯过、哭过；他们最终是你文学世界里的败北者，但他们悲壮的败北应该凝聚着一种历史感，使未来的人们接受他们就像接受空旷悲凉的古战场。

你对他们的同情心使你的文体不知不觉地发生了变化，我发现《变调》《小窗絮雨》中，你的句子渐渐拉长了，复合的语法中掺入了更多的感情成分。你越来越喜欢在一个较长的句子后面不加标点地再附加一个短句，使感情的宣泄变成了咏叹。如现代歌词那样经得起再三地咀嚼。你的句子并不故意违反语法规则，读起来依然流畅而不拗口，这证明你的创作还是紧紧地把握住艺术感觉的直观性的描写，并未上升到抽象的形而上的阶段。你的文体形成与你在作品中所要表现的情感内涵越来越密切而变得浑然同一，这一点在《小窗絮雨》中表现得最为融合。

《小窗絮雨》的成功多半取决于你的文体。它所反映的是“五四”新文学中一个相当传统的内容：即接受过一定现代文化教育的知识者返回故乡以后，对闭塞停滞的农村文化的重新认识与感受。这种情绪内涵，在你们东北地区最杰出的女作家萧红的作品里都被生动地刻画过。我读《小窗絮雨》时，不止一次地读到一些与《呼兰河传》相呼应的段落，譬如：

刚回来那天，姜锣匠老婆和王木匠老婆在井沿打架。锣匠老婆说木匠老婆到外面说她瞅锣匠不在家时往屋里招野汉子，木匠老婆

> 说她没说锣匠老婆招野汉子，只在刘文成老婆跟前说过一天锣匠老婆领一个小伙家去，没看见出来。于是刘文成老婆插嘴说，她听那话后只跟瘸子老婆说过，也是光说领一个小伙进去，没看见出来。就这样像连环雷，动一个爆一个，人们像看戏一样一阵阵起哄。可怜乡亲父老，平日没有节目看，终于有了这么一次机会，聚一聚，见见光景，也给那周而复始的日子增添不少乐趣。要是我在村里过日子说不上也会参与那没完没了的战争。

从文字上看得出你比萧红幸福，比她有信心，萧红的短句中透露出令人压抑的沉重感。而你在一串串的长句中却不断弹跳起青年人对旧生活的嘲讽，以及奔向新生活的活力。你能够对村妇搬弄“嘴舌”作出宽和的理解，能够在“一阵暴风把严严实实遮在耳房小窗的白杨树刮断以后”，从蓝天白云中感受到前所未有的崭新世界。但是也应承认，你在这里所表现的情绪内涵以及在文化对比中产生的种种感受，并不是新文学史上开天辟地第一次，也就是说，从文学发展的角度来看，这篇作品在内客，情绪方面都没有提供一个“崭新的世界”。

然而一部优秀文学作品的价值是多方面的，“史的批评”并非是唯一的价值判断标准。有时正相反，不朽名著所表达的恰恰是历史上被重复过千百次的永恒的主题，但它们的独创贡献则在于对这些思想感情采用了恰到好处的叙事形式，使之产生出最完美的艺术效果。我这么说，并非是认为你的《小窗絮雨》已经达到了很高的境界，只是觉得这篇作品在其艺术胴体与外在形式之间相当和谐。你那深沉的同情心，你对童年生活追忆的依依小草之情，你在两种文化对比中的感受与迷惘，等等，都被你那种细雨独白式的叙事形式发挥得淋漓尽致。你的创作文体从清新活泼的短句结构向着长而不闷、富有弹性的长句结构的转化表明，你的思想感情在深化，也反映了你作为一个作家在渐渐地成熟。

《岁岁正阳》和《来来去去》可能是你更晚一些的作品。在这两部作品中，我感到你在企图突破自己——突破《小窗絮雨》中已经达到十分和谐的创作模式。这表现在小说的叙事视角变丰富了、细雨独白转向了多视角多方位的叙事形式，尤其是《岁岁正阳》里，你用丰富、冷静的笔调描述了正阳街上几户居民的历史及其纠葛，从文体上说似乎是对《小鲍庄》一类作品的模仿。这种自我突破也许会给你的创作带来新的转变，当然，也会使你付出一定的代价。《岁岁正阳》和《来来去去》都存在着同样的毛病，即叙述形式与其所载负的内容之间缺乏有机性的契合。《来来去去》中写了一组农村妇女的心理，除了小芸这一形象较有光彩以外，其他形象均属平淡，以中篇的篇幅和铺陈的叙事形式的要求来看，这篇小说所包含的容量略嫌单薄一些。《岁岁正阳》除了艺术胴体本身的干瘪以外，结构上也失之粗率，有一种头重脚轻之感。

我想对这些作品的批评不至于扰乱你的探索信念，因为它们所存在的缺点，正是在你的创作素质相对提高以后产生的，是你有意识地开拓小说的叙事视角，扩大叙事形式的含量的同时，由于叙事内容的相对不足所造成的。从小说学的观点来看，小说叙事内容的价值，在于它是如何通过艺术语言被叙述出来的，叙事过程也正是内容的生命形式表现，两者之间应该有一种默契，这种默契一旦被破坏，就会感到作品内在的不和谐，但这很可能是孕育一种更高境界的和谐与浑成。当代青年作家中的佼佼者如张承志、贾平凹、王安忆等人的创作道路上，都可以找出这样的变化痕迹。絮雨正长，你的创作道路也长，希望你在不断求证过程中不断蜕变，在不断的自我突破中不断地创造出新的自我。

（原载《当代作家评论》1987 年第 5 期，编入此书时经作者修订）

夏娃们的义旗

程 麻

和近些年来传进中国文学批评界，并招出文坛上的是是非非，惹得沸沸扬扬的诸多国外文学思潮相比，女权主义文学理论的命运似乎与众不同，有点特别。所谓特别或不同，说得俏皮些，便是至今它还没太被当成一回事儿——讲西方有种女权主义批评，大家都能姑妄听之，可如果认定它是一种比较有系统，而且有深度的文学理论，我们的文坛上会有不少人觉得是故弄玄虚，起码有些言过其实。

这大概是因为，欧美的形式主义、新批评、结构主义与解构主义之类贴近文本，立足于语言分析的文学理论流派，同中国长期以来的意识形态型批评模式大相径庭。反差明显便引人注目，热衷者觉得口味不一般，有嚼头，想琢磨出个子午卯酉。厌弃者也不甘心漠然置之，因为不条分缕析就难以看清其要害，或判定其荒谬。正是在这样七嘴八舌的过程中，不少异质的文学观念和批评理论渗透到新时期的作家和批评家中间，使当代中国的文坛空前活跃，五彩缤纷。而相比之下，女权主义文学批评的引进，却并没有激起太大的波澜，既少有人非议，也难说有什么“轰动”的效应。在许多人眼里，欧美的女权主义文学批评是由争取妇女解放的政治斗争激发起来的，而我们的社会主义已不再如资产阶级那样欺压妇女，“挤兑”女作家们，因此，中国有没有搞女权主义文学批评的必要，还是个问题，起码我们的作家和批评家不必像西方女权主义者那么剑拔弩张。这样一种下意识的心态，竟使人们不那么重视甚至是轻视女权主义文学理论：仿佛我们已解决了这一文学课题。这种态度与一些人对待西方马克思主义（包括它的文学理论）的看法极为相似。他们质问道：难道“西马”还会比正在东方实践着的马克思主义有什么高明之处么？

如果不是道听途说或一知半解，而是系统地阅读女权主义文学批评的论述，就不难明白这种下意识的理论心态是太想当然了。作为“文艺新学科建设丛书”之一出版的《女权主义文学理论》中文译本，是一部由玛丽·伊格尔顿编辑的文集，或许它能成为中国读者了解西方女权主义文学批评的入门之作。虽然编者所选的论文未必都很有代表性，编排也难说十分条理，但是知道了这一批评流派的来龙去脉之后，便会明白：以女性、女权的眼光看文学，能检讨出不少以往文学理论未曾触及的深层问题。如和女权主义文学的“政治”概念相比，过去中国文坛对文学与政治的关系的理解就狭隘多了。女权主义文学理论把女性文学的创作与阅读，看作是女性自我精神拯救的一种途径。它不满足于仅从“自然”的角度区分男女，而主张在“社会”的宏观视野中看待女性群体的文学活动。一位女权主义文学批评家曾自白：“我旨在了解女作家们的自我意识是如何在文学中从一个特殊的位置和跨度来表达自己、发展变化以及可能走向何处，而不是想窥探一种天生的性别姿态。”具体说来，则可分为：1. 文学创作中的性别歧视和女性反抗；2. 关于作品风格的性别错觉，如把柔美归之为女性特点，而以男性指代阳刚之类；3. 进而敢于把一些司空见惯的理论观念，如人道主义，从男性化的阐释倾向中解救出来，等等。

仅“政治”概念的内涵就如此丰富，可见女权主义文学批评并不像有些人想象的那么简单。至于把这种文学理论视为女性批评家不甘寂寞，标新立异，甚至是出风头的一时冲动之举，更是不得要领的浅见和偏见。西方传统文化历来把文本的作者看成是父亲、祖先和亚当的同义词，竟有所谓笔是阳具的象征的比喻。而女权主义文学批评终于觉醒过来，并立志弥补这个历来残缺、偏失和破碎的文学世界，使之归于圆满和完全。凡有文学良知和文化进取精神的人，恐怕很难对“夏娃”们的这竿鲜明与悲壮的文学义旗无动于衷的。用中国话来说，这是否也可称之为“女娲”的又一次“补天”壮举呢？

虽然早就有人归纳过近代欧洲思想的三大觉醒：人的觉醒，女性的觉醒，儿童的觉醒。但显而易见，女性在文学上的觉醒却是“千呼万唤始出来”，姗姗来迟的。不过，现代文坛上的“夏娃”们毕竟已不同于封建时代那些走投无路、揭竿而起的草莽英雄，他们懂得要避免重蹈农民起义终归失败的覆辙，必须有清醒的理论意识。单凭义愤和激情，任何文学运动都难持久和深入。关于这一点，玛丽·伊格尔顿在为她编集的论集写的“引言”中不止一次地强调过。她指出：“批评家，诸如莫瓦以及马克思主义——女权主义文学团体认为，是否建立理论别无选择，理论是他们的批评的必不可少和不可避免的一个方面。”她又引述莫瓦的话说，“除非我们继续建设理论，否则我们可能会不知不觉地‘危险地接近（我们）反对的父权制价值的男性批评集团’”。

这里提到的莫瓦，全名又中译为陶丽·莫依，是挪威的女文学批评家，也是近年来在欧美文坛上女权主义文学理论的主要倡导者之一。她于20世纪80年代中叶进入文学批评界的时候，西方的女权主义文学批评已不再像60年代滥觞期那样，仅凭着“初生之犊”的逼人之势引人注目。经过了20多年的惨淡经营，多向探求和纵横捭阖，这一批评流派大体形成了英美与法国两“方面军”相辅相成的阵势。在法国方面，长于女性创作研究，注重文本的特点分析，一般来说恪守着对女性美学风格的兴趣，精力比较专注，英美的女权主义文学批评家们则始终洋溢着好斗的锐气，尽力通过文学批评推动女性反抗社会或文化的偏见，并侧重感性和经验式的文体与姿态。当然应该说，这两种偏重或侧面都是不可欠缺和轻视的。失掉了哪一“方面军”，女性批评群体都将更势单力薄。不过，对后起新秀的陶丽·莫依来说，在女权主义文学批评的两大分支中认宗其一，进而孤军深入，或者促其登峰造极，尽管未必不是一种出路。但她还是不满足于“褊狭的深刻”，力图站在高于法国和英美两派之上的“第三立场”上，来“讨论在女权主义批评实践的范围内所运用的方法、原则和政见”，把这一批评流派的理论品格再提高一步。

这种超越法和英美二者立场的“第三种”努力，促使陶丽·莫依在1985年出版了首本英文的女权主义文学批评专著《性与文本的政治》（伦敦麦森有限公司）。这本书和以前玛丽·伊格尔顿编的女权主义文学批评论文集相比，称得上是“换代产品”。它不只是概述自60年代后期兴起的这一批评流派的多种成果，而且坦率地挑明了自己的“理论追求”，要在这本著作里“建立一个不再把逻辑、概念和理性划入‘男性’范畴的社会，也不是去建立一个将上述优良品质作为‘非女性的’东西全部排斥出去的社会”。在这个新的“社会”里，“理性”应摆脱“性”的“强奸”，而恢复其自由之“理”的本质。以这自由之“理”的尺度去衡量、要求所有的文学。

由此可见，陶丽·莫依是有些手眼不凡的。她的不凡在于领悟到了，再按先人的路数，横向拓展视界，无论是尽可能多地剖析女性作品，还是继续为女性作家的不公平境遇鸣冤，都难以改变女权主义文学批评在文坛上的“情绪”型或“蛮干”形象。必须有不同凡俗并令人另眼相看的理论思维方式，才有资格迈过法国和英美诸家水平，登上“第三级台阶”的高度。所谓“不同凡俗”的理论思维方式，恰恰也是一个“第三”——区别于以往女权主义文学批评的两种观念。因为在陶丽·莫依之前，按另一女权主义文学理论家朱丽娅·科丽丝蒂娃的归纳，至今女权主义斗争已是一个具有三个层次或阶段的运动：

一，女人要求在象征秩序中享有平等权益。女权主义。平等。

二，女人以差别的名义摒弃男性象征秩序。激进女性主义。颂扬女性。

三，女人摒弃作为形而上学的男性和女性二分法。

女权主义斗争怎么才能在反抗男性的歧视的过程中，避免因张扬女性价值而重蹈变相的性别主义——女性至上的偏激态度呢？许多女权主义文学批评家都为此深思过。如西苏曾主张女作家超越男女二性对立的观念，创作“两性同体”的文学，为此她招致过“中性人”的误解（顺便提一句，目前国内也有人反对女权主义者提倡的“女性互助”说，认为她们是在宣扬“同性恋”，这种说法比诬称西苏为“中性人”显得更武断）。而科丽丝蒂娃的见解则与之不同，她反对把“女性”，看成铁板一块，觉得应以“个性的女人”，来换用群体“女性”的概念，将其推向女权主义文学批评的前台。因为对女性群体中个性意识的激发，既能摆脱父权制的淫威，也将使女性“半边天”风雨激荡，变幻出无限壮丽的新景观。

从这些超越男女二元对立观念的努力中，不难看出，女权主义文学批评家们所面对和要解决的文学课题，已不是摆在哈姆雷特面前的那种“是”或“不是”之类古典意义上的人文主义诘难。她们如果像农民起义那样最终赶走皇帝老子，自己坐天下，也难免的以女权治天下，只不过是把“治于人”变成“治人”而已。即使出个新时代的“武则天”，仍不能算是妇女的真正意义上的解放。这历史的课题倒很像马克思主义关于“无产阶级只有解放全人类，才能彻底解放自己”的观点。必须跳出二元的思维框架，找到更高的着眼点和立足点，否则便无法摆脱如历来的农民造反那样的失败厄运或命运怪圈。

陶丽·莫依当然不能一劳永逸地解答这个新时代的文学“斯芬克思

之谜”，但是，她高举着“夏娃”的文学义旗，检阅和评点过各路女权主义文学人马之后，毕竟在《性和文本的政治》一书中，为自己的“义军”尽其所能地指破了迷津。陶丽·莫依借助于德里达的“解构”观念，认为女权主义者应避免再以狭隘的女性眼光诠释或引导文学。既然打破了父权制的文学樊笼，就应放文学到空前广阔的自由天地中去。这样，文学既不是男性的专利，也不被女性据为私有。“这一观念运用于性特征和差异领域就成了女权主义的观念，在这里性别意指可以自由移动。作为男性或女性的事实再不会决定与权力相关的主体地位，因为权力本身的本质也会被改变。”

大概因为《性和文本的政治》属导论性质的论著，而且整个女权主义文学批评目前还是“发展中”的理论流派，陶丽·莫依在这本书里并没细谈女权批评的具体技术问题。关于这些细节，是需要读者多读女权批评的实例分析来加以充实的。但是，无论如何，《性与文本的政治》称得上是女权主义文学理论中最新的权威性著作之一。

玛丽·伊格尔顿编的《女权主义文学理论》①，是了解这一批评流派的导引之作，人们不妨随意浏览或一目十行。相比之下，读这本《性与文本的政治》②，则要颇费思索。看西方的当代文学“夏娃”们为赢得自身文学理论的独立而殚精竭虑，除了使我们时时联想到中国那些虽不成系统，却源远流长的女性文学观念，可与之相参照、相质疑之外，还因为女权主义文学批评在当代世界文坛上有巨大的象征意义，即使是不想专攻于此的评论家，也能从中有所得。譬如，女权主义文学批评谋求不落入男女对立俗套的“第三种”思维方式，相当有启发性。这种努力是伴随着国外的文学批评焦点从文本向社会、历史角度回归的过程中出现的。它不管是对当今仍有努力的西方文本批评派，还是对中国文坛上占主导地位的社会、历史批评倾向，都是一种提醒，一个推动。因为囿于人类的文化水平和思维习惯，在当今国内外文坛上，二元的思维模式和范畴、命题还比比皆是，像主体与客体、内容与形式、主题与题材、现实主义与浪漫主义、作者与读者，不一而足。这些范畴当然都有过，而且至今还具有合理的内涵，它们仍然可以用来界定和解释许多文学现象与理论问题。不过，一些观念深邃和睿智的批评家，已日益觉察出在这

① [英] 玛丽·伊格尔顿编:《女权主义文学理论》，胡敏等译，湖南文艺出版社 1989 年版。

② [挪威] 陶丽·莫伊:《性与文本的政治》，林建法等译，时代文艺出版社 1992 年版。

些二元范畴上浅尝辄止的弊病，即使多用“结合”“统一”或“相反相成”之类词语兼顾二者，也难说透文学的底蕴，终未达到浑然天成的境界。在文坛上的人们大都面临着这种苦恼甚至是窘境的时候，看看女权主义文学理论家们怎样寻觅超越性的“第三种”思维方式，不是一种必要的借鉴么?

1991 年 11 月 1 日

（原载《读书》1992 年第 2 期）

关于中国女性文学

——《红辣椒女性文学丛书》序言

陈骏涛

中国有没有“女性文学”？这似乎是一个不言而喻的问题，但又确确实实是一个有争议的问题。持中国还没有真正意义上的女性文学的意见者，大都是以西方女性主义（亦作女权主义[①]）所提倡的那种女性文学为坐标的——这是一种以女性的性别觉醒为前提的、有着独立的妇女解放运动为背景的女性文学。这样的女性文学在中国的确还没有。

因为自“五四”以降，中国的妇女解放问题始终是与整个民族解放、社会解放问题紧密相连的，它是整个民族解放、社会解放问题的一个组成部分。所以也就不存在像西方女性主义（女权主义）所倡导的那种以鲜明的女性性别特征为标志的独立的女性文学。

但是，衡定中国的女性文学，是不是只能以西方女性主义（女权主义）文学为坐标呢？能不能有自己的坐标呢？这是一个值得认真考虑的问题。事实上已经有学者运用自己的坐标（同时也参照西方女性主义文学的坐标）来研究中国女性文学了。刘思谦女士所著《“娜拉”言说——中国现代女作家心路纪程》即是其一。刘女士认为：“与西方不同的是，中国女性文学发生、发展的特点是以较大规模的社会革命、思想文化革命与历史际遇而悄然出现、悄然运行。没有女性自己的以反抗父权制性别压迫、性别歧视为目的的妇女解放运动做后盾，也没有成熟的妇女理论作指导，或多或少的女作家分散在作家队伍之中，犹如洒在

① 据张京媛主编之《当代女性主义文学批评》一书《前言》：“女性主义”，英文为feminism，20世纪初译为汉语“女权主义”，系从日文移译而来。张女士认为，“女权主义”和“女性主义”反映了妇女争取解放运动的两个时期，如今取“女性主义”一词较为合适，这个“性”字包含了“权”字，并赋予了新的含义。见该书第4页，北京大学出版社1992年版。

夜空中的一个个星辰，寥落而寂寞，相互之间虽有辉映而无组织的联系……”①

总的来说，我是认同刘思谦的观点的。如果这个观点可以成立的话，那么，“五四”时期无疑是女性文学的起点，“五四”新文化运动对传统的封建意识形态（也包括父权意识形态）的猛烈冲击，催生了一批敢于反叛封建人伦秩序、主张男女平等、鼓吹妇女解放的新女性，“娜拉出走”成为当时舆论的一个热点。正是在这样的背景下，出现了中国的第一个女作家群②，并形成了中国女性文学的第一个高潮。

“五四”以降，三四十年代的中国女性文学又得到了一定的发展，出现了一些引人注目的女作家③。在“五四”和三四十年代女作家的作品中，并非没有触及作为女性性别特征的特殊问题，但却从未形成一种独立的潮流。从解放战争到新中国成立以后，民族解放的高亢音响和社会运动的巨大声浪更把女性特有的声音淹没了。因此，从四五十年代到70年代，中国女性文学的确缺少自己的性别特征，基本上被淹没于群体文学之中而成为一种“中性文学”。

20世纪70年代末期以来，由于思想解放运动的蓬勃发展，人的解放问题的重新被提出，西方女性主义（女权主义）及其文学批评理论的引进，中国的女性文学才得以复苏，并且形成了继“五四”之后中国女性文学的第二个高潮。这次高潮就其人数之众、作品之多、影响之大而言，可以说超过了“五四”时期和三四十年代。其中不乏有相当的思想震撼力、艺术感召力和别具女作家性别风采的佳作出现。特别是，在女作家之外，还出现了一批才华出众的女批评家，这也是“五四”时期和三四十年代所未见的。④

70年代末期亦即新时期以来的女性文学可谓气势不凡、成就卓著，它大体上仍然是与新时期以来的思想解放、改革开放和文化转型密切相关的，而不具有像西方女性主义（女权主义）文学那样鲜明的、独立的性别特征。以致有的女作家和女批评家甚至认为：“严格说来，中国当代文学的

① 据刘思谦之书《引言》，第20—21页，上海文艺出版社1993年版。

② 刘思谦所列举的中国文学史上的第一个女作家群是：陈衡哲、冰心、庐隐、冯沅君、石评梅、凌叔华、袁昌英、陆晶清、苏雪林等。见《引言》第12页。

③ 这些女作家主要有：丁玲、萧红、白薇、林徽因、杨绛、苏青、张爱玲等。

④ 这些人名和作品不胜枚举，为了避免因“排座次”而可能引起的不快，恕不一一列出。

森林中尚未长出‘妇女文学’这一棵大树，中国还没有形成‘妇女文学’的主潮。”[①] 这里所说的“妇女文学”自然是以西方女性主义（女权主义）文学为坐标系的。但我以为，若将女性文学定位于由女作家创作的、描写女性生活、抒写女性情感，并具有独特的女性风采的文学作品的话，那么，新时期以来，是不乏这样的作品，也不乏这样的作家的。在小说领域和散文领域中尤为突出。

事实上，在女性文学中，始终是存在着两种类型的：一种是以女性的眼光观照外部世界，一种是以女性的眼光审视女性本体的内在世界。这两类作品都可能具有女性的特别特征。因此，我十分赞同王绯女士关于“女性文学的两个世界（内在世界与外在世界）”和“女性文学批评的两种眼光（女性的眼光和中性的眼光）”的意见。正如她所说的：“女性在承担女人角色的同时，也承担着人的角色，这就决定了女性观照文学的眼光一方面是女人的，另一方面又可能是共同社会意义上的人的。”[②] 这样就可以避免关于女性文学的纯粹概念之争，而直接契入女性文学的本质。

随着妇女地位在整个社会生活中的提高，关于女性性别的特殊性问题也许将更加显得突出，因此关于女性文学的标准可能会有新的界定，新的提升。女性文学自身也将会发生某种嬗变。但往哪儿提升？照什么样的标尺提升？女性文学将会有什么样的嬗变？这又是一个值得认真研究的问题。已经有女性学者和女作家在关注这样的问题，我就不在这里班门弄斧了。

以上是我对中国女性文学的基本认识，这种认识无疑将贯彻到我所主编的这套《红辣椒女性文丛》之中。在我看来，收入这套丛书的女作家及其作品，未必符合西方女性主义（女权主义）文学的标准，但它们确确实实是女性的文学，即由女作家创作的、描写女性生活、抒发女性情感，并具有独特的女性风采的文学。在这些文学作品中，无一例外地包含着女性文学的“两个世界”——内在世界和外在世界，因此，我们在进行文学批评的时候，也必须运用“两种眼

① 这是张抗抗女士1986年的一篇文章《我们需要两个世界》的观点。这种观点在当时是有代表性的。但张抗抗后来在将该文收入其散文随笔集《命运对你说：不！》（上海知识出版社1994年版）的时候，却删去了这段话。这是不是说明抗抗如今的观点有所改变？

② 王绯著：《女性与阅读期待》，陕西人民教育出版社1991年版，第26页。

光”——女性的眼光和中性的眼光。这样，才有可能深入其里，而避免误入旁门。

1995 年，第四次世界妇女大会将在北京召开。有关女性特别是女性文学的书，成为各个出版社争相出版的热门书。1994 年 11 月，徐晓琳女士带着四川人民出版社和四川蓉城书局“红辣椒文学创作中心”的使命，专程来到北京，希望我能够出面主编一套有关女性文学的书，一方面作为向世界妇女大会的献礼，另一方面也为新成立的“红辣椒文学创作中心”亮亮牌子，壮壮门面。我主编过“跨世纪文丛”，深知要编辑一套丛书并不难，难就难在它能不能在读者心中有个位置，得到他们的认可。“跨世纪文丛”之所以能够连续三年出了三辑共 32 本，就因为它一开始就有一个较明确的编辑方针：坚持文学性和可读性相结合，既要考虑到读者的阅读需求和阅读期待，又要坚持高品位、高档次而不媚俗。同时还要尽可能打通发行渠道，使图书迅速打入民间图书市场。这套女性文学丛书是在如今丛书如林、有关女性文学的丛书也有好几套即将面世的时候筹划的，能不能在读者当中站住脚跟呢？我感到责任重大，开始的确有点犹豫。但当主人很痛快地认同了我所提出的编辑思想（如上所述），并放弃了想把作家割碎了零卖、搞拼盘式的多人集子的初衷，而接受了我提出的要保持入选作家一个较完整的面貌、力求使书籍有一定时间的保留价值的意见时，我就勉力上阵了。

商定的结果是先搞几本散文随笔集——这当然也是由于散文随笔行情如今尚看好的缘故，以后再逐步扩大。在物色头一批人选的过程中，有些很优秀的女散文家如宗璞女士，由于其新作嫌少，出于谨慎而未能如约使我稍感遗憾，但她们对我的工作都表示理解和支持，并表示如若新作多了一定加入又使我感到欣慰。几位知名女作家——张抗抗、蒋子丹、方方、斯妤、唐敏——首先表示积极响应，并给予热情配合，使我编好这套丛书的信心陡增。我想，以她们的文化素养、文学品位、创作实力和目前已达到的知名度，她们的书是一定不会使读者感到失望的。

应该感谢四川人民出版社和四川蓉城书局对我的信任，使我一开始就感到合作的愉快。老同事倪培耕先生以及我的几位年轻朋友王绯、王光明、叶玉林等也从不同方面多有协助，谨此表示感谢。我将竭尽绵薄之力，将这套丛书编好，使之在读者中赢得信誉，再一次为历史留下当代人创造的文学财富！

是为序。

1995年2月于北京·天命斋

（原载《当代文坛》1995第4期；《红辣椒女性文丛》第1—3辑，陈骏涛主编，分别于1995、1996、2000年由四川人民出版社出版）

致舒婷同志的一封信

段登捷

你带着独特的抒情个性，闪耀着青春才华，披露着动乱年代的创伤，显示着不屈的抗争与追求，走进了被“四人帮”践踏得荒芜凋零的诗苑，引起了人们的关注。有的人如遇故友，惊喜异常，对你倍加赞扬；有的人看你为不速之客，投来不满或挑剔的目光。于是，围绕着对你诗歌的不同看法，出现了争论。应该说，这是百家争鸣的好现象。《福建文艺》于1980年2月及时地组织了一场讨论，而且引向深化，涉及我国新诗发展的很多根本问题，无疑这对繁荣新诗的创作是有积极意义的。这以后，关于新诗的讨论一直没有停止。而你的诗在双方争论中每每被提到，正如刘登翰同志所说：“时代荐举了你，作为一群人的代表，进入了这场关系着新诗发展前途的争论核心。”那么，核心中的你将如何抉择？当然是人们十分关切的。但是读了你在争论之后所写的诗与文章，我不得不表示遗憾，因为你并未从论争中得到启示，受到教育，从而发扬自己的长处，弥补自己的不足，与时代和人民同步前进，相反却有点我行我素，逐渐与时代和人民拉开了距离，这多么令人惋惜！

1966年，你还在念初中二年级，是一个爱好文学的天真纯洁的少女。一场浩劫把你抛向浊浪翻滚的大海。但是，你终于挺过来了，既没有随波逐流去唱“左”的高调，也没有逃避现实走悲观厌世的路。你在默默地观察，静静地思索，不屈地抗争着，执着地追求着。无须讳言，这期间你也有着矛盾痛苦，有着忧伤孤寂，甚至有着迷惘，但你本人的主旋律是与人民同步，是与时代合拍的抗争与追求。你在《致大海》中，赞颂那“暴风雨中疾飞的海燕”，你在《海滨晨曲》中，渴望着风暴来临在‘涛峰上讴歌”，你在《初春》中，曾‘揩去泪水”迎接春天，“向着太阳微笑”。就在1976年4月，你心中的“灯亮着”，以“轩昂的傲气，睥睨明里暗里的压迫”。粉碎“四人帮”以后，你接连写出了

《致橡树》《这也是一切》《祖国啊，我亲爱的祖国》等好诗，尤其是后一首，你焕发出了灼人的爱国挚情和崇高的献身精神，不由人不击节赞赏。这首诗的获奖是当之无愧的。

如果认真分析一下你1979年以前的诗歌创作，我们不难看出，总的倾向是与人民相通，与时代相应的抗争与追求。但是，也不能否认你这抗争与追求存在着局限，产生这局限的原因是复杂的：原来未曾树立起坚定的共产主义信念，成长于十年动乱之中，那些“巴尔扎克的，托尔斯泰的，马克·吐温的[①]”等外国书籍的潜移默化……这就使得你的抗争与追求仅从自我出发，而未登上时代的高峰。因而在这抗争与追求中流露了过多的感伤与忧愁，甚至还有孤寂与迷惘。但由于这一切都随着你的抗争与追求汇入了反“四人帮”的时代洪流，加入了粉碎“四人帮”之后头三年对十年浩劫的控诉与揭露，因而并不显得刺眼，甚至使你的同代人感到真实亲切。但是，当十一届三中全会之后，我们党拨乱反正，结束了那几年的徘徊，澄清了大是大非，指明了新的航向。人民欢欣鼓舞，时代在大步前进，而你并未自觉克服那些局限，跟上时代前进，却仍然从自我出发，看待与认识已经变化了的现实，加之，那些崛起论者对你过分的赞扬与捧场，使你原来的局限开始膨胀，而这膨胀了的局限，更妨碍着你对现实和未来的把握，以致使你在新的时期，产生了不应有的迷误。就拿你1980年8月写的《暴风过去之后》[②]来说吧，当你用诗的方式叙述了渤海二号油船遇难的经过之后，你请求人们和你一道深思：

> 我爷爷的身价
> 曾是地主家的二升小米
> 父亲为了一个大写的“人”字
> 用胸膛堵住了敌人的火力
> 难道我仅仅比爷爷幸运些
> 值两个铆钉、一架机器

但是，我深思之后，与你想的却大相径庭。渤海二号油船翻沉事件

① 《生活书籍与诗》，载《福建文艺》1981年2月。
② 《诗刊》1980年10月号。

是我们社会主义建设中的一次大事故，牺牲了72位工人同志，确实让人痛心，你取材于这件事写诗，无可非议。但你却把事故的原因归结为不把工人当人，而且你诗中并未把造成事故的责任人当作控诉对象，却借题发挥，宣扬了你的人的价值观念：

谁说生命是一片绿叶
凋谢了，树林依然充满生机
谁说生命是一朵浪花
消失了，大海照样奔流不忽
谁说英雄已被追认
死亡可以被忘记
谁说四个现代化的未来
必须以生命作这样血淋淋的祭礼

这几行诗通过巧妙的反问公开宣称：生命就是一切，生命完了，一切都完了，什么英雄称号，什么四个现代化的未来，与个人生命来相比，却是不屑一顾的。难怪孙绍振同志要说，“在年轻的探索者笔下，人的价值标准发生了巨大变化。”① 但我觉得这个变化大得出圈了，变到谬误方面去了，难道父辈们流血牺牲使我们取得了做人的权利，用你的话说，做了大写的“人”，我们就只应该享受“人”应该得到的一切权利和幸福，而不应该为后代，为别人担点风险，做出点牺牲？具体到渤海二号72位死难者来说，死亡本是可以避免的。只是由于人为的错误，而造成了这次惨剧，但就整个社会主义建设来说，流血牺牲又是难免的（这难免之中也包括人难免犯错误而造成悲惨后果）。你在《祖国啊，我亲爱的祖国》中，就曾呼唤着祖国从你的“血肉之躯”上，去取得“富饶”“荣光”“自由”，你在《献给我的同代人》这首诗中，也曾这样写道：“为开垦心灵的处女地 / 走入禁区，也许——/ 就在那里牺牲 / 留下歪歪斜斜的脚印 / 给后来者 / 签署通行证。”当然这是些比喻，但不也说明四个现代化的未来是需要付出血的代价的么？可是你在这首诗的最后一节却这样写道：

① 《新的美学原则在崛起》，载《诗刊》1981年3月号。

我希望，汽笛召唤我时
妈妈不必为我牵挂忧虑
我希望，我受到的待遇
不要使孩子的心灵畸曲
我希望，我活着并且劳动
为了别人也为了自己
我希望，若是我死了
再不会有人的良心为之战栗

这一节诗的意思很明显：第一，要求人身安全；第二，要求人的待遇；第三，不要光让我为别人卖命，我也要为我自己考虑；第四，让我平平安安寿终正寝，不要死于非命。表面看来，这些要求和希望都不过分。但是，正是这不过分的诗行，把我们的社会主义社会说得太过分了：不能保证人身安全，受不到人的待遇，成天为别人卖命，往往死于非命，难道由于发生了渤海二号事故，我们的社会主义社会就显得如此可怕？

我绝不怀疑你对死难的72位阶级兄弟的深切悼念与纯真的感情，我也绝不会为造成这次悲惨事故的责任人进行辩解，我只是想指出由此而显露出来的你在人道主义、人的价值上的迷误。人道主义、人的价值就像“自由、平等、博爱”一样，有一种迷惑人的魅力。这是因为它们在资产阶级反对封建专制的时候，曾经是有力的武器，在历史上起过进步作用。但是，我们必须看到，人道主义也好，人的价值观念也好，在阶级社会里，总是带着阶级性的。当资产阶级推翻封建专制，而成为奴役、剥削工人阶级的统治阶级以后，他们所宣扬的人道主义、人的价值对无产阶级和劳动人民来说，就成为骗人的东西了。当无产阶级推翻人剥削人的社会制度，建立了无产阶级专政的社会主义社会，全体劳动人民成了国家的主人，这样的时候，我们实现了空前广泛的社会主义人道主义，人的价值也只有在这样的时候，才能充分地发挥出来。尽管在这样的时候，仍会发生非人道、轻视人的价值、践踏人的权利的事件，但正如胡乔木同志所说的，这“已经不是根本社会制度的不合理，而主要是经济文化发展的不充分，某些体制的不完善，以及我们工作中的缺点错误，等等”，[1] 它不仅会受到党和人民的谴责，还会受到法律的制裁。我们对一切犯罪分子的惩罚，包括对渤海二号事件责任人追究刑事责任，不都是为人民伸张正义、保证人的权利，体现了社会主义人道主义精神么？而你在渤海二号事件面前，一叶障目，头晕目眩，把这种由于少数一些人的失职、失误所造成的事故，看成了我们社会主义社会不把工人当人看所造成的必然。于是，你面对整个社会来抒发你的愤怒，这不仅歪曲了我们社会主义社会人与人、领导与群众的关系，而且把自己摆到了与整个社会对立的孤立境地。难怪你自己也感到你的“愤怒”是“无力的”。请想想，你写这首诗的时候，粉碎“四人帮”已经4年，你作为有前途的青年诗人，在北京参加“青春诗会”，不仅受到人的礼遇，而且沐浴着党的阳光雨露。可是，在这样的时候，在这样的环境中，你却写出了上面那些诗句，你不觉得与时代不协调么？你一定会说，我不是为个人，我是为人民呐喊。是的，诗人应是人民的代言人。但当时人民的义愤是指向造成这次事故的责任人，是针对他们不讲科学、不负责任的瞎指挥，而并没有把矛头指向我们党领导下的社会主义社会。为什么会出现这样的差距？这与你思想上的局限与迷误是分不开的。你曾经说，我“在写诗的时候，宁愿听从感情的引领，而不大相信思想的加减乘除法”。这是天真的糊涂话。难道感情与思想能截然分开么？就拿你《风暴过去之后》这首诗来说吧，你在它前面的“自白”中，明明白白地宣称：“今天，人们迫切需要尊重、信任和温暖。我愿意尽可能地用诗来表现我对‘人’的一种关切。障碍必须拆除，面具应当解下。我相信：人和人是能够互相理解的，因为通往心灵的道路总可以找到。”这难道不是你写诗的思想纲领？即使如你所说，今天人们迫切需要尊重、信任和温暖，但是如何才能实现？仅仅用诗来表现对人的一种关切就可以实现吗？通往心灵的道路究竟在哪里？何时才可以找到？找到了就天下太平万事大吉了么？那我们的国家机器、人民军队、公检法机关不就成了多余的吗？这不有点太天真而又玄虚了么？

你成长在动乱年代，你开始写诗也是在动乱年代，因此，你的诗深深打上你在那个时代矛盾痛苦的印记，而且往往流露出一种孤寂的情绪。这种孤寂，在“四害”横行的年代有进步的一面，它标明你洁身自

[1] 胡乔木：《关于人道主义和异化问题》

好，不会同流合污。但是，也应该看到，这种孤寂也妨碍着你与人民的接近，拉开了你与时代的距离，拿你的同代人叶延滨与你作比吧，你们都插过队，但他在反映这段生活时，写出了《干妈》这样的好诗，而你在回顾这段生活的时候，却写的是这样的孤寂："挤在破旧的寺庙中，我听过吉他悒郁的乡思，坐在月色蒙的沙渚上，我和伙伴们唱着：我的家在松花江上，躺在芬芳的稻草堆里，听着远处冷冷的犬吠，泪水无声地流着……"[①]你当时仅仅沉浸在个人的低沉的孤寂中，并没有想到人民的忧患。公正地说，在同代人中，你不是先进者。回城以后，迎接你的是待业，你产生了搁浅的感觉，唱出了"从海岸到晚岩，多么寂寞我的影，从黄昏到夜阑，多么骄傲我的心！"[②]。这以后，你当了临时工，后又当了焊锡工，干的都是繁重的体力劳动。你在《生活书籍与诗》中说："我写《祖国啊，我亲爱的祖国》时，正上夜班，我很想走到星空下，让凉风冷却一下滚烫的双颊，但不成，我不能离开流水生产线。"于是，你在艰苦繁重的劳动中，体验到了祖国的贫穷落后，但同时又在这劳动中，感受到了祖国的希望、美好的未来。你把这一切融化在一起，并升华为一种对祖国热烈纯真的爱，借助丰富的联想，写出了那首动人的诗。然而，过了不久，在这繁重的劳动之后，你却写出了《流水线》，着力渲染的是你从流水线上撤下来之后的疲惫与麻木，你"唯独不能感到我自己的存在"，"对本身已成的定局，再没有力量关怀"，这两首截然不同的诗，正好反映了你思想上矛盾的两个方面：一方面你有着焕发与振奋，另一方面又存在着孤寂迷惘和沉沦，矛盾并不可怕，只要正视它，解决它，就会有新的前进。可惜你并非如此。《流水线》这首诗无论思想或艺术，都不值得称道，而你却认为它完美无缺，连肯定它的人说它有点局限，你还要旁征博引给予嘲讽[③]。坦率地说，你太自负了。也正由于这种自负，使你在这场论争中听不进批评意见，却把崛起论者不切实际的赞扬，当作对你的正确评价。其实他们正是利用你的迷误与不足，来为他们的崛起诗论和"新的美学原则"寻根立据。请想一想，当你诗的触角在新的时期越出自我的圈子，伸向时代和人民，写出了《这也是一切》《祖国啊，我亲爱的祖国》等好诗的时候，他们便说，"革新

① 《生活书籍与诗》，载《福建文艺》1981年2月。

② 引自诗集《双桅船》中的《致大海》。

③ 《新的美学原则在崛起》，载《诗刊》1981年3月号。

者因袭了艺术从属于政治观念”的旧传统，“成了受到钟爱的候鸟”。而当你沉迷于自我表现时，他们却说你是“崛起的青年”，“不屑于做时代精神的号筒，也不屑于表现自我感情世界以外的丰功伟绩”，“而是追求生活溶解在心灵中的秘密”[①]。对你推崇备至，使你在人民与自我之间徘徊。1980年以来，你一直没有摆脱这种矛盾的境地。所以，你一会儿说，“人啊，理解我吧”，一会儿向北方的妈妈呼喊：“可是我累了，妈妈，把你的手搁在我燃烧的额上。”[②]

你的自白与呼唤，既有觉醒，又有沉迷。如果是一个关心青年诗人成长的评论者，在这个时候应当伸出热情的双手，帮助你摆脱矛盾，走向人民。可是，孙绍振同志却说：“当舒婷说：‘人啊，理解我吧！’[③]她的哲学不是斗争哲学，她的美学境界是追求和谐”，又说：“为什么只有在炸弹与旗帜的境界中呐喊才是美的呢？不敢打破传统的艺术的局限性，艺术解放就不可能实现[④]。”这真是醉翁之意不在酒。原来孙绍振同志为你作品中孤寂情绪涂脂抹粉的目的，是为了“打破传统的艺术局限性”，树立他自己的“新的美学原则”。但是他忘记了他在另一篇文章中还称赞你“多么聪明啊，她知道自己的孤寂的根源是‘袖手旁观’，是远离了群众和集体”。[⑤]而现在为了他“新的美学原则”，却作了这样的大转弯。但是不管他如何拨弄云雨，他的“美学原则”是站不住脚的。因为事实胜于雄辩：屈原流放，当然孤寂，但他诗歌的美学价值绝不是孤寂中的深情叹息，而是上下求索，“魂一夕而九逝”的爱国主义精神以及“哀民生之多艰”的思想感情；杜甫遭安史之乱而颠沛流离，心情肯定不会愉快，但他之所以成为伟大的现实主义诗人，决不是因为他对自己的遭遇发出深情的叹息，而是因为他面向更广阔的现实，写出了“三吏”“三别”、《自京赴奉先县咏怀五百字》等同情人民的诗篇；陈毅身困梅岭，虑不得脱，绝不会有长征会师的欢欣，他留于衣底的是动天地、泣鬼神的诗篇。就以你来说，你在十年动乱中遭受不幸，但人民更不幸。如果是一个与时代和人民同步的诗人，他所表现的就不应该仅仅是个人的不幸和孤寂。正如你在《一代人的呼声》中开头所说的：“我决不

① 《新的美学原则在崛起》，载《诗刊》1981年3月号。
② 《诗刊》1980年10月号。
③ 引自《在诗歌的十字架上》，载《花城》1981年2月。
④ 《新的美学原则在崛起》，载《诗刊》1981年3月号。
⑤ 引自孙绍振：《恢复新诗的根本传统》，载《福建文艺》1980年4月号。

申诉/我个人的遭遇，/错过的青春，/变形的灵魂，/无数失眠之夜/留下来痛苦的回忆。”但可惜的是你接着写道：“我推翻了一道道定义，/我打碎了一层层枷锁，/心中只剩下/一片触目的废墟……”尽管你在后面说“我站起来了”，甚至在最后喊道：“为了祖国的这份空白，/为了民族的这段崎岖，/为了天空的纯洁/和道路的正直/我要求真理！”但是通篇看来，由于心中只剩下废墟，缺乏信念，由于对现实缺乏深刻的感受与认识，所以这篇写于1980年的《一代人的呼声》，不仅仍然流露着受创后的痛苦与孤寂，与时代和人民存在着距离，而且存在着迷惘，所表达的思想情绪，是与时代格格不入的。

1981年，你在《飞天》6月号上曾说过这样的话：

> 是的，我们要对得起时代，要关心人民，要有“生活”，是的，都不错。但许多年来，我们把时代和人民供在遥不可及的圣殿。事实上，在城市上空参差的鱼骨天线，在乡村小路吱吱响的小扁挑，不也是这个时代的两个侧面吗？人民不也是你、我、他？是现在我家院子里晾被单的爱吵闹的女邻居，二楼的老师傅在修理沙发，哼着京剧，一个提着酱油瓶的小男孩光脚从门口闪过。而且，这些都是生活。

上面这段话，反映的不是你认识上的幼稚，而是思想上的执着的迷误。在你看来，把时代与人民供在遥不可及的圣殿上的，不是“四人帮”，而是“我们”，并且“许多年来”（当然也包括现在）都是如此。这能说是幼稚么？“人民”明明是一个有阶级内容的概念，这是稍有点常识的人都知道的，你这位“通读了毛选四卷的注释”的人当然不会不知道，大概是十年动乱的创伤，使得你连起码的阶级观点也厌弃了，因而你出于偏见和迷误，有意抽掉了时代、人民、生活应有的阶级内涵，故意用一些琐事来代替它正确的内涵，并以此作为你用超阶级的观点解释世界的现实依据。我觉得这正是你几年来逐渐与时代和人民拉开距离的所在，也是你在诗歌创作上歉收的原因所在。我们多么希望你有所觉醒，有所改变，与时代和人民同步前进，写出更好的诗来，但你却总是我行我素，听不进逆耳的忠言，1981年你仍然写出这样的诗句：

即使我的笛子吹出血来
而冰雪并不提前融化
即使背后是追鞭，面前是危崖
即使黑暗在黎明之前赶上我
我和大地一起下沉
甚至来不及放出一只相思鸟
但，你的等待和忠诚
就是我
付出牺牲的代价
现在，让他们
向我射击吧
我将从容地穿过开阔地
走向你，走向你
风扬起纷飞的长发
我是你骤雨中的百合花

有人说，这是一首典型的朦胧诗，因为它的题目是《？·！》。这三个标点符号本身就是一个谜。但我觉得上述诗句并不朦胧。如果联系当时的实际，其意思就更明确了。这首诗写于1981年4月30日，发表在1981年9月号《上海文学》上，而这一年的3月，孙绍振同志的《新的美学原则在崛起》发表在《诗刊》上，编者加了倾向鲜明的按语，4月号的《诗刊》上，就发表了程代熙同志的批驳文章，如果把这首诗放在这种特定的情况下来理解，那很明显，这是你用诗来对当时的形势、诗坛的争论所发表的公开宣言，假如我的理解没有错的话，那么你是公开地站在赞颂你的崛起论者一边了，而把持不同观点者当作向你射击的“他们”，把自己比作“骤雨中的百合花”。如果真是这样，我确实感到我的词汇有些贫乏了，那就让我抄一段高尔基的话，来作为本文的结束：

个人，如果单靠自己，如果置身于集体的关系之外，置身于任何团结民众的伟大的思想的范围之外，就会变成怠惰的，保守的，与生活发展相敌对的人。

……这种人，除了看到自己和摆在眼前的死路之外，便永远不能感觉到世界上有别的东西，即使他有时谈及世界的痛苦，但也不会想到世界为了铲除痛苦所做的努力，就是他想到了这点，那也不过是为着宣扬痛苦的不可克服，他所以觉得痛苦是不可克服，是因为伶仃孤苦的心灵是盲目的，他看不见集体底自发的积极性，胜利的思想他是不会有的，留给这个“我”的只有一件乐事——那就是去诉苦，去歌咏自己的病态，自己的垂死挣扎……

……然而……在社会的暴风雨时代，个人做了选择他为工具的成千成万人的意志的集中点，于是他在我们面前闪着美与力的神奇光彩，蒙上了他的民族、阶级、党派的希望的灿烂光辉。①

（原载《山西师院学报（社会科学版）》1984年第3期）

① 引自高尔基《个性的毁灭》，见《文艺理论译丛》第一集，人民文学出版社1957年版。

夏娃模式黄头发黑头发的抉择及其他

——北京“当代文学中妇女形象的模式”学术讨论会摘记

《文学报》编者按 适逢“三八”节，中国社科院外国文学所英美研究室特邀在京的二十多位中外学者、作家、评论家，饶有兴趣地讨论起文学中的妇女形象问题。与会者各抒己见，观点新颖，不乏给人启迪之处。本报特摘发其中的一些发言以飨读者。

美好女子的毁灭令人沮丧

魏玛莎（美国哥伦比亚大学东亚图书馆馆长）：

我是美国女权运动参见者。美国女权主义批评始于20世纪60年代后期，它是作为对以男性为中心的世界反抗的一部分。因为我们发现在政治、文化和性生活中，女性常常作为男性的被动牺牲者。在男人的笔下，女人不是被过分理想化，就是遭贬抑，不是被当作“圣女”，就是被当作“妓女”。我们要求更多地掌握自己的命运，包括工作、结不结婚、什么时候生孩子或一辈子不生，等等。后来这些观点逐渐被生活所接受。

在汉语里有没有这样一个词，意指对女性的注意、尊重、同情和关怀？我读过《烈女传》，那些自杀的烈女，通过性贞洁来表现其价值，像《红楼梦》里的金钏、《家》里的梅。还有一种劳累一生又不幸的女人，如《人到中年》中的陆文婷，虽然我很同情，也非常好敬佩她，但她们活着的报应只是自我毁灭，这令我沮丧。

我很奇怪，在这里，女人的过失是和性联系在一起的。对女人最坏的侮辱在被称为“破鞋”，同时最好的赞扬就是“贞洁”。为什么一个女人的好坏，就简化为在床上“做了或没做什么”这个模式在张贤亮塑造的黄香久身上可以得到印证：章永璘永远不能原谅她在性方面曾有过的不贞。

王逢振（西方文艺理论专家）：

在中国文学中妇女形象的好与坏，是常表现为“贞女”和“淫妇”。但不论好与坏，大多是男人们的陪衬，或是对男人的一种证实。潘金莲只是西门庆的玩物，她作为女人的权力从来没人讲，连《西厢记》里的莺莺在过去社会里也是不能接受的，因为对女人的评价标准只是男人的，也是社会认同的标准。

是否存在“夏娃模式”？

朱虹（研究院，外文所英美室主任）：

关于妇女形象的模式，在西方批评中是挺多的，像“驯良妻子”“泼妇”“性的工具”“狐狸精”，等等。用它们来考察中国当代文学也很合适，这些超越了民族的、阶级的辐射界限，因为东西方同样处在男性中心主义文化的统治之下。新中国成立后不管意识形态上如何变化，文化上仍是男权主义。举例说，在《白毛女》中，当写到“白毛女”在山洞遇到大春一幕后，就不能再写下去了，它很像西方一个被男人害、又被男人拯救的故事，被拯救后女主角的功能就完成了。在《林海雪原》中，渗透在小白鸽精神里的，就是写日记歌颂“203首长”；《青春之歌》的林道静，也和西方“睡美人”一样，是被男人唤醒、点拨的。

所以，我提出一个“夏娃模式”。《圣经》上说，亚当和夏娃偷吃了能使人有智慧的禁果，当上帝要惩罚时，亚当指责夏娃说：“是她把那树上的果子给我吃了。”这种“男人的罪过是女人勾引的”的夏娃模式，是否存在于当代文学创作中？如写改革问题的小说，常明示不正之风的根子在夫人那里，像戴晴的《不》、谌容的《人到中年》里，老革命家的刘大勇、焦部长的羞愧，都是冲着李瑛、秦波一类“马列主义老太太”去的，说是她们“揉搓”了男人的结果，但对不合理的现象，她们都能承受得了吗？因为尽管她们有种讨厌的表现，但她们本身是某种生活方式、某种制度的产物。这就像夏娃要为亚当承受过失一样，变成了“权力在男人手里，罪责在女人身上”，变成鲁迅曾经讽刺过的：“中国的男人们大抵可以成为圣人的，可惜都被女人搞坏了。”

戴晴（女作家）：

面对都是学者、研究家，我今天出席会很像摆在手术台上的一只兔子。我就以兔子的角度说几句，没有理论。在中国当代文学中，“女革命家”“女英雄”这样的人物统治很久，林道静的出现有所修正。后来又有了马缨花，妇女形象又迈进了一步。我不太同意朱虹上面提到我作品时谈的观点，因为作家的作品来之于生活，作家处于这样的环境中里，确实感受到这样的生活。

和西方的权势竞争不同，中国的男权是通过革命战争转到领导岗位上来的，又由于战争，他们大多晚娶，因此夫人们的素质就成为一个重要问题，出现了一些后来被称为“吹枕边风”“亚权力”的现象。“李瑛之流”是生活中存在的，现实如此，作家没有办法不如此写。我在生活中也遇到一些具有新观念的新女性，但写她们有不可表现的难处，如她们对待性的态度，是我们这个社会不能接受的，我只能放弃。

每一个女人都有赴汤蹈火的体验

李小江（郑州大学妇女问题研究中心主任）：

当代这个妇女文学的创作，是与西方不一样的。我们的认识是跳跃式的，像骑在一个马背上，它的背景是社会革命。传统的文学模式是一种表象，它源于女人的现实焦虑：即寻找自我。

考察 1976—1986 年新时期文学创作，大致可以看到妇女作品中模式化过程分为三个阶段：从自我出发寻找寄托，即寻找一个男人；找到后经审视、发现失望；否定、超越男人回到自我。这从张洁《爱，是不能忘记的》，到《方舟》、到《祖母绿》三部作品中看到分界，也可以从张曼菱的《云》一部中篇看出。

这一过程只表现为一种动态，它什么也证明不了。因为每一个女性的认识、领悟，都要通过她自己具体的体验。你说你已经领悟到了，但你再讲大道理对千千万万女子来说没有用，她还得重新赴汤蹈火去走那一片苦难的历程，即寻找自我的过程。

叶开蒂（美国哈佛大学访问学者）：

女人的象征是什么？代表什么势力？我刚到北京时，看到复兴门立交桥下一个大奶、大臀部的女人推着大石头的“和平”雕塑，我很吃惊。后来又在中科院门前看到一个苗条、细高个的少女塑像。我想到，至少在这些艺术家的心目里，是明显把女人象征着和平、美、纯洁无邪的。中国的现代化高潮，也冲击着妇女形象。在当代女作家反映改革生活的作品中，已有一大批不能列入已有的公式或模式里，如我读过的《往事如烟》《你不可改变我》《人生》《老井》《摇滚青年》等，出现了丰富多彩的女性形象。

男人的选择冲突：黄头发和黑头发

黄子平（青年评论家）：

我具体讲一下男人是怎样看女人的。从西方来讲（不用专门研究，看几部译制片便可明了）男人心目中的女人有两种类型：一种是黄头发、白皮肤的，象征着纯洁、高贵，柔情似水；另一种是黑头发的，奔放、热情、似火，至少带点黑人，或墨西哥人、意大利人血统。黄头发寄托着男人纯正的理想，它是完全符合社会规范的，但不能满足男人的欲望，又需要黑头发来补充。男人总是在这两种理想之间徘徊和抉择的冲突。结果我们往往看到黑头发女人悲惨地不得好死，挨了一枪，到头来男人还是跟黄头发女人结婚。

在中国文学中也可以发现类似现象：男人娶个贤妻良母，善守、主持家政的女人，但婚后又拼命想冲出围城，另寻新欢，所以有“妻不如妾、妾不如妓”的说法。蒲松龄在《聊斋志异》中写了许多狐仙，都是招之即来，挥之不去的，男人完全不用对她们负经济的、感情的、道德的种种责。他另外又写了许多悍妇，这反映了他内心的对立、冲突。

在当代文学创作中，像茅盾写的《创造》、路遥的《人生》中的刘巧贞与黄亚平都反映了两种文化的冲突，东方传统女性和新女性的冲突。在中国，李双双是最叫座和普遍叫好的，全社会都认同。从历次“百花奖”的投票中，李双双式的演员获奖最多，这反映了微妙的社会心理和男人心理。因为这种李双双式女人的素质，既可看到黄头发的能干、井井有条，又可看到黑头发的泼辣、奔放，能满足多层次的需要。

这种男性的困惑，是对黑头发女人又爱又怕。当他想从家里逃走，倾慕的是黑头发的奔放。当他这一过程受挫，或有苦难时，便又把黑头发当作祸水、灾难的根源，又重新逃跑。最典型的例子是张贤亮的《绿化树》和《男人的一半是女人》两部中篇，对此我就不用细分析了。

没有男女角色的区别，才是妇女解放

林培瑞（美中学术交流委员会主任）：

我最近读了李陀的文章《看不见的手》，说的是平时很难意识到的文化概念，实际操纵着我们对生活的态度，这些概念生命力很强，改变得很慢。我想从女性的性格和社会角色，来说说角色跳跃的结果。

生活中女性称呼前总要加“女”字，加女作家、或女什么的，男性作家从不表明“男”。连中央重要的委员会当选人如果是女性，也要在后面加括号说明。这是不是说明社会意识中，标准的作家或委员就是男性的？我曾做过博士论文是关于晚清、民国的通俗文学，我看到那时的《晨报》上介绍外国人，都是女侠、女大夫、女理发师，还登照片，它的结果也许是使人感兴趣、好奇和好笑。在《快嘴李翠莲》中，让李翠莲像男人一样破口大骂、骂父母、骂媒人，但最后还是嫁过去了。我想，是否想象中的女性男人化，可以发泄掉心里积压的压力，最终打破男权文化枷锁？

波莱尔（美国访问学者）：

从 1949 年以来，中国妇女的地位有很大的提高，但从文学上看，她们没有自我的角色。妇女扮演起男人的角色，但同样还要承担传统角色，因此变成双重的，贤妻良母，做家务一点没有减轻。“文革”中出现的“女英雄”海霞、江水英等，可以说没有性别，不是女人了。现在作家笔下强调了妇女意识的觉醒，要求得到社会地位，但总的来讲还不成功。在当代文学中，把有女性意识、觉醒的女人及女强人形象，弄得非常讨厌，或者不是可笑，就是可畏。有事业心、有追求、生活上自立的女性形象遭男人骂，总变得孤独、男性化，得不到爱情。这种现象反映到文学里来，多少说明中国还是夫权社会。

季红真（青年评论家）：

整个上一时代，人性处于普遍的压抑状态，男女之间的界限也处于强制性被模糊了的状态。新时期涌现出的女作家的创作，表现了一种女性本体的自觉，她们希望表达作为女人特殊的东西。

但比较之下也有差距，在张洁笔下女知识分子都非常自强，充满高尚情感，但都很容易爱上老干部；在年轻一代张辛欣笔下则容易爱上艺术家，按弗洛伊德的说法人容易把恋爱对象理想化。

由于社会文化方面的影响，中年作家比较自我掩饰，年轻作家受到扭曲少，自我更真实一点。

中国当代妇女在现实生活中处于非常窘困的地位，整体上有一种失落的过程。现在，无论是情绪性极强的张洁、刘索拉，还是直觉一直保持很好的王安忆、铁凝，无论她们的社会伦理，还是人生、心理，一种女性精神在创作中起主导作用，可以说女作家在向本体回归，但要达到真正世界的高度，离成熟还很远。

（原载《文学报》1989 年 3 月 16 日，
编入此书时朱虹女士做了一定修订）

透析女性写作热

——在中国现代文学馆的演讲

白 烨

我今天要讲的题目是“透析女性文学热”，或者叫“女性写作热”解析。我的本职工作是从事当代文学研究，兼做文学出版策划。这个文学出版策划，和我过去的本职工作有关，我过去曾经在中国社会科学院下属的中国社会科学出版社工作过20年。那个出版社主要出学术著作，不出文学作品。有很多作者或者文学爱好者并不知道出版社之间的分工，经常给我寄来一些小说，有的我觉得不错，但是这个出版社出不了，便给他找一个合适的出版社。这样的工作就延续下来，包括后来在20世纪90年代后期被“布老虎”编辑部聘去做“布老虎”丛书的策划、“布老虎”丛书的编辑部主任，一直做到“布老虎”后来因为某种原因被解散，又给别的出版社帮忙策划一些作品。这样一来，我的工作实际上是两个方面：一个是当代文学评论，另一个是文学出版策划。

我觉得同时做这两个方面其实也好。怎么好呢？就是说当代文学研究实际上是研究已经发生的文学现象。文学出版策划呢，实际上是在制造或者鼓动新的文学现象。这样的话，我在研究上就可能对一些现象了解得更早、更透彻。我并不专门研究女性文学，就是这些年因为又搞研究，又搞出版策划，在工作中越来越感觉到女性文学的长足发展与全面崛起，这个印象越来越强烈，而且觉得女性文学大有势不可当之势。也可以说，原来是在文学中是一种点缀的星星点点的女性文学之火，现在已经成为席卷整个文坛的燎原之势。

2001年9月，中国社会科学院外国文学研究所召开了一个中日女作家会议。日本派了日本最好的10位女作家，中国也派出了中国一流的10位女作家。大家在一起就中日文学的历史、现状和它的未来进行了充分研讨。因为外文所是研究外国文学，不研究中国文学，所以他们就请我来和他们一起来策划这个会议，包括中国请哪些作家，包括会议的中方的主题发言，这个工作主要是我来做的。从这个时候开始，我在开始思考女性文学的种种问题，包括它的现状，包括它的过去，可以说，我真正注意女性文学这个现象、思考这个问题是从去年开始的。

我今天主要是讲这么三个问题，一个问题是讲女性文学的现状，还有一个是讲女性文学热形成的原因，最后再讲一下女性文学的过去和未来。

先讲第一个问题，第一个问题的题目是“一个不争的事实——女性写作正以全面崛起的姿态成为当代文坛的主力军”。

女性文学或女性写作，我们感觉是从新时期之后不断地发展，到 90 年代后期的时候，声势就越来越大。现在是一个什么情况呢？一个是现在女性写作是几代人同台写作，同时活跃。一共有几代人呢？现在出生于 20 世纪 20 年代的还有很多人健在，比如说像黄宗英、宗璞、柯岩，当然她们现在年事已高，已经不大再写东西了。出生于 30 年代的，像张洁、湛容、刘真，这样一些女作家还在写东西。张洁最近在北京十月文艺出版社出了长篇三部曲《无字》，动用了她几十年的生活积累和艺术储备，相当厚重。出生于 40 年代的，比如说像陈祖芬、王小鹰、竹林、陆星儿、李天芳、马瑞芳、叶文玲、程乃珊、航鹰、凌力、橄达，这些都还处于创作的旺盛期，不断地在出新的创作成果。而生于 50 年代的作家，我觉得目前无论是女性写作，还是整个当代的文学创作，都是非常重要的一批生力军或主力军，比如说像王安忆、铁凝、方方、池莉、残雪、赵玫、张抗抗、毕淑敏、张欣、张梅、蒋韵、范小青、林白、徐小斌等，还有很多。我觉得像这样一些作家目前势头正旺，正处在创作的黄金时期，而出生于 60 年代的比如像陈染、陈丹燕、迟子建、徐坤、皮皮、庞天舒、海男、赵凝、张人捷，这样一些作家，目前正处于她们创作的成熟期。而出生于 70 年代的，比如我们都知道的像卫慧、棉棉，就属于 70 年代的人，70 年代还有很多女作家，比如说像周洁茹、魏徽、峨来、朱文颖、赵波、金仁顺、周成，活跃在文坛上的至少有二三十位。70 年代人目前在创作上我觉得正处于一种上升期，这两年，80 年代的女作家也开始冒出来了，2001 年中国青年出版社推出了一套丛书，这套丛书里头有两位生于 81、82 年的女孩写的作品。我参加过一位作者金今的作品座谈会，她大概是82年生人，但人已很有思想，作品写得也是非常有想象力。那么现在实际上活跃在文坛上的女性作家有多少代呢？5代人。就是从30年代开始，30年代、40年代、50年代、60年代、70年代，我觉得80年代现在还嫩一点，因为目前他们的主要任务还是学习，现在可以不算她们。但即使不算她们，活跃在文坛上的也是5代人。这个现象是以前没有的，就是在每一代里头都有这么一批杰出的作家，而且一代一代衔接得又这么好，我觉得这个在过去历史上是罕有的。

上边讲的是女性写作人数多、势力壮，这是一个方面。

还有一个方面，就是女性写作在创作质量上具有新的水准，我觉得我们观察女性写作现状的时候，这是更值得关注的一个问题，这里也可以谈两个方面的意思。一个意思是说这些年，我们有一些非常重要的文学奖项，女性作家拿得越来越多，比如说前年的第五届茅盾文学奖，一共评了四部作品，四部作品中有两部作品是女性作家的作品，一个是王安忆的《长恨歌》，一个是浙江女作家王旭烽的《茶人三部曲》。虽然大家对茅盾文学奖不无意见，好像有一些还该获奖的作品没有获奖，这些意见可能都不无道理，但是应当承认茅盾文学奖是我们当前国内或者说我们国家在长篇小说方面非常重要的一个奖项。我本人参加过茅盾文学奖的两届评选，我感觉到评选是很认真的。应当说是要过很多道关口，首先一个是说作品要由各个省的作协推荐上，要过推荐关。推荐上来之后，中国作协要找20多位批评家进行初评，花一个月的时间把这些作品看一遍。然后进行讨论、筛选，经过评论家讨论、筛选之后，从里头拔出20部左右的作品，再提交终评委阅读讨论和评定。大概每次推荐上来的作品在60部左右，有时候可能还要再多，但最终只能有三五部获奖。所以一道一道关都应当说不是很容易过的。所以说能在茅盾文学奖评奖中最终获奖，本身说明了作品的质量是很高的，比如说像王安忆的《长恨歌》，应当说是通过女性的成长把一个时代的社会生活的演变、演进都写出来了，所以说角度很独特。有些人看了作品大概会感到有些地方写得过于细腻，有些絮絮叨叨，但是这恰恰是她的特点。陈村曾经说过，一条破棉裤，王安忆能写7000字，这真是一种本事。而浙江女作家王旭烽的《茶人三部曲》是另外一种风格，王旭烽这个作家，我原来认识得比较早，认识她的时候她当时还不是专业作家，当时在杭州的茶叶博物馆工作。她是长期地研究茶，而且她研究茶性中的人性，茶文化背后的民族文化，她写作品也很大气。“茶人”三部曲第一部作品叫《南方有嘉木》，这部作品出版后在北京开了研讨会，与会的评论家对这书评价都很高。后来她写第二部、第三部的时候，我和她通过信，我很赞赏在她的创作中表现出一种女作家少有的大气，就是她对政治、战争、民族、历史这样重大问题的强烈关注。我们有时夸哪个女作家好，会情不自禁地说，真不像女作家写的。这实际上是说超出了女性作家常有的那种柔弱啊、纤细啊，那样一种风格。王旭烽的作品确实很显大气，但是她确实不怎么擅长写情爱，三部曲每一本书都三十多万字，里头写了很多恋爱、婚姻、婚变，但是你看干干净净的，这个干干净净吧，确实我觉得从她作品上看也还挺好，但是我们在底下也给她提出，作品涉及情性描写，该没有的就应当没有，该有的也应当不予回避，这样才让人看了更真实，更自然。后来她自己也感觉到，这也确实是她的一个弱点。所以我觉得就是说像王安忆、王旭烽她们的作品获奖都不是偶然的，那就是作品的质量摆在那儿了，就是说你拿什么标准去量，量来量去，最后还得把它评上。

还有 2001 年评出的鲁迅文学奖，这个鲁迅文学奖是第二届，鲁迅文学奖过去我也参加过评奖，鲁迅文学奖第一届的时候，评的篇目比较多，每一类里头大概都要评一二十篇，从 2001 年开始，改革了，就是说，每一个体裁里头只评五篇作品，在中篇、短篇各评五篇的最终获奖作品里头，各有两位女性，中篇小说里头有铁凝的《永远有多远》，叶广芩的《梦也何曾到谢桥》。短篇也有两位女性，一个是徐坤的《厨房》，还有一个是迟子建的《清水洗尘》。这些作品都是从大量作品中选拔出来的，应当说都是这些年在短篇和中篇里具有代表性的作品，像铁凝的《永远有多远》，决不能拿平常的中篇眼光来看，这实际上是一个长篇的一个容量和厚度，她把它写成中篇的。作品内容非常丰厚，这个作品后来被改成电视剧。我想，20 世纪 50 年代前后出生的中年以上的人看了之后会有很多共鸣的，像徐坤的《厨房》也是写得非常好。我前不久碰见老评论家朱寨，他看作品很严苛，但他跟我说他看了徐坤的《厨房》非常感动，他觉得这篇作品拿到现代去跟那些名家比都毫不逊色。所以我就觉得女性创作这些年，不仅人数很多，队伍很庞大，而且从质量上讲，确实也比较高。

还有一个方面，是女性写作在艺术质量上的提升或者说具有新的水准的表现，是在一些主要的文学倾向和文学思潮中，女性写作都日渐成为其中的重要代表。像在80年代后期到90年代出现的新写实小说的重要代表就是两个女作家：池莉和方方。关于新写实小说的提法，被指称的作者自己有的就不太同意，比如池莉。我在这儿再岔出来讲一个插曲，就是池莉对所谓的新写实这个提法一直不满意，尤其是对从新写实小说方向上进而把她的创作概括为平民化写作耿耿于怀，这个事情在中日女作家会上有一次暴发，有些文学爱好者上网可以看到这个情况，这个事情和我有关。这到底是怎么回事呢？前一两年的时候，湖北大学有一个博士刘川鄂，花了几年工夫写了一本《池莉论》，他不是太喜欢池莉的作品，因而这本书对池莉肯定的比较少，批评的比较多。然后他把这本书里的这些文章拿出来，在一些杂志上发表，池莉这几年创作上持续活跃，尤其是作品经过影视改编成影视剧之后，观众越来越多。刘川鄂那当头一棒，池莉自然非常恼火。此事发生不久，大概半年吧，方方有一篇回答某杂志提问的文章，大意讲讲王安忆在女作家里数第一，至于我啦，池莉啦，我们跟她不能比，我们是各有自己的长处，也各有自己的短处。比如说我，我是知识分子写作，是浪漫主义的风格。池莉是平民写作，现实主义的风格。池莉对此很有意见。在开中日作家会议的时候，我和池莉在妇女活动中心的大厅里聊天，池莉说："白烨，我觉得现在创作在发展，很多人的观念不改变，文学评论还在搞阶级分析。我现在是哪怕作品把教授写了，我都是平民写作，好像是我怎么写我都翻不了身，我对这个非常有意见。明天开会我想就此说说。"我说，你当然可以说，但是我希望你说的时候，把你的观点上升到美学的层次上，而不要就事论事。她说，那我这样吧，我就从你们的小册子说起吧。什么小册子呢，就是会上印发的中日女作家简介，上面是作家照片，底下是作家简历，中国的女作家的简历是我改写的，因为原来弄的简历都非常简单，主要是生平。我说，这么重要的一个会议应当再加一些文字，介绍她们的主要作品和她的创作特点和风格，然后我就给每一个人加了几句。池莉简介上就加了这么几句："早期的成名作为短篇小说《月儿好》，1987年发表中篇小说《烦恼人生》，为文坛内外所广泛注目，此作以对烦恼人生的生存状况的艺术透视成为新写实小说的代表作之一。此后池莉连续发表了《不谈爱情》《太阳出世》的中篇力作，在文坛屡次掀起新写实的浪潮。90年代之后，池莉先后创作了《你是一条河》《来来往往》《生活秀》等中短篇小说，在一如既往地关注平民生活的同时，表现出对复杂人生的冷静关照与细致捕捉。”这是我对她创作风格的一个概括。然后池莉第二天发言时，接着前一个日本作家的话题说，跟日本女作家非常自由的创作状态比起来，我们现在还不是很自由的，我们还有很不好的气氛。然后她就从她的感受说起，说评论界常常把她的写作概括为关注平民生活，她感觉这个说法很政治化，很不好。我知道她说的是怎么回事，然而会上其他人不知道是怎么回事，其中有几位男女作家就坐不住了，就起来跟她争，更要命的是有个日本作家接着池莉的话说，日本女作家的日子也不好过，她说日本评论家90%都是“巴嘎”，“巴嘎”用日本话说就是“傻瓜”“浑蛋”的意思，她这一讲，会上就轰动起来了，更不高兴的是参加会的从日本来的两三个评论家，本来专门要在会上发言的，从此在会上一言不发。当时我看越说越远了，就起来说了几句话，我说池莉刚才在会上批评的，实际上是说我呢，而我本来是“拍马屁”的，不料拍到了“马蹄子”上。我说，池莉刚才讲的一些意见是有她的道理的，她的创作确实是在发展，在变化，还继续用过去的新写实包括平民化真是不能概括她的创作，评论家面对着生动活泼的创作，确实要创造一些新的概念，选取一些新的角度，把作家创作中的新的发现能够揭示出来，不要老说一些几年前、几十年前这样一些老话让作家反感。同时，我也希望作家要宽容评论家，为什么呢，因为评论有时候跟创作不一样，创作就是要把一些事情，把一些简单的事情说得很复杂，让你说不清；而评论家就是要把复杂的事情弄得简单，我就是要给你说清楚，这是两种功夫。评论就要用概念，要推理。不用概念，他没法说话，所以我就说要理解评论家，而且有些评论家可能对你的作品、你的感觉说偏了，或者说错了，其实没关系，对你作品的意义都是一种延伸。这就是那个会上岔出来的一个插曲，所以我就觉得我们现在用的一些概念，包括新写实，包括我后来还要使用一些概念，其实对创作来讲都不是说很完全准确的，很到位的。他基本上是概括了他的主要的一些方面，所以王蒙过去讲过一些话，我觉得很有道理，他说任何概括都是以牺牲丰富性、生动性为代价的，都有缺陷。所以我觉得过去我们拿新写实来概括池莉和方方的创作肯定是有缺陷的，但是现在没有办法，这个说法已经约定俗成。大家都这么说，你要不拿这个概念说的话，拿别的概念更说不清楚，所以我觉得就是说像新写实小说，还是首先由池莉、方方她们来推波助澜掀起来的，她们也是其中的重要代表。

再往前一点的80年代中期，像刘索拉的出现，我觉得也是很有特别意义的，刘索拉那种比较地道的先锋味道，应当说是带动了一种倾向。她那个《你别无选择》出来之后，引起了另外一个写作者的注意，就是徐星。徐星把《无主题变奏》的小说写完之后，一直不敢拿出来，一看刘索拉的《你别无选择》都能发出来，也把自己作品送《人民文学》，后来也发出来了，所以说刘索拉的作品发表之后，带动了一种倾向，就是当时的先锋写作。另外一种就是说像80年代的残雪，残雪我觉得从80年代一直到现在吧，一贯的风格，就是那种非常冷峻的现代派味道，我觉得现在有很多所谓的先锋、现代，到后来都纷纷转向了，只有残雪一直不变。残雪与她的创作是非常值得研究的现象。这次开中日女作家会我才知道，残雪在日本红得不得了，日本来的这些女作家，大都知道残雪，而且日本的评论家也对残雪很了解。日本还有一个女评论家，大概10年了，就专门研究残雪，所以我觉得残雪的这种现象也是非常值得研究的，这是真正中国式的现代派。

另外，像陈染、林白他们的创作，实际上是把一种私人化写作的倾向推向了前台，由他们的创作开始，人们才开始关注所谓的私人化写作是怎么回事。像陈染的《私人生活》，还有一些她的中短篇。林白的作品《一个人的战争》，包括后来《玻璃虫》，都是私人化写作的代表作。另外我们这些年长篇小说中有一个非常重要的现象是家族写作，我个人私下认为在中国长篇小说创作中最成熟，成果最丰硕的写作是家族小说的写作。陈忠实的《白鹿原》，阿来的《尘埃落定》，都是家族写作的典型代表，也包括在他们前边的80年代出现的张炜的《古船》，我觉得这三部作品是我们谈到新时期小说或者说长篇小说的重大收获的时候，必须要谈到的三部作品。我觉得女性作家在这里头，也通过她们自己的创作丰富了家族小说的写作，比如说像王安忆，像张抗抗，像王旭烽，王安忆的《纪实与虚构》，张抗抗的《赤彤丹朱》，都是家族化写作，王旭烽的《茶人三部曲》，也是家族写作。我觉得在家族写作里头，女作家的作品是独具一格，表现出了她们自己的不同的特点的。

还有我觉得历史小说创作中，女作家也是作出了非常重要的贡献，比如说生于40年代的女作家凌力，我觉得中国历史小说有两个代表，凌力是其中的一个，另外一个代表是二月河。用现代方式写历史小说的代表是凌力，用传统话本方式写历史小说的代表人物是二月河，所以我觉得凌力在历史小说里头贡献是功不可没的。也还有其他一些女性作家，比如说像天津女作家赵玫，写了《杨贵妃》等，这种历史小说都写得非常有可读性，而且女性作家用现代手法写历史小说跟二月河这样一种写法表现出另外一种不同的风采，非常值得关注。

还有 70 年代人的写作，70 年代人我觉得它实际上体现了一种什么现象呢？就是说把都市写作或者叫城市文学往前推进了一步。我们都知道中国的社会发展和文化发展，有一个重要的现象，就是农耕文明或者叫农业文明很发达，而城市发展比较晚，城市文学也应当说是一直不是很发达，而且我觉得包括在新时期的 70 年代末 80 年代，城市文学都还不怎么样。我觉得让大家真正有个印象的城市文学，恐怕是从王朔开始的，王朔的作品把现代都市的实际生活，都市人的特殊语言写出来了。我觉得 70 年代这部分女作家出来之后，它的意义在于对当代都市文学、城市文学的发展起了很重要的推动作用，她们天然就是城里人，她们写的东西就是都市的生活，都市的节奏，什么酒吧、网吧，这样一些生活。所以我觉得她们的兴起让我们觉得城市文学和都市文学这一块一下子得到了发展，也展示了它的前景，这是我讲的第二个方面。

我觉得还应当再谈的一点，就是影视文学，影视文学中女性的作品在生活化与文学性的结合上写出了一批好的作品，我个人认为是提高了影视文学创作的水平。这几年我们大家慢慢地就觉得有些电视剧好看起来了，比较有味道了。比如说像池莉，像王海鸰。池莉的作品《来来往往》包括很多作品改成电视剧之后都反响很大。还有一个女作家，大家关注的不太多，我非常看好她的前景，她本名叫冯丽，笔名叫皮皮，皮皮这个作家我觉得是一个非常有潜力的作家，因为过去在布老虎编辑部跟她同过事，她的《比如女人》我曾参与过出版运作，后来又改成电视剧了。皮皮这个女作家，具有一个重要的特点就是雅俗共赏，她的作品都有一种雅的内韵，然后又把故事写得很好看，很抓人。她的《比如女人》后来被改成《让爱做主》，前不久也在电视上放了，我相信有些读者或者观众对她都会有一定了解，我觉得她的东西真是把电视剧的文学水平和艺术性给提高了，让你觉得有嚼头了，不是说你一看完就完了。

池莉的作品貌似很现实、很生活，但是在生活的表面背后其实隐藏着很多东西都是很值得思考的。所以我觉得在影视这一块吧，女性作家慢慢地，或者说越来越充分地表现出她们自己的一些优势，我觉得这在大众文学或者说在通俗文学这一块上讲，应当说是很重要的，是不可忽视的。

我觉得通过这么三个点，我们可以看出来，女性的写作在目前来看这种“热”不光是一种阵势，一种为数众多，这么一种“量”上的现象，其实还有一个内容上的、“质”上的，达到了一种新的水准。我觉得这一点是我们在观察女性文学的时候必须看到的，这是我要讲的第一个大的问题。

第二个问题的题目是“两个方面的原因——女性写作热形成的主客观动因”。

女性写作形成热点，形成热潮，我觉得不是人为的，不是好事之徒“炒”出来的。为什么这么说呢？就是因为我这些年也兼作一些文学出版策划，2001 年为了配合中日女作家会，我主编了一套《中日女作家新作大系·中国方阵》，包括王安忆的《弟兄们》，林白的《猫的激情时代》，方方的《暗示》，残雪的《蚊子与山歌》，徐坤的《小青是一条目》，铁凝的《马路动作》，张抗抗的《钟人》，迟子建的《清水洗尘》，陈染的《凡墙都是门》，池莉的《一夜盛开如玫瑰》。后来又给安波舜策划了一套“布谷鸟丛书”，一套五本，在 2002 年 1 月份出来了。另外还给花山文艺出版社策划了一套《自鸣钟丛书》，是白领丽人的情感自述。另外，还给《北京青年报》一个女作者叫黎宛冰的在远方出版社出版的《人人都说我爱你》的小说写了一篇序。北京还有一个女作家叫周瑾，有一本书叫《月色撩人》，出版时我也给写了一篇序。这样的话，光最近一段时期有二十本女性作家的书和我有关。有一次开座谈会的时候，有一些文艺界的朋友开玩笑说，每一个成功的美女作家后头都有一个无私奉献的男人。然后就挖苦我和另外两位文友，一位是《中华文学选刊》的执行主编王干，一位是做“好看小说大展”的兴安，说我们仨是美女作家制造工厂的车间主任。我当时在会上就说女性写作热，真不是说我们这几个人就能把她“炒”起来的，远远不是这么简单。我说这里头可能有某种“炒”的因素，因为你现在面向市场，你不“炒”也不行，我要不搞出版的话，我也不理解这一点。从评论角度上讲，我是一种身份，一个角度，那么我搞出版，我就必须要有另外一个角度。因为现在这个市场是图书的唯一舞台，书出来总要有读者，有市场。咱们国家每年出书将近在10万种，10万种将近一半是文学作品，小说每年大概是500部左右，这么大的量，你这本书出来后你不“炒”就显不出来，所以我不排斥有些“热”和“炒”有一定的关系，但是根本原因不在这儿。现在的文学读者、小说读者，大部分是女性。加拿大有一套浪漫爱情小说丛书叫《禾林小说》，在中国不知委托什么单位做过社会调查，社会调查的结果是中国的读者60%以上是女性，而女性读者80%以上是文学读者，而80%以上的女性读者爱看爱情小说的又占了80%。所以现在不仅写小说的人中女性作者多，读小说的人中也是女性读者比较多。女性读者写，女性读者看，我们在其中不过是一个二传手。

我觉得真正原因应当是这样两点，第一，女性写作的个人化趋向充分施展了女性的独有优长。应当承认女性和男性在很多方面是有差异的，具体在看取事物的方式，表达事物的方式上来看，我觉得一个很明显的差异就是女性看待事物、感觉事物的方式是细腻的、是具体的，可以说她们是灵性强于智性，感性大于理性。在题材的选取上，她们的着眼点往往是家常化，也就是家长里短，儿女情长。而在具体的写法上，又比较爱讲故事，注重情节，刻画细节。这是女作家的长项。但一般我觉得女作家也不是就事论事，往往是以小见大，由近及远。我们经常在文学上讲好的作品要以小见大，我觉得很多女作家最会以小见大，她们都是尽可能地由个人的角度去折射人生的大社会，这是女性作家的一个特点。

还有，个人化也是女性作家的一种天性，女性写作也即天然的个人化写作。我曾经在另外一篇文章里头把女性写作概括了这么一句话：“社会生活化——生活个人化——个人感觉化。”这是我对女性写作的这种特点的一种看法。男作家经常习惯的是以大见大，宏大叙事，女作家则是以小见大。“以大见大”比之“以小见大”，让你就很难感受到有一种很亲近、很亲切的感觉。

另外，要有再谈到的一点是女性写作既是个人化的，也是多样化的。因为充分的个人化，必然造成充分的多样化，因为不同的作家是不一样的，是各有自己的个性和特点的，所以势必是充分的个人化，带来充分的多样化。我们不必去很细的分析一个一个的作家，大致说来，不同年龄段的女性作家，她们互相的着眼点是不同的，或者从作品可以看出来，她们的着眼点与她们对生活的兴趣是不尽相同的。比如说50年代的女作家，像王安忆、铁凝，包括像池莉、张欣，这样一些女作家，她们的作品往往是由个人或者说由个人的经历、个人的成长去看社会，我觉得她是两个点，就是说并不是说就说个人，个人说完就完了，往往是通过个人去透视社会，这一点我感觉非常明显，比如说像王安忆的《长恨歌》、铁凝的《大浴女》。

《大浴女》这部作品我觉得是这些年女性作家写作里头非常重要的一部作品，如果说有人没看过的话，我建议要把这部作品看一下。我认为是这几年长篇小说创作中非常重要的收获，这个作品通过一个女性的成长过程，写出了50年代、60年代、70年代整个时代的气氛，包括那个时代抓阶级斗争啊、包括“文化大革命”啊，对人性的那种影响，对人的命运的那种影响，这样的作品年纪稍微长一点的人看起来一定会有共鸣。我觉得她们的特点非常明显，就是通过个人来反映社会。我觉得到了60年代的这批作家，比如说像陈染、林白她们，她们的特点是什么呢？就是个人的遭遇、个人的感受基本上占据了作品的中心位置，通过她们的这种个人也能看到社会生活的某些踪迹，社会生活的某些身影，但是那是影影绰绰的，她们把个人摆在了一个非常重要的地位。比如像林白《玻璃虫》，通过个人经历去感受80年代那段生活，比如说像陈染的《私人生活》，主写个人的幽闭存在。所以我觉得就是60年代人跟50年代人相比较而言，作品里头社会生活的这种含量相对的就要薄弱一些，但是落脚点还有社会这一头。

到了70年代人，70年代女性作家这儿。我觉得有很多作品基本上就是个人的我行我素，比较充分地反映了一种个人主义的价值观、爱情观和生活观，社会生活的内容相当稀薄。有一个作品的书名很能概括他们创作的特点，那就是《你的生活与我无关》，她们就是与我无关的东西我就可以视而不见。说到这儿，我要再岔出来谈一下我对70年代一些作品的看法。70年代的人我觉得如果说我们把他们跟60年代、50年代这样的一些来比较一下的话，可以明显看出他们创作中的一些缺陷，这个缺陷就是读他们的长篇小说感觉到很轻巧，不厚重，因为他社会生活的内容比较稀薄，基本上是个人的一些感受、一些情绪、一些遭际，主要是这样一些东西的一种抒发。所以我觉得70年代的人，缺点确实是很明显的。但是我们要看到70年代人才刚刚冒出来，还是在成长的一代，不要把他们一下看死了，把他们盖棺论定了。我觉得这两年有一个倾向，就是说把70年代人一锅煮，比如说70年代有一个卫慧，有一个棉棉，便把70年代人都看成是卫慧、棉棉。就是对卫慧、棉棉的全盘否定态度，我觉得都不是公正的、不合理的。因为我觉得即便是一个有缺点、有缺陷的作品或者作家或者一种倾向，我们只有用文学批评的方式、讨论的方式、争鸣的方式，才能把它存在的问题真正揭示出来，而且通过讨论的方式达到一种沟通，通过讨论的方式让他们来吸取有益的意见。如果不是这种方式的话，我觉得效果就非常难讲。所以我觉得现在这两年，批评界对70年代一概而论，有个卫慧、棉棉之后，然后就说70年代怎么不好，包括一些人在网上写文章说什么不和70年代人交朋友，这就是非常极端的一些说法，而且在评论界也出现一种“美女作家”，说70年代等于“美女作家”，“美女作家”等于“身体写作”三个等号一画，70年代人无形中被否定了。

其实她们里头只有少数人的作品中有“身体写作”的倾向，这绝对不能代表大多数70年代的人。我觉得把“70年代人”看成是有问题的一代人，是把他们作了一种妖魔化的处理，是极其简单化和不负责任的。我觉得70年代人还要成长，随着他们的成长，他们总要登上文坛，我觉得用这种简单的办法不利于70年代人成长，也不利于文坛自身，这是我个人的看法。我这些年，接触的70年代人比较多，我发现70年代人其实都还是在成长、在发展，比如说像河南女作家戴来，就非常值得关注，我第一次关注她的作品是在1999年，1999年的时候我每年要给《小说选刊》写一篇纵谈这一年小说创作走向的文章，我看99年的小说时，戴来有一个短篇《突然》，我觉得非常有味道。她就写一个城里头的退休市民，大概就是五六十岁这么一个老人，也不算太老，她过去跟日本人有过国恨、家仇，结果“开放”后，她两个女儿都到日本留学，先后嫁给了日本人。所以她从心里头一直都很不痛快这件事，但是嫁给日本人之后，日本人有钱，从日本给她带电器啊、带钱啊，结果一下使她的生活上了一个台阶，结果后来她退了下来无所事事，一个人就在街上遛达，看到街上上下班的人流、自行车流，然后就想这想那。这部作品我看后觉得非常有味道，里头含了很多东西，包括那种耿耿的民族情绪，以及那种隐隐约约的那种对生活的困惑。我就到处打听戴来何许人也？后来别人说这是河南一个女作家，后来另外一个评论家认识她，就把戴来介绍给我，戴来正好在写一个长篇，写完后寄给我，我一看觉得故事不错，文笔又好，这本书就是纳入“布谷鸟丛书”在华艺出版社出版的《鼻子挺挺》。

从戴来的个案来看，我觉得70年代人很不简单，不能一概而论，我觉得就是卫慧的《上海宝贝》恐怕也不能代表她的全部，她还会写出别的作品来，我相信也会有变化，包括别的一些70年代的女作家，我觉得都不能一概而论。所以我觉得我们要看到这一拨女作家上来之后，他们从不同角度上对整个当代文学的格局起到丰富的这样一个重要的作用。

第二点我想说的是社会与文学的演进，使求实成为生活的时尚，使写实成为文学的风尚。毋庸讳言，这些年社会生活最大的变化是什么，不是别的，而是生活变得越来越实际。我觉得咱们在这儿暂且不论这样变化是好还是不好，这个要细究起来的话，会说出很多好，也可能会说出很多不好，我们在这儿不谈它。我是觉得这种演变在文学上给我们带来很多影响，这种影响就是从创作上看，人的诸种欲望的表现和展示越来越突出，包括功名欲、利欲、权欲、钱欲、情欲、性欲，种种欲望都比过去在作品中得到了更为充分的表达。像这样一些东西在过去是不多有，也不显见的。同时在与文学的欣赏上，我觉得一个最大的变化就是由于政治的退隐、消费的突出、商品经济的崛起，也包括人们在工作中压力的增大、生活的紧张度的增加，人们在文学的阅读和欣赏上开始厌倦宏大叙事，拒绝说教倾向，我觉得这是一个非常明显的趋向。你说你现在一个电视剧或小说里头端着架子去教育人，恐怕就不会有什么读者爱看，人们越来越要求文学作品或者艺术作品应当是寓教于乐、雅俗共赏，我觉得这是目前整个社会在文学欣赏上出现的一种最大的变化。

我们过去经常讲文学的功能与文学的作用，如果你上大学中文系的话，“文学概论”课专门有一章要讲这些功用，这就是文学的首要的作用——教育作用；第二个作用是认识作用；第三是审美作用；第四是消遣或者是什么别的作用。现在我觉得倒过来了，就是说文学的消遣作用、宣泄作用上升了，认识作用仍然在里头起着很重要的作用，但是教育作用是退居后列了。因为现在教育的这种功用可以用很多别的手段来做，不一定非得用文学，不一定非得用小说，可以用专题片，可以用社论，种种方式。所以我觉着这是一个非常大的变化。在这种情况之下，女性文学恰好适应了这种阅读趋向，恰好适应了这种要求，所以女性文学在当前就有了更多的读者，找到了更大的市场。

女性写作一般是不拿样子、不端架子，就是写儿女情、家务事，让你觉得亲切，让你觉得好像是看自己，或者说是看邻居家的生活，你漫不经心地就读了进去，看了进去，而且大多时候还能够读有所得，得到愉悦。我觉得女性写作有越来越多的读者和越来越多的观众，这是个非常重要的原因。就是说女性写作和女性文学欣赏的供需双方，在当下是达到了一种双向的契合。我觉得这个才是女性文学热兴起和还在发展的一个非常重要的客观原因。如果我们不这样去理解的话，我觉得就把这个问题看不清楚，这是我讲的第二个问题。

第三个问题的题目是“回头望与向前看——女性文学的过去与未来”。这里头我要讲女性文学的大致发展。尤其是从古到今一些主要变化，我觉得考察文学离不开社会，考察女性文学一样是如此。

女性文学的发展是跟女性社会地位的发展同步的。我们在谈女性文学的时候，尤其在谈过去的女性文学的时候，不能离开女性社会地位的变化。在中国古代到近代，女性由于社会地位的低下和文化权利的被剥夺，从事文学写作者寥寥无几，可以说中国古代文学是以男性为中心的文学，女性文学在其中只是一种点缀。先后出现的比如说像卓文君、蔡文姬、薛涛、李清照、李淑珍，还有其他几位女性文人，她们的作品主要是抒发身心均被禁锢的哀怨，抒发遇人不淑或者知音难求的一种苦闷。她们虽然在文学的历史长河中留下她们可贵的身形，但还不是我们在现代意义上的有自觉女性意识的女性文学，我觉着这是女性文学在近代以前的状况。女性意识的崛起及其在文学上的反映，是从清末民初开始的。她的先驱者就是革命家秋瑾。秋瑾不仅在中国的革命历史上具有重要的地位，而且在中国文学发展史上也具有重要的地位。我觉得她是一个转折，她创办了一个中国《女报》，而且以反封建、反专制的姿态吟诗作文，表现出了一种强烈的女性的自主和自立的意识，我觉得这在她不多的作品中表现得非常明显。

此后从“五四”到40年代，这个时期是女性文学大发展的时期。由于女性教育的大力开展和女性知识分子的大批产生，女性文学得到了进一步的确立与发展，这个时期出现了像庐隐、冯沅君、白薇、丁玲、萧红、冰心、张爱玲、苏青、梅娘等人，从感性体验和理性启蒙的多种角度来表达女性解放的心声，他们是这个时期女性文学中不同类型的重要代表。这个时期就是差不多在西方一些国家的女性解放时期，包括像易卜生的一些戏剧，什么娜拉出走之后啊，几乎跟我们这里是对应的，这个时期女性解放是一种世界性的潮流，在中国，我觉得这个时期应当说是女性文学非常重要的启蒙与发展时期。

1949年以后，由于新的社会形态刚刚建立，由于我们当时在指导思想上的过于政治化和左倾化，在社会生活中女性已经擎起了半边天，但在文学创作中，因为仍然只主要写政治、写中心、写政策，女性作家仍然很少有用武之地，女性文学没有得到应有的进取。我最近写一篇有关十七年文学的文章，重新看了一下过去的作品，我就不无遗憾地觉得，女性群体按说新中国成立后扬眉吐气、当家做主，在社会生活中叱咤风云，而在文学上却缺人少作，完全是另外一种情形，至多是个配角。所以我就在思考，我们经常讲女性在社会生活中获得了应有的地位，为什么在文学上没有得到应有的地位？我们讲17年长篇小说创作的时候，很顺口就说主要成果有“三红一创”，即《红日》《红岩》《红旗谱》《创业史》。这里头除了《创业史》是农村题材，“三红”全是革命历史题材。长篇创作在当时为什么是这样的，它跟写政治、写中心有关。当时只有写革命历史斗争，写革命历史题材才吃香，才保险，你写别的既不落好，也不保险。这个时候也有一些女作家在写东西，但是她也不能不写革命历史题材，比如说杨沫的《青春之歌》，比如说茹志鹃的《百合花》，但是她们一写就不一样，比如说像《青春之歌》，我一直对这部作品偏爱，我就觉着这部作品里头是在革命的内容中还包含了某些在当时看来不太革命的一些东西，或者说还不够革命的一些东西，比如说里头写的林道静和余永泽的关系。余永泽的原型，就是老散文家张中行。我从别处知道她跟杨沫有这么一段，有一次我去看他，跟他提了一句，他就跟我聊了一下午。看得出来他对与杨沫那段感情是非常珍惜的，而且讲起来还是充满了一种怀恋。张老是1909年人，杨沫是1914年人，他比杨沫大5岁，在作品里把他基本上写成一个自由主义加个人主义，就是只做学问的，不愿革命甚至讨厌革命，两个人完全是志不同、道不合，最终分道扬镳。

但杨沫在写余永泽的时候，并不是把余永泽这个人全盘否定的，她写了她跟这个人那段生活中的一些志不同、道不合，还写了她对他的在她当时走投无路的时候以及她初恋的时候的那些关爱，作品实际上是留了一种隐隐约约的温情与怀念的。还有作品里头林道静向往大海，对自然风光的那种欣赏，带有非常明显的小资情调，包括她后来走上革命道路，是因为结识并喜欢江华和卢嘉川两个年轻志士那种人格的魅力，以及在情感上对她的关爱，最终把她引上了革命道路。因而，林道静走上革命道路不光有革命的感召，还有这两个人对她爱的这种成分在引动。所以整个作品你看了以后，会觉得在革命的主题之下还有很多革命以外的东西。这个作品在当时那么轰动，有一些在当时不便直说的原因在里头，包括当时我们在其他作品里看不到恋爱，看不到爱情，看不到那种妩媚的女性，这个作品正好可满足读者这种需要。比如说茹志鹃写《百合花》，也写的是革命历史题材，作品写一个前沿包扎所的一个小战士跟农家一个小媳妇之间的关系，他因为要救护伤员，要去到她那儿借被子什么的，然后这个女的发现他衣服破了给他缝缝补补，整个他就写了人和人之间一些很小的事，衣服的洞啦，什么鸡蛋啦……以小见大，所以当时很多人看了以后就觉得这部作品有问题，这部作品当时发表前转了三家杂志没人敢发，后来在《延河》发的，《延河》发了以后还有很多人对这部作品有看法，由于茅盾写文章对这部作品大加肯定，才没有人再加反对。这部作品后来就被人称之为是"一曲没有爱情的爱情牧歌"，所以我觉得女作家在五六十年代那个时候，确确实实是不能不写革命题材，当她们写的时候她就可能发挥她的长处，一写就跟别人不一样，但是她又不能走得太远，走得太远以后，她就可能不能再写了，可能就要被批判、被否定了。所以我觉得女作家在十七年间其实是很难的，所以我觉得十七年间整个女性文学没有得到发展，但是已经有的一些作品也是很值得关注的，所以对杨沫和茹志鹃的这样一些作品，我给予高度的评价，我觉得她们实际上是在革命历史题材的大题目下做了自己在当时能做的文章。我还有一个看法是，我们从1949年也包括1949年以前这种革命，替女性完成了一个艰巨任务，就是反封建、反男权的任务，我觉得整个这个革命不光是通过新民主主义革命推翻了三座大山，其实对女性而言还推翻了另外一座大山，就是男权这座大山。

在新中国成立以后，提倡男女都一样，我觉得我们在很多地方确实是男女都一样，尤其是已经没有一个非常明显的男权的东西在那儿压着，没有了。但是我觉得我们的革命对我们的女性也有另外一种影响，就是使得女性又男性化了。我们经常讲男女都一样，这个话在貌似平等中包含着实际上的不平等，因为男女实际上是不一样的，所以我觉得就是说我们在今天反省这样一个过程的时候，应当要看到，女性在现代和当代的革命中其实是受到正面与负面的双重影响的。

如果说要把现在以来的女性文学的发展、女性文学的意义，简练而明晰地加以概括，我想说的是，我们以前在秋瑾以及到“五四”前后这一段，有很多女性知识分子包括女性作家、文学家，她们所做的工作是把女性回到人上，女性是人，女性不是奴隶、不是工具，女性跟男人一样是人。接下来，我们的革命进而完成了另外一个目标，就是女性不但是人，女性是革命的人，我觉得现在我们又要完成一个新的任务，而且基本已经完成了，就是女性是女人，我觉得新时期女性文学的一个最大的意义正在这儿。它真正表现出一种女性的意识、女性的视角，这是我要说的第三个问题的第一点意思。

第二个我想说的是女性文学的继续进取以及对中国的影响，前所未有，意思是什么呢？我就觉得女性文学在新时期的这种长足演进，尤其是在 21 世纪之后全面崛起，势必对整体的文学格局发生影响。我们现在遇到的一个影响就是在 20 世纪 90 年代，文学面对着越来越强劲的市场经济的压力之后，有相当长的时间不知道该怎么办，我参加过很多这样的讨论会，应当说很多男性文学从业者束手无策，大家都用一种非常悲惨的话来骂这种商品经济、骂这种商品文化，包括这些年我觉得在文坛上有很多争论，比如说人文精神讨论，在很大程度上都是这样一种思潮的延续。

前不久在一个会上谈到目前文坛最重要的现象的时候，我当时用了一句话来形容，我说这两年是男人在吵架，女人在写作，什么意思呢？就是说这两年的争论主要是男性引起的，比如说王朔批金庸啦，余杰批余秋雨啦，有些问题一开始争的时候还是有些意义的，结果争着争着，到最后就意气用事、情绪化，没有多大的意义。而女性作家则悄悄地、默默地在那里搞创作、写东西，而且写东西的人越来越多，阵势越来越大。所以我觉得她们实际上支撑起了一个整体文学面对市场经济如何适应新的形势来发展的大局，也可以说女性文学的兴起与兴盛，是把一时不知所措的文学补救了，包括她们这种以小见大，讲故事以及小说改编影视作品，提高影视的文学性，等等，我觉得起的都是这种作用。结果，使得文学面对市场经济的冲击没有发生非常明显的断裂，或者说是停滞这样的状态，而是缓缓地在面向当下现实，面向新的形势继续前行。我觉得这是女性文学崛起之后，我们看到的一个非常明显的作用，非常重要的影响。

还有一个是现在与文学相关的行业中，女性文学从业者越来越多，而且文学后备军中女性越来越多。现在写小说的女作者实在是太多了，北京本来就不少。还有很多外地来的一些女的，在北京租着房子写小说。有一些人写小说已很有起色，有一些人一时还没出来，但是一直坚持不懈地写，这样的人我认识好几位。而且女性编辑、女性记者也非常之多，有时候开作品研讨会的时候，几十个人中间十来个男性评论家，然后一圈又一圈全是女的。现在大学中文系的本科生、研究生中，女的占了 80% 以上。一次在首都师大开林白作品研讨会，男的加起来不到 10 位，编辑、记者、听会的研究生，清一色的女性。我想这些学习文学的女学生将来总要走向社会，要进入行业，她们现在是后备军，将来就是主力军。有人就说今后世纪的文学可能要走向女性化，我觉得说女性化好像言过其实，但是我觉得它对文学的整体的格局和风格产生的影响是势不可当、不可忽视的，至于会是什么样影响，我们慢慢再观察、再研究。

还有一个情况是，2001 年美国方言学会搞了一个“世纪之字”的调查，什么叫“世纪之字”，就是说在下个世纪什么字和词可能是最常用、最重要的，要选出一个字和词来，结果选出的是什么词呢，这个字，不是科学，不是文明，是“她”，女字旁的“她”。所以有人由此引申开来，说 21 世纪是“她”的世纪。

前不久，《时装》杂志就这个话题约了一些评论家作访谈，找到我，问能不能就此发表一些看法。我说首先女性和女性文学在 21 世纪的全面崛起是一件好事。在以前的 20 世纪，女性都没有这样，在这个时候终于争得了应有的地位，当然是一件好事。但是我不太赞成用带有女权倾向的观念去看待这一问题。因此我认为新的世纪无论是从社会的角度还是从文学的角度来看，健康的或者说积极的发展应该是男性跟女性双方的良性互动，而不是一方压倒另一方。

这个世界只有两性，两性的和谐与互补，才能使得这个世界更加健康地发展。我觉得从中国的情况来看，目前应当说是处在一种良性互动的情况之下的。西方的社会理论与文学批评中常有的所谓的女权、女权主义的倾向，在中国我觉得并没有形成一个很大的气候。我不否认今后也许会出现，但是从总体上讲，中国的女性意识和女性文学我觉得目前还是发展得很好的。发展得很好的原因就是女性这个概念本身是在与男性共存、共荣的基础上来提出的，是在尊重另一个性别的基础上谈论自己和肯定自己的，我觉得这样的发展才是一个良性的发展、双赢的局面。

（原载《山花》2002 年第 6 期）

性社会学·性的“虚拟现实”·性文学

潘绥铭

我在做一门可能很奇怪的学问：性社会学。多年来，人们一听，大都保持礼貌的沉默，没什么人来刨根问底。可我却已经在重点大学里讲了15年这门课了。学生也是“人们”，所以我总是到一个学期快结束的时候，才能听到他们提问：它是什么？还有一个潜提问，只有两个学生说出来过：它有什么用？

它是什么？就是一百多年来，人们不再把“性”仅仅看作生理现象和“床上事”的历史。它有什么用？这段历史，就是它的目标和结果。

一

性社会学的最基本命题就是：人类的所有性行为，无论多么奇特和罕见，与人类的其他任何社会行为都是一样的。不仅仅是跟吃喝拉撒睡一样，而且跟每天在社会上的一言一行、一举一动也一样。它们之所以会发生，主要原因并不是“生物本能”（而且也不存在这样的东西），而是人所处的社会使然。因此，那些可以用来解释其他社会行为的社会学理论，同样也可以用来解释人类的性行为。

这个命题有两层含义：1，人类的性行为是经过社会化的；2，人类的性行为主要是人际的，是交往的；而不仅仅是个人的单独性行为。即使在自己偷偷自慰这样的性行为里，表面上看来不是人际的，也没有两个真实的人在交往，但是由于自慰行为也是经过社会化的，在自慰者的背后，实际上矗立着整个社会，因此一个人在自慰的时候，实际上也是在与社会进行着交往，也是处于一种人际关系之中。否则，为什么有许多年轻人，一方面在自慰中获得快乐，另一方面又因此而烦恼不堪？就是因为他们躲不开社会之网，烦恼于对烦恼的烦恼，受害于对受害的恐惧。

二

在性社会学的发展史上，金西（美国教授）以前的所有研究者（包括弗洛伊德和蔼理士）的根本贡献（1885—1947），只不过是揭示和罗列了社会实际生活中所存在的各种各样的性现象。这里面所潜含着的命题是：实验室里的、纯粹生物学意义上的人类性行为，与社会中实际上存在着的性行为是不一样的。

金西的调查报告《人类男性性行为》，（1947）和《人类女性性行为》，（1953），最大的学术贡献，并不仅仅是运用统计数字来揭示现状，而是在传统的生物学因素之外，发现和总结了各种各样的社会因素对于人类的性发育和性行为，有着显著的影响。这就是“性的社会化”这个命题与基本概念的初始。

到了 1972 年，盖格农（美国教授）的《性举止——性的社会组织》一书，基本上完成了“性的社会化”的理论的构建。他说：我们那些所谓的“性本能”，其实只是“原稿”，只有经过社会大彩笔的描画，才显现出成年后的五彩缤纷（或者叫作五花八门）。

到了 1994 年，劳曼等 4 位美国教授的《性存在的社会组织》一书（俗称“芝加哥报告”，因为是社会学的鼻祖——芝加哥大学社会学系组织的全国随机抽样调查），基本上构建起了“性行为是人际的和社会的”理论构架。

此书的重点，是用调查数据描绘出的一幅“性行为的社会网络”的示意图。你会发现：如果你曾经跟一个以上的人做过爱，不论是外遇还是再婚，不论是跟同性还是跟异性，如果其中的一个对方也是这样，那么你实际上就跟许许多多的人在客观上“搭界”了，可能是“串联”，也可能是“并联”。不仅性病和艾滋病可以在这个网络中传播，而且人们的性行为中那些最无法言传的事情，例如采用什么姿势、获得什么感觉等，也都“上网”而且传播了。结果，你不仅仅是被自己的成长环境给社会化了，而且也被那个你并不知道的“网”给多多少少地“化”了。

如果能看明白这幅图，80% 左右的美国成年男女的性行为，哪怕早已改邪归正，就不仅仅是“自己的”了，更不敢乱用“随心所欲”“独立”“自由”这样的词了。

三

至此，性社会学终于可以说是自立了。因此，毫不奇怪，尽管盖格农并没有参加多少实际调查，也并不是社会调查的大家，但是他的名字仍然排在作者的第二位。

至此，“性行为也是一种社会行为”的命题，基本上建立起来了。这就使得社会学的所有其他理论与研究成果，都可以顺理成章地运用到性行为研究中来了。（尽管现在这样做的人还不是很多。）

至此，生物学与社会学在性这个领域中的斗争，基本上打了个平手，开始呈现出势均力敌的局面。

但是，生物学显然还牢牢地占据着性的生理现象与性（的生理）反应这块广阔的阵地，而且似乎已经扎根了。性生物学的最伟大进展，发生在1966年。当时，马斯特斯与约翰逊通过实验室观察，创立了人类性反应周期的基本理论和“性方面的行为疗法”的应用理论。他们的具体成果很多，可是人们最容易在日常生活里验证的则是：男人在性高潮（射精）之后，必然有一个“不应期”，就是不再对外界刺激做出性反应的时期。女人却没有这个不应期，所以女性不但客观上可以连续多次达到性高潮，而且达到性高潮的能力近乎是无限的。这似乎在说：人归根结底还是生物，生物性仍然是制约人类性行为的最主要因素。

随后，1972年，卡普兰创立了“新的性的行为疗法”。再往后，许多生物学家开始探索和总结人体内客观存在的“性系统”，而且已经获得了长足的进展。例如“脑电波性高潮”理论就认为，性系统实际上独立于我们以前所说的“生殖系统”。它是以皮肤为感受器官，以神经为传输器官，以大脑皮层的某些“兴奋灶”为控制协调器官，而传统上所说的“生殖器”，其实只是“性器官”中的一种，只是“反应器官”而已。

四

时至20世纪末，从天上给性生物学掉下一个大馅饼来。可惜知者不多，且细细道来。

当全世界被“克隆”闹得沸沸扬扬的时候（不过我总是怀疑，至少在中国，这恐怕与传媒的“炒作”有很大关系），人们并没有注意到一些电脑制造商的豪言壮语。他们宣称：现在已经可以用电脑创造出一个视觉上和听觉上的性的“虚拟现实”，就是利用多媒体技术，不仅使人看到和听到栩栩如生的性生活场面，而且可以由观听者自己来指挥屏幕上的“性演员”，你让她/他怎样，她/他就会怎样，即所谓“互动表演”（interactive show）。这会使人一如身临其境。如果再给人穿上特制的紧身衣，通过它，使电流适当地刺激到人体表面的大约100万个感觉神经的神经元；那么，人就会产生相应的触觉。在这样一个虚拟现实里，人不仅会如入其境，而且会更加美不胜收。这是因为，多媒体表演以及电流的适当刺激，在强度上、可调节度上和持续时间上，都远远超过真人。

尤其是，如果把天下的性感明星们都制成虚拟现实的软件，那么随便什么人，只要花钱买来这种软件，就可以与那个明星在虚拟现实里寻欢作乐，而且其美好程度，会远远超过真的与那个明星做爱。

电脑大亨宣称：这一切，不仅在技术上是可行的，在经济上也越来越可行了，很快就有可能以此暴富横发了。

那时，人类还需要婚姻吗？还需要真人之间的性生活吗？天啊，对于希望保持传统道德和生活方式的人们来说，这难道不比“克隆人”更具有现实的威胁吗？

从学术上说，如果此事成真，性生物学就将反攻成功，甚至把性社会学一笔勾销。因为按照电脑大亨的说法，甭管你白人黑人穷人富人男人女人，只要你进入虚拟现实，你就会见异思迁、忘恩负义，来上一段“镜中缘”，还会飘飘欲仙、如醉如痴，胜过“人间烟火”。什么社会教化，什么忠贞情爱，统统都会烟消云散。

其实，在性社会学看来，即使此事成真，且不论有多少人会用它来取代真实的性生活，就是仅仅在生理上，也只会有一部分人产生这样的效果。这是因为，人类对于外界的性刺激会做出什么样的反应，这其实也是一种社会行为。甚至于可以说，人类的哪些部位对于外界的性刺激更敏感，也是被社会化过的。

举些尽人皆知的例子：有的男人一有外遇就阳痿，可另一些男人却是只跟老婆才阳痿。过去的一些女人，奶过10个孩子，也没发现自己的乳头跟性有什么关系，可现在的一些女性，青春期刚到就会自己摩揉乳头以便获得性高潮（女性自慰的一种，在北京市有过自慰的女大学生里达到三分之二弱）。这些，能说是生理的必然吗？

归根结底，那些一直被认为是生理本能的现象，那些被生理学甚至解剖学反复证明过的“性器官”，其实也是社会存在的产物，从广义上说，也是一种社会行为。

这个命题，从学术上来说，石破天惊的意义并不亚于“虚拟现实”给人类实际性生活所造成的冲击。它已经是性社会学在向生物学“侵略”了，将使得人类不得不重新认识自己的肉体，不得不更深刻地质疑（纯自然科学意义上的）“科学”。这将是比波普的“科学哲学”更大的一个进步。

当然，现在这还是一种虚拟。可是，在全世界已经拥有数百名研究者的性社会学，下一步的目标，不也正在于此吗？如果获得突破，它的根本价值，还会有多少人怀疑呢？

五

如果扯到半题外、半题内的话头上来，那么我们现在在讨论一切有关“性文学”和“性描写”的问题时，是不是应该首先了解一下性社会学的大致历史与前景呢？

我们在判断一个作品、一段文字的时候，就不应该仅仅看它的细节程度，不应该仅仅看它美不美、自然不自然，也需要看看，它是把性行为描写成纯粹生物现象，还是描写成社会行为。

这是因为，如果是前者，我认为还不如去读性生理学的实验报告或者性行为学的调查报告，例如《海特性学报告》，那里的细节描写更多、更细。这样的文学恐怕是钻了“无性可看”的空子，或者是趁了人们不知道还有性学报告之机。这显然并不是人们通常所理解的文学，而且，不管它“黄”不“黄”，注定是长不了的。

反之，如果把性行为按照社会行为来描写，那么细节再多，也仍然是在文学的范围与功能之内的，仍然是文学与学术之间最主要的相通之处。对于这样的文学的非难，其实仅仅是一个可以给什么样的人看的问题，并不是因为它本身有什么“不够文学”的地方。

所以，我这个文学的门外汉实在不明白，在某些小说里，男男女女个个都是“十八般武艺俱全”，甚至不得不用来描写，可是他们的性行为

（甚至很罕见的性行为），却都没有背景与环境、没有发展过程，没有促进因素和制约因素，甚至连性别差异都没有，好像人人天生就会，天生就喜欢，而且横看竖看都看不出前因后果。这，也叫文学吗？

可别跟《金瓶梅》比。在《金瓶梅》的纯粹性行为描写中，你能看出西门庆到底真爱谁，能看出数个女人之间的争夺，能看出所有性行为方式的原因和局限，能明白为什么偏偏要用潘金莲、李瓶儿和春梅的名字来作书名，而不用别人的名字（例如《西门庆风流记》多好）。

我倒是明白文学之外的一个问题：为什么仅仅用“黄”来指责它，却不用文学的本义。可惜，不能说了。能说的是：性社会学也好，性文学也好，总要有一个深刻和长远的价值，才会逐渐有人认你的帐。性社会学以前被看低，与现在性文学（甚至整个文学）被看低，都是出于同一个原因：从业人员们没有去发掘自己的饭碗对于别人的意义，弄成了“以其昏昏，使人昭昭”，结果当然是“曲低和寡”。

我相信，80年代以来性学在中国的传播，已经给我们提供了一个新的判定标准。我们在议论一切与性有关的现象时，不再仅仅依据伦理的标准和爱情的标准，还要看看性学是怎么说的。今后，性方面可能会更加多姿多彩（或者叫作光怪陆离）。我希望，性社会学能够很快地成为人们的新的判定标准之一。

（原载于爱思想网站，2016年1月11日，
http：//www.aisixiang.com/data/96136.html）

研 究 文 献

女性诗歌语言结构的功能分析

程光炜

我想先从翟永明诗歌名称和对象的关系结构入手。翟永明总是那么一副隐形的讳莫如深和阴冷的脸孔，这一特征使她的诗越过了女性世界，而对其他性别的读者具有同样坚硬的穿凿力。她的《女人》《静安庄》《人生在世》和《都是真话》等组诗始终处在一个基本结构中。这个结构的几个基本也是最重要的名称是：我，你，他。这些名称又分别指称几个对象：女人，男人（有时也指称母亲），邻居。他们之间具有一种维特根斯坦所说的亲缘意义上的“家族相似”关系，而我（女人）作为关系冲突的中心因素，又将具体名称与对象组成的小结构一个个缀连起来，形成一个更大的网络结构。

一般而言，名称作为句子中最小的一个单位，它只指称一个对象。也就是说，仅仅只是指向“对象”，并不表示什么。但是当它被拉进一种具有语义作用的叙述关系时，它作为一个简单符号所指谓的对象才生发出意义。这种简单记号（名称）的语义学状况和世界中对象的本体论状况相匹配的例子，最大限度地构成了翟永明诗歌语言的基础，因而在其作品中比比皆是：“我是最温柔最懂事的女人 / 看穿一切却愿分担一切”（《独白》）；“镜子忠诚而可恶，朝向我 / 升起天生当寡妇的完美时刻”（《此时此刻》）；“听到这世界的声音，你让我生下来，/ 你让我与不幸构成”（《母亲》）；“以心为界，我想握住你的手 / 但在你的面前我的姿态就是一种惨败”（《独白》）；“他使她们生气、使她们狂喜 / 使她们在梦中干着渴望干的事情”（《男左女右》）；“谁将是凶手？谁在假装生活？ / 是否她的声音在背地里营造 / 双重的意象？”（《人生在世》）。在名称和对象相配置的逻辑形成中，“我”必然注定是“女人”，尽管可能是年轻貌美的或衰老孤寂的女人，但作为人的本体地位是不会更变的。更不容篡改的事实是：我生为女人，注定要在母亲手上诞生，要以惨败的形象与男人共同撰写历史。我依恋家园终究又逃脱不了邻居道德目光的笼罩；我流落异乡，家园的恍惚旧影又时常勾起我内心作为女人一切本能的伤痛。我作为一个复合对象，头可以改变颜色，衣服样式可以不断翻新，离婚或者再嫁，守寡或者偷情，但是我只是一个女人。我的全部宿命集聚于这么一个简单的名称。我在劫难逃的原罪，只能配置在名称与对象的指称关系中：我是……女人。

翟永明显然没有逃避，她之所以一而再地申明“在生活中我首先是一个女人，其次才是一个诗人”，说明她自觉自愿地接受关于女人的那个先验的法律，接受不可变更的逻辑的和语法的法则：“夏娃是亚当的多余的一根肋骨”（《圣经·创世纪》第一章：我是女人。因此，她在《独白》中的那句：“我是最温柔最懂事的女人/看穿一切却愿分担一切”的著名独白，与其看作是对女人生存状态近乎绝望的揭示，还不如说是一种无所谓的自言自语。她使她的诗获得了一种神话或是一种宗教的结构，抹去了传统意义上的时间观念，悄悄打通了“过去”和“未来”之间的藩篱，通过诗揭示出：真正的时间，不是什么以现成的“现在”为核心的过去、现在、将来逐次继替的线性流逝过程，而是一个不分过去、现在、将来的“循环”。犹如一团永恒的活火，在一定的分寸上燃烧，在一定的分寸上熄灭：“苦难渐露端倪，并被重新/写进天空：完成之后又怎样？/永无休止，其回音像一条先见的路/所有的力量射人致命的脚踵，在那里/我不再知道：完成之后又怎样？”（《结束》）。翟永明让我们相信，我也真的相信了，她在精神立场上正小心翼翼但却无比虔诚地接近着那个独立于我们以外的神秘的东西。正因为她享有了“价值”而超越了善与恶，所以她才真正是无所谓的。因而她的诗在诗坛表现出了强烈的独特性。

可是，翟永明晚近语言的再生能力却正好相反。那些在《女人》和《人生在世》中人们就已熟悉的简洁而阴森的语势，那有意忽略形容性动词而能直戳到你伤口深处的句型，接二连三甚至毫不节制地涌现在她最近的作品里：“我是，因为我愿，我是自己的开端/蓄意为善，但自知失败/我正当中年/举止得体”（《我正当中年》）；“我在世，我依然是一个生命/寄居于各种大地，身心健康”（《我在世》）；“我曲尽妙态，如何逃得过/一针见血的回答/我一生都将与他无缘/无论我睿智的目光怎么改变”（《这些都是真话》），甚至故意“说谎”的聪明花招，词组的排列设置，都几乎与前期作品如出一辙，让人顿生似曾相识之感。难怪连她自己时而也“怀着敌意”地预感到，人们要忍不住“阴险地打着哈欠”了，尽管她眼下根本不想及时拉住她的那匹已经脱缰的马。对上帝令人肃敬的献身，使她过于相信神灵的感召，而小瞧了语言这个其实并不允许小瞧的东西。

或许她过早地完成了自己，以致引动了“大限”的早临？莫非是那个名称与对象的结构暗中窒息了她更放肆的发挥，使其语言陷入了枯竭？语法规则的限制，给诗人的语言带来了意想不到的更大自由。但语法的规则运用愈广泛、愈烂熟，其表达就愈贫乏，即该词语（我是女人）的遮蔽性或不可说性愈增加。我把这种语言现象叫作可说与不可说的反向加强，或反向转化。这时，不是人说语言，而是语言说人，不是语言启示人的此在，提供人的居住，而是语言离开人抽身而去。你自以为你在创造，实际上你使用的是已经麻痹的词语，而不是在操纵你个人的语言。你失去了自己的语言，也即意味着你开始逐渐地失去作为诗人的座位。我不禁想起海德格尔说过的那句话：“自由原本就是一种惩罚。”当我们真的摆脱了这样那样的禁锢，拥有相当程度思维的自由时，我们难道还不应该有勇气自问：你能否真正无所畏惧去承受它？并且在这一过程中，不断地穿透那语言的重重铁篱？

与翟永明城府很深的沉着相比，伊蕾就显得不那么安分了。她似乎具有一种天生的表演气质，仿佛要无休无止地将那种既危险又痛快淋漓、既沉重又桀野的舞蹈跳下去，直到她再不能跳的那一瞬为止。那“蓬嚓、蓬嚓”铿锵于耳的声音，《浪花致大海》《黄皮肤的旗帜》到《独身女人的卧室》和《被围困者》，继而再到《独舞者》与《流浪的恒星》一路响来，构成了一种特有的伊蕾灵魂和语言的韵律节奏。

当我最初读到伊蕾《独身女人的卧室》每段最后两句的大胆对称时，我承认我被震动了：“它一天做一百次这样的魔术 / 你不来与我同居”（之一）；“只是因为她不再年轻 / 你不来与我同居”（之五）；“我决心进行无意义结婚（之八）；“我最恨的是我自己 / 你不来与我同居”（之十四），“同居”诉诸人的当然首先是一种具有叛逆色彩的语言印象。但如果将它更重要的语音效果一脚踢开，那么其语义功能只会是疲软的、稀松的，因而不可思议，“同居”→语音的一轻一重→“蓬嚓”，有如一声高过一声、一声比一声匆急而沉重的打击乐音响效果，使这两个字愈发显得突兀。而结束句“你不来与我同居”这个否定式语法句式，则在更隐蔽处推进般地坚决支持着这句诗整体含义的结构对称：“你不来与我同居”——主语——→动词性谓语”，在全诗中既是一种连续递进的关系，又如一根循环不止的传动带，使你无法加入，但又不能避开。这组诗显而易见的成功，为伊蕾带来了连她自己恐怕都始料不及的声名。这也使她愈发大胆，一发而不可收拾，紧接其后又连续抛出了与《独身女人的卧室》意近而形同的大批诗作，诸如《叛逆的手》《被围困者》《情舞》《流浪的恒星》等。她显然过于相信了这种形式对读者魔法般的慑服力。因为雅各布森不是也证实过吗？诗歌形式的对称在一种简单而又明显的层次上能够满足人们对于规律和对称的天生欲望，而且还通过对照给人以松弛和惊讶之感。更为重要的是，对称是突出诗歌信息的不可或缺的手段，诗的本文所特有的对称和聚合，把人们的“专注”强有力地引向了信息。况且，从最一般的艺术道理上讲，诗在某种程度上也是一种维持诗人内心平衡的手段，它所具有的自我满足和自我安慰的成分，在许多场合给诗的对称原则以不容怀疑的确证。

但伊蕾恰恰在这里迷失了自己。她以对诗的普遍原则的狂热信仰抹掉了个人择取的可能性，从而将普遍的语法规则绝对化，导致了写作瞬间的习惯性滑行。《独身女人的卧室》每段结束句的设置甚至句法结构，在《被围困者》和《情舞》中再度以同样的面孔出现：“我的精神因此而无边无际 / 我无边无沿”，“让我的理智从此漆黑一片 / 我愿意被你主宰”。语言的再生能力被一种麻木了的符号复制程度所取代，失去弹性和张力的语言，又进一步使读者恍惚走神。不知道伊蕾是否注意到，她诗体笔记式的以阿拉伯字母为小标题的组诗形式（如《独舞者》《被围困者》《舞情》和《流浪的恒星》），以及以第一人称“我”为主语的排列复句，当它们总是以一种不容置疑的姿态强加给人们的阅读时，就不再那么新鲜了，相反，它让人感到单调、疲累、沉闷。

这些对称性的小标题、结束句和主谓宾句式，最大限度地满足了伊蕾永不满足的表演欲。从这些对称性的语法因素中涌出来的“蓬嚓、蓬嚓、蓬嚓”的声音节奏，强化着伊蕾的那个似乎永远不会收场的疯狂独舞，强化观众的喝彩声。这是一种混合着文化的毁灭感和才女意识的孤高自赏，以及一种玩世不恭的激情，孕育出了从《独身女人的卧室》到伊蕾最近众多诗作的基本语法形式，它赋予了伊蕾作品一种特别的意味。同时，也在暗中老于世故但又不动声色悄悄圈着一个危险的句号。

诚然，具有约定性的语言，有其不容违反的普遍性的语法原则。语法是自主的，它不一定非得保持某种和实在的同形关系。因此，不管你怎样离奇表达思想，申诉痛苦或调侃人生，你都甩不掉最基本的语法规定的约定，你无法摆脱这个先你而存在的跟踪者，但这是就诗歌语言的普遍性质而言，每个诗人语言的生成能力，关键在于对上述普遍语法的局部改制，当然也包括对个人语法状态的不断改制。一旦她这种“诗化”的语法改制停止下来，她的语言就会迅即萎缩、干枯，成为一堆过剩的诗歌垃圾。谁也别想从这随时可能降临的语言本身残酷刑罚的面前逃脱。看得出来，伊蕾内心并非没有矛盾，但她一时又摆脱不了现有的语言泥沼。她要发泄个痛快，就不能不“蓬嚓、蓬嚓”继续毫无目的地表演下去。她肯定也想过暂离人们注意的中心，以便认真反省和调整一下自己。但她又害怕失去观众，她忍受不了没有叫好声的孤寂的个人生活。事实上，并不是伊蕾一个人天天嚷着孤独但又最怕孤独，怕没有人理睬。所以她这两年的作品只能一再重复自己。不知伊蕾是否意识到，她眼前真的成了一个“被围困者”？但围困她的不是哲学，而是来自语言的那根绞索。

我最后叙述的是海男。这两年，海男雄心勃勃地从滇地一个不为人知的小地方，姿势惊人地闯进了诗界的关注视野。这个乳气未尽却早早尝遍人生的女孩子，一开始就以其语言文本前所未有的隐匿性，使明辨真伪的评论家感到字词上的为难。她神秘而累赘的句丛和字群里，生存着相互缠绕和敌视的“多种声音”。她用闪闪烁烁的语言图像诱惑你，然后又将你遗弃在她逃遁后的脚坑里。可以说，她本性中有种天生的对语言游戏规则的轻贱。或者她根本不懂语法规则，她亵渎的态度，至少对她的无知是一种掩饰。

初读海男的诗，你会为种惊奇感所笼罩。你甚至还会不乏好奇心地自问：她怎样不知不觉地改变着阅读的程序，将固有的接受信息的吸盘卸个七零八落的？就在传统语言尊严的全面溃退中，被囚禁的潜语言符号何以如同群狂欢的囚徒，行迹不轨和激动地吮吸着自由的空气？

一种进入那扇门的欲望支配你
滑过骨骼间的符号，在白漆的寝室

在那个安置膝盖和手镯的地方
这个新的地方充满了呜咽的喉咙
我们甚至在默契了的疲惫中
仍然感受不到那仅有的黑洞
流出的一滴水

——《女人·垂下手臂》

这节诗整体上应该是逻辑的，但句与句之间，甚或句子本身却毫无逻辑性可言。譬如前三句和后四句就是一个严重的脱节。前者意味“方便一下”的具体场所。白色的曾安置过膝盖和手镯的寝室，将成为两个自我解放者宽宏大量然而沉默的接受者；后者则暗示了快感高潮及其满足后深刻的失落感。上述纯系批评者联想的脆弱的逻辑线索，因前二行诗句本身歧义性意指，很容易被人推翻，成为伪证。因为，“欲望”作为一个多义词，并不一定非得指向“交媾”；它或许还可能意味其他关系，如接吻、久别重逢、工作、献身宗教等。前提既然为假，那么后四句诗就可能失真。前者推翻后者，等于是作者自己在否认自己。再看“在原来那个安置膝盖和手镯的地方”和“这个新的地方充满了呜咽的喉咙”两个句子。诚然，作为一种超验的经验事实，它们在这首诗中是成立和可信任的，但作为句型，却显然不可思议。在“安置膝盖和手镯”这个典型的动宾词组中，用动词“安置”修饰“手镯”勉强说得过去，但修饰“膝盖”，则近于荒唐。诗基于陌生化效果，允许颠倒日常语序包括构词习惯，然而它必须在一定程度上依赖约定。说任何语言游戏都是任意的，并不意味着预先假定的语言法则将遭到否决，因为你不能站到语言之外来使用语言。在这一意义上，海男后一句诗“充满——喉咙”的构词关系受到了我们的轻视。

我知道为什么人们对海男的语言形式由惊奇迅速转向厌倦的缘由了。海男试图推翻诗的“表面语法”以寻求个人“深层语法”的愿望，是不应该受到指责的。但她不幸将语言自由当作了某种儿戏，结果遭到了自由严厉的惩罚。在我看来，海男最大的失败，就是没有为她女巫式的呓语和才气毕露的超验性体验找到相应得力的语言形式。结果，当她欲将似乎永无穷绝的想象诉之于人时，却使人们陷入字群和句丛相互缠绕的麻团中。人们在一种近于疲累的阅读中，自然无从感知那真正属于海男生命中的原始而活跃的元素。就是说，人们无法通过语言进入诗人个人。

但我对海男并不失望。她对语言极其放肆的态度，说明她不愿简单屈从于前者不容置疑的权威。她似乎总在冲破语言这张破旧不堪的黑网，我敢说，依海男的个人气质，她要么成为天才，要么就是另一个可笑而悲壮的堂·吉诃德。

从三位女诗人语言的内部构造一路说去，至此，我才发现就诗歌语言的建设而言，眼下我们的诗人个人的能力是怎样的薄弱。“诗到语言为止”，并不是过时的神话。虽然我不愿将它看得过于抽象。因为作为语言的被监护者和再造者的诗人，他的最终目的就是确立个人的语言形式，并使之保持新鲜的意义。一种相当普遍的语言的疲惫，要比一种暂时的精神停顿更为可怕。先锋诗歌晚近的渐失光彩，不啻投出了一道阴影，它实际上说明，开始陷入语言困境的，并不止翟永明、伊蕾和海男三个人。

（原载《上海文学》1989 年第 12 期）

勉强的解放：后新时期女性小说概论

陈晓明

20世纪70年代初，西方一位极著名的女权主义者来到中国，她发现中国的妇女解放程度在当时属于最高水平，超过西方和其他发展中国家。确实，在当今世界上，没有任何一个国家的妇女能像中国的妇女这样解放，也没有任何一个国家的妇女像中国的妇女这样不解放。如此自相矛盾的判断同时适用于当今的中国妇女，这并不仅仅基于城乡差异，更重要的是就妇女的社会存在形式与妇女的自我意识之间的巨大反差而言。西方那位女权主义者忽略一个重要的事实：中国妇女的解放是以贬抑男性为前提的。男女平等，同工同酬，通过对男性经济地位的贬抑而达到男女平等。男性的经济优越感的丧失，则使他们在家庭中的统治地位全面瓦解，他们没有理由自以为是，而谦恭驯服逐渐成为他们的天性。不难设想，这样的男性适合于统治和管理。在某种意义上妇女解放成为一项卓有成效的管理策略，妇女无意中成为驯化男性的同谋。解放的中国妇女终于要为此付出代价，她们一再慨叹中国没有真正的男子汉，呼唤“强壮凶猛的男性”乃是80年代以来中国妇女的意识形态。现在她们宁可被施暴蹂躏，也不愿叫温顺的男人干这干那。

说到底中国妇女并没有真正解放，妇女解放不过表现在外在的社会组织形式方面，而没有落实在女性意识的深处。“解放的”妇女一直没有自己的话语就足以表明这点。中国的妇女写作由来已久，但迄今为止还没有“女性文学”这门学科，所谓妇女写作归属于男性写作的总目之下，甚至完全被男性写作所淹没。尽管妇女写作的阵容庞大而有力，但她们一直是按照男性的格式，使用男性的语言写作。她们关注父权制度设定的主题，视角和风格，她们的写作也一直被诠释为男性的话语。直到80年代后期——我们称之为“后新时期”，父权制确认的中心化价值体系陷入危机，那种个人化的女性话语才逐渐出现。当然，中国到现在为止还没有成气候的女权主义运动，也就不可能有西方理论家设想的那种女权主义文学。因此，我设想用比较中性的“女性主义”和更加弱化的“女性意识”，来描述那些以女性为主角并且注重审视女性的心理特征和生存境遇的女性写作。不管从纯粹文学的还是大文化的意义上审视当今中国的女性写作，清理新时期以来的女性写作，都显得尤为必要。这种读解当然不仅提示当代中国妇女写作的一幅历史草图，同时也是对当今中国的文化转型的最内在的精神流向进行透视。

一、误置的前驱：新时期的同路人

新时期的女性写作一直处在时代的前列，女性以她特殊的敏感表达了这个时期最迫切的历史愿望。在意识形态推论实践的每一个插入点上，女性都触及精神的底层。新时期反“文化大革命”的历史叙事以“人性论”为美学出发点，一代中国知识分子走出极左路线的历史阴影，急切抚平精神创伤，肯定人的存在价值。对“人”的肯定推演出一系列命题：人性、人道主义、个性解放、主体论、自我实现，等等。女性作家、诗人则在这一推论实践中与男性作家并行不悖，而且时有惊人之举。

舒婷的诗在70年代末具有感人至深的力量，女性温馨而细腻的情怀，给予饱受压抑的中国人以最初的抚慰。那个小小的“自我”，那些淡淡的忧郁和感伤，无异于匕首投枪，给集体主义和整齐划一的“我们”以强有力的损毁。舒婷的声音汇入“朦胧诗”的集体合唱，它呼唤着那个“大写的人”出场。显然戴厚英的《人啊，人》喊出了时代的最强音，它把反“文化大革命”的历史叙事与“人”的主题最鲜明而有力地重合在一起。1979年，张洁发表《爱，是不能忘记的》，这篇多少有些自传体色彩的小说，它那纯净的忧伤在当时具有振聋发聩的效果。关于女性爱的权力，关于婚姻与爱情的冲突，等等，被放置在伦理学的范畴加以讨论，并且被打上了浓重的意识形态印记。这是对贬抑人的伦理学发起的一次前所未有的挑战，张洁的感伤情调却成为思想解放运动的敏锐触角，它给“大写的人”注入了情感内涵。

张抗抗的《夏》《北极光》等作品，对个性和人性的寻求，无疑显示了女性的隽永风格。但是女性对自我的朦胧意识为“文学是人学”的时代母题所抹去，女性特征在那个时候只能为更为庞大的知青叙事所消解。也许张欣欣是新时期最早具有女权意识的作家，这个自发的女权主义念头只能一闪而过。她的《在同一地平线上》把视点对准男女之间的冲突。这种冲突第一次被放置在性别文化的背景上来表现，正是女性对自身的意识导致了冲突，这两个世界不像往常那样温情脉脉，而是坚韧地对峙，性别的鸿沟在对人的价值和个性的追寻中划定，而不可弥合。刘索拉的《你别无选择》在80年代风行一时，这篇被称为“现代派”的小说，无疑抓住了这个时代最尖锐的感觉方式，那种对个性和自我的狂热追求，然而却少有自觉的“女性意识”。那些富有“个性”的女性，她们充满了对男性的依附感，甚至是男性欲望化目光的产物——多少有些放荡不羁的性感尤物。由此却也不难看到，男性占据这个时代的话语中心，最激进的女性作家也无法逃脱男性的视角和男性的话语。

“新时期文学”具有强大的创造（重建）历史的愿望，它显示了男权话语的那种“目的论”和“决定论”的特点。在现代性的意义上确认的文化目标，决定了这个时期的话语推论实践，它当然也规定了这个时期的话语的意义指向。很显然，父权制设定的历史动机和目的轻而易举就统治了女性话语。“新时期”的女性写作可能一开始就试图表现女性自身的感情，但是父权话语给定的意义改变了女性初始的意向，那些本来也许是女性非常个人化的情感记忆，它被划归到父权话语的语境中重新指认现实意义。在另一方面，国家（民族）代码异常发达的时期——这一传统从古延续至今，不可能有个人话语，当然就更不可能有所谓的女性叙事。正如弗·杰姆逊关于第三世界的寓言性写作所说的那样：“第三世界的本文，甚至那些看起来好像是关于个人和利比多趋力的本文，总是以民族寓言的形式来投射一种政治：关于个人命运的故事包含着第三世界的大众和社会受到冲击的寓言。”[①]这种民族性寓言，显然也是父权制设定的具有整合功能的中心化代码，它当然吞没、压倒以个人存在为前提的“女性特征”。新时期的文学在“大写的人”的纲领之下，去完成与现代化进程相适应的启蒙主义规划，这个时期的意识形态功能具有强大的整合力量，时代共同的历史愿望压倒了任何个人的价值标向，当然也不可能在男性/女性之间划下任何界线。那些急切鼓吹“个性”“个人价值”的话语，它都植根于集体的乌托邦冲动，并且指向思想解放那个

① 弗·杰姆逊：《处于跨国资本主义时代的第三世界文学》，张京媛译，载《当代电影》1989年第6期。

巨大的民族性寓言。毫无疑问，在这个整合的意识形态氛围中没有“女性”的立足之地。

突破这种寓言性的写作模式，逃脱父权制设定的象征秩序，则有待于“在公与私之间、诗学与政治之间、性欲和潜意识领域与阶级、经济、世俗政治权力的公共世界之间产生严重的分裂”①。当然，这种分裂——按照杰姆逊的看法，只存在于西方资本主义文化中。但是，“现代性”的企图已经植入中国文化，把中国纳入西方文化的这种设想，长期困扰着现代以来的中国知识分子。“现代化”的神话乃是80年代中国社会从上至下的意识形态，改革开放的历史进程不仅把中国的经济与西方拴在一起，而且不可避免地使二者在文化上结下不解之缘。“西化”尽管在理论上难以自圆其说，在实践上行不通，但是“现代化”的历史进程使中国远离传统社会，至少在文化的表达形式方面与早期乃至晚期资本主义文化有某些类似。80年代后期，一体化的社会组织结构有所破损，意识形态的整合功能也趋于解体。特别是与市场经济相适应的民间社会趋于形成，导致社会的意识形态发生三元分离的格局，官方、民间、知识分子若即若离。如果说前二者还经常相互寄生的话，那么，第三者（知识分子）则无从插足，它实际被抛离出这个宏伟而诡秘的历史实践之外。整个社会的政治、经济、文化实践，实际处于形式与内容、动机与效果、名目与其实的巨大差异之中。这种差异造成文化秩序的紊乱，脱序的个人由此而产生。当今中国社会既是一个组织结构严整的国家，又是一个纪律极为松散的场所，它是脱序的个人游刃有余的最好去处。很显然，“解放的”个人并不是文化发展到更高形式水准上的现代人，毋宁说是从中心化价值解体中被抛出的碎片。尽管其内容和实质不尽相同，但形式和效果相去未远，那种“在公与私、诗学与政治、性欲和潜意识领域与阶级、经济、世俗政治权力的公共世界之间”产生分裂也成为可能。

在新时期的文学范式面临危机的困境中，反寓言性的写作（反父权制的巨型话语）成为可能。残雪可能是最早具有女性自我意识的作家，她以超验性的奇特方式表达女性意识的内省经验。她的作品里，女性对周围世界的反抗采取了否定性的超越方式。与张贤亮的那些完整的女性

① 弗·杰姆逊：《处于跨国资本主义时代的第三世界文学》，张京媛译，载《当代电影》1989年第6期。

相反，残雪的女主人公既没有预期地充当男性的从属物，也没有产生对男性权威的消解式的颠倒，她们是先验性的破裂的存在物，她们生来就是失语患者（对父权制的巨型语言的抗拒）。她们无法解读周围的外部世界，只能任性地混淆外部世界与内心世界，她们有如一群破裂的符号，在父权制度的“阳物中心”的边缘毫无着落地漂移。残雪总是把每一个女性的自我世界当作一个绝对孤立的封闭世界，欧茨的女主人公在饱含肉体的和精神的磨难之后还有明确的未来目标，残雪的女性彻底丧失了生活的动机和目的，或者说混淆了动机和目的，因而耽于白日幻想而没有任何积极的行动。

在残雪的女性世界里潜伏着来自男性世界的暴力和各种危险，然而这并没有使任何一个女性屈服，她们一如既往沉浸在深不可测的内心世界里而无法自拔。残雪当然过分夸大了日常生活里那些精神怪谲的现象，但是她也确实暴露了女性用她们怪异的精神反应来对付来自男性权力的压制的特殊方式，妇女只能用她们的幻想形式来扰乱父权制的象征秩序，她们把外部世界的秩序全部心理化从而使之变形。但是对于妇女是否有可能超越父权制度，残雪依然感到迷惑，她所提示的双重世界意味着妇女永远无法摆脱“阳物崇拜”的心理。“我”所厌恶的不过是世俗的“阳物”，男人扮演的角色或者暴虐或者萎缩，表明我对日常世界里的男权的厌恶和鄙视。那个“公牛”的意象隐喻一种强有力的男性，这个雄壮有力而又令人恐惧的“阳物”是所有女性崇拜的超验的能指。残雪的主人公充其量也只能用她们的心理幻想的形式来破坏现存的男性权力秩序，对于她们来说，全部外部世界都是充满危险的男性世界，只有滞留在自我意识的深处才可能有安全感。然而她们的心理世界无法转译成现实，她们拒绝外部的父权制度之后，永远也无法构造一个真正的超越的世界。

因此，残雪的叙事不过是走了一个虚无的圆圈：从内心的幻想中走出来，然后再回到心理的幻觉经验中去。如果说女性只能停留在自我的内心世界里才能反抗父权制的象征秩序。那么这种“反抗”的方式是否又意味着对男性/女性等级的重新默认呢？男性永远是外部的理性秩序（他永远在场），而女性仅仅是内部的非理性的幻想之流（她永远不在场）。只有当她“不在”（absence）时，才构成对男性“在场”（presence）权力秩序的有效否定？残雪在当代被注定了是一个浪迹于内心世界的孤独的旅游者，她唯一的去处就是那个根本不存在的“山上小屋”，她对我们这个奋发有为的美妙时代视而不见，她除了饱尝寂寞的苦果还能祈求什么呢？

残雪的女性意识不是来自社会化的妇女运动，更主要的是基于文学话语的革命。她用非常个人化的女性语言，损毁了依附于父权制巨型话语之下的温情脉脉的女性叙事，那些怪诞的女性感觉，打破了传统的以“菲勒斯”（男性阳具）崇拜为中心的女性经验。与其说它昭示着中国女权运动的先声，不如说它仅仅意味着女性写作的朦胧觉醒。随后，赵玫的《展厅》（1989）把形式主义实验和女性心理意识流混为一体，颇有伍尔芙的味道。那个可以六面打开的盒子，似乎象征着存在的牢笼。与残雪一味表现女性外部（男权社会）压迫有些不同，赵玫却严密注视到男性也处在自我压抑的困境，他像困兽一般在那个笼子（展厅？）里移动，疯狂地描画（还是幻想？）妻子自杀的情景。某种恋母情结以及对女性的怀念、欲望、期待和恐惧，把这个男人推向存在的深渊。那些“隐藏的心灵秘史”，关于少女青春期的颤抖，朦胧的性意识，它们依然是在“菲勒斯中心主义”的意义上加以书写。但是，那个“菲勒斯中心”在赵玫的叙事中已经岌岌可危，这个困兽般的男人心灵上满是女人划下的伤痕。如果说残雪重新书写了女性的神话谱系，那么赵玫试图改写男性神话谱系。显然，这篇小说带有浓重的形式主义和存在主义相混合的现代派遗风，而其中折射出的女性主义意识，虽然暧昧，却也是“物以稀为贵”。

二、无奈的退居：回到日常生活的女性写作

残雪的写作一方面导源于中心化价值体系解体的现实，另一方面植根于非常个人化的女性经验。就其两方面都不具有社会化的群体效应，因而初露端倪的女性意识不会酿就“女权文学”，充其量它摆脱父权巨型语言的控制而讲述个人的话语。80年代后期（后新时期）的文学写作，不再受制于意识形态的整合实践，更主要立足于个人化的经验。在这样的转型期，女性写作十分活跃，但并没有锐利果敢的女权主义立场出现，这确实是个难解之谜。从意识形态中心退出的文学群体，向着两极分化：一极倾向于语言和叙事结构的实验；另一极退回到日常生活的

故事中去。前者被称为“先锋派”；后者被称为“新写实”。值得注意的是，“先锋派”明显受到残雪的影响，至少马原和残雪对他们起到暗示和怂恿的作用；而被命名为“新写实”的作家群中却不少女性作家。不管人们在理论上如何解释“新写实主义”，有一点似乎是应该重新发掘的：关注日常生活及其价值，这得力于女性视角，它是女性作家在意识形态衰弱之后，回到妇女生活本位的自主选择。很显然，新写实主义的旗帜遮蔽了日常生活“原生态”上的女性印记。

“新时期”的解体意味着反“文化大革命”的历史叙事趋于终结，同时也表征着“现代性”企图及其巨型语言的危机。在后新时期的非中心化的语境中，女性的经验才有可能浮出历史地表。女性对日常生活有着特殊的敏感，既然这个时代的文化已经无力给出伟大理想的承诺，那么认同平实普通的市民价值，对于女性来说则是顺理成章的事。退回日常生活无疑是这个时代的普遍选择，也是文学的潮流之一，女性文学无疑在这一潮流中独领风骚。当然这一时期依然有关注社会问题的女性写作，被推许为“新写实”代表作家的方方，在 1987 年发表《风景》，随后发表《落日》。方方的作品确实有很强的社会批判性，她的叙事冷峻而犀利，她更关注那些人类性的和社会性的普遍问题，而不陷于单纯的女性意识。相比较而言，同样关注社会问题的池莉，则更多女性意味。1987 年，池莉的《烦恼人生》描写一个普通工人的日常生活，那些琐碎的细节、平淡无奇的纠纷以及一些暧昧的感情，构成小说叙事的主体，这个故事就像生活流水账，平实说来，随意流去。就大的文化语境而言，它表达了“大写的人”向“小写的人”，转化时代的趋势，这个时期的人们不再追随远大的理想，他们乐于为日常生活所左右，为眼前的利害所支配。然而对这种转向的敏感把握却无疑显示出池莉的女性眼光。如此直率地认同日常性价值，这可能是女性特有的勇气，它当然表明了女性的认知方式和特有世界观。

1989 年池莉发表《不谈爱情》，尽管这部小说不具有方法论革命的意义，但是，由女性作家提出这一口号却具有挑战性。“爱情主题”一直是新时期文学的核心母题，它在现代性的意义上以启蒙主义的手笔书写，这个主题勾画了一部“文学是人学”的生动历史。现在池莉明确提出“不谈爱情”，它不仅仅喻示着对市民价值的某种程度认同，更重要的在于它标明对父权制巨型话语的断然拒绝。无可否认，在认同市民价值与追寻超越性理想两方面，池莉多少有些模棱两可，她试图把她的倾向压到最低限度，理想主义的失败还是透示着感伤意味。尽管如此，我们还是可以看到女性作家对生活和文学意义的重新定位，它们一道被拉到最朴实的和原初的平面上。那个市民女性对知识分子男性的俘获，既表明庶民的胜利，也象征性地表达了一次女性写作的成功。

同样被称为“新写实”代表人物的范小青，她的叙事始终别具一格，在退回日常生活这方面，她似乎达到某种极致境界，也正是这点显示了她的叙事的女性特征。身居姑苏古城，淡于世事，远离外界的喧闹，这使范小青尤为容易沉浸于怀旧情调。与残雪那种怪谲的充满叛逆性的女性话语不同，范小青的叙事平实清淡，真所谓“还原”日常生活的本来面目。《顾氏传人》讲述一个旧式女子的故事，从青春年少到孤寂老年，淡淡说去，却有世事沧桑之感。女性的视角在这里不仅仅表现在对一个旧式女子的命运的关注，而且在那些极为琐碎的生活场景的描写方面，用女性的单纯性给生活重新编目。不是以尖锐的社会观点和激进的挑战姿态，而仅仅是以风格化的女性叙事与父权制话语分庭抗礼。“女性风格”这种说法一直受到一些女权主义者的怀疑，因为这种风格始终是由男性命名的，她们与男性风格相对（阴性的、柔弱的、细致的，等等）而处于从属地位。但是我这里强调的“女性风格”，乃是指逃脱父权话语命名的女性视角，它表现了女性对生活的特殊处理方式。例如，《杨湾故事》描写“文化大革命”期间两个少女的命运，《没有往事》表现小城镇女性的生活情态，就其故事而言，与苏童和储福金笔下的小城妇女生活无大差异，但在对生活的单纯性和素朴性的表现方面，范小青就显出女性独有的那种感觉方式：把生活处理为不附加任何意识形态含义和超越性意向的本真样态，生活具有自明的自在性。

王安忆在诸多的女性作家中无疑出类拔萃，她在各式各样的潮流中都能游刃有余，与其说得之于她的机敏，不如说得力于她的沉着。任何变化她都能洞察其中奥妙而有惊人之举。当然在某种意义上，也要归结于批评家的好事本性，任何潮流如果没有王安忆加盟，似乎大为逊色。也许王安忆始终关注变动的现实生活，并且不断寻求自我突破的途径，这使王安忆在每个转折关口都能切入其中而以不被淹没。刚走出“寻根”潮流的王安忆，迅速写下“三恋”（《小城之恋》《荒山之恋》《锦绣谷之恋》），这是对知青题材的重温和对女性心性的特别审视，当然也可以看成是对当时醒觉的“女性意识”以及方兴未艾的“性文学”的应答。1993年秋末在上海王安忆寓所，我和王安忆谈起“三恋”，王安忆说“那是过去的东西”，避而不谈。尽管“三恋”的那股潮流已经过去，但我以为“三恋”还是相当出色的。对女性的潜意识、她们的敏感和不知所措以及她们的微小愿望得到满足所要承受的社会的压力，这一切都被王安忆刻画得淋漓尽致。事实上，那时王安忆已经看到中国妇女最内在的压力，那就是“自我”的压迫。在这里，外部社会并不仅仅由男性构成，妇女也在积极充当同谋。

很显然，王安忆在更多的时候并不刻意表达“女性意识”，对变动的社会现实的关注，使王安忆的作品具有历史叙事的广度和力度，王安忆的作品是一种女性的“巨型话语”。进入90年代，王安忆的视野显得更为开阔。告别80年代及其意识形态实践，对理想主义失落和商业社会来临的感悟，使王安忆再次抓住这个时代的脉搏。90年代初，王安忆连续发表几篇小说，如《叔叔的故事》《歌星日本来》《乌托邦诗篇》，等等。这些作品在叙事方面有其显著特色：以主观化视角完成个人记忆与时代记忆的重合。这些再次强调第一人称“我”的视点和感受的小说，重新发掘了“个人记忆”。对于王安忆来说，“个人记忆”并不是沉迷于内心幻想或某些形而上观念领域的个人经验，而是活生生的历史故事。叙述人“我”的记忆特征打上了鲜明的历史烙印，那就是“知青记忆”。恰恰是对“知青记忆”的重新审视，把知青记忆与50年代的理想主义串通在一起，王安忆重新写作了知青故事，并且重构（解构）了50年代和80年代的理想主义。这是一次系统性的追问，《叔叔的故事》对“叔叔”那辈人的理想主义提出质疑。历经生活的磨难，叔叔那辈人的精神世界里依然存贮“古典浪漫主义”情结。而在“我们”这辈人看来，那种理想却更多显示出悲凉之感。《歌星日本来》则把知青时代的生活记忆放置在当今商业化现实中，这个看上去是表现了艺术与商业相冲突的故事，实则是重新审视了知青一代人的理想。那些作为叙事背景而存在的“知青记忆”，虽然几乎被现在的故事所淹没，但是它却倔强地存在，它所散发的浓重的历史感伤气息，绵延而至，贯穿了两个时代。尽管王安忆对知青记忆怀有深挚的情感，然而却也不得不给予它以失望的基调。王安忆在讲述“我”的故事的时候，这里面始终涌动着那个时代的愿望和梦想。因而，那种失败主义的感伤情调从王安忆的亲身经历中透示出来，却是把个人记忆与历史记忆融合一体。“我”的故事向着“我们”，向着“他们”，向着变动的历史过程开放。

并不有意关注女性本身的问题，更主要是关注那些人类性的普遍世相和社会历史动向，在很大程度上依然构成女性写作的主要方面。从文学的角度来看，强行在文学写作上打上性别特征是毫无必要的，没有理由认为与男性话语并驾齐驱的女性叙事有什么缺憾。长期以来，中国的女性写作是在文学的纲领之下——至于这个纲领本身包含意识形态的推论实践又当别论——而不是在妇女运动或女权主义理论指引下写作，因此，女性写作以及对女性写作的理解都不具有性别的观点。中性化的写作融合在文学性的统一规范里，所谓女性特征只是在非常有限的侧面才有所表现（例如风格化的叙事方面）。女性作家被置放在男性作家的水准上，这当然使中国女性作家的写作特别具有力度和深度，其代价是使女性话语特别欠发达，女性作家对自身世界的漠视与逃避。

三、迷惘的自省：女性主义式的叙事

中国的女性写作只有依赖文学范式的改变才能找到立足之地。如果说残雪的极端个人化的话语因为没有大语境为依托而稍纵即逝，那么到了90年代，文学的“巨型语言”再难起整合作用。王安忆的历史叙事与其说重温了一次理想主义，不如说最后消解了理想主义。并且她的“历史叙事”特别强调“我”的视点和个人的内省经验，抒情意味和长句式也表明她的形式主义倾向。在个人经验和美学趣味上的写作已经重新划定了文学的规则，这使女性写作可以比较自如去探究女性“自我”的世界。一种真正反寓言的后个人主义式的写作开始酿就女性主义的叙事。

如果用男性习惯的目光来看，很可能会认为陈染的小说“生活面”过窄，缺乏广度和变化。然而我们也许应该意识到，陈染第一次如此执拗地表现这一种“妇女生活”——在逃避和渴求男性的狭窄的中间地带踌躇徘徊。陈染一直试图描绘幅“美丽而忧伤至极的”自画像。《与往事干杯》讲述一个少女与父子两代人的爱情波折，在更宽泛的意义上可以读作关于少女走向“成年”的曲折经历，不堪回首中又透着遗世孤立的美感。“那样一个十六七岁的纤弱、灵秀、永远心事重重的少女，端端正正从我对面的镜子里凝视着我，那皮肤白皙细嫩得可以挤出奶液，眼睛黑黑大大，黑得忧郁，大得空茫……”社会的变故，父母的离异，与年长男子的暧昧关系，这一切都使16岁的如花季节变得忧郁而迷惘。每个少女的成长经历中都投下过一片阴影，成为她们走向生活的永久障碍。少有人对少女走向成年所承受的心理的和肉体的困扰作了如此细致的叙述，陈染的女主角总是在惧父和恋母之间无望地摇摆，她对外部世界的惊恐与对自我的迷恋构成强烈的反差并且纠缠不清。这个多少带有悲剧意味的爱情故事并不那么伤心欲绝，叙述人重温往事显得平静如水，超然于生活之外而徜徉于内心之中，逝者如斯，封存于自我的心灵世界才是永久的归宿，这或许是一种典型的女性的态度。陈染的小说带有很强的自传特色，这使得她的叙事在最大限度保留真实性的同时，又不得不表现出浓重的自恋倾向。《无处告别》《嘴唇里的阳光》都是陈染写得很出色的小说，这些作品一如既往展示了知识妇女的生活情调，敏感微妙的心理和孤芳自赏的趣味。如此顽强地导回到内心生活，渴望爱情却又逃避男性，执拗寻找自我的镜像，在一个狭窄的天地里，陈染倒也表现了女性生活的一个非常特殊的角落。

在当今的女作家中，林白也许是最直接插入女性意识深处的人。她把女性的经验推到极端，从来没有人（至少是很少有人）把女性的隐秘的世界揭示得如此彻底，如此复杂微妙，如此不可思议。我无法推断这里面融合了作者多少个人的真实体验，但有一点是不难发现的，作者给予这些女人以精湛的理解和真挚的同情，甚至不惜融入自己的形象。这种坦率和彻底在某种意义上构成妇女写作的首要特征，在讲述女性的绝对自我的故事时，女性作家往往把眼光率先投向自己的内心，正是对自我的反复读解和透彻审视，才拓展到那个更为宽泛的女性的“自我”。这些故事在多大程度上契合作者的内心世界并不重要，重要的是，它是真实的女性独白，是一次女性的自我迷恋，是女性话语期待已久的表达。不无夸大地说，林白的小说以它特殊的光谱，折射出那些文明的死角。

1990年，林白的《子弹穿过苹果》以其异域色彩和尖锐的女性意识而引人注目。这个似乎是恋父的故事在叙述中却透示着异域文化的神秘意味。那个终身煮蓖麻油的父亲偏执而古怪，他寻颜料的爱好显得毫无道理，生存的不可言喻乃是所有异域文化的根本特征。那个马来妇女蓼神出鬼没，她像一个精灵四处游荡，却迷恋上煮颜料的父亲。父亲与蓼若即若离的关系与我和老木这对“现代”青年的情爱相混合，这二者似乎迥然相异却又有某种关联，它们是为一种习惯的叙述模式所支配，还是为随意跳跃的叙述视点所关联，或是为一种巧妙的隐喻结构所支撑？《子弹穿过苹果》，一如它的题名，在异域生活状态与现代人都市情爱纠葛的散乱关联中，表达了某种不可理喻的宿命意念奇怪的女性文化谱系。那种随意跳跃的主观视点重在表达独特的女性情感记忆，它们是一种感觉之流，纯粹的女性话语之流。也许这篇小说还可以读出“寻根”的流风余韵和魔幻现实主义的痕迹，但是，这些都不足以抹去女性的文化记忆和表达方式。

林白的小说习惯采用“回忆”的视点，它并不仅仅引发怀旧情调，同时使她的叙事带有明显的自传特征和神奇的异域色彩。那些往事，那些回忆的片段，都指向特殊的文化意味，散发着热带丛林的诡秘气息。林白的女主人公们无一例外都是来自南方边陲地带，她们有着特殊的性情、心理和行为方式。因为异域文化的前提，那些多少有些古怪或反常的女性，也变得不难理解，她们超然于汉文化的正统禁忌之上而别具魅力。《同心爱者不能分手》《回廊之椅》和《瓶中之水》是林白近年来的颇受好评的作品。这些故事多少有些离经叛道，其令人惊异之处，可能在于它们隐含着“同性恋”意味。林白着眼的那些微妙的女性关系因为附加这样一个系数而具有惊心动魄的效果，令人望而却步或想入非非。林白的叙述细致而流利，女性相互吸引、逃离的那些环节委婉有致。女性的世界如此暧昧，而欲望不可抗拒，这使得她们之间的关系美妙却危机四伏。林白的女性以从未有过的绝对姿态呈现于我们文化的祭坛之上，她们具有蛊惑人心的力量和引人入胜的效果。

徐小斌曾经以《对一个精神病者的访问》引人注目，据说这篇小说曾给已逝的诗人海子以极大的震动。近年来徐小斌对女性的心理经验尤为关切，特别着力于表现女性对生命本我的恐惧心理。《末日的阳光》（1993）讲述一个13岁的少女的成年经历。对生命的意识使这个13岁的少女陷入恐慌，初潮的经验成为抹不去的一片猩红色，一直困扰着走向成年的少女。这片猩红色又浸透了那个红色恐怖年代的背景，那些社会化的泛政治的恐惧严重侵入女性的本我记忆深处。徐小斌试图去解开女性个人记忆深处的那些死结，去发现妇女生活中那些最内在的东西。显然，只有非常个人化的经验，例如“姐姐”就对此浑然不觉。徐小斌刻意采用的长句式，堆砌大量的形容词和补语结构，运用语言的暴力来强化那种无法逃脱的恐惧感。最近的《迷幻花园》，则可以看到徐小斌对女性经验进行更为激进的探索。那种恐惧、乖戾、男女之间天然的博弈关系和相互的诱惑与背弃，等等，以一种舒缓纯净的句式叙述出来，虚幻而有某种末世学的意味。

如果说开始具有“女性意识”的女性作家倾心讲述非常个人化的女性故事，那么，海男则是一直在以纯粹女性化的语言去完成诗性的祈祷。海男的小说基本上没有明确完整的故事，那些片断和情境飘忽不定，稍纵即逝。很显然，海男的诗性祈祷包裹着一个关于生与死的原型故事，它植根于女性生命意识的深处，在灵与肉的撞击中撕开那道无底的深渊。在海男的诸多的作品中，始终贯穿着一个关于“父亲”死亡的故事。这也许根源于真实的生活记忆，但它也无可阻碍沟通了女性的原型记忆——女性无可排遣的“惧父（恋父）情结”。父亲总是以死亡的形象构成叙事的起源，这道阴影笼罩着少女成年的经历，并且支配了以后的岁月。《人间消息》（1989）描写了一些男女性爱片段，这些走向生命欢愉的故事不断生出一些死亡的副产品。父亲的死似乎在叙事中断离了，但是它始终悬浮于这些性爱片段之上，它是某种不可抹去的生活记忆和叙事无法抵制的“巨型代码”。那些对爱的祈祷总是伴随着死亡意象，“父亲”是一个无法逾越的绝对存在，一种先天性的占有和永久的恐吓。

海男偏爱“死亡”，这确实令人惊奇，但是她写起女人赤裸裸的欲望来也毫不手软。《没有人间消息》（1993）又以一个死亡的消息为故事的开端，这是一个古旧的女人为爱而死的故事，但是那些动人的情节和古典情致消失了，只有一些散乱的碎片，它们随着欲望的流动而抛离正常的生活轨道。海男讲述的关于女人的故事总是被那个父亲已死的故事不断侵犯，这两个故事被强制性地重叠在一起，与其说出自明确的创作构思，不如说是出于纯粹的女性叙事——被女性的原型记忆所支配的女性自我表白的话语。用传统的或习惯的眼光来看，海男的小说很难把握，松散随意、没有中心更无整体，它主要由一些内心独白和感觉片断构成。她不仅仅让那些人物随意死去，而且也让那些叙事段落任意死去。海男曾经表述过她对小说的看法：“……小说便是可怕的死亡，巨大的、无可阻挡的死亡……每一个小说中的人都该平淡而从容的死去。作者必须让他们死，如果不缓慢地死就迅速地死。生者是没有的，生者便是死亡，每一个生者必须死……小说的艺术就是处置一个活人死去的艺术。”[①] 这种小说观念显得有些极端，它可能是现代主义理论与某种女性经验混为一体的产物。尽管海男的小说很难普及推广，从文学的角度来看也过于偏激，但是作为一种极端的女性话语，海男无疑是继残雪之后最纯粹的女性主义者。

这样一种女性小说可能会招致一部分人的非议，它过于狭窄，没有广阔的现实背景，一味沉浸于女性的小天地；但是如果我们适当考虑女性经验的独特性，并且对当代小说的多元化趋势持宽松态度，可能会给这种女性小说留下一席之地。

四、又一种女性经验：特区的妇女生活

当代中国女性写作一直无法面对外部现实，这确实是一个令人困扰的问题。事实上，年轻一辈的作家普遍有逃避现实的倾向，而对那些超现实的似是而非的历史故事倾注热情。只不过女性作家更绝对地坠入自我的深渊，这使她们讲述的那些故事片断显得尤为虚无缥缈。确实，女性写作面对现实却又不至于丧失女性的特征，这是一个难题。以这个前提来看，那些描写城市职业妇女生活的小说就有必要给予特别的关注。

身处广州特区，张欣较早感受到走向现代化的都市生活。伴随着都市的写字楼、大饭店和歌舞厅遍地而起，一个新的群体成为都市的特殊景观——城市职业女人，张欣在这里找到她的写作源泉。过去坐办公室的妇女，她们被制度和政策所规定，和男性公民一样，不过是国家机器上的一枚螺丝钉。现在出现的这些职业妇女，这些被称为“白领丽人”的女人们，她们是当代中国都市的精灵、鬼怪和梦游者。在都市这个充满了雄性扩张欲望的空间，在那些高大的像阳具一样挺拔的写字楼的阴影底下，这些行色匆匆的职业妇女又是如何像梦一样消失，像谜一样出现。《绝非偶然》是张欣近年比较出色的作品。这篇小说写出了职业妇女的艰辛和她们所承受的精神压力。这篇以第一人称叙述的小说，与那些女性意味浓厚的作品不尽相同，它十分注重故事性，叙事明白晓畅，甚至与通俗读物相去未远。张欣的叙事显然在日常经验上极下功夫，特别

① 海男：《出发》，《花城》1992 年第 4 期。

是写字楼里面男女之间的打情骂俏，十分真切妥帖地描述改革开放以来建立的新型人际关系，价值观、生活态度和行为方式都发生了巨大的变化。追时髦的麦星却也对自己的审美观念孜孜以求，她终究在这个崇尚新奇的潮流中有所收获。阿恰看上去肆无忌惮，像个彻底解放的女性，而实际上她也不过是在虚张声势。由哲学教师变成白领职员的甘锦良，似乎如鱼得水也难忘旧日情怀，他试图用名牌西服来遮蔽过去的记忆，却又对身着“朱丽纹”的糟糠之妻无可奈何。这些方兴未艾的上班族，赶时髦，拼命挣钱，高消费，玩感情，当然也不乏时有高尚之举。如果仅停留于此，张欣也不过是泛泛而谈俊男靓女的故事，充其量在城市小说方面独树一帜，与女性意味并不相干。张欣的突出之处在于，她尤为关注职业妇女所受的精神压力和她们执拗表达自我情感的那种状态。

张欣的故事总是有一个非常醒目的双重线索，即写字楼（过去是单位）与家庭的平行交织。以她女性对“家”的特殊眷恋，来勾画女性所置身的矛盾境遇。主人公何丽英，刚强有余而柔弱不足，这大约是职业妇女的通性。然而女性依然难以摆脱“家”的束缚，这并不是说她们最终无力割舍对家的依附，而是她们终究难逃“家”的伤害——这是女性最内在和最致命的伤害。何丽英与丈夫展开一场模特儿争夺战，在这场争夺中，何始终处于劣势，女性为自己的感知方式和行为方式所蒙蔽，而男性则是以他的不择手段迅速取胜。现代社会的商业关系已经如此严重地侵入家庭，受害的则是女性。在现代商业背景上重新结构的男女关系（和家庭关系），其实构成了新的男女不平等。职业妇女不仅仅面对面与男性展开激烈的竞争，更重要的是她们重新被拖入男性编制的网络，最终的操纵权总是掌握在男性手里。过去是每个成功的男人背后总有一个女人（操持后勤之类的工作），现在则是每个成功的女人背后肯定有一个男人。那个女强人谭雪航，显然在赵、傅二位大老板之间周旋才有一席之地，而清纯俊丽的冯剪剪当然是因为适合赵、傅二位老板和男性的口味才受到特别的重视，而她这个尚未出校园的青春玉女，她的梦想、她的美貌也只有在男性欲望化的目光注视下才会实现它的价值。

在张欣的叙事中一直洋溢着浓郁的浪漫情愫，那些男欢女爱的故事带着南方的娇媚、特区的热烈和港台的风情，如歌如诉，流畅而清俊。她的那些女主人公大都优雅多情，缠绵而执拗，总是处在剪不断理还乱的感情困境之中。与那些高雅执著而守身如玉的白领人相匹配，张欣给她们安排了一些坚硬冷峻，苦大仇深的猛男勇夫。这些都市里的不安定分子却令那些白领丽人情有所钟。《永远的徘徊》（1992）和《伴你到黎明》（1993）可以看到张欣的叙事更加简练硬气，并富有动作感。美女英雄的模式被一些城市犯罪和黑社会的事件包裹，温馨浪漫且又惊险横生，似乎更像电视连续剧的文学脚本。

从总体上而言，张欣当然不至于重蹈港台言情小说的旧路，对职业妇女命运的关注，叙事中暗藏的反讽机锋，以及对流行时尚和术语的随时嘲弄，使张欣的小说不失锋芒，颇有锐气。从某些方面来说，还得王朔韵味。现在，“王朔”已经成为一个文学的贬义词，攻击王朔成为一种时髦，一种有关高雅、严肃和正义的证明。毫无疑问王朔有诸多不是，但如果连王朔的文学能力都视而不见，那就有些失之偏颇。王朔对当今中国都市生活的书写方面无疑独树一帜。这种对比仅仅是为了强调张欣的小说还是具有某种力度，熟知流行时尚而能穿行其中，这使张欣的小说具有很强的可读性。80年代后期以来的文学写作，无可否认在形式结构和语言感觉方面达到相当的艺术高度，远离现实和城市生活而一味在语言句法上下功夫，使这一代最有才华的作家也远离读者大众。在文学范式转型的阶段，需要在艺术水准上爬高，一时盘旋于艺术高度是必要的；当那些艺术经验已经普遍被认同，小说叙事还是应该切入现实生活才更有力量。90年代的中国文学明显处在大规模的下降运动中，但是，它是在经济实力的操作方式中下降，而不是在文学视点和叙事方式方面向现实切进。确实，90年代的小说不得不面对市场，精英主义式的写作难以获得社会效应。如何保持文学的艺术品格，尽可能维护当代小说已经取得的艺术经验，同时又在这个“以经济建设为中心”的时代，给纯文学找到一个立足之地，这是一个无法回避的难题。就此而言，张欣的路子也不失为一条生存之道。

五、结语：依然迷惘的中国女性小说

事实上，当今中国的女性写作阵容庞大，这里难以详述，而为了对历史进行提纲挈领式的扫描，也就难以面面俱到，甚至也难避免有削足适履之嫌。这样有些无疑是极为出色的女作家的创作就很难全面顾及。例如，毕淑敏是近年十分活跃的女作家，由于她视野开阔，行文洒脱，关注普遍而尖锐的社会现象，这样也就无须把她纳入女性主义的话题底下来谈论。又由于篇幅所限，铁凝、迟子建、蒋子丹等人未加论述，铁凝在90年代初以《孕妇和牛》等作品再度辉煌，近期的《对面》也可见笔法更为精湛，而且以一个伪装的男性目光的窥视为叙述视点，欲望化的观赏与女性的命运遭遇相重叠，在可读性与叙述方法以及对现实的穿透力方面，都做了大胆尝试。迟子建近年来写下一系列的回忆往事的小说，简洁明净的叙事和淡雅的怀旧情调，却也别有韵味。蒋子丹写特区生活，对职业妇女当有独到角度，正可与张欣相映成趣而平分秋色。

当然还远不止这些，中国文坛历来有“阴盛阳衰”之说，尽管此说未必尽然，但也足可见全面把握这一问题的难度和所需要的篇幅。当然这并不是说现在就迎来一个女性写作的黄金时代，女性作家在多大程度上关切女性自身，关切女性的现实命运和文化作用，是值得怀疑的。那些初露端倪的“女性意识”在很大程度上是个人化写作和文学创新的副产品，这不过是一次勉强的解放和随意的自觉。毫无疑问，女性写作依然存在诸多的局限和不足。女性主义意识依旧淡薄不能不说是其首要原因。就这一问题很可能会招致怀疑，在文学的范围内，“女性主义意识”是否有理由成为衡量女性写作成功的标准？这无疑值得推敲。我当然不是一个女权主义者（虽然西方相当多的男性批评家持女权主义立场，例如在西方极负盛名的批评家特里·伊格尔顿就一直坚持女权主义立场，世界妇女人权大会讲坛上就不乏男性慷慨陈词），某种程度上还保留有“大男子主义”的陈腐观念，但是这并不影响我在文学专业领域做出必要的探索。如果我们在最低限度承认女性写作与男性写作存在差异，那么强调这种差异总是比抹杀这种差异更有助于突出女性写作的个性。如果再进一步考虑到文学创作的多样性，那么，强调女性写作的特殊性有可能使文学世界变得更为丰富多彩。我在前面谈到过，由于中国没有广泛的社会化的妇女运动，这使中国几乎没有女权主义文学，这也是中国的女性写作缺乏广度和力度的症结所在。因此，强调女性意识，或者说比较明确地表达女性主义意识，无疑使女性写作更有思想穿透力。

就当今女性作家仅有的“女性意识”而言，主要是在个人经验范围内的自省意识，这在很大程度上是个人话语的副产品。因而，多少具有“女性意识”的作品难免生活面狭窄，无力与现实对话。生活面开阔的女性作家，其叙事方式与男性作家相去未远，当然不太关注女性自身的问题。而回到女性经验的女性写作，显得视野不够开阔，缺乏变化。一开始还会给人以新奇感，长此以往则流于无病呻吟。中国文坛一直有“男作家献技，女作家卖血”之说，女作家大都写得很苦、很实在，不惜在自己身上挖掘素材，其志可嘉，但非长久之计。实际上，强调女性主义意识并不仅仅是回到女性封闭的内心世界，它完全可以而且应该在现实背景上展开女性主义叙事。应该促使那种软弱的、碎片式的和梦幻式的“女性内心独白”，改变成开放式的更有力度的对话。与历史对话，特别是与变动的现实对话，在政治性的双重结构中，也就是在反抗男权神话谱系及其泛政治权力实践的社会场景中来揭示当今中国的历史面目。

在这里，当然不是去人为地制造男性/女性的对立，强调某种女性主义意识，无非是企图拓宽文学的疆域，提示另一重视野，那些一直处在蒙昧状态的精神角落，将打开一个全新的世界。在这个文化转型的时代，我们的文化似乎缺乏必要的动力装置，女性主义意识也许会注入某种精神兴奋剂。正如克里斯蒂娃所认为的那样，妇女写作作为一种“特殊的写作实践”，其自身就带有“革命性”，它可以进一步证明传统社会的象征秩序是有可能从其内部得以转换的①。我们的文化一方面拖曳着古旧庞大的传统，另一方面或许正在走向后工业文明，在某种意义上它还是父权制疯狂扩张而又分崩离析的时期。这样一种巨大的文化错位，给女性主义提示了一条绝无仅有的边缘之路，一片“后革命”的过渡区域。摧毁父权制无处不在的文化强权，穿越那个无所不包的“巨型语言”，在这里举行中国文学的最后的祭典，无疑是这个时代最为蛊惑人心的文化景观。

1994年2月3日于北京望京斋

（选自《当代作家评论》1994第3期）

① 参见克里斯蒂娃：《诗学语言革命》

浅议社会性别学在中国的发展

王 政

1995 年第四次世界妇女大会以后，中国政府签署的《行动纲领》和《北京宣言》两个联合国文件的精神在国内传播，“把社会性别纳入决策主流”成为各级妇女组织和妇女研究者的努力目标和熟悉的话题。社会性别（gender）作为一种分析范畴逐渐为越来越多的妇女研究者所掌握，社会性别意识培训也在一些地区开展，对推动社会性别进入各阶层决策者和领导者的视野起了重要作用。但是社会性别作为国际学术界中的常识性概念，对我国大多数人文社会科学学者来说却十分陌生。绝大多数学者尚不了解妇女与社会性别学在国际上作为一个学术研究和教育领域的状况。尽管在 80 年代初期“妇女学”一词就传入我国，在 80 年代中期妇联的理论工作者和学界关注妇女研究的学者都呼唤过建立妇女学，在 80 年代末我国高校中出现了妇女研究中心，但是，时至今日能够开设妇女与社会性别学跨学科课程的高校寥寥无几。① 热热闹闹的妇女研究并没有在高等院校打开社会性别学的教学天地。从总体上说，社会性别学尚没有在中国的学术界和教育界中建立起来。在改革开放 20 多年的过程中，中国学术界引进了多种当代西方学术思想，创建了许多新兴学科，但是为什么社会性别这个当代国际学术界重要的学术领域却一直没有能

① 笔者能查到的对妇女学最早的译介是日本的白井厚所作：《争取女权运动的历史和妇女学》，何培忠译，《国外社会科学》1982 年第 4 期；我国研究者在这一时期的呼吁文章有：上海妇联干部李敏的《谈谈妇女学》，《社会》1984 年第 3 期；社会学家邓伟志的《完善和发展妇女学问题》，《妇女指南》1985 年第 4 期和《迎接妇女学的黄金时代》，《中国妇女报》1986 年 1 月 27 日，以及内蒙古妇联干部奚杏芳的《建议开展“妇女学”研究》，《中国妇女》1985 年第 12 期。这些呼吁文章中对西方妇女学的了解基本上建立在 1982 年那篇译文的内容上，都谈到妇女学是多学科的新兴学科，但是没有提到社会性别是妇女学的核心概念，也没有指出在国外妇女学是在高校中具有专门的教学机构和课程设置的学科。1987 年河南《妇女生活》杂志社和郑州大学妇女学研究中心联合举办了“妇女学学科建设座谈会”，这是国内学者创建妇女学的首次集体行动，并随后出版了由李小江主编的“妇女研究丛书”。但是在这一时期国内对国外妇女学的核心概念、分析范畴、内容及各种理论方法都缺乏了解（陶铁柱，谭深，1987）。

被中国学术界和教育界所关注呢？本文将对这个问题做一个初步分析，并探讨在中国发展社会性别学的必要性和可行性。

一、社会性别学的产生以及在国际学术界的发展

当代的社会性别理论诞生在20世纪60年代以后的西方女权运动中。投身于女权运动的学者们在社会上向男女不平等的现实挑战的同时，对在男权文化中产生的西方知识体系开始质疑。她们审视的眼光不仅看到了妇女在知识体系中的缺失和受贬抑，还看到了知识生产中的社会性别权力关系，看到了社会性别作为人类社会中一个基本的组织原则是以往学界研究所忽略的，看到了由这种忽略导致的人们作为常识接受的许多理论的偏颇和谬误，看到了这些偏颇和谬误在巩固妇女从属和边缘地位中的巨大作用。作为思想和文化运动的实践，女权主义学者在各个学术领域中开始了认真细致的清理，把社会性别的棱镜引进历史、文学、人类学、心理学、社会学、教育学等一系列学术领域，对西方各个人文社会科学领域产生了意义深远的影响。正如伯克利大学教授卡罗·克利斯特所指出的："（今天）任何评论者要对一篇文章提出全面的评论，都必须考虑到社会性别。同样，社会科学也必须思考社会性别形成和影响了研究者所使用的数据材料。"（Christ，1999：33）总之，女权主义学者对西方知识体系挑战的一个显著成果是在学术界建构起了社会性别理论和分析方法，创立了跨学科的妇女与社会性别学教学机构，向各个学科领域作了积极有效的渗透，从而改变了众多学科领域对人类社会的认识和阐释（Boxer，1998，2000）。

过去30年间西方女权主义的学术成就之所以辉煌，除了有大批女学者投入的首要条件外，一个不可忽视的重要条件是整个西方学术界反思西方知识体系的大气候。后结构主义、后现代主义、后殖民主义就是这种反思反省的学术表现。这些学术表现不仅体现了西方知识界独立思考的传统，也反映了第二次世界大战以后左派在学术界的政治影响。在对国家之间、民族之间、文化之间、阶级之间的权力关系的分析中，上述主要学术流派的关注点是在如何反对霸权。在这一点上，女权主义学者对男性中心文化的批判同西方学术思潮主流没有逻辑上的矛盾。对弱势群体的关注是受"左"派影响的西方学者所无法推卸的道德责任。在学

术界，对西方霸权和男权的解构批判互相影响、互相交融，这种反霸权的批判性思维使国际人文社会领域在过去30年里发生了深刻的变化。

由学界在妇女运动的实践呼唤下发展起来的社会性别理论一经出现，便同时在学术界和妇女运动两个领域中产生深远影响，在与各种学术思潮的交融中、在妇女运动的多样化实践中获取营养和生命力，不断丰富深化、推陈出新。在世界各国，包括一些亚洲国家和地区，学术界尤其是高等教育领域中的学者们，是推动社会性别理论在本土发展的主体，高等教育领域也是传播社会性别理论的主要场所。高校中的妇女学系和中心是用社会性别范围创造新知识和教育年轻一代的基地，还有各种妇女与社会性别研究所以及社会性别学术刊物专门投入新的知识的创造和将社会性别纳入学术和教育主流的有效工作。以美国为例，目前在高校内外有250多个研究所、700多所高等院校有妇女学系和中心，每年向学生开设3万多门同社会性别相关的课程，全美有12%以上的高校学生获得妇女学课程的学分，有6所高校授予妇女学博士学位，培养跨学科的妇女与社会性别学的专家。许多学校授予妇女与社会性别学和其他领域的联合博士学位。到1995年，在各个学科中以写妇女和社会性别专题论文获得博士学位的人数达10 278人（Boxer，2001）；在欧洲，截至1995年的统计，有150所大学开设600门妇女学课程，有9个国家授予妇女学学士学位，10个国家有硕士学位，其中9个并授予博士学位（闵冬潮，2000）。在亚洲，韩国也已经有了18年的妇女学课程设置历史，并早有了硕士和博士点，培养了大批妇女与社会性别学专家。有的在大学任教，有的在妇女组织做领导，有的在传媒界供职，从各个方面努力创造新型的社会性别话语和社会性别关系。总之，在国际妇女运动把社会性别概念纳入联合国文件之前，社会性别已经进入了许多国家的学术界和教育体制。社会性别也早已成为国际人文社会科学领域中一个不可或缺的分析范畴，经常同阶级、种族、族裔、性倾向等分析人类社会等级制的范畴并列使用（王政、杜芳琴，1998：6）。

二、社会性别关系变迁与中国知识界

在西方学者初创社会性别学的阶段，我国学者尚处在“文革”的封闭状态中。改革开放以后，国门打开，东西方学术交流相当频繁，中国知识界对介绍引进当代西方学术思潮表现出极大的热情。后结构主义、后现代主义、后殖民主义都曾经是中国人文学者的热门时髦话题，唯独女权主义学术难以进入中国学术精英的视野。对这样一个有意思的学术现象，笔者试图从历史的角度来做一个初步的社会性别分析。

同西方学界的主要政治倾向相反，过去20多年我国学界是以反“左”为主要任务的。尽管我们所说的“左”同西方学界认同的“左”的内涵大相径庭，但是在我国学界反“左”的过程中也表现出对某些表达人类社会公平正义的理念原则的不屑与摒弃，比如，男女平等。否定男女平等的思潮在“文革”结束以后的思想解放潮流中就出现了，当时它夹杂在对“文革”时期“男女都一样”的政策的批判中。学术界和文化界对此表现了极大的热情，生产了许多影响广泛的文本，它们所表现的形象和比喻很快进入当代社会性别话语，成为当代文化的一部分。我们至今都对当时文化界对“铁姑娘”的嘲弄和否定记忆犹新，在20世纪80年代的批判话语中，“铁姑娘”是中国女性在男女都一样的政治时期人性被扭曲和雄性化的象征。[①] 这一时期的批判对毛泽东时期占主导地位的社会性别话语起了解构作用。批判锋芒所向，不仅是男女都一样的装束、工作、工资，还包括男女平等的政治理念（张晓崧，1998；潘锦棠，1988）。

80年代中国知识界解构毛泽东时期社会性别话语的热潮是由男女知识分子一起参与形成的。当时许多男女知识分子的写作造成了广泛影响，比如“中国妇女解放超前论”和“恩赐论”（李小江，1986）；也有一些女性像男性一样赞美“东方女性传统美德”，呼吁女人要回归“女性”。但是深入分析那些积极解构毛泽东时期社会性别话语的有影响的著述，还是可以看到男女知识分子的出发点和角度有所不同。对城市知识女性来说，以男性为准则的妇女解放（其经典的表达是“男同志能办到的，女同志也能办得到”）令她们感到不堪重负。这不仅是因为她们在背负传统女性家庭角色的同时被要求在社会上承担同男性一样的责任，还因为在以男性为准则的国家界定的妇女解放运动中妇女无法表达自身的多样需求和面对的问题。改革开放使她们获得了表达和界定自己的利益

① 1986年北京的一次妇女问题讨论会上，一些关注妇女问题的男性学者依然在表达对“铁女人”和“假小子”这类形象的强烈反感，认为这是“女性的变异”（见孟晓云，1986）。由于缺乏社会性别视角，在21世纪的今天仍有许多学者把“男性”“女性”自然化，刻板模式化。

需求的可能，80 年代中国知识女性对毛泽东时期妇女解放话语的批评是她们开拓社会空间的一种方式和途径。在这个过程中，妇女问题从“阶级”的遮蔽下凸显出来。虽然中国知识女性当时还不了解社会性别这个概念，这使得她们的批评往往缺乏对男性中心文化主流话语的警觉和剖析力度，但是社会性别问题却在这一时期进入了公众的视野，并成为合法的公共讨论话题。①

男性知识分子对毛泽东时期妇女解放话语的批评则表现出他们对计划经济时期的各种政策带来的社会性别关系的变化感到不安和反感。从“五四”以来，男女平等在中国主要被理解为妇女参与社会经济政治生活的平等权利，这个理解在中国的政治话语中能占主导地位也是因为它同政党在革命和建设时期开发妇女人力资源的需求相一致。在公有制经济中，男女平等政策使得大批城市妇女获得教育权和就业权，并对就业领域中的社会性别界限有所突破。尽管那个时期的妇女就业政策也是将妇女当作劳动力蓄水池（谭深，1993：343—344，348—349;Andors，1983），但是城市妇女参与社会生产的广度和深度是前所未有的。妇女的广泛社会参与必然导致社会性别关系的变化。教育和职业使得大批城市妇女有可能选择不依附男性的人生道路，对毛泽东时期成长的许多女青年来说，婚姻也只意味着两个平等的人的结合，而不是“从夫”的人生安排。换言之，虽然两性间的私密关系不是毛泽东时期各项政策的关注点，但是它不可避免地受到了国家政策的影响，产生了微妙而又深刻的变化。

社会性别关系的变化不仅是因为经济独立的妇女在婚姻中有更多的自主权，还因为毛泽东时期的社会性别话语重新界定了“男性”和“女性”的内涵。继承了 20 世纪初中国女权主义对新女性的界定（最早的系统界定可见金天翮发表于 1903 年的《女界钟》），毛泽东时期主流政治话语中的“女青年”完全摒弃了儒家的“三从四德”性别规范。“女青年”作为一个主体位置，她不依附于家长和丈夫，她也不是由家庭角色和性功能来界定的，而是和“男青年”一样由社会角色来界定。对党和国家的忠诚，在社会领域的出色表现是构成优秀男女青年的基本条件。虽然对男性女性内涵的重新界定表现了执政党塑造符合政治需要的公民的

① 李小江的《夏娃的探索》（1988）和《女人的出路》（1989）较集中地表达了 20 世纪 80 年代知识女性对这些问题的关注。

意图，虽然对男女的非性化的界定在实践中导致对性表现的压制，但是“女青年”这个主体位置所包含的对传统性别规范的挑战是意味深长的。当然，毛泽东时期的具体的妇女的主体身份并不总是由主导地位的社会性别话语构成，而往往是由多种话语构成，传统的社会性别规范对具体的女青年仍会有影响。但是毕竟广大青年妇女有了不守传统妇道的合法性。如果说传统妇道维系了男性的特权，那么由国家提倡的女青年的不守妇道则直接冲击了这种特权。

公有制计划经济也起到了意想不到的改变社会性别关系的作用。国家父权制的巨大权力剥夺了家庭内男性家长在历史上享有的权力，他甚至对财产都没有支配权，更无法决定儿女的职业、教育、住房，有时包括婚姻等人生大事。“一切听从党安排”把男性在家庭中的权力降低了，而他的具有独立职业和经济能力的妻子则比传统社会中的女子有了更多的自主权。社会性别中的权力关系的这一微妙变化是许多男性都能深切感受的。毛泽东时期知识分子整体在国家政治上的边缘化与知识男性对权力中心的向往之间的矛盾更使许多知识男性体验到一种无能为力的处境和心境。许多知识男性把自己在政治经济上的无能之感归咎于毛泽东的男女平等政策，指责妇女广泛就业导致了把男子赶进厨房使他们成了“小男人”，使中国社会失去了“男子汉”。剧作家沙叶新为电视剧《海派丈夫面面观》写的主题歌《男子汉哪里有》这样发泄着男性的怨气：“小李拎菜篮，老王买煤球，妻子吼一吼，丈夫抖三抖！都说男人是顶天柱，谁知男人的酸苦最多，白天干活晚上奔波，心里苦恼嘴上还唱歌。小王拿牛奶，老赵买酱油，工资奖金全上缴，残羹剩饭归己属有，重活脏活一人干，任打任骂不还手。民族若无阳刚气，民族怎能去奋斗。国家若无阳刚气，国家怎能震全球。男人若无阳刚气，男人怎能去追求！丈夫若无阳刚气，我的妻儿你说是可喜还是可忧？”（王霞，1991）[①] 尽管许多调查证明即使在双职工家庭中，还是女性从事家务劳动的时间多于男性，但是这不能改变许多知识男性的主观感受，与昔日同一阶层的士大夫所享受的性别特权相比，当代知识男性确实失落不少。有意思的是剧作者打着民族主义的旗帜来掩盖对自己的性别特权被削减的不满，似

① 但同一时期也有些只是男性对恢复传统社会性别关系的潮流作出自我感觉良好的阐释。如潘绥铭说：“1980 年以来社会之所以提倡贤妻良母、和睦家庭，就是中国男性在最近 30 年，尤其是‘文革’中的社会打击下，顽强地维护了家庭，保护了女性之后，对女性要求报偿。”

乎中国的强盛有赖于恢复男性特权和巩固社会性别等级。这样的言论并非个别，“阴盛阳衰”的感慨充斥公众话语，从80年代持续到90年代。社会学家郑也夫发表于1994年的《男女平等的社会学思考》最真实坦率地表露了当代许多男性知识分子对中国社会百年来在社会性别制度中和社会性别权力关系中的变化的无所适从和失落感。他在文中引用美国学者的话来表达自己的感受：“婚姻的解体不是因为规章决定，而是因为福利水平破坏了父亲在家庭中所起的主要作用和所处的权威地位。他在自己家里不再感到男子气概……再没有比日益认识到他的妻子和儿女如果没有他能生活得更好更加伤害这些男性的价值了。”（郑也夫，1994）显然，社会性别关系的变化还没有深刻到改变男性对男子气概的界定，男子在男权社会中的特权和地位依然被理直气壮地认定应该是男子气的内涵。在这样的思维框架中，对社会性别等级制的挑战也就被不少男性看作是对自己作为男人存在的挑战。①

在这个背景下我们再来看80年代知识界对“铁姑娘”的抨击就更好理解了。由国家传媒宣传张扬的“铁姑娘”作为一个文化符号是对传统社会性别话语中“弱女子”的直接否定，也是对已经感到被阉割的男性的直接威胁。就在计划经济、男女平等话语、“铁姑娘”们有意无意地颠覆着几千年的社会性别秩序时，拨乱反正的时代终于到来。许多男性知识分子踊跃地加入了对毛泽东时期社会性别话语的批判，并以此开始了对社会性别的重新界定重新规范。这个重新规范的过程恰好与市场经济的起步同步进行。许多男性借批判计划经济来抨击妇女的平等就业权利，指责“妇女解放”是“以牺牲生产力的发展为代价的”，抱怨妇女就业“增加了男子的劳动时间和疲劳度”。当女性知识分子在探讨如何实现社会对妇女在生产和再生产中的劳动价值的承认时，男性知识分子声称“在社会主义‘大锅饭’里，妇女舀去了与其劳动数量与质量不等价的一勺”（常乐人，1988）。面对劳动力过剩，男性经济学家和社会学家们纷纷向政府献计献策，“让妇女回家”的呼声从80年代初期至今不绝于耳。他们引经据典地为妇女回家制造合法性，大造舆论。有的诉之于生理决定论，强调女性天生是弱者，能力低劣于男性，只适合

① 《社会学研究》1994年第6期，1995年第1期、第3期刊登的“性别角色与社会发展笔谈”清晰地展示了20世纪90年代女性知识分子在男女平等问题上与一些男性知识分子的认知鸿沟。市场经济的进程以及男权文化对传统社会性别观的巩固复制使得许多女性知识分子的社会性别立场日益鲜明。

家务，而外出就业只能是降低企业效益。有的则公开呼吁中国妇女向日本妇女学习，为现代化做牺牲（刘伯红，1992；陆震，1994、1995）。直到2001年3月的全国政协会议上，还有男性政协委员提倡“女同志回家相夫教子同样是光荣的”（蒋永萍，2001）。让妇女回家的呼声决不能仅仅被理解为解决就业问题的经济手段和权宜之计，它是当代中国知识男性重建社会性别等级秩序的重要运作，既集中表达了许多知识男性所信奉的男尊女卑“真理”，又强有力地巩固着社会性别等级的体制机制和观念。近20年来的妇女就业问题上的持续论战是当代中国不同社会性别话语较量的重要场所（Wang，2000）。[①] 但同一时期也有些知识男性对恢复传统社会性别关系的潮流做出自我感觉良好的阐释。如潘绥铭说：“1980年以来社会之所以提倡贤妻良母、和睦家庭，就是中国男性在最近30年，尤其是‘文革’中的社会打击下，顽强地维护了家庭，保护了女性之后，对女性要求报偿。”（1987）至此我们可以理解为什么社会性别理论难以进入中国知识界了。虽然有少数中国男性知识分子对女权主义学术思想表现了浓厚的兴趣，还有一些男性知识分子坚持马克思主义男女平等和社会公正的理念[②]，但是许多有话语权的男性知识精英所选择的社会立场决定了他们会排斥一种批判和解构社会性别等级制的理论。与中国20世纪初倡导推翻男尊女卑等级制的女权主义知识男性相比（Wang，1999），我们看到百年现代化的历程并没有自然而然地把中国知识男性都现代化了，相反，我们看到的是当代中国知识界主流在社会性别问题上向前现代的倒退。

从社会性别学术领域在国际学术界发展的历史来看，女性学者始终是这个领域的开拓者和选择力量。我们分析中国学术界男性的状况并非意味着感慨男性学者没有做学术带头人，而是指出中国女性学者在这个

① 在关于妇女回家问题的大辩论中，从一开始，许多女性知识分子和妇联干部就从马克思主义妇女观的立场出发坚决维护妇女的利益，同主张恢复传统性别角色分工的男性知识分子进行了有效的话语较量。《社会》在1984年第1期至第4期刊登的“关于‘二保一’问题的讨论”，以上海妇联主任谭弗云批判“男尊女卑”传统思想的文章为结束语，就是一例。这场持续了近20年的斗争最近突出表现在围绕着“十五”规划中是否加入“阶段就业”一条展开，全国妇联在这一个回合中又起了关键的作用。

② 中国社会科学院哲学所的邱仁宗教授在20世纪90年代率先组织了一系列女权主义国际学术研讨会；上海大学社会学系的邓伟志教授在20世纪80年代中期就开始提倡创立妇女学，并始终对妇女回家论持批判态度（1983、1995）；上海社科院社会学所的陆震也多次撰文批判妇女回家论（1988、1994、1995）。这些例子（坚持社会公正理念的男性当然远不止这儿提到的几位）说明在有关男女平等问题上的认知差异并非由生理差异所决定，而是由社会立场所决定。

领域的开拓将会遭遇意料之中的阻力。事实上，十多年的妇女研究没有能在学术界教育界做出重大突破本身已经说明了在中国进行这项事业的艰难。最大的难点不仅在于女性学者缺少学科建设的物质资源，更重要的是要想在身处缺乏批判精神和独立精神的学术界异军突起，对女性学者来说是对自身的学术和精神力量的巨大挑战。21世纪中国社会性别学创建的历程将是对男女学者共同的考验。

三、创建社会性别学的现实意义

社会性别理论作为剖析社会性别等级制、揭示社会性别生产和再生产过程的锐利工具已经在许多地区的知识生产中发挥了巨大作用。这个产生于西方的理论对中国适用吗？对于这个疑问的解答并不复杂：社会性别的基本概念对一切仍保存社会性别等级制的文化都具有批判意义，鉴于社会性别等级制的表现和社会性别生产和再生产的过程因文化和历史的不同而有差异，任何地区的学者都必须在对本土的历史文化社会的具体研究中创造出具有现实意义的分析批判。引进西方理论是为了建立对中国现实有意义的学术，而不是为了搬弄一些时髦的词句来提高个人的权威。从引进到创建这中间有一个艰辛的知识创造过程，这个过程只能由中国学者自己来完成。这个过程中并没有多少实利可图，相反作为一种来自边缘的批判力量，开拓者们会遇到重重阻力和困难。只有那些真正被激动人心的学术思想所吸引的学者，那些渴求在学术上有所创新的学者，那些对实现社会公正具有责任感的学者才可能坚持下去。可以预料，女性学者将是创建社会性别学的主要力量。这不是女性的“本质”所决定的，而是因为今日中国女性面临市场经济和知识界主流携手建构和巩固社会性别等级制的严峻局面。

我们可以关注一下当代中国社会性别话语的生产情况。伴随着批判“文革”中男女都一样的政策而出现的对“男女不一样”的强调演变发展成了强大的“女性味”话语。① 在这个把女性界定为由其性功能决定的本

① 美国研究中国妇女的学者 Emily Honig 和 Gail Hershatter 发表于1988年的 Person Voices: Chinese Women in the 1980s 用翔实的资料呈现了20世纪80年代中国传媒制造“女性味”话语的社会景观。此书的中文译本《美国学者眼里的中国女性》删略了中国读者熟悉的中文原始资料，但保留了作者对许多现象的分析批评。

质化的女人的社会性别话语中，大量的传统社会性别符号被调动起来。女人被描述为“弱女子”“小女人”，温良恭顺、忍让牺牲的贤妻良母是有女性味的好女人，等等。在上海的一个电视谈话节目中，一个男性作家大言不惭地说：“在我眼中最有魅力的女人是在我说话时一言不发仰慕地看着我的女人。”女人要自觉地把男人奉为权威和偶像顶礼膜拜，才能在男人眼里具有女人味，而独立自主地发挥自己才干的女性则被打入“女强人”的另册，遭到嘲弄和贬抑。这类公开提倡给妇女二等公民从属地位的男性中心的言论充斥大小报刊和电视节目。与此同时，商品广告也竭力把女人作为卖点，不仅把女性作为商品的附属物来推销，还广泛地推销了带着“现代化”标签的中国传统的和西方传统的社会性别观。一个有“女性味”的“现代女性”应该年轻美貌、穿着时髦，富有性感，开着洗衣机，用着微波炉，善于消费，在消费各种现代化商品中实现女性家庭角色，获得充满“女性味”的“满足”。所有这些表现着男性欲望和商业利益的关于女人的文字、语言和形象表述，强有力地建立起对“女性”内涵的重新界定和对女人的行为的明确规范（Wang，1998）。

80年代以来的大量文学作品也是制造当代社会性别话语的重要场所。正如文学批评家刘慧英所尖锐指出的：“随着种种禁欲主义的‘解冻’，许多传统的男权中心视角和观念得以蔓延泛滥，尤其是女性形象商业化——女性作为男权中心社会中的欲望对象，被不断地强化着。许多文学作品和形象借着反禁欲主义这面旗帜，而重新回到男权传统的泥沼里，或者是回到商业社会中卖‘女’为生的境地之中。”（刘慧英，2000：2）在众多的畅销书中，男作家恣意描绘着自己的纵欲想象，而他们笔下的女性人物则成了性发泄对象和用来证明男性性能力的性工具。女性的“性”——作为被男性把玩由男性定义描述的“女性本质”——得到空前的凸显。而女人作为“人”的尊严和主体性——20世纪初的中国男女知识分子所高声呼唤的——却在当代男性的写作中遭到践踏。这类作品所表现的不仅是对女性形象的肆意歪曲，还表达了当代知识男性对所谓“男子气”的渴望。从《男人的一半是女人》到《废都》，我们看到的是男性对女性征服欲望的扩张和加剧，政治上失意的知识男性似乎要以对女人的征服来证明自己作为男人的存在。征服女性成了“男子气”的组成部分（也是现实生活中有权势的男性所身体力行的）。旅美学者钟雪萍在分析80年代中国男性写作的《男子气被围困了吗？》一书中精辟地指出，当代男性写作中的许多性描写“很少探索性的关系，而几乎全都是关于男性的痛苦、恐惧和无常之感，这一切又都夹杂着厌女倾向和重获性能力的焦虑”。她强调对当代知识男性的这种性焦虑必须放在具体的政治历史背景中来理解（Zhong，2000：86）。

今日中国社会性别话语的制造自然离不开西方背景。对中国女人的要求明显地表现了中国男性“洋化了”的欲望。在坚持有“女性味”的女人应该保持“东方女性传统美德”的同时，男性对女人的身体的要求却不再传统。“三寸金莲”早已是令人不堪回首的历史，今天的“现代”女性美要“三围”达标，于是丢掉了裹脚布不久的中国女性纷纷做起美容手术。不仅是女性美要以西方为标准，男性更是在各方面要以西方男人为楷模。中国在国际权力结构中的弱势使得中国男性，尤其是伴随“现代化”话语而产生的知识男性在浓重的民族主义情绪中掺杂着深深的性自卑和性焦虑。市场上铺天盖地的壮阳药并非说明今天的中国男性性无能情况比以往严重，而是反映了开放以来中国男性面对西方世界和西方男性性神话，和他们一样强壮的渴望。实现现代化强国的欲望和加强性功能的欲望经常缠绕在一起，难分难解。“重振雄风”欲望的再表现在文学作品和商品广告中比比皆是。关于现代“男子汉”的语言、文字、形象同“女性味”话语一样在有力地建构着“男性”内涵的定义，并起着规范男性行为的作用。与“女性味”话语不同的是，“男子汉”话语没有着力提倡“东方男性的传统美德”（如孝、忠、悌），而是以西方社会资本主义和殖民主义历史过程中建构的主流男子气为楷模（如竞争性和进攻性）。简而言之，在这类社会性别规范中，女人要弱（尤其在男人面前）才显得有“女性味”（这个弱的内涵是从属性、依附性），男人要强（尤其在女人面前）才算是男子汉（这个强的内涵是权威性、支配性再加性能力），男人的强要靠女人的弱来反衬。这种社会性别规范既对女性的发展造成束缚，又对男性的身心带来过份的压力，往往男性装强比女性装弱要付出更大的代价。

“女性味”“男子汉”话语的制造过程和对男女的实际影响是值得学者们深入研究的课题，笔者在此仅仅是提出一个初步的描述，来说明社会中关于男女的界定和再表现是有着复杂的和变动的政治经济文化背景的，男男女女都在无意识中受到无所不在的社会性别话语的塑造和规范，包括那些有话语权的社会性别话语制造者。今日由市场经济推动的占主导地位的社会性别话语对男女都产生负面的影响，这种社会现象需要社会性别理论来分析、批判和解构。在此需要强调，尽管男女都受到“女性味”和“男子汉”话语的影响，这个话语中的权力关系始终将女性置于被动、从属、物化和他者的地位上，因此它对女性，尤其是青年女性的负面影响会更严重。我们今天在展望中国21世纪的发展时提出了“以人为中心的可持续发展”的目标。这个“人”自然应该包括妇女。任何阻碍妇女发展的因素都应该成为学者关注的对象，社会性别学也只有以对妇女发展的深切关注为基点才可能具有对现实的批判力量和理论指导作用。

束缚妇女发展的机制是多样的，并因地域、阶级、民族、年龄等差异而产生不同结果。中国社会的城乡二元体制所造成的城乡等级差别使农村妇女和城市妇女有很不同的社会性别经历。就如毛泽东时代的男女平等主流话语对农村妇女影响远不如对城市妇女的影响一样，今天在城市由大众传媒商品经济推动的“女性味”话语也并未能散播到乡村边缘地带。在农村有另一套社会性别机制在规范着男女的行为，影响着男女的人生经历。国内外许多做农村发展项目的研究人员都注意到社会性别等级制与贫困的关系，女性普遍地是社会和物质资源贫乏的群体（马元曦等主编，2000：徐午等主编，2000）。中国地域广大，各地经济水平、生产方式、风俗习惯差异很大，社会性别等级制的机制是如何同各种因素交叉作用来实现把妇女置于底层的？我们可以从哪些体制改革着手来改变社会性别等级的各种机制，来拓宽农村妇女的发展途径？此外，今日中国的贫困妇女已经不局限在农村地区，下岗失业的城市妇女正经历着社会和经济地位急剧下降的困境。社会性别等级制在经济改革中是通过哪些机制来起作用的？除了“女性味”话语在为剥夺妇女平等的发展机会制造合法性之外，还有哪些社会过程在制造对妇女发展的障碍？当代中国社会中社会性别和阶级这两种等级制之间是什么样的关系？这些关系是如何作用于不同的妇女群体的？男女平等的话语（包括政府的有关政策）在改革开放时期发生了什么变化？当代妇女可以怎样调动男女平等话语的社会政治资源来推进妇女的社会进步？我们可以从哪些方面着手来巩固和发展男女平等的社会性别话语？这类有关中国大多数妇女发展的重大问题也亟须社会性别学学者的深入研究。

在过去十多年的妇女研究发展过程中，我国学者表现出的长处是密切关注妇女的现实问题，大部分研究经费（来自国际组织或是政府部门）也是投在为解决妇女现实问题的课题上。但是因为缺乏理论框架和分析方法，不少研究缺乏对深层社会文化体制结构的剖析力度。在笔者同许多妇女研究学者的交流中，深切地感受到广大妇女研究者对理论和方法的强烈需求。这种状况的存在正是因为我们还未能把社会性别学学科建设起来，这种状况的存在也正呼唤着社会性别学学科在中国的建立。国际学术界已经在这个领域中产生了大量的学术著作，虽然绝大部分不是分析中国社会性别制度的，但是了解这个领域的学术发展必然会打开我们的思路，促进中国的社会性别研究。了解国际学术发展是我们建立中国社会性别学学科的必要步骤。中国学者了解国际学术发展的一个严重障碍是语言（这也是这门学科发展缓慢的一个因素），为此我们需要有大批具有翻译学术著作能力的学者投入翻译介绍社会性别学的工作中。

社会性别学的建立不仅是为了妇女研究者能更深入地分析中国妇女问题和社会性别制度。它作为一个新的知识领域，是在挑战、质疑、批判、解构传统知识体系的过程中产生的。它不能游离于学术界，而是要把各门学术作为自己的基本领地，一寸一寸地清理。从这个意义上说，社会性别学学者不能仅仅是在社会上参与促进妇女发展的项目，还必须在学术领域中以自己的学术著作来颠覆和改造男性中心的知识体系，来创造从新的观察角度和社会立场出发的新知识。人类社会的发展历来是由男女共同参与的。但是作为对人类发展历史的认识在以往主要是由男性来表述的，或者说被记录下来的人类认识主要是男性的声音和男性的经历。社会性别理论启发我们去想象和开创一个包括女性的认知世界。我们不仅需要探究女性在历史上的作用、经历和感受，还需要考察各个不同历史时期不同文化不同地域中不同的社会性别关系和社会性别制度的建构和演变，以及它们同社会政治经济制度的关系。不仅要从社会性别角度去考察社会历史，还要从社会性别角度去审视我们所继承的人类知识。在国际学术界，赋予人类知识体系社会性别的结果是产生了新的认知结构。今天我们中国学术界对这一新认知结构和新知识内容尚缺乏了解，离开创自己的新知识尚有一段距离。在我们所追求的“现代化”中，恐怕实现对人类社会认知结构的“现代化”是学界所面临的紧迫任务。

同任何学科的建立一样，社会性别学的学科建设也必须以高等教育为体制基础。高校中要有社会性别学的课程，使得对社会性别研究有兴趣的学生能获得必须的基本知识和研究训练，为日后的深入研究奠定基础。培养青年学者是社会性别学学科建设的关键。但是在今日中国高校中严重缺乏能够开设社会性别学的师资，师资培训因此成为学科建设的关键。令人欣喜的是，参与“发展中国的妇女与社会性别学”课题组的学者们已经开始了这方面的工作，从1999年以来，她们已经在全国范围内多次举办读书研讨班，对高校的课程设置和教学研究起了一定的推动作用。当然这个培训也完全可以是自我培训创造的过程。美国妇女学开创初期就是在高等院校里一些女教授和女学生共同就感兴趣的学术话题进行阅读讨论写作，然后逐步在各个专业领域里发展起一门门课程，最后形成了跨学科的妇女学专业。我国高等院校中已经有几十个妇女研究中心，每个中心都有不少对妇女和社会性别研究感兴趣的学者。如果这些中心的目标不仅是从事一些妇女研究课题，还争取课程设置，使妇女和社会性别学进入知识和教育体系，那么我们的学科建设进程可能会加快一些。

应该看到，在高校中设置社会性别学课程并不是一种抽象的学术建构，其本身对改变教育内容有重大意义。我们的人文社会科学课程至今还很少包括国际上从社会性别角度创造的新知识，中国改革开放以来的妇女研究的成果也极少能进入课堂。21世纪的中国高校学生应该具有国际学界开创的新知识结构，也应该对占人口一半的中国妇女的生存状况有所了解。具有社会性别视角的新知识能够给予学生的不仅是对人类社会和自身状况更深刻的理解，更重要的是能够培养起学生批判的精神和独立分析的能力。在商品经济和消费文化通过大众传媒制造新的文化霸权垄断人们的思维和生活方式时，培养有批判分析能力和独立意识的人应该是高等教育的重要目标。此外，社会性别学课程也有助于提高学生的社会性别觉悟。改造社会性别等级制是长期的事业，高等教育有责任培养出具有社会性别觉悟的人才在社会各个领域有意识地从事社会变革。社会性别学的课程设置不仅可以面向高校学生也可以面向妇联干部和从事各种与社会性别有关的研究项目的人员。未来高校的社会性别学应该成为实际问题研究人员的培训基地。

最后要对这门学科的名称做个说明。在国外，从事社会性别学教学的机构大多数称为妇女学，有一些称为社会性别学，而有一些研究机构则两者兼顾，称为妇女与社会性别研究所。最后这个长的名称是为了声明：对人类社会研究引进社会性别视角不意味着一种中立的立场，鉴于目前在大部分文化中妇女依然处于社会政治经济的边缘，社会性别学应该坚持对妇女这个弱势群体的关注。笔者完全赞同这个立场。为了追求文字简洁，为了突出社会性别这个新概念，本文中用了社会性别学。谨希望读者理解：社会性别学是以挑战男性中心的知识体系为核心，以高等教育领域为重要基地，以改造社会性别等级制和一切等级制并开创有利于妇女发展的社会文化环境为目标的一门社会立场鲜明、实践性强的学术，它欢迎男女学者的平等参与，并追求在开创一个新的学术领域过程中在学术界以及社会中建立起新型的社会性别关系。

（原载《社会学研究》2001 年第 5 期）

革命影片中的欲求与快感

王 斑

在革命电影中，快感只有完成对工具性的意识形态话语的引导才有意义。也就是说，在1949以后的中国电影中，在表面上的快感安排下，是意识形态的潜流在引导着观众。而这几乎是革命的、第三世界的新中国电影的主要机制或特征。

——影评家　马军骧

梁宗岱的崇高论为政治中无羁绊的、恣意的情欲释放而欢欣鼓舞。作为中国现代文化中的一条微不足道的支流，这一美学思想的产生是对“五四”运动以后的共产主义文化中不断受限、不断紧缩的激情和活力的反应。我这里使用“紧缩”并非指的是主流政治文化压制、排斥盎然的激情。相反，从某些方面来讲，它正是要竭力获取这种激情。对于个体清教徒式的、来自灵魂和情感的能量，政治文化不但不去压制，反而十分乐意通过政治的手腕去宣扬。它不断引导着这种能量，使其脱胎换骨，创造出崭新的个体，从而使这一能量不断得以循环，如同处理游离于有目的的历史进程之外的废品或者多余的材料。这一方法将个体带向了更为激情并且经常令人狂喜的心灵和体验的境地。共产主义文化并非仅仅旨在改变旧社会，它还要参与塑造合适的人物形象，构建革命的主体性存在，以娩出崭新的人类。从这一方面来讲，必须考虑个体的情感因素。情感的利用不但不会削弱，反而会强化政治身份，增强政治效果。这样一来，强烈的情感的宣泄成了政治文化的特征。伴随着庄严的号角和激昂的乐曲，该文化从艺术和文学的视角描绘了踏上革命生涯的个体。经历了不断的考验和失误，终于上升到历史主体崇高的位置。

正是在回收个体潜能、再造革命热情的循环中，在个体的生活和欢乐不断转移到革命体验的过程中，共产主义文化的这一特点经常为持否定态度的研究者和批评家所不屑。我完全是从心理分析的意义上使用“转移”这个字眼的。将个体的情欲转移到政治和革命中去，并非一定意味着用完全不同的东西来替代它或者除掉它。它可以意味着政治要求体验的丰富性和深刻性，呈现出性的内涵，成为血肉丰满的生活世界，它还意味着革命带来个人的满足和充实。这样，政治就被美学化了。按照斯洛文尼亚学者斯拉沃耶·齐泽克的观点，我们可以说人们喜欢政治的诸多内容，如国家、阶级、种族，如同喜欢自己一样。在这种个人与集体的天衣无缝的结合中，既有重重陷阱，又有共产主义文化和革命的种种吸引力。①

“爱国如爱己”② 这种政治欲望之欢情，没有比 1949 年到 1969 年之间拍摄的革命影片所提供的视听体验中来得更真实的了。将 1949 年之前的革命历程作为主题，革命影片无论是在艺术性上还是政治性上都比其他电影体裁优越。在制作这些电影的过程中投入了大量的集体劳动，倾注了无数的艺术创作。将个体脱胎换骨，转变成革命的主体的过程中，革命影片比其他的文化形式和文化传统有着更大的召唤。在视觉上，它冲击着你；在表现力上，它威不可挡；在情感上，它吸引着你。它触及社会的各个方面，遍及全国各地。因此，这些革命影片在建设大众政治文化的努力中发挥了最为有效的作用。这种文化旨在产生同一的政治意识，提供大众娱乐。

下面仅以《青春之歌》和《聂耳》为例，谈一下我对革命影片的反思。革命影片挖掘观众情感的源泉来营造强烈的美的氛围，而并非仅仅用来宣传革命的意识形态。在电影《青春之歌》中，在党的指引下，勇往直前的那一段历史的理念与个人的成长故事交织在一起，给人留下这样的印象：通过参与群众的事业获得情感的满足、争取自己的权利。在《聂耳》中，性爱被吸收、升华到为争取民族独立和革命成功的奋斗中去了。但是，情爱，主要是欲望，并非因此而被取代、消失，而是被编织进这些革命影片的情网中。

① 齐泽克（Slovoj Zizek）:《等待否定》（*Tarring with the Negative*），杜克大学出版社 1993 年版，第 200—205 页。

② 齐泽克（Slovoj Zizek）:《等待否定》（*Tarring with the Negative*），杜克大学出版社 1993 年版，第 200 页。

历史中的个体

与惯常的否定陈词相反，“文革”之前拍摄的中国电影具有很强的娱乐性。当然，娱乐同政治也是纠缠不清的：在中国，影片制作是国家大事。一个典型的例子就是：每逢国家成立周年纪念，毫无例外，会有影片作为贺礼献上。1959 年，为庆祝中华人民共和国诞辰 10 周年，电影制片人创作了大量的作品，献给了这个年轻的共和国。其中包括家喻户晓的《青春之歌》《林则徐》和《聂耳》。① 国庆献礼片让人想起那些再为熟悉不过的电影行业与政治千丝万缕的联系。20 世纪，凡是中央集权的政府无一例外地对电影制作颇感兴趣，这一点是司空见惯的。苏联成立两天后，即在国家教育委员会内设立了一个专门机构来主管电影事业。②

将电影与政治联系到一起经常会引起人们对那些由政府赞助的电影作品和其他艺术形式过分单纯的看法。从那些对赤裸裸地宣扬意识形态的影片否定批评中，经常可以听到诸如此类的观点。诚然，人们可以对这些艺术作品斥责、责骂，因为它们成为一国政治日程的一部分，已经令人不屑一顾了。然而，这种草率的否定态度无视这样的史实：中国革命影片对观众情感产生了巨大的、难以抹杀的冲击。假定我们视艺术为超凡脱俗、与政治毫无瓜葛，这样的观点只会让我们完全忽视一部与政治难分难解的电影作品的纯艺术形式和美学特征。毫无疑问，正是这些美学特征使得革命的意识形态——美学化了的意识形态——变得有血有肉。

将中国革命影片同西方影片作一对比是很有意义的。法国当代哲学家拉巴尔特曾警告我们，从柏拉图到黑格尔再到尼采和瓦格纳的西方美学思潮中，美学与政治的关联并不简单，即便常有邪恶的联系。将这一传统施加到纳粹身上，拉巴尔特认为，政治，尤其是集权政治利用艺术，并非仅仅为了达到宣传的目的。有一种形式的政治从本质上来讲就是艺术。在他看来，贝鲁思的瓦格纳音乐节包含了德国人民对美学的自我表达方式，呈现给观众的是“他们是什么，什么使他们如此这般”。按

① 该年度推出了 20 部电影。见陈立（Jay Leyda）:《电影：中国电影与观众记录》（Dianying: *An Account of Films and the Film Audience in China*），坎布里奇：麻省理工学院出版社 1972 年版，第 410—412 页。

② 陈立:《俄罗斯与苏联电影史》（*A History of Russia and Soviet Film*），普林斯顿大学出版社 1983 年版，第 121 页。

照此种方式去理解，政治并非仅仅是权力之争，还包括表达和展现，即担负起塑造种种形象、构筑不同身份、树立象征意义的框架结构、营造情感氛围的美学任务。按照这种方式理解的政治，就无须再跨越自己的疆域去从美学那里借进什么。相反，它本身就镶嵌在艺术作品中，本身就作为艺术作品构建起来的。① 这种美学、政治结合的观念提醒我们要注意许多被忽视的和令人困惑的问题，比如政治统治对大众的蛊惑、领袖的号召力，明目张胆地宣扬意识形态的艺术造成的情感效果以及无数个体对恰恰损害自己的政权的忠诚与心甘情愿做出的牺牲。

拉巴尔特的描述似乎与中国的经历不谋而合。众所周知，主导政治下的文学和艺术是具有强烈政治性的，它们服务于占主导地位的意识形态。毛泽东《在延安文艺座谈会上的讲话》在共产主义文化中具有崇高地位，它要求艺术家和作家要服务于革命和人民。不过，即使用毛泽东的标准来严格要求，艺术和相关的美学体验也并非仅仅是政治的附庸，并非仅仅是达到某一政治目的的手段。通过考察革命影片，我有意探索这一关系的微妙之处。在中国电影的诸多题材中，描绘 1949 年以前中国革命历程的革命影片最能说明美学与政治之间的密切关系。这一题材中的两个主题分别是：对历史的构想和对个人如何成长为忠诚的革命战士的描绘。这两个主题迎合了官方对中国近代史的看法以及在意识形态上对个人参与这段历史的必然要求。

革命影片从不同侧面鲜活地再现了那段历史，其震撼人心之强烈是小说和历史教科书所不能企及的。我在本书中还会从几个不同的方面来详细阐述这段历史。主要来讲，这段历史无一例外地起始于中国人民在帝国主义、封建主义和官僚资本主义这三座大山的压迫下的悲惨遭遇，然后，这些受苦受难的人民，同时又是历史的创造者开始觉醒了，意识到了他们所受的苦难，同情处在水深火热中的同胞们；这时，共产党犹如救世主一般，将他们动员起来，把他们变成为奋不顾身地去拯救历史、拯救他们自己脱离黑暗的动力。革命的历史就是一部史诗，充满希望，结局总是皆大欢喜，因为它遵循着历史将最终奔向共产主义的理想这一人们认定的、铁的历史必然性。

尽管革命影片描绘了阶级斗争、群众运动，用战争的宏大场面来

---

① 拉巴尔特：《政治小说》，第 97—98 页。

表现波澜壮阔的历史，那席卷而来的历史运动也常常被拍摄成个人的故事。革命影片中的一个美学特征就是以个体传记的形式来讲述历史。这并非意味着为了肃清、吞没个体，而给历史和政治披上个人传记的装饰。对这一体裁持否定态度的批评经常强调，具有独特的性别特征和禀性的个体消失在千篇一律的大众中间了，这就是可怕的“自我的集体化”。由于这种批评将自我推崇为应得的自主性，而把集体贬低为冷酷的压迫，所以，它对以下事实置之不理：即便一个已经集体化了的自我，不管事实上自我破坏到何种地步，在其明显的丰富经验和强度方面，仍然包含“自我意识”。实际上，革命历史的轮廓体现在个人的经历中，但是，这种经历也是作为私人成长和成熟的心路历程，作为政治文化的起点、革命身份的获得确乎是个体升华的过程而呈现出来的。在这里，历史故事与个人成长的故事融合在一起。

《青春之歌》很好地阐明了历史和个人的双重话语。影片的制作过程揭示出意识形态对共产主义文化的重要意义。甚至这部影片在问世之前，已经成为全国范围内的一件文化大事。著名小说家杨沫将这部为广大读者所争相阅读、津津乐道的同名小说改写成剧本。在媒体和人民大众仔细的审察下，文化部监督了这部影片的整个制作过程。影片由小有名气的影星且身兼文化部高官的崔嵬执导。上映后，该片获得了极大的成功，上座率很高，好评空前。①

尽管影片以先前的革命为题材，它还是“文革”之前制作的、为数不多的将知识分子描写为正面角色的影片之一。在毛泽东思想影响下的政权眼里，知识分子总是动摇不定。与其他关于知识分子的影片不同的是《青春之歌》在“文革”期间逃过一劫。②影片对知识分子颂扬的态度与更为传统的对英雄的工、农、兵的颂扬不相符合。它政治上免遭批判，文化上的出类拔萃让人颇感困惑。这就提出这样的问题：影片是如何将知识分子作为榜样来表现，而能相安无事的？答案要到塑造新人的教育活动中去寻求。这一活动与升华的艺术交织在一起。按照官方的阶级分析，知识分子是比其他任何人都需要进行思想改造的。

但是并非把思想改造作为单纯的说教。导演崔嵬生活中发生的一些事实或许暗示了为什么知识分子的这一形象是可以让人接受的。在评价

① 戴锦华：《电影理论与批评手册》，科学技术出版社 1993 年版，第 201 页。
② 戴锦华：《电影理论与批评手册》，科学技术出版社 1993 年版，第 202 页。

《青春之歌》时，崔嵬谈到了他情感上与女主人公林道静强烈认同。像林道静一样，他目睹了抗日战争那段动荡不安、血雨腥风的岁月。他理解她对前途的绝望、她思想的冲突、徒劳无获的求索以及她的欢笑与忧伤。他说林走过的道路就是他走过的道路。[①] 评论家在崔嵬的生活中发现了艺术家与革命的完美结合：他的艺术就是他的政治。[②] 这一点即使在知识分子和艺术家遭受抨击和迫害时也是如此。当其他的导演和艺术家忧心忡忡，不知道如何才能循规蹈矩，创作怎样的艺术才能使他们的作品和人身免遭批判时，崔嵬总是自信自己的政治冲动会自发地转化为得体的艺术表现方式。[③]

在崔嵬的一生中，艺术与政治的顺利结合在美学与政治的交汇层面上暗示着情欲同革命、个体同历史的隐秘联系。这种联系通过体现革命历史滚滚前行的个人的故事情节被编写进革命影片中：它标志着个体的长大成人。它包含着一个人的经历，通常是一个女人的经历（下面将谈及）。他们站在历史的外面，从一个无名小卒成长为具有健全人格的人，并获得由革命历史规定的政治身份，即历史的主体。

《青春之歌》讲述的是林道静从一个孤独、无助的青年女子成长为革命战士、共产党员的经历。她投身革命的历史从1930年直到1935年。革命影片经常描述这段民族危机日益加深的时期，因为很容易设计一段最初苦难、最终胜利的故事情节。但是，外在的历史只是对心理驱使下的个人成长的情节起到媒介的作用。在对该片做出杰出的研究中，评论家戴锦华注意到：该片开始描述的是主人公寻求生活的意义和内心的充实时孤独、无助的形象，结尾则是宏大的群众集会的场面。影片开始的片段讲述的是林逃脱父母包办的、牟利的婚姻和一个男人对她的性威胁后，陷入绝望中，试图自杀。一系列的画面展现了乌云密布的天空下咆哮的大海。镜头跟踪着林朝海边的悬崖走去。对她脸部的特写描绘了她的踌躇、思想的斗争和内心的绝望。这就是故事的开端，低调、凄凉、伤痕累累。与此形成鲜明对比的是：在故事结尾，林道静高高地站在火车上向人头攒动的人群挥手致意，表现了一位革命领导者高大、杰出的

① 杨沫：《青春之歌》，中国电影出版社，第244页。

② 马德波、戴光晰：《导演创作论》，北京电影出版社1994年版，第107—116页。

③ 崔嵬的艺术与政治之详述，见马德波、戴光晰：《导演创作论》，第107—116页。

形象。[①]

起初一连串凄凉的景象不仅传达了林可能面临的死亡，还包括遭受创伤的经历，这一经历对一个人能否独自支撑下去提出了怀疑。在男性主宰的社会里，她只被当作玩物，她什么也不是。但是，一旦脱离社会，断绝一切人际关系，她又发现自己处于茫然的境地，虽有情感、欲望，却无所适从。林的无助，读来像是"五四"时期的妇女普遍面临的、左右为难的处境，她们与旧式家庭决裂后去寻求个人自由时，却发现不知所措。这让我们想起了鲁迅在谈到易卜生的《玩偶之家》时，说到中国的娜拉出走后的命运时，提出了"娜拉出走后怎样？"的问题。故事到此，林不仅肉体离家出走了，精神也逃出了家门。因此，无论形象还是景物都从视觉上衬托了她心如死灰的情感，她既感受到挣脱牢笼的喜悦，又感受到混乱和破灭。她似乎成了荒原上的流放者，游离于历史之外。然而，在结尾时，林是作为众多"自我"组成的、蔚为壮观的群体中的一个"自我"出现的。因为与集体打成一片，她变得强大有力，集体给了她身份，给了她生命和意义，让她情有所属。似乎是集体让她充分展示自己的能量，并且满足自己的欲望。

在崔嵬的作品中频繁出现群众集会的场景，戴锦华将它们形容为"崔嵬之庆典"。我们从毛泽东《蝶恋花·答李淑一》一首词中可以看到些许此类喜庆的场面。它被升华到极致，所有的情欲和冲动都被引导至这一集体的目标。这种群体集会的场面在很多其革命影片中也具有特殊的位置，并且也确实是毛泽东时代的中国日常生活中一个常见的事件。"崔嵬庆典"通过将个体淹没在集体中并非一定意味着英雄的崛起和个体的消亡。英雄既属于自己又属于他人，这至少是这些场面造成的视觉和情感效果。英雄在集体的支撑下显得似乎更加强大，更加富有激情和自信。他或她的存在和行动因此有了意义、价值和希望，因而变得让人回味无穷。如果我们拒不接受甚至反感这一场面，把他们仅仅看作是搞政治宣传，看作粗制滥造、头脑发热的画面的话，我们需要提醒自己，人们大力鼓吹的个性所具有的精美、优雅、深沉的特性常常是个体在历史的某一时期脱离社会的结果，远非他们内在的卓越的品质。

电影《青春之歌》将林道静的成长作为一个教育过程搬上舞台，

---

① 戴锦华：《电影理论与批评手册》，科技文献出版社 1993 年版，第 204—205 页。

教育是显而易见的。并且在她阅读那些宣传革命真理的文章时，教育的作用得到了强化。电影中的一连串镜头向观众展现了她阅读那些由学生领袖且是共产党员的卢嘉川推荐给她的苏维埃进步作家的书籍。当她孜孜不倦、彻夜读书、学习时，那些特写向人们呈现的是她欢欣、振奋的表情以及从冬到春神奇变幻的背景。她向窗外望去，春色烂漫、鲜花遍地，顿觉心头豁然开朗，欢欣不已。

比革命书籍更重要的是活生生的历史本身。整部影片从头到尾，林道静不断从一种处境被抛进另一处境。她目睹了一件又一件具有重大政治意义的事件：从被击溃的爱国将士身上看到了日本的侵略，学生游行抗议不抵抗的国民政府，还有广大革命者的种种行动。这段鲜活的历史体现在一群党员身上，他们对林道静来讲更多的是起了榜样的作用而不是一群血肉丰满的人物形象。保罗·克拉克（Paul Clark）分析过革命影片，他写道：革命影片中的主人公慷慨激昂，他们坚信他们的革命事业一定会胜利，这使得他们举手投足之间都显得大义凛然。[①] 英雄绝对的自信可能会令更为重要的主题变得模糊，这一主题就是我根据评论家孟悦提出的革命影片中的成长故事：渴望成为英雄，向着英雄的目标奋斗。[②]《青春之歌》中的英雄是早已被人们认可了的英雄，他们在影片的故事情节中没有发生多大变化，对他们的心理轻描淡写，也无甚趣味。其作用并非是要显示他们有多么伟大，而是要展示他们对于那些后来的有志之士所起的榜样作用。这些功成名就的英雄不需要故事，他们的故事早已成为过去：他们的故事就是中国的革命历史，这段历史体现在他们身上。影片需要的是后来者的故事，这个故事讲述的是林道静怎样在革命中获得一席之地，怎样被推向历史的主体地位。对这一过程的叙事方式就是成长故事。在这里，历史的故事推动着个人的故事，不同寻常的英雄人物成为故事主人公，成了千百万观众的导师。

为了讲叙一个英雄人物是如何造就的，影片突出了林作为历史的见证者这一位置，从而采用相应的技巧来呈现她的内心世界。处在她的位置，恰恰可以目睹所有重大政治事件的发生。林坐火车前往北京第一次遇见学生抗日运动时的情景就是一个鲜明的例子。抗日的学生在火车站

① 克拉克（Paul Clark）：《中国电影》（*Chinese Cinema*），明尼亚波利斯：明尼苏达大学出版社 1991 年版，第 101 页。

② 孟悦、戴锦华：《浮出历史地表：中国现代女性文学研究》，河南人民出版社 1989 年版，第 126 页。

集会，准备前往南京请愿，请求国民政府抗战。学生的口号声一浪高过一浪，他们的领袖有的在精心策划下一步的行动，有的在同警察理论，还有学生躺在铁轨上试图以自杀的方式拦截火车。所有这些都如同发生在林道静的眼皮底下：她第一次听到这些口号声是从画外传来的，接着，她走出火车去看学生们的示威游行。镜头在人群和林道静的特写或半特写之间来回切换，突出表现了她那羡慕不已的双眼和备受鼓舞的面部表情。在这短短的二三十个连续的镜头中，有五个专门描写林的感受。

然而，不可能将所有发生的事情一一纳入林的内心感受，她无法将影片所展示的、更为波澜壮阔的画卷尽收眼底。此外，这些时间和人物的活动都各有它们自己的发展势头，并且对它们的讲述由镜头主宰着。林对这些事情的第一印象来自喊着口号的画外音，这些口号对她来讲是陌生的，与她的感受格格不入。在铁路边上的车站拍摄的几组镜头与林的视野截然分开。这样做既有表现现实的意义，又有象征意义。这些事件证明了那些她不在场的历史故事，这些历史故事的讲述者无所不能。而她只是一个旁观者，一个见证人，直到她加入党组织、积极参加革命时，她才真正成为这些事件的参与者，这些刻画林的内心感受的、不断重复的特写构成该片反复出现的美学主旨，模拟了一个感同身受的历史过程，同时暗示着历史外在的、客观的冲击力。归结到一点就是，作为中国知识分子的一个典型，林道静是这些历史画卷的旁观者。

情欲体现的美学化的政治

林道静的成长是情欲升华为革命理想的又一个例子。这提出了一个有关性别与情欲的问题。近来对这一领域的学术研究，经常将性别、情欲与隐私、个人、个性、欲望及女性特征联系起来。与之相对立的另一端是诸如政治、革命、国家等政治术语。由于后现代主义批评家不相信任何极权主义和冠冕堂皇的东西，他们更愿意将这些政治存在看作抽象的、压迫性的制度和行为，是用来对付那些边缘的、私人的、女性的和欲望的东西，并以损害了个体的形象而告终。以这组术语来对抗另一组术语这一模式的典型观点就是要揭示那些暗中为害的、让主流文化活动借以压制欲望的策略。

在对革命文学进行了深入的研究中，孟悦分析了《青春之歌》和几个版本的《白毛女》中带有性别特征的因素以及女性的欲望所经历的变化。她阅读了一系列改编的关于白毛女的故事，认为这些激进的作品抹杀了关于性别和情欲的问题，并将它们转化到抽象的、无个性特征的位置，或者成为阶级和国家的主观存在。在原创歌剧中，女主角喜儿仍然是一个可以自我支配的、女性的血肉之躯。但是，到了电影还有后来的芭蕾舞剧中，喜儿越来越变成了一个失去性别的政治象征物，与其说代表着一个能生儿育女的妇女，倒不如说代表着整个受压迫的阶级。在孟悦看来，这是一个脱离肉体和去除性别化的过程。在这一过程中，私人受制于公众，女性被中性化为政治，群体优先于个体。

就同一问题的研究，她在分析小说《青春之歌》时，贯穿着相似的立场。孟悦提醒我们，杨沫的小说重新唤起了“五四”时期青年女作家所采用的性别差异的传统。这一传统以讲述成长的故事为特点，突出表现为“女主角追求自由，最后不得不在她的理想和性别角色之间做出抉择”。[①]但是，在小说中，这一心理描写丰富、突出性别差异的传统再一次被立场鲜明的主导意识形态话语劫为己用。换句话来说，林道静的欲望被革命化了：她的性欲取向取决于她的政治信仰，她的政治信仰又决定了她该从政治立场的多种选择中选择去爱谁。她渴望能找一个共产党员作为她爱的对象，而对她原来自私自利的丈夫深恶痛绝。

孟悦的分析尽管比较独特，但似乎代表了在性别和情欲的框架内众多的、对中国文学和电影的解读。尽管我同情这些解读，我还是不禁想问，为什么某些共产主义文学，尽管试图去除性别特征和脱离肉体，使原本血肉丰满的东西变得干枯，使灵活的四肢变得麻木，却还能调动我们的感情、激发我们的想象呢？遭受压制，情欲将去向何方？假如无意识的愿望即使经受有意识的、最严格的审查和社会的压制也从来不会消失，并且总能找到某种隐蔽的方式倾诉出来，那么，遭受压制的东西如何回到共产主义文学中去呢？孟悦在描述喜儿重新获得了她失去的性别意识时，触及了这个问题：当红军和共产党出现并占领了村庄时，喜儿神奇地重新获得了性别意识。她那曾经无影无形的女性躯体重新出现，她失去的青春和美貌再次复原，她的白发重又变黑，她的生活空间从荒

① 孟悦、戴锦华：《浮出历史地表：中国现代女性文学研究》，中国人民大学出版社 2004 年版，第 126 页。

凉、神秘的破庙回到她的洞房。她重新做了女人。[①]孟悦对这一让人内心感到温暖的故事情节感到不满，认为这又是一个神话，一个妇女解放的神话，并把它同民族独立的神话联系在一起。

我提出另一种可能。我们应该记住，情欲并非单指某种在有意识的压制的掩盖下蠢蠢欲动的本能和肉体的力量。它是人的本能和肉体之灵的附着。肉欲来自纯粹的生物需求，而又与之截然分开。婴儿吃完奶吮吸指头就是一个典型的例子：吮吸着自己的手指来代替妈妈的乳头，从这样的幻想中似乎获得比身体的接触更多的快乐。对情欲作这样的理解是拒绝接受将身体的能量与社会的束缚作二元对立的划分，这种划分将情欲的力量看成类似于蒸汽机产生出蒸汽。当能量被堵住时，它就会爆炸，产生对身体有害的后果。情欲遵从社会规范。尽管它被认为是隐私的，它具有多种形式，它可以采用公开的形式来得到发泄和满足。真正的问题不是牺牲情欲，而是如何表现出来，在多大程度上被表现出来。假如我们换个方式解读，不是从情欲与政治对立的角度，而是从政治掩盖下的情欲的角度去理解；假如我们关注的不是情欲的政治而是政治的情欲，我们就有可能按图索骥，找到深层的、灵魂的根源。共产主义文化尽管从表面看来像清教徒式的，但是它以自己的方式与情欲有着千丝万缕的联系。尽管共产主义文化采用抑制政策，但是，它做不到，在事实上也不可能做到将情欲一笔勾销。相反，它与之相妥协，迎合它，并将它吸收进自己的框架内。共产主义文化之所以具有吸引力，在某种程度上恰恰是因为它包含了情欲。

《青春之歌》就很好地证明了政治是如何同情欲交织在一起的。在该部影片中大量涉及男女之间的情爱。影片开始的部分描述了林道静和她初恋的对象北京大学的学生余永泽之间的爱情。他们以对异性之间传统礼教背叛的姿态出现在画面中，迷人而又浪漫。林企图自杀，被余救下来之后，两个人经常在天气晴朗时去海滩散步。他们吟诵着雪莱的诗句，卿卿我我。这就是对“五四”时代的青年追求浪漫、渴望个性解放的“颂歌”。

接下来，影片似乎在描述他们之间的“浪漫”的爱情如何沦落到日常生活的琐屑中去。然而，问题的焦点在于林道静的感情从自私的余身

---

① 孟悦、戴锦华：《浮出历史地表：中国现代女性文学研究》，中国人民大学出版社 2004 年版，第 122 页。

上转到了心怀天下、心系革命的卢嘉川身上。影片暗示了林与卢之间愈演愈烈的私情。林是在一个除夕夜的学生聚会上遇见卢的，他们集会是为了讨论、抗议日本侵占东三省。不过，在这些政治画面的背后涌动着一股情欲的暗潮。几组镜头拍摄到了卢和林四目相对的情景，接连不断的特写则捕捉到了林目不转睛地看着卢给大家演讲时流露出来的崇拜的眼神。与刚开始的商谈、辩论的公开场合形成鲜明对比的是他们在人们散去后的对话情景：暧昧、柔和、情意绵绵。半特写的镜头里两人坐在对称的位置。画面沉浸在一片殷红之中，背景里燃着三支红蜡烛，烛台边上两只玻璃杯里摇曳着半满的酡红的葡萄酒。[①]

影片没有将爱情包裹进革命灰白的气氛中，而是极力营造情爱的气息。在卢被捕、就义之后，影片将林的爱情进一步升华。画面转到举世闻名的皇家园林——北海公园的湖边，林道静和她的闺中密友出现在那里。当被问起是不是共产党员时，林回答说要是的话，她“将是世界上最幸福的人！”接下来是伴随着轻松欢快的乐曲出现的画面。她拉着同伴的手，在另一个镜头中伴随着一阵活泼、欢快的钢琴声轻快地跑下汉白玉的拱桥台阶。这两个女孩憧憬着幸福，她们欣喜若狂、稚气十足。在另外几组镜头中，这种“快乐”显然被赋予了情欲的内涵。林给她的女友背诵了卢嘉川写给她的情诗。这首诗表达了他对林真挚的爱情和对未来能够在乌托邦的乐园里神秘结合的向往。不言而喻，林和她的女友都把卢当成了林的“新欢”。

尽管这是对一个已经去世了的人的爱，但是，没有被政治中性化，也没有被看作冷酷无情。相反，它展现了这爱的深切、辉煌。看不到这一点无异于对异性关系之外的爱和欢熟视无睹，无异于察觉不出个人的欲望在公众的、政治的和显然无性的外衣下采取的升华了的形式。我们从心理分析得知，欲望并非固定在一个对象上，它经常游离于多种选择中，不管是外在的还是内在的。传统的异性之爱只是欲望可以采取的多种形式之一。它产生于家庭的社会体制。从身体早期的对象选择（如同自慰一样），到母亲的乳房，再到其他重要的人（无论同性还是异性）以及通向抽象的理想和意象的所有途径，欲望贯穿于替代和升华多种多样、蜿蜒支离的过程中。欲望只是人类多种情欲的一种，它经常被错误

① 例子见戴锦华：《电影理论与批评手册》，科学技术出版社1993年版，第214页。

地等同于男女情欲。

革命影片的爱情有所不同。尽管革命影片中不乏男欢女爱的真实场面，但是，找不到真正描写男女性爱的镜头。尽管如此，对性爱的轻描淡写并不等于抹杀广义的性爱和欲望。《青春之歌》接近尾声时，林道静的爱情似乎得到了强化和扩展。在革命影片中最为感染人的景象莫过于和睦的家庭关系，亲密的同志友谊和手足之情、革命大集体节日般的欢乐。革命影片经常以革命群众欢聚一起、大家庭取代无数传统的小家庭的形象作为电影的结局——这就是戴锦华分析、提出的“崔嵬庆典”。这一模式可以将个体吞没进千人一面的群体中，但它还展现了个体在群体中的再生，再次证明了他的或她的能力、身份和欲望。戴锦华写道：投身革命，不仅意味着获得光荣的新生、获得生存的意义，还可以诀别于孤独、软弱与无助，同时，获得新的家园、情感、关注与力量。①在革命影片中这些象征性的大集体场面，在强烈感受的情感氛围和欢乐中，将革命群体成员联合在一起，而并非直接传播革命的道义或意识形态。即使在战争影片中，这也是那些为画面增色的人物和社会之间达到完全和谐的一种幻象。

> 电影通常以更大篇幅表现战争年代的和平生活：解放区节日般的欢乐、军民鱼水般的深情，战前的动员和请战、战后的欢聚与军营生活。这些场景欢快热情、诙谐幽默、充满了歌声和笑声。它将人民军队／革命队伍／解放区呈现为一个亲密无间、和谐幸福的大家庭：那是庇护弱小者的天顶，是畸零者的归宿，是地上的天堂和一切受苦人的家园。那是旧中国唯一的一块净土与乐园——“解放区的天是明朗的天”。②

虚幻的也好，想象的也罢，这些壮观的景象还起到了加强联系的作用，它比任何其他基于传播意识形态的社会联系意义更深远，联系也更紧密。马克思在讲到信仰共产主义的工人为了某种政治目的欢聚一堂时，描绘了这样一幅乌托邦的图画：一起抽烟、一起喝酒、一起吃饭的快乐以及相处的欢乐和谈话的愉悦，这些画面令在此类集会上指导和宣

① 戴锦华：《电影理论与批评手册》，科技文献出版社 1993 年版，第 175 页。
② 戴锦华：《电影理论与批评手册》，科技文献出版社 1993 年版，第 176 页。

传的政治口号黯然失色。这些活动并非热心于让人们感到只是为了达到某种直接目标的手段。相反，在觉察到要形成一个让人感到愉快的整体就如同一件艺术品一样，他们没有任何功利与私心。[①]这种集体的欢乐是建立在欲望或者美学范畴之上的，我相信这一点就是革命影片中出现的集会场面的主旨所在。

齐泽克认为，仪式中的情感表现代表了以美学为取向的意识形态。他论证，将一个国家或民族的成员联结在一起的纽带，暗示着一种面对快乐的共同的关系。这种快乐是由情感和幻想构成的。他将一个国家或者某一特定政治群体的形成视为从群体惯常的做法中产生的一种情感或愉悦模式。一个国家只有当它特定的欢乐不断地在一系列社会行为中被物质化，不断地通过搭建这些行为的国家的神话传播着，这个国家才会存在下去。[②]人们通常设想信仰、意识形态或教义的抽象的言论会逐渐被实现在群体仪式的美学特征中，这是不符合事实的。并不是这种国家的壮丽的理念产生了这种仪式化的做法和令人愉悦的效果，而正是这种愉悦的效果有助于在群体的脑海中投射出对这一高尚原则的幻影。

在艺术与政治、美学与意识形态的关系中，原因与结果的顺序在这里应该颠倒过来。美学的渲染和效果（这里指的是这些仪式产生的愉悦）成了创造它自己的效果的原因，即美学体验。忠诚于自己的国家就是共享别人所肯定的信仰，就是对自己同胞的信仰进行情感的投资，就是“相信我并非孑然一人，我是这个信仰集体的一员。我不需要任何外来的东西来证明或确认我的信仰的真理性”[③]。正是由于这种公众的愉悦和相互的信任才在革命影片中反复出现公众仪式的场面。因为在中国的大众文化中观看革命影片也是一种公众仪式，美学政治的这个结合点，解释了媒体为什么能够产生情感效果、产生幻想的力量以及在塑造政治觉悟和政治情感方面扮演着重要的角色。

（原载[美]王斑著:《历史的崇高形象——二十世纪中国的美学与政治》，孟祥春译，上海三联书店 2008 年版）

① 马克思:《早期著作》(Early Writings)，第 365 页，纽约：Vintage，1975.
② 齐泽克:《等待否定》，第 202 页。
③ 齐泽克:《等待否定》，第 202 页。

中国现代男性叙事中的恶女人形象

李 玲

受主流文化思潮的左右，中国现代男性叙事文学对男性人物善恶的评判尺度，首先与民族、国家、现代、革命等观念紧密相连。中国现代男性叙事中，男性人物之恶虽是多方面的，但主要集中于封建家长、乡村恶霸、军阀官僚、都市流氓等权势群体身上，体现在他们对现代青年、下层劳动者等代表“历史的必然要求”。[①]但暂时还处于劣势地位的人物的压制、剥削上，总体上呈现出一种政治化的价值评判特征。多数男性作家对男性现代人性的思考，都深深烙上进化论或阶级论的印迹。

不同的是，中国现代男性叙事对现代女性之恶的言说，首先集中于女性对男性的控制、欺压上，其次才兼带涉及女性人物各自的阶级之恶与个性之恶。在男性叙事者眼中，恶女形象虽也常常被纳入进化论、阶级论的叙事框架中，但她们总是被赋予谋夫、欺夫的共性特征。意识形态话语与性别话语的纠缠重叠，使得男性视阈中的现代女性之恶也常常免不了与欺压社会政治经济地位上的弱势阶层这一卑劣品格紧密相连，但是与男性之恶不同，女性之恶，在男性立场观照下，首先在于她们对传统妇德的僭越，在于她们对男性强势地位的颠覆。

中国现代男性叙事中的恶女，以老舍小说中的虎妞、“柳屯的”、大赤包、胖菊子，钱锺书小说中的苏文纨、孙柔嘉，穆时英小说中的蓉子，曹禺戏剧中的曾思懿，路翎小说中的金素痕为代表。如果不是抱着男权偏见，认定女性必须泯灭自我主体性、被动地等待男人的挑选、温顺地遵从男人的意志，那么，就可以从叙事的缝隙间发现，这些被男作家贴上道德红字布条的女人，她们谋夫的丑行其实不过是她们主动追求爱情幸福的勇敢大胆，她们欺夫的恶德中其实也透着女性做不稳女奴时

① [德]]恩格斯:《致拉萨尔》，载《马克思恩格斯论文学与艺术》，人民文学出版社 1982 年版，第 181 页。

垂死挣扎的辛酸。把女性之恶主要界定为她们对传统妇德的僭越，表明中国现代男作家对现代女性人性的价值判断，首先遵循的还是封建从夫道德，其次才是现代启蒙、革命原则。男性的启蒙、革命原则并没有打破囚禁女性的封建从夫道德，并没有真正把女性从第二性的附属性生存中拯救出来，并没有赋予女性与男性同等的主体性地位。

从文本的缝隙间，读出这些“恶”女被囚禁于封建道德牢笼中的性别压制真相，读出男作家竭力贬抑叛女背后的男性霸权心理、男性恐惧心理，打碎男性视阈臆造的恶女镜像，是对中国现代男性叙事文学现代性的有益反思。

一、把主动型女性妖魔化

中国现代男性叙事文学，一方面在春桃（《春桃》）、蘩漪（《雷雨》）、蔡大嫂（《死水微澜》）等主动把握两性关系的女性形象塑造中褒扬女性主体意识，另一方面又仍然在虎妞（《骆驼祥子》）、苏文纨（《围城》）、孙柔嘉（《围城》）等主动爱上男性的女性形象塑造中继承封建男权道德，鄙视“有心事”的女人，在对她们的咒骂、嘲弄中表达男权文化对女性主体性的憎恨、恐惧。现代男作家，经过“弑父”启蒙之后，已不愿再把安排女性性爱婚姻的权力归于“父母之命”，而是要把这一主宰权从家长手中争夺出来移交给与女性同辈的子辈男性。但其把女性当作纯粹是男性主体对象物的思路、否认女性主体性的做法，仍然是几千年男权文化传统的延续。

男性文本贬损女性主体性的常规策略之一是，通过叙事内外的点评把“有心事”的主动型女性妖魔化，使她们在男性视野中成为不可理喻的、带着危险性的异类，显得可怖可恨。这样，现代男性文本再一次确认了女性以被动为荣、主动为耻的传统女奴道德原则，背弃了从精神上解放妇女的现代文化观念。

《围城》中，赵辛楣对方鸿渐这样议论孙柔嘉：

……唉！这女孩儿刁滑得很，我带她来，上了大当——孙小姐就像那条鲸鱼，张开了口，你这糊涂虫就像送上门去的那条船。

像“张开了口”的“鲸鱼”一般可怕的孙小姐，其实并没有任何侵犯他人的恶意，只不过是对方鸿渐早就“有了心事”、有了爱情而已。女人一旦以自己的爱情去暗中期待男性的爱情共鸣，在赵辛楣乃至作家钱锺书的眼中，便成了要吞噬男人的可怖可恶之物了。孙柔嘉“千方百计”“煞费苦心”谋得方鸿渐这样一个丈夫的爱情追求，在赵辛楣的点评之下，罩上了一种阴险的气氛，让人不禁联想起狭邪小说中妓女对嫖客的引诱、暗算。赵辛楣的点评，一是承袭了把性爱当作一种性别对另一性别的征服而不是两性相悦相知这一野蛮时代的文化观念，二是承袭了男性为主体、女性为客体的封建性道德。它使得作品从根本上模糊了女性爱情追求与妓女暗算嫖客这两种不同行为的本质区别，遮蔽了女性的爱情是女性对男性世界的一种真挚情意、女性的爱情追求不过是要与男性携手共度人生这一基本性质，背弃了女性在爱情上也拥有与男人同等主体性地位的现代性爱伦理。

实际上，被赵辛楣视为张嘴鲸鱼的孙柔嘉，在男权道德的高压下，所能够做的也只不过是制造各种机会把自己的情感暗示给方鸿渐，并想方设法促使方鸿渐向自己表白爱情。至少在面上，她还是要把追求异性的权利留给男人，而竭力保持女性被动、矜持的形象。尽管如此“煞费苦心”地使自己合理的爱情追求隐秘化，孙柔嘉终究仍然没有赢得“好女人”的声誉。这首先是由于文本内有赵辛楣为首的男性群体以火眼金睛严密审视着女性的任何僭越活动，一旦发觉，便迅速对它作出不公平的妖魔化处理；其次，文本外，还有杨绛那一句广为流传的名言：

> ……她是毫无兴趣而很有打算。她的天地极小，只局限在围城内外。①

这成为对孙柔嘉的权威性评语，使得孙柔嘉难脱在婚姻家庭问题上精打细算的庸俗小女人形象，因而在可怖可恶之外，又增加了一层可鄙可怜的渺小来。但如果孙柔嘉果真是“毫无兴趣而很有打算”的女性，她何以独独会爱上方鸿渐这样一个不仅毫无心计，连基本的生存应付能力都欠缺，倒是充满了机智的幽默感，且心软善良的“不讨厌，可是全

① 杨绛：《记钱锺书与〈围城〉》，载钱锺书《围城》，人民文学出版社1991年版，第341页。

无用处”的男人呢？何以自始至终都能坚持“我本来也不要你养活”的女性自主性呢？虽然孙柔嘉在方鸿渐讲到“全船的人”“整个人类”这些人生哲理的时候，忍不住哈欠，体现出思维、兴趣的有限性，但文本在孙柔嘉与方家二奶奶、三奶奶这两位只会在“围城”内外搞家庭斗争的妯娌的对比中，在与认定“女人的责任是管家”的方老先生、方老太太的对比中，分明已经从叙事层面确立了孙柔嘉自主谋事、独立承担人生的现代女性品格，使她从根本上区别于在家庭小圈子内斤斤计较的依附型女性。《围城》的叙事层，实际上既与赵辛楣对孙柔嘉的不公正指责形成对峙，也与杨绛《记钱锺书与〈围城〉》中对孙柔嘉的鄙夷不相符合。而这文本内外的评点、议论，恰如层层枷锁，紧紧压制着小说的叙事层，使得叙事层中本来无辜的女性主人公在读者眼中变得阴险鄙俗。其实，即便是最让孙柔嘉显得琐屑凡庸的种种夫妻口角，也不过是婚姻中日常人生的常态之一，并非是由于孙柔嘉独具小女人庸俗品格才带累了并不庸俗的大男人方鸿渐。这种琐屑凡庸，正是人必然要坠入的一种生存境地，而不是女人独有、男人原本可以超越的处境、品格。也正因为如此，《围城》关于人生“围城”困境的现代主义命题才显得深刻且更具有普泛性。《围城》的这一深刻人生感悟正与其男权文化视角的狭隘、不公共存。认同赵辛楣评点的钱锺书与在文本外阐释《围城》的杨绛，他们的人生智慧，既深刻地洞悉到人生的荒谬，又深深带上男权文化对女性的偏见，遂成为跛脚的智慧。

具有性格主动性的女性，在中国现代男性叙事中被妖魔化是相当普遍的现象。《骆驼祥子》中主动爱上祥子的老姑娘虎妞长着一对虎牙又属虎，在作家老舍的感觉中显然就是老虎与女人的形象叠加。穆时英小说《被当作消遣品的男子》中，与叙事者、隐含作者合一的男主人公“我”在性爱游戏中不断揣摩着交际花式的女学生蓉子，暗想：

> 对于这位危险的动物，我是个好猎手，还是只不幸的绵羊？

这种把不甘于精神劣势状态的女性妖魔化为鲸鱼、老虎一般可怖可恨之物的思路，实际上是继承了野蛮时代文化仅仅把女性当作性消费品和传宗接代工具、不允许女性也拥有人的主动性的男权中心思维，同时还带着男权文化，把女性异化为非人之后男性对异物的恐惧感。这一贬抑、惧怕女性主体能动性的思维在东西方文化传统中都有深厚的根底。西方中世纪常有把不安分的女人谤为女巫烧死的事；中国古代易学经典中，也有阴居阳位不吉的说法。中国现代男作家延续这一把主动型女性妖魔化的男权集体无意识，体现了中国现代文学人性观念现代化在性别意识领域方面的滞后、艰难。

二、把女性主体性诬为是对男性主体性的压抑

在性爱叙事中，抹去男性主体性痕迹，也就隐瞒了女性主体性往往是与男性主体性共鸣的事实，从而把女性主体性诬为是对男性主体性的压抑，对之进行不合理的讨伐，是男性叙事诽谤主动型女性的又一策略。中国现代男性叙事仍然在相当程度上继承了这一源远流长的男性偏见和男权阴谋，以之制造着虚假的恶女镜像。

《骆驼祥子》中，祥子第一次与虎妞偷情后，自以为洁身自好的祥子——

> ……想起虎妞，设若当个朋友看，她确是不错；当个娘们看，她丑，老，厉害，不要脸！就是想起抢去他的车，而且几乎要了他的命的那些大兵，也没有像想起她这么可恨可厌！她把他由乡间带来的那点清凉劲儿毁尽了，他现在成了个偷娘们的人！

到底是祥子自己的欲望毁了他的清白，还是满足了祥子欲望的女人毁了他的清白呢？这里的关键是，性关系中，祥子到底是欲望的主体，还是仅仅被女性当作欲望对象的客体。事实上，那晚喝了酒之后，祥子对虎妞的绿袄红唇感到“一种新的刺激”，觉得：

> 渐渐地她变成一个抽象的什么东西。……他不知为什么觉得非常痛快、大胆，极勇敢地要马上抓到一种新的经验与快乐。平日，他有点怕她，现在，她没有一点可怕的地方了。他自己反倒变成了有威严与力气的，似乎能把她当作个猫似的，拿到手中。

这里，祥子显然也是充满欲望的性主体，而同样充满欲望的虎妞同

时也是祥子欲望的客体。也就是说，分明是祥子的欲望与虎妞的欲望相遇，才成一段好事的。两人在性关系中是互为主客体的，是平等的，并不存在一个没有责任能力的、被动的受诱惑者。事后祥子把自我欲望对自我人生观念的背叛归罪于虎妞，是对自己欲望的不能担当。而作家认可祥子对虎妞的迁怒，显然是继承了男权文化观念中男性既沉溺于性又恐惧性、把性归罪于女人的思路，不公平地把同等性关系中的女人归入淫荡祸害之列、让她为欲望承受道德鄙视。而满足了欲望的男性却被装扮成受诱惑者，成为道德要保护的受害者。固然，文本中暗示了虎妞并非非祥子不肯委身，有放纵之嫌，但是祥子难道又是认准了虎妞这个人才有欲望的？显然不是。他也不过是在虎妞身上看到了性这个“抽象的什么东西”、把虎妞当作普遍意义上的性符码而不是一个富有个性的人来看待。即便是有放纵之嫌的虎妞，在她爱祥子而祥子并不爱她，但又是双方自愿的性关系中，她显然比祥子奉献出了更多的情和爱。在性关系中，虎妞和祥子都是有各自的不完满，但在性这一点上是相互契合的一对男女。虎妞作为性对象，替祥子承担了男性对自己耽溺于性的恐惧，是祥子和作家对虎妞双重的不公平。虎妞仅仅被祥子当作性代码，甚至还复活在夏太太的身上。祥子与夏太太偷情时，他把夏太太感觉为“一个年轻而美艳的虎妞”。这就再一次暴露了虎妞、夏太太在祥子的性经历中充当性符码、性客体的真相，那么，也就再一次颠覆了祥子在性之中是被动受女性之害的男性言说。这样，祥子“经妇女引诱”的性经历，除了虎妞伪装怀孕、胁迫祥子成婚这一段确实是女性主体性无限扩张而压制了祥子的主体性、使他成为受害者之外，实际上是祥子受自己的性欲望摆布不能自拔而又在反思、判断上嫁祸于女性的经历。遗憾的是作品并没有在这一点开掘下去，并没有对男性欲望与女性欲望取平等对待的尺度，叙事者、隐含作者都一股脑儿地认同祥子把对自我男性欲望的恐惧替换为对女性的憎恨这一思路，轻易地放弃了对祥子、虎妞性心理的多方位审视，简单地借助于贴阶级标签、性别标签的办法，把祥子与虎妞错综复杂的性爱、婚姻关系武断地判定为剥削阶级女性对贫民男性的压制、剥夺，从而在对祥子温情脉脉的袒护中失去了小说的人性探索力度，在合理地批判虎妞追求婚姻过程中用欺骗、威胁、强迫手段的同时，又在对虎妞合理欲望的不公平诅咒中回归男权文化，把性归罪于女性的仇女立场，使得有着品格缺陷、但也真挚爱祥子、主动追求幸福的女性虎妞最终仅仅被简单化为伤害祥子的社会恶势力之一，成为作品完成既定社会控诉主题的一个简单代码，再难与男性主人公、隐含作者构成对话关系。小说的复调性由此也遭扼杀。

在叙事中隐去男性实际存在的欲望，就使得男性与女性互为主客体的性爱关系被阐释成是女性欲望单方面运作，并使男性失去主体性而沦为纯粹性客体的不平等关系，从而完成了对主动型女性的不合理指控。中国现代男作家仍在相当范围内熟练地运用这一祖传的叙事策略。归根结底还是男性作家在两性关系中仍然没有走出主奴对峙的思维怪圈，看不到女性主体性可以与男性主体性相互共鸣的事实，因而不免对女性的主体性充满恐惧和仇恨，依然在文本中织就诅咒女性主体性的男权严密罗网，通过抵御女性主体性来宣泄男性不敢、不愿与女性互为主客体的孱弱心理、霸权意识。

三、抹去主动型女性的生命伤痕

把主动型女性妖魔化，又把女性主动性谤为是对男性主体性的压抑之后，中国现代男性叙事否定女性主体性的又一做法是，抹去女性这一弱势群体在男权强势文化压制下辛苦挣扎的生命伤痕，从而使女性为生存而抗争的行为失去合理性依据，使女性在挣扎过程中产生的人性变异失去让人悲悯同情的价值，成为单一的恶行恶德。

入木三分地刻画出没落大家庭当家大媳妇礼教外衣下遮也遮不住的人性之恶，是曹禺戏剧《北京人》对中国现代文学的独到贡献之一，但他对曾思懿的人性鞭挞却因为未曾整合进女性视阈而不免充满男性中心意识的刻薄和把启蒙简单化之后的偏见。如果说曾家这个破落的士大夫家庭是个没有希望亮光的地狱，那么，阴狠歹毒而又胆小虚伪的曾思懿就是地狱中虐待囚犯的狱卒。但是曹禺在写出曾思懿作为狱卒之凶狠的时候，却对她兼为囚犯之苦视而不见，回避开了曾思懿不过是奴隶总管、再凶恶也脱不了女奴悲苦命运这一事实。

眼见丈夫与姨表妹愫方诗画传情、书信表意的爱情交往后，曾思懿屡屡威胁丈夫说自己要进尼姑庵，并逼迫丈夫说："我要你自己当着我的面把她的信原样退还她。"曾思懿阻碍曾文清与愫方爱情的可恶可憎行为，其实也不过是处于封建男权文化汪洋中暂时做不稳女奴者为保住女奴地位的疯狂挣扎。旧式女性的处境和旧式女性的思想并没有提供给曾思懿以跳出女奴生命轮回去做一个独立女性的生存可能。哪怕是没有爱的婚姻也仍是她的生存之本。曾思懿以妒的方式、以对同性的憎恨来维护无爱的婚姻、维护自己基本生存权的行为，从未得到男性作者的悲悯，只是被简单地归为一种恶毒品性。这就使《北京人》在对女性之恶的探索方面不及张爱玲的《金锁记》来得深刻、辩证。《金锁记》既写出曹七巧用黄金的枷角劈杀了几个亲人的变态、狠毒，也对曹七巧30年来困在“黄金的枷”中当女囚的压抑之苦有着冷静的同情，从而使得女性人性批判与女性命运感叹相结合，其批判的锋芒不仅指向变态的女人，而且同时指向扭曲女性、造就恶女的不合理的社会文化。曹禺在贬斥曾思懿的妒意中，维护了曾文清、愫方之间以心灵共鸣为基础的爱情，但同时在拒绝同情曾思懿中又扶持了不许女性妒忌的传统女奴道德原则，从而在批判封建士大夫文化的同时不免又回归于以男性为中心的封建男性性霸权观念，维护了不合理的性别秩序。

曾思懿后来安排曾文清娶愫方为妾的行为，在曾文清一句（激动得发抖，突然爆发，愤怒地）“你这种人是什么心肠噢！”的提示下，被演绎成是曾思懿对愫方、曾文清的有意侮辱，演绎成是她要长期役使愫方的阴谋。曾文清以及作家的这一判断显然忽略了曾思懿自身的利益逻辑。实际上，即使愫方不是曾文清的妾，曾思懿仍不会失去役使她的便宜。安排愫方作曾文清的妾，固然是对愫方人格的侮辱，但也是对愫方、曾文清恋情的成全。而纯粹受害的却只是作出这个决定的曾思懿一人。她将不得不压抑住人类渴求性爱单一性的本能，与另一个女人共同拥有一个丈夫。

> ……我告诉你，我不是小气人。丈夫讨老婆我一百个赞成。男人嘛！不争个酒色财气，争什么！……（《北京人》）

实际上，即便是精明凶狠的曾思懿头顶上也一直悬着男女性权利不平等的男权强势文化之剑。旧家庭大奶奶的身份、得不到丈夫之爱的实际处境，都迫使她只有通过迎合封建男权中心这一强势文化、委屈自己做好女奴来维护自己的基本生存条件。她既然不具备批判封建男权文化的现代思想理念，便只能在女奴的位置上羡慕男性特权，而又不得不无可奈何地为自己的性别自认倒霉、强迫自己用女奴教条来压抑自我生命。

> 不过就是一样，在家里爱怎么称呼她，就怎么称呼。出门在外，她还是称呼她的“愫小姐”好，不能也“奶奶，太太”地叫人听着笑话。（又一转，瞥了文清一眼）其实我倒也无所谓，这也是文清的意思，文清的意思！（《北京人》）

她所能争取的并不是与男人在性爱、婚姻中平等相处的权利，所能争取的不过是“太太，奶奶”这女奴道德所允许的一点可怜的名分，而且还不敢理直气壮地去争，只能虚伪地打丈夫的招牌。其可怜实在甚于可鄙！作家显然对她囚禁在家中只能随地狱而亡、永无出逃希望的女奴之苦缺少体谅与悲悯，对她面临做不稳女奴的人生困境缺乏理解与同情，甚至还把她力争做稳女奴的可怜之处亦歪曲为别有用心的可鄙可恶来鞭挞。这样，曾思懿在作家男性本位意识和启蒙简单化思想的引导下就无可避免地被抹去自身的生命伤痕，而沦为没有一丝正面价值的、不值得同情的纯粹的恶女。

对女性因处于女奴地位而受到男权中心文化压抑所产生的人性变异、所做的无奈挣扎，嘲讽批判有余、同情悲悯不足，是男性作家文本中普遍的价值倾向。《围城》中，孙柔嘉“千方百计”使自己的爱情追求隐秘化以保护自己免受男权舆论的攻击。这真实地再现了女性在强大男权道德压制下以分裂自我、扭曲自我为条件来保存声誉的情形。但男性人物赵辛楣以及叙事者、隐含作者，显然都对女性这一扭曲自己的无奈缺乏悲悯，当然也就不会溯源去批判造成女性人格扭曲的男权文化下的女奴道德准则，只是一味地把既不能泯灭爱情追求又不得不掩饰自己爱情追求的女人视为长于阴谋的可怖可恶之物。男性作家文本中往往因为女性视阈的匮乏而充满男性中心立场文化对女性的冷酷刻薄。其简单化的否定立场，由于放弃了对女奴的悲悯，实际上也就放弃了对造就女奴人性变异的男权中心文化进行追根究底的批判。

四、以喜剧的态度嘲弄主动型女性

男权叙事贬斥主动型女性的又一策略是，以喜剧的嘲弄态度把这些不守传统妇道的女性丑角化，使她们失去悲剧人物的崇高感。即使是她们的人生伤痛，也因此残酷地成为人们茶余饭后的笑料，失去人们的同情、理解。中国现代男性叙事以喜剧态度嘲弄主动型女性的方式主要有两种，一种是以夸张的方式，把主动型女性的外貌、言行漫画化；另一种是叙事者以评点的方式，对女性的主动行为进行嘲笑。前者以《骆驼祥子》《四世同堂》为代表；后者以《围城》为代表。无论何种形式，以喜剧的态度对待女性在两性关系中的主动行为，都表现出男性作家把女性主动性当作"无价值的撕破给人看"，在价值评判上复归于倡导女性被动性的封建男权道德，在性别观念上背离了人性解放的现代启蒙精神。而且，喜剧的态度，还体现了男性作家倚仗强大男权优势所产生的精神优越感，体现了性别关系上的既得利益者对受压迫者想改变自己弱势精神状态这一努力的轻蔑。

《骆驼祥子》《四世同堂》中的虎妞、大赤包、胖菊子等均是经过作家喜剧精神处理过的漫画式人物。大赤包、胖菊子是没有民族气节的汉奸，受到作家喜剧精神的嘲弄，本属理所当然；但是作家均赋予两个女汉奸以颠覆封建妇德的精神强势，把她们的"妻管严"与缺乏民族气节放在一起来讽刺、挖苦，这就体现出了作家在坚守民族气节的同时，又仇视、轻蔑女性强势精神的价值错位。精明粗犷、"好像老嫂子疼爱小叔那样"对待祥子的虎妞，一开场就免不了被画上丑角的脸谱。她擦上粉的脸，像黑枯了的树叶上挂着层霜。(《骆驼祥子》)而没擦粉的时候，黑脸上起着一层小白的鸡皮疙瘩，像拔去毛的冻鸡。(《骆驼祥子》)

这一脸谱化的丑化处理，体现的是男性作家对僭越性别秩序女性的强烈厌憎。虎妞因为愚昧导致难产而死，在《骆驼祥子》中是个悲剧事件，但作家对它的悲剧性感受仅限于把它当作是件祥子又要花钱而不得不失去车的倒霉事，而并没有赋予虎妞生命丧失本身以悲剧意义。作家的悲悯、同情仅仅指向男性人物祥子，而不指向道具性人物虎妞本人。哪怕在死亡面前，作家仍还是以喜剧的嘲讽态度对待虎妞。作家先以揶揄的口气夸张地叙述了虎妞在怀孕这件事上所体现出的愚昧、懒惰、虚荣，而后又让蛤蟆大仙陈二奶奶来画符顶香，最终让这一系列闹剧以虎妞的死亡作为结局，从而把中国民间生育文化中的"无价值的撕破给人看”，[1] 本来具有国民性批判的现代思想价值，由于创作主体在人物的死亡面前缺乏对女性生命悲剧所应有的悲剧性感受，这一批判便带着瞧她咎由自取的冷漠，而失去讽刺应是饱含着爱意的恨这一炽热情怀，不免流于冷嘲的刻薄。对男性人生伤痛的悲剧性体验，与对主动型女性生命毁灭的喜剧化处理；对男性人物的厚爱，与对女性人物的刻薄，在《骆驼祥子》中形成强烈对比。归根究底是作家的男权观念使他的人性意识中无法整合进女性视阈，并且滋养了他对主动型女性的反感、轻蔑。

《围城》以喜剧的态度嘲弄主动追求爱情的女才子苏文纨，其讽刺形式与《骆驼祥子》《四世同堂》不同。《围城》并没有把苏文纨的言行本身过度夸张化、漫画化，而是每当对苏文纨的言行进行一次符合女性心理的合度刻画之后，总是让方鸿渐从旁悄悄来一番否定性的心理独白，使得苏文纨动中有度的爱情举动在男性视阈的无情审视之下显出自作多情的滑稽相来，成为叙述者、隐含作者、隐含读者暗中共同嘲笑的对象。同样是刻画由于误会而自作多情的故事，女性作家凌叔华在《吃茶》中，就采取女性视角叙事，叙述者对女主人公芳影小姐的爱情渴求有细腻的理解与同情，故事的悲剧性压倒了喜剧性，小说由此获得了理解女性人生伤痛的思想深度。而《围城》的男性视角，把女性爱情失败的生命伤痛界定为咎由自取，甚至还是使男人产生心理负担的不应该的行为，使之完全失去了被悲悯、同情的价值，而成为喜剧嘲讽的对象。但男性人物方鸿渐误导苏文纨的种种爱意表达，诸如假装吃醋、亲吻她，等等，尽管确实是方鸿渐准确理解苏文纨的爱情之后有意作出的迎合，并不像是《吃茶》中的王先生那样纯粹是一种按照西方文化观念作出的实际并无爱意的礼貌举动，却由于作家的偏袒，完全免于接受道德审视，在价值上被评判为是一种善良的、易受制于女人的弱点，既在叙事上承担着误导女性使之淋漓尽致地出丑的功能，又在价值指向上产生嫁祸于女性的作用，成功地把男性不能把握自己的弱点归咎于主动爱上男性的女子。被方鸿渐不负责任行为所误导的女性苏文纨，其爱情冲动与爱情伤痛，在《围城》中并没有被放在女性的生命本位上加以掂量、评价。得不到男性世界认领的女性恋情，在钱锺书的眼中就成了应该“撕破给人看”的“无价值”的东西。这样，一个女人受男性有意误导

① 鲁迅：《再论雷峰塔的倒掉》，载《鲁迅全集》第1卷，人民文学出版社1981年版，第193页。

的、悲剧因素大于喜剧因素的爱情失败，就被钱锺书从男性本位的立场出发，作了完全喜剧化的处理后成了冷嘲的对象。从中可见作家审度苏文纨爱情举动的价值尺度：一是看它能否契合男性需求，也就是说看它能否被男性认领；二是看它是否符合压抑女性主体意识的封建男权道德准则。这就暴露了钱锺书人的观念中并没有整合进女性群体、依然坚持把女性作为第二性看待的价值缺陷。

把主动型女性妖魔化为可怖可恨的异物，又通过隐去男性主体性的做法把女性主体性诬为是对男性主体性的压抑，并且在叙事中抹去女性生命伤痕，从而放弃了对主动型女性生命困境的同情，并且以喜剧的态度居高临下地丑化、嘲弄主动型女性……中国现代男性叙事文学设置了重重男权罗网，使试图超越传统"敬顺""曲从"[①]女奴道德的、具有主动精神的女性被表述为是面目可憎的恶女人。这一叙事成果在有限度地完成女性人性的现代批判的同时，更多的是表达了男性对女性主体性的憎恨与恐惧，体现了他们压制女性主体性的男性中心思维，表现了现代男性作家对传统男权集体无意识的继承。这从一个方面暴露了中国现代男作家对解放妇女精神的现代文化观念的背叛，也说明了在性别意识领域方面实现人性现代化的艰难。

（原载《文史哲》2002 年第 4 期）

① （东汉）班昭：《女诫》，见张福清《女诫——妇女的枷锁》，中央民族大学出版社 1996 年版，第 2—3 页。

情感娇贵化：变化中的台湾性布局[①]

何春蕤

1987年台湾解严后释放出大量的社会力，各种民间团体和社会运动纷纷就各自的议题集结，催动社会变化。有些（例如工运）因为触及根本的经济利益结构，很快就被政府的高压政策打压摆平[②]；有些（例如政运）则组成反对党加入政局角逐，并于2000年达成政权的和平转移，开启两党竞争的局面。然而还有些民间团体，特别是一些出身基督教但刻意淡化其宗教背景并积极入世的妇幼团体，在社会解严变化的过程中逐渐进占道德高地[③]，透过媒体报道特定案例渲染大众情绪、唤醒最根本的成见和焦虑，逐渐建构出一个情感脆弱不稳的社会环境，更在公众论述中越来越以少儿的人身安全和身心健康作为诉求核心，将这些议题的文化想象从原先"性别取向"（gender-oriented）的情感建构，逐渐转向"年龄取向"（age-oriented）[④]，也在这个转向中渐次置换了所动员的情感内涵，促成越来越激情的民粹操作，推动一波接一波的立法修法，紧缩台湾社会的氛围。

在这篇论文中，我最关切的问题就是：什么样的社会氛围容许性的

① 本文为国科会整合形专题研究计划"现代情感及其行构与政治"以及"转变中的性别政治柢价"的部分结合研究成果。最初的概念短文于2010年12月18日上海美术馆"从西天到中土：印中社会思想对话"系列演讲中作为对主讲人Homi Bhabha有关文明与野蛮的回应，现在全面改写并进一步发展为论文，2011年6月21日于北京中国人民大学性社会研究所主办之"第四届中国性学术研讨会"中首度宣读。此次发表有小幅改写并调整题目。

② 其中最具历史意义的远东化纤罢工事件遭到强力镇压而失败，工运人士被起诉400余人，自主工会运动也自此随着台湾产业外移而衰微。可参见吴永毅《运动在他方：一个激进知识分子的工运自传》，香港理工大学应用社会科学研究所博士论文，2009。

③ 这些推动甚至主导立法的团体往往以民间团体的名称掩盖其基督教出身。已经成功建立己身影响力和公众形象的包括励馨基金会、善牧基金会、终止童妓协会（2010年改名展翅协会）以及这些团体串联其他基督教团体、家长团体、社教团体陆续成立的各种联盟（阅听人媒体监督联盟、台湾少年权益与福利联盟、少儿权益联机等）。

④ 参见《台湾性别政治的年龄转向》，何春蕤编：《转眼历史：两岸三地性别政治回顾》，中砺：中央大学性别研究室2012年版第223—226页。

法制化虽然严重侵犯台湾引以为傲的自由和人权却仍然得以在当下顺畅进行？这里所谓“性的法制化”指的是近年台湾所通过设置针对特定弱势妇幼主体的一些法律，包括《儿童及少年性交易防治条例》(1995)、《性侵害犯罪防治法》(1997)、《家庭暴力防治法》(1998)、《儿童福利法》(2003)、《性别平等教育法》(2004)、《性骚扰防治法》(2005)，等等。由已经可见的发展来看，这些法条带来的不但是极端保护主义的严刑峻法，更以绝对清纯脆弱的形象主导对妇幼主体的认知[①]。这个氛围的形成与操作驾驭了文明化的论述，透过媒体促进特定的公民情感形成，因而对政府和法律所执行的管制与排斥形成不但不抗拒，反而热诚响应的趋势。

在台湾的脉络里，一方面，经济的成长与转型催动了阶级上升的想望，强化了国族透过日常生活的细致规训而体现为公民的尊贵自许与主体性；另一方面，具有治理野心的公民团体则针对性的公共化，透过媒体和舆论的震荡沉淀，将公民的尊贵情感渐次转化建构出娇贵的主体想象[②]，使得严厉规范和检查言论的极端保护法律成为正当举措。这个情感结构的尊贵化与娇贵化构成了当代“治理”(governance)的重要面向，也深刻影响近年台湾的性布局趋势。

一、尊贵的新公民主体

1949年国民党政府迁台时，基本上是作为美国冷战布局的一部分以保障自身安全。而作为一个流亡政府，国际外交上的困境持续在人民之中产生局促不安的感觉，政府则以反共堡垒或自由灯塔等自我想象作为鼓舞民气的核心情操。20世纪六七十年代，台湾被整合进入资本主义全球加工体系内，人民的生活与财富随着台湾的工业发展与经济成长，对生存环境和自我定位的期许也开始提高。

1987年台湾解除了施行40年的军事戒严，这个历史分水点不但标记

① 对照现实中女性与少儿的性开放已经成为“社会问题”，这些法律的主体描述可说是对当代已经开始展现强大主体性的性活跃女性与少儿主体的一种保守回应。

② 中国大陆也有一个源自一胎化社会脉络的类似用语，那就是“娇气”。但是“娇气”是在年龄轴在线批评年轻一代“意志脆弱，怕苦怕累，或经不起批评”，类似台湾说的“草莓族”；而本文中的“娇贵”则是逐渐遍布全民的情感，是在阶级的轴在线表现优势蕴含的自豪定位。这不仅仅是个人感觉，更是与国族定位、阶级自许密切接合的集体情感。

了经济和工业生产模式因为政治松绑而得以升级转型，改变台湾在全球资本主义市场中的位置和性质，同时也在其后民主化运动的震荡过程中逐渐形成政治上温和细致的治理局势。在另外一个层次上，台湾经济的蓬勃实力逐渐被用来对照国族定位不明的焦虑和挫折，解严所释放出来的大量社会力则在民主化过程中被积极动员挑战统治权威，两者交互运作，一点一滴地烘托出一个自满自豪的公民身分想象。20世纪90年代中期台湾本土商品广告台词所自许的“尊贵的世界公民”，正补偿性地表达了这个新的自我定位和自傲。

不过“尊贵的世界公民”并非空泛的自我感觉良好而已，它其实包含了公民对自身的强烈期许，体现为随时自动自发的自我监控和自我规训，以便在日常生活中活出符合“世界”水平的文明高度，落实“尊贵”之名，这也构成了治理的群众基础。

解严之前并非没有对人民日常生活的规训。延续1934年至1949年“新生活运动”的现代公民教育传统，中华文化复兴协会于1968年推出《国民生活须知》，提供了从言谈说话到食衣住行育乐等方面的基本礼节①，架构起日常生活人际互动的基本经纬。1971年“中华民国”退出联合国之时，为配合蒋中正对于“庄敬自强”的指示，台湾省教育厅也于次年以《国民生活须知》《国民礼仪范例》《勤俭节约储蓄运动》等生活规范作为国民教育的重要内涵②。不过，这些项目主要是要求国民主体在日常生活中实践基本的礼貌秩序和卫生规条，强调的是一致性而无个别性，其主导情操则是糅合了传统礼节与现代化秩序的行为分寸，是所有国民都应该达到的指标表现，无关阶级排斥，也无关主体自傲。

然而在蓬勃的经济成长信心烘托之下，台湾解严后伴随尊贵世界公民身分而浮现的新规训，在内涵上至少有两个与前期很不一样的结构性发展，使得公民身份的“尊贵性”趋向清晰，也在日常生活实践中稳固下来。

这个新的公民身分的尊贵性，首先意味着华人社会本来以长幼辈分及远近亲疏为基础的传统人际关系阶序必须被松动，好让尊贵的自豪自

① 《国民生活须知》全文可见 http：//www.5doc.com/doc/459329（2011/05/27 浏览）。

② 原始文献请见教育厅（1972.02.28）。[教育厅提议台北市各界加强推行国民生活须知、国民礼仪范例、勤俭节约储蓄运动，函请本府转饬驻台北市各单位配合办理一案，报请裁示由。]《数字典藏联合目录》，http：//catalog.digitalarchives.tw/dacs5/System/Exhibition/Detail.jsp？OID=3583123（2011/05/27 浏览）。

信得以越过这些差异位置所包含的举止规范和情感限制，而成为所有主体都可以近用的现代情感特质。在这方面，第一个重要的结构性发展就是台湾产业结构剧变后的服务业人际互动模式，以及随之在日常生活中不断重复的互动消费实践，它们都使得新规训不再只是外加的强制和要求，而得以彻底融入主体的生活活动与内在自我情感。20 世纪 80 年代开始，台湾经济的转型已经有迹象可循，1984 年麦当劳快餐集团进入台湾，开创了青少年开始打工接受服务业规训的先河，也全面示范了新的服务态度和模式，间接形成了新的人际以礼相待的互动质感。服务业的产值在 1988 年首度超过了国民生产毛额的 50%，产值的持续成长，意味着越来越多人经历了服务业所带动的细致互动，养成了自信自持但是也自我检视、自我克制的人格[①]，更同时在日复一日的资本主义消费实践中反复认定自我拥有独立自主的选择能力。服务和消费的双重操练和相互印证，促进了自持而独立的新人格气质，个人主义的自我也淡化了华人传统社会辈分阶层伦理，进一步烘托出坚强自傲的主体气势，提供了尊贵自我的自律自持基础。

第二个结构因素则是台湾本土发展与全球化过程交互作用所形成的新阶层政治，它不但巩固了尊贵世界公民心态，也提供了具体挥洒的空间。1979 年台湾开放国民出国观光，次年开放大陆探亲及旅行社执照，1989 年万客隆、家乐福等大型卖场在台开业，旅游业的猛爆成长与全球商品的涌入，使得台湾民众在以全球为脉络的日常消费和休闲活动中亲身体验台湾经济实力的优越。1992 年台湾首度订定政策引入外国劳动力进入低阶劳动力市场，布满各种制造业、营造业、照顾、看护的工作职场和家庭空间[②]，20世纪90年代中期以后更有来自东南亚和大陆的大量女性婚姻移民落脚台湾，加入许多家庭的日常生活[③]。第三世界移住人口的存在具现了台湾的优势和可欲，也印证了经济和消费领域里台湾已经形成的经济与文化优势，族群差异和阶级位阶于是在朝野政治竞逐所撩拨的本土意识之下，转化成为台湾特有的公民尊贵感，深信自身已经脱出第三世界，跻身先进国的行列。

---

① 快餐业打工经验对主体内在自我的影响可参见何春蕤：《台湾的麦当劳化：跨国服务业资本的文化逻辑》。

② 2010 年的统计显示，台湾地区的外劳已达 35 万人，以印度尼西亚籍最多，占百分之四十，女又多于男。

③ 2010 年的统计显示，台湾地区的外籍配偶到达 45 万人，一半以上来自大陆和台湾地区。

如前所述，尊贵公民的想象在经济、文化等层面得到操练和认可，在政治上又持续受到逐渐高涨的本土认同所鼓舞，期待被尊崇、被尊重，对自我边界的维护也相应地转为严峻。近年台湾民众对羞辱挫折大幅降低了容忍度，对文明化的行为举止形成高度要求，不但公众人物在公共空间里爆粗口、讲脏话立刻会引起强烈的反感、会被全民围剿[①]，就连一般人也越来越不容忍任何言语侮辱。大陆三鹿牌毒奶粉事件时，台中市一位男子因土地纠纷而骂邻居“比毒奶还毒”，对方认为贬损了社会地位而提告，高等法院依公然侮辱罪判处拘役20天[②]。有国中老师在操场当着全校学生面透过麦克风训诫一名常迟到的学生说：“你是迟到大王，可以列入金氏世界纪录”，结果被学生家长告，判拘役40天[③]。一些十分常见的骂人用语都因为近年官司判刑的案例而转化成为具有法律后果的语词：骂人“看门狗”，罚台币5000元[④]；骂人“王八蛋”，判赔台币1万元[⑤]；大学助教骂不会选课的学生是“猪”，罚台币1万元[⑥]；邻居吵架顺口而出的“疯女人”，视情况判罚台币1000元到45000元不等；骂人“土匪”，判拘役25天[⑦]，骂人“无聊的查某（女人）”“思维有问题”，判拘役30天[⑧]；补习班老板骂班主任“胖胖丑丑像猪”，判赔台币10万[⑨]。一位陆军上尉公开辱骂女兵与其长官是“奸夫淫妇”，女兵提告，高等军事法院判决公然侮辱，处有期徒刑6个月[⑩]。

当面骂人导致“公然侮辱”罪，在网络上留下负面评语泄愤也可能致祸。有人生意失败后在网络上说合伙人是“贪婪的恶魔”“披羊皮的狼

① 掀起轩然大波的公然辱骂案例包括2008年3月陈水扁政府的教育部主秘庄国荣因中正纪念堂改名民主广场一事，公然辱骂当时的台北市长马英九是“娘”，是“小孬孬”，以及2010年11月7日电视政论节目主持人郑弘仪在五都竞选的助选台上以三字经辱骂马英九。这些案例引发社会哗然，媒体的报道更聚焦“坏榜样”“教坏小孩”的说法，强化公众对辱骂言论的高度警觉与嫌恶，也促使政客更加看重“风度”——也就是“尊贵”的公开表现。

②《骂人“比毒奶还毒”判拘役20天》，《自由时报》2010年7月5日。一般而言，六个月以下之拘役可易科罚金，一天折算为台币一千、两千或三千不等，缴纳完毕视同服刑完毕。

③《骂学生“迟到大王”训导组长被判拘役40天》，《Now News》2010年6月11日。

④《骂保全“看门狗”女罚五千元》，《苹果日报》2010年06月22日。

⑤《放请微笑，录影中告示牌 警卫挨骂 妇人判罚》，《自由时报》2008年7月28日。

⑥《助教骂学生豬 罚万元》，《苹果日报》2007年10月25日。

⑦《前高市议员赵天麟骂人土匪 判刑确定》，《自由时报》2008年9月12日。

⑧《骂“查某”算歧视 判拘30天》，《联合报》2011年7月19日。

⑨《骂人像猪 判赔10万》，《联合报》2008年2月26日。

⑩《骂女兵“奸夫淫妇”军官判刑》，《苹果日报》2010年7月20日。

露出狰狞面孔"，判拘役30天[①]。男选手三度在网络上留言说女选手"精神有问题""保持安全距离，以免被告性骚扰"，被判拘役40天[②]。教授在网络上骂系主任"黑帮成员"，遭判拘役20天，系主任余怒未消，回文骂教授"居心歹毒、恶性重大、实罪无可逭"，判赔台币100万[③]。有老师连续18天在学校网站以学生身份留言说同事是"疯母狗""黑心老师""不知收了家长多少钱"，被判赔台币50万[④]。有女大学生以不同的语气在别人的部落格留言"骚货、贱女人""同意楼上说的，她超贱的""哇，好多人留言，这女人好恶心"等，营造不同人留言的印象，被判拘役59天，外加罚款10万元[⑤]。

值得注意的是，这些话语其实都是一般人在日常生活中常常遇到甚至自己也使用的，过去觉得没什么，就只是发泄情绪、发表评论而已，但是现在越来越多人把这种话语拉上法院，而法院也相应做出惩罚的判决。这些案例在过去5年内显著的倍增，更得到媒体持续的聚光报道[⑥]，在在都反映了尊贵公民的自我维护不断转向严厉，也凸显出尊贵公民的阶级特质和权力取向：

第一，台湾的尊贵公民拥有越来越不能挫折、不能羞辱的自我，表面礼貌和善，但是情绪敏锐紧绷，对人际互动的分寸严厉看守，强烈要求"温良恭俭让"的社会氛围。更值得注意的是，尊贵公民不再自行协商处理人际的不和，有人出言不逊就打官司，由司法来追究到底。这种看似文明（也就是不正面冲突）的处理方式把更多权力让渡给法院，藉由司法体系的权力来制裁那些不文明的主体。法院的权威仲裁则逐渐建立起"文明语言""文明互动"的"绝对"标准，"公然侮辱"和"毁谤名誉"成为人际互动的禁区，越来越多语词用字以及背后的侵略、侮辱、争战等欲望冲动都被放逐到压抑之地，再也不能流露出来。那些欲望冲动所源出的社会矛盾和个人冲突不但没有得到处理，在官司风潮影响之下，原本可以用对话、论辩、笔战来斡旋的人际关系现在改为法律

① 《网络上用绰号骂人 挨罚》，《国时报》2006年9月18日。

② 《"小心被告性骚扰"判拘役40天》，《联合报》2010年7月20日。

③ 《不甘被骂 回呛反判赔100万》，《苹果日报》2011年1月28日。

④ 《骂同系女老师是母狗 系主任被判赔钱登广告道歉》，《联合报》2007年8月21日。

⑤ 《女大生部落格骂人 判59天拘役加赔十万元》，《中广新闻网》2010年6月3日。

⑥ 助理邹怡平统计媒体报道这类辱骂官司，在1990年代每年只有不到10件，但是从2000年开始逐年成长，2010年单单上半年就已经到达124件。

仲裁。尊贵主体因此是文明化的强势主体，不但自身不可表达冲动情绪，也构成惩治其他冲动主体的力量。

第二，尊贵公民不但要求他人以礼相待，遵守秩序，同时也对自我严厉要求，不只为了避免触法，更为了尊贵公民的阶级再生产。毕竟，要养成下一代尊贵的小孩，就需要纯净的生活环境，杜绝一切不当恶行，既然一切不良示范或不良材料都不能进入孩子的生活，那么所有成人也都必须严谨克制自我，以便打造这个纯净环境。面对一个少子化越来越严重、代间关系急剧变化、教养越来越难执行的时代，“教坏小孩”的罪名也越来越沉重，成人于是被要求学会自惭于许多过去做得很上手的成人行为（从喝酒到吸烟到色情到性爱到吵架到动手）。公民主体的尊贵性因此包含了极为强大的自制自律要求，更因为与当下以保护儿童之名所推动的净化社会运动合流，而形成了对成人言行的自我监控和自惭克制。

第三，尊贵公民主体的个人尊严和情感往往站稳了主流位置，在台湾民粹主义的手里进一步延伸扩大成为“民众观感”“民众期望”，成了左右司法的利器。过去几年，越来越多保守团体联手针对特定案件提出严厉的道德判决，高调的要求案子应该怎么怎么判才“合乎民众的期望”，媒体所配合的聚光报道则使得法院越来越感觉需要呼应隐约的社会义愤，做出符合民粹意见的判决，否则就会被骂成过时的“恐龙”法官，或者会被新设立的法官评鉴制度挑出来检视。在这种民粹压力下，司法很难坚持“依法”判决，而必须“参考”民意以及舆论所表达出来的所谓文明标准和正义规范，然而这些民意和舆论多半只反映了保守团体所煽动的报复型道德正义感或是面对新兴现象而生的焦虑恐惧。尊贵公民主体所投射的道德正义因此深刻的搅扰了司法的公正①。

上述分析显示，“尊贵”这个词描述了台湾经济政治现实逐渐调教出来的自信主体。这种自信可以是一种积极的力量，使主体自律自许，独立自主，进而促进一个文明相待的社会。然而正如上述所见，尊贵公民

---

① 2010年保守团体把女童性侵案之判决视为“轻判”，放过了性侵之狼，因而发动“白玫瑰运动”，驾驭强烈情感的正义要求，要求淘汰所谓跟不上庶民经验法则的“恐龙”法官，并且修订过时的“恐龙”法条，使得法律更容易成为道德的刽子手。可参见 http：//intermargins.net/Forum/2010/2010white_Rosehtml.2011年7月，一位日本在台女大学生疑似被出租车司机性侵，疑犯被法官允许五万元保释，再度掀起“恐龙”法官之说。群众对性侵案的仇恨情绪也不断被导向以“民意”“民众观感”，对法律和执法施压。

主体的尊贵往往并不止于体现为在台湾历史变化过程中形成的严谨自我（道德）规训以表现优越，而是也同时透过司法体系来对那些被视为不够尊贵的言行和他者施行禁制惩罚以维护良好社会环境。晚近儿少教养模式和生活风格方面出现越来越明显差异时，都看到尊贵主体集结动员台湾的司法体系企图消灭另类的实践①。

这个从“自律自许”向“禁制他人”的滑动，或许标记了“尊贵”的阶级竞逐策略。不过，值得注意的是，这个竞逐的操作并不是粗暴压迫的，而往往是细致的、文明的。

犹太裔社会学家 Norbert Elias 在其《文明的进程》（The Civilizing Process）一书中，曾经分析中世纪以降，欧洲失势的贵族阶层与新兴的资产阶层如何在逐渐稳定的宫廷社会里，以新礼貌文化和娇贵气质来竞争阶级优势，也在这个过程中扩散文明化的效应，为成形中的君主统一政权准备了平和自制的公民主体。Elias 指出，阶层动荡的时刻，力图优势的阶级会越来越表现对人际互动分寸的敏锐和警觉，对过去无所顾忌谈论的事物、动作、行为（特别是针对身体的各种自然功能以及性）产生了一种羞愧和难堪的感觉。情感的娇贵化因此有其阶级内涵②。

具体而言，以文明（civility）自居的尊贵情感使得主体一方面越来越敏锐地顾忌别人的评断目光，不断地自我检视、自我调整以展现优越；另一方面也对特定事物表现羞耻难堪以显示自身的感性比一般人敏锐娇贵，看见污秽就掩起鼻子、别过头去，面对性爱场面就表示羞耻恶心，任何不文明的景象据说都会使这样的主体受到震动惊吓。我认为这个“娇贵”的情感形构概念可以帮助我们进一步理解台湾当代尊贵公民主体的情感结构，特别是她们在面对日渐蓬勃可见的“性”议题时如何回应，如何转而促进新的立法执法，将非娇贵的主体与行为问题化甚至罪行化。

① 例如 2006 年桃园单亲爸爸吊篮喂食留在家中幼女的报道轰动社会，县府社会局很快就依中产价值的《儿福法》把女童强制安置到托育中心，终止了底层人民在有限资源下发展出来的生活方式，见《货车司机来去匆匆 单亲爸屋外吊食 喂二楼幼女》，《联合报》2006 年 8 月 28 日。高雄十岁男童暑假跟着爷爷打工帮忙铺柏油路，被媒体报道业主明显违反劳基法，终止了儿童自己选择的劳动生活。《10 岁童路上铺柏油　脚踩 120 度高温》，TVBS 新闻，2011 年 1 月 31 日。

② Elias，I：页 143–161；II：280–294.

二、极端娇贵的不舒服情感

如上所述，Elias 认为在新的文明化社会中，人际关系和互动的质变使得人们（特别是尊贵的公民）对他人的反应相较以往更加敏感，越来越要求顾及他人感受，不可粗暴傲慢冒犯，而要细腻的感知、自制、委婉、礼貌[①]。类似的文明化的进展，透过前述的服务业氛围调教以及新阶层体制的自我期许，目前在台湾已经广泛地深植在日常生活里，在各种生活规范习俗中，而且构成了家庭教养、学校教育、社会教育的重要内涵，更是人们自我形象和对他人评价的基准。在相互施加的压力门槛不断提高之下，人们开始彼此提醒注重良好行为，而表面上看起来温柔的提醒比嘲笑责罚更具有强制性的透过勾动主体的自惭来形成自觉和自制。Elias 曾指出，当控制自我的强制力不断增长时，人们对人际互动的分寸会越来越警觉，越来越小心，“对过去无所顾忌谈论的事物、动作、行为，产生了一种羞愧和难堪的感觉”[②]，连提到、看到、想到都会觉得尴尬。这个极为娇贵的情感状态正是文明化社会主体建构的重要面向。

值得注意的是，近年在台湾，情感的“娇贵化”很大一部分是由本地媒体生态的耸动倾向所中介的，其中最主要的操作领域则是蓬勃发展的“性”。

在“性”已然逐渐开放的台湾，身体的裸露和性活动的各种指涉都因为全球化的文化扩散和商品化风气影响所及而遍布公共领域，媒体和网络的近用则提供性主体自在现身告白的管道，使性的讨论或辩论广为散布分享。为了争取收视率和点击率，媒体及网络也在信息选择和呈现上越来越聚焦性议题或画面，采用各种露骨的图像（例如目前越来越普及的喇舌——深吻）[③]，透过感官的描述和呈现来吸引读者和观众。然而，由于“性”在公共空间里还是一个禁忌的议题，公开而强大的感官冲击很容易引来读者观众的批评，因此媒体总要摆出自清的姿态，在语言和版面上“预设召唤／建构最保守的读者，并且从最保守的道德观点来描述呈现

① Ibid，第 158 页。

② Ibid，第 159 页。

③ 少数事件在媒体的头版轰动处理之下使得“喇舌”成为老少皆知的热门名词。参见《女连长喇舌九下属 记过调职》，《苹果日报》2010 年 3 月 10 日。《补教天王 国道喇舌 高国华恋上美女师 惊爆已离婚》，《苹果日报》2010 年 8 月 5 日。

报道的内容”，以表示媒体是因为要“批判”所报道的现象而必须巨细靡遗[①]。另外，为了建构事件和现象的耸动程度，台湾媒体在报道这类新闻时并不止于据实报道，而往往会加上对当事人或旁观者情感响应的描述。例如报道暴露、边缘，或其他意料之外的性，主播总是会说旁观者都“吓坏了”，要不就是“脸红心跳”[②]。遇到在民间十分常见的节庆钢管舞者与酒客贴身互动，主播就义愤填膺地说这样的景象真是“不堪入目”“败坏善良风俗”，结尾顺便提醒主管单位“真该管一管了”[③]。这类戏剧化、情绪化的描述和评语频繁而重复地出现，不但直接断言上述现象的不当和可议，强烈地“性化”“问题化”本来寻常的场景，也在在暗示主体是十分娇贵的，是容易被惊吓的，是无力处理与性相关的任何信息图像的[④]。

媒体或许是想透过投射这个脆弱娇贵的视听受众形象，以其反差来凸显新闻的耸动和惊人效果，然而这样的投射却也创造了机会，让保守的民粹团体可以利用脆弱娇贵的主体描述来作为推动严峻立法执法的正当理由。其实，在 Elias 的分析里，文明（civility）状态的主导情感是羞耻、难堪[⑤]，文明化主体的娇贵主要表现为（朝向自我的）警觉、自制、稳重、不冲动，自动回避不文明景象，以显示个人的感性状态比他人更为敏感。这样的主体虽然娇贵，但是至少只是个人作态，还不至于要求世界因应这个娇贵的状态，扫除一切骚动情感的东西。然而台湾的文明

① 对于“冲动”的媒体建构，可参看何春蕤：《一场官司的诞生》，《台湾社会研究季刊》第 57 期（2005 年 3 月）。

② 2011 年 6 月 7 日《华商网—华商报》有一则报道，标题是《女子在公交上哺乳 惊呆男乘客》http：//www.tianya.cn/techforum/content/98/693493.shtml，过去妇女公开哺乳是很常见的现象，没有人觉得需要回避，然而今日人们看见妇女公开哺乳，会开始感到尴尬，媒体则用“惊呆”字眼来描述在场男性，更加使得哺乳成为不可见人的行为（连素来会趁此占便宜的男性也被惊呆）。有些国家在公开场所特别设置哺乳室，表面上看起来是照顾哺乳妇女的私密需求，但整体上却是使得哺乳羞耻化、性化、隐私化的文明措施。

③ 2011 年 7 月 17 日《苹果日报》以《立委摸男乳 自 po 脸书》为头版新闻，大幅报道男性立委到旧识选民家中烤肉同欢，因夏日炎热，选民大叔褪下上衣，立委则逗弄选民大叔奶头，让大叔乐不可支。视频上网后，女性立委立刻表示：“这种敏感、性暗示意味的言行不应 po 上网，这样是不良示范”；女性 NGO 秘书长则说“以性暗示手法开玩笑非常不恰当，应好好反省”。像这样的新闻报道不但快速地将原本平实可见的男性裸胸极度“性化”“圣化”，也再次以轰动新闻将各种性玩笑“偏差化”（偶像艺人的露点照是男性裸胸被性化的先驱，然而一般劳动男性的裸胸就可能被视为骚扰暴露变态了）。

④ 其实际效果就好像妇女团体积极而强力地放送性侵警语，日久也会逐渐使女性对可能的危险形成预期的、恐惧的心理，结果要不是被时刻的恐惧冻结了所有力量，就是在突发事件时完全无力回应。

⑤ 而那些引发这类情感的东西则应该被回避、被排斥、被放逐。台湾刑法 235 条有关猥亵色情的构成要件在大法官的解释中便是以这些负面情感作为基础：猥亵“乃指一切在客观上，足以刺激或满足性欲，并引起普通一般人羞耻或厌恶感而侵害性的道德感情，有碍于社会风化之出版品而言”。

调教却往往更倾向于召唤主体针对边缘现象，表达讶异、惊吓、焦虑、恐惧等强烈波动的情感，这是 Elias 谈文明化时完全没有碰触的新发展：在平静自持、规避露骨的文明化情绪下，建构了强大但自命脆弱而且随时可以恐慌发作的情绪。因此在台湾的文明化过程里，个人情感在面对“性”的时候出现一个结构性的变化：原本作为娇贵内涵的羞耻和难堪情感因着性的开放而普遍退出主导位置，代之而起的情感则是尊贵主体出于娇贵的无力感以及（针对边缘事物）相应而生的惊恐和义愤。这个情感内涵的转变当然和前述媒体操作将情感导向公开的道德表态有关，面对社会多元化的趋势，主体被提醒有越来越多不能理解或承受的性现象和性趋势出现，需要表态谴责。但是在台湾地区特别发展的是这种娇贵易伤的感觉更被保守团体的论述和组织引导转向国家，要求强而有力的政府提出政策排除边缘他者，以保障娇贵主体不受搅扰或伤害。

这个面向国家、依赖政府的主体取向，一方面反映了娇贵主体自许优势的阶级特质①，另一方面则暴露了其“忌性”“禁色”的倾向。所谓“忌性”的态度主要来自一夫一妻婚姻与一对一关系的性，它不但对“性”抱持“顾忌”“猜忌”“禁忌”“忌讳”等负面情感，也因一对一的单薄情欲而对他人的丰富情欲活力抱持“忌妒”情感。其公共行动面向则以“禁色”为主要操作，发动污名与相应的厌恶情感，集体推动严峻的立法执法，以消灭性地再现或实践。上述倾向也都使得娇贵主体很容易被民粹动员起来：保守团体借着媒体对个案的耸动报道，扩大描绘社会危机，以民粹操作制造一次又一次的性恐慌（从广告图像太露骨太性暗示，到新闻报道太写实、太夸大，到中学生玩性游戏太荒谬，到女童被性侵太可恶可怕，等等），激起群众的恐惧、焦虑、愤怒、仇恨和厌恶。在性恐慌中，“集体愤怒、找替死鬼的愉悦”使得原先散漫的、混乱的信念被组织起来成为政治行动②。这样的民粹氛围则使得原来性的私密和低调被强烈波动的情绪盖过：“外显的情绪不但越来越被接受，并且被视为当代政治的必要，因为它表达了正义的有志一同，要求国家政府的介入……公众表达的情感因为有着文化权威，往往可以施压政客、检

① 这里牵涉到晚期现代中产阶级面对文化与阶级再生产危机时积极发展的牧养／家长权力（pastoral/parental power），可参见 Josephine Ho，“Queer Existence under Global Governance：A Taiwan Exemplar，” positions：east asia cultures critique，18.2（Fall 2010）：537-554，特别是 544-548 页。

② Irvine，10-11.

警、媒体以及其他管制者响应强烈的社群争战”[①]。原本社会不同群体之间对“性”有着差异的观点和实践，性恐慌的操作则制造出整体社会必须共同捍卫核心价值以整治乱象的态势，也就是必须立刻将“性”严厉地法制化，才可能保护娇贵的主体不致受害。

过去15年内，这些针对“性”的公众情感和政治行动在台湾的保守民间团体操作下成功地修法立法[②]，设置了众多所谓“保护”妇女与少儿的法律；而且在一波又一波的“性恐慌—性立法”过程中建立妇女与少儿“极端娇贵”的形象，以正当化“极端保护主义”的立法精神[③]。从1995年的《儿童及少年性交易防制条例》全面监控净化网络讯息以保护少儿不接触性交易信息，到1997年设置的《性侵害犯罪防治法》扩大把肛交、口交、异物插入都纳入性侵的范畴，到2003年合并的《儿童及少年福利法》在实务上泯灭不同年龄层儿少的不同生活现实和需求，以少儿保护和想象作为管制成人世界的正当理由，到2005年设置的《性骚扰防治法》扩大以主体的“不舒服”感作为性骚扰的判准，到净化校园的《性别平等教育法》2011年有关校园霸凌的修法，和讨论中的性侵罪犯登记制度《台版梅根法案》——上述这些法条的基本预设都是以想象的女性气质与其柔弱易伤为原型，扩展到极端脆弱需要时时保护的儿童主体，从而将文明情感门槛和净化要求推至极致。而为了保护娇贵的主体，不但需要消灭各种实质的危险，也必须革除各种危险的再现，使得可能激动情绪的任何图像、语言、举止都彻底消失。[④]反过来说，如果任

---

① Ibid.，第2页.

② 这些推动甚至主导立法的团体往往以民间团体的名称掩盖其基督教出身。已经成功建立己身影响力和公众形象的包括励馨基金会、善牧基金会、（2010年改名展翅协会的）终止童妓协会，以及这些团体串联其他家长团体、社教团体陆续成立的各种联盟（阅听人媒体监督联盟、台湾少年权益与福利联盟、儿少权益连线，等等）。

③ 主体的极端娇贵与法律的极端严厉之间的关联正是在“极端保护观”的框架下建构的，这是宁应斌分析近期台湾少儿立法的趋势所提的概念，参见《极端保护观：透过儿少保护的新管制国家与阶級治理》。

④ 2011年6月7日，台湾立法机构三读通过了《性别平等教育法》修正案，凡是针对他人的性别特征、性别气质、性倾向、性别认同，进行贬抑、攻击或威胁行为都列为违法，像是“娘炮”“死gay”“娘娘腔”“男人婆”这些用语都算性霸凌，最重可以退学。这个最新的发展再次强化了尊贵少儿的娇贵，也在性的法制化进程中建起另一个里程碑。学生反应以后连开玩笑的空间也没了。《骂“娘”性霸凌最重退学 老师：有难度》，TVBS新闻，2011年6月7日，http://tw.news.yahoo.com/article/url/d/a/110607/8/2sw9l.html。台湾的酷儿社群则推出《娘力四射：反抗性霸凌，娘炮真给力》专辑，指出这类立法往往同时包含了对于“娘”等性别异类的排斥和消灭，因此真正需要的其实不是立法禁绝歧视语言，而是让诸多小娘炮们都能在校园里自在拥有也展现壮大自我、自我培力的酷儿动能。http://intermargins.net/Headline/2011_Jan-June/c_power/index.html.

何再现有可能会激动主体的性道德感情，那么就证明这些再现是会危及娇贵主体的，因此需要被法律禁止。就这样，主体的极端娇贵，性的可怕伤害，证成了性法律必须极端严厉[①]，而性法律的极端严厉，则证成了性的可怕以及其可能对娇贵主体形成的伤害。

从另一个角度来看，比起其他文明化社会形成的尊贵／娇贵主体，台湾的娇贵主体在妇女和少儿团体的操作下显得更为娇贵。Martha Nussbaum 曾经批判当代法律以羞耻和恶心等强烈情感作为立法执法的基础[②]，然而此刻在台湾，像《性骚扰防治法》等相关法律中作为构成要件的情感竟然是范围很宽广、强度颇轻微、意义很模糊的“不舒服”。反性骚扰法律原本是要保障妇女在职场中的平等地位，创造对女性友善的安全环境，然而在立法过程中却被各种妇女团体和国家女性主义者（state-feminists）大力建构并强化女性及少儿的情感娇贵形象，强调她们对于色情的信息、调情的眼光、有性暗示的笑话、贬抑的语言、不受欢迎的性邀约都会受伤，而最清楚的明证就是主体感觉“不舒服”。这个模糊的“不舒服”感因此成为新的立法依据，在其上建置了最强势的性骚扰防治作为保护：只要主体“觉得”“不舒服”，那就构成了对方的犯罪证据。从这个角度来看，目前冲高的“不舒服”感，其实是上述“忌性禁色”情结的低调强势形式：低调说明了它所选择的弱势受害者定位，强势则说明了受害者位置所宣示的不可挑战的道德优势。

这个模糊的“不舒服”感目前已经形成了新的情感门槛，逐渐改造着主体的人格情操，征召她们成为巡逻净化社会空间的强大力量，一个有着法律作为后盾的力量。在这样的监控之下，过去被当成粗鲁的、没品的、不雅的、不礼貌的许多不文明语言或举止动作，现在越来越被当成触犯法律的行为，随时可以提起诉讼，而且很快就被严峻处理。文明与否变成了法律上场与否的判准，文明就不再是品位、仪态、礼貌而已，而成了由法律来检视仲裁的对象。从聊天打屁时说的黄色笑话，到盯着女人上下打量欣赏，到捏小女孩的脸蛋说她可爱，到办公桌玻璃板下压着清凉照片，到无意识的跨间勃起，到不识趣的夸人漂亮——这些

---

① 台湾的媒体主管单位规定平面媒体“不得刊载有害少儿身心健康的内容”，包括描述犯罪、暴力、血腥、色情、猥亵的细节文字或图片；管理电子媒体的《广电法》与《卫星电播电视法》明列播出内容不得危害少儿身心健康，使得无数画面打上雾面或马赛克，严重妨碍成人知情的权利。虽说是防范模仿犯罪，但是更重要的效应则是暗示群众身心十分娇贵，不能面对这些人生现实。

② Nussbaum，4.

原来可能只是轻微令人不悦的举止，现在一步一步随着人们的感情趋向娇贵敏感而越来越被敌视，最后被直接纳入“违法”，由新的法规来处理。最近有一个小学六年级男学生闻了闻女同学的头发说很香，结果也被视为性骚扰，告到校方①。不幸落在司法之下的主体当然付上极大的代价，但是没沾到边的大多数主体也潜移默化地学会不再自在地随意地与人互动，而必须时时警惕，处处自制。

情感有其直观性，也往往被引申为真实性、基本人性，出自脆弱主体、针对成见对象的娇贵情感更有其引发义愤的说服力。此刻诸多展现极端保护观之立法修法执法正是在此得到其最具正当性的理据。

三、文明娇贵的治理

“富而好礼”或许是一般人对国族强大后的期许，然而“富”与“礼”显然都只适用于特定主体，而非所有人。尊贵和娇贵作为台湾当代公民的主要情感形构，固然使得台湾显示出高度的文明化和自持的优越感，然而“公民”概念本身富含的排他性在此是隐而未现的。例如不够公民资格的外籍配偶、外籍劳工或者公民身份存疑的性工作者、艾滋患者，等等。台湾的媒体报道常常自傲的提到台湾人对于“外国人”十分友善，然而深究之下却显示这里所谓的“外国人”只限于来自先进国家的白种人。来自东南亚的外籍劳工同样是“外国人”，却完全不被友善对待，反而常常被辱骂、被歧视。在这些时刻，外籍劳工的肤色、食物、生活都在在证明他们是不文明的代表②。尊贵／娇贵的阶级性、国族性，于是在这种选择性对待时才被凸显现形。

“富而好礼”的“好”是此处思考的真正关键。公民主体对于“有礼”的追求，究竟是止于对己身的期许，主动自制自律尊重他人，还是像此刻台湾的尊贵公民一般，以极端保护观的精神不断设置新的立法，严厉要求所有人都必须依照道德主流／优势阶级的文化价值来净化社会空间？此外，极端保护观还会扩张蔓延，不断强化主体的娇贵感，渗透社会各个领域，很多看似与性无关的事件，例如个人“虐”兔、“虐”猫、“虐”狗事件透过网络影像在媒体耸动曝光后，多半也会煽动大众情

① 《“头发好香喔”小六男童涉性骚扰》，TVBS 新闻，2011 年 5 月 8 日。

② 感谢长久研究新住民／移民的世新大学，夏晓鹍教授提示这里的例子。

感，掀起排山倒海的批判和惩罚，也同时强化了个人的情感娇贵气质，以至于对任何偏差的、违反常规的行为举止都越来越习惯性地觉得需要以强烈的厌恶和责难来响应，也进一步正当化法律的细密涵盖，深入社会生活的每一个层面。

公民身份的尊贵化与情感上的娇贵化，显然都倾向与最保守的道德情感唱和，也对国家的强权管理有所寄望。大众情感结构与国家管制模式于是在这个过程中两相配合，构成了当代“治理”（governance）的重要方面。从这个角度来思考当代国家在国际场域中的文明形象／名声竞逐，将可提醒我们注意国族政治下掩藏的社会控制和阶级压迫。

（原载黄盈盈、潘绥铭主编：《中国性研究》2011 年第 6 辑（总第 33 辑），台湾：高雄万有出版社 2011 年版）

女性主义：本土化及其维度

董丽敏

20世纪80年代以来，我们所谈论的“女性主义”其概念、其范围、其体系，很大程度上还只是停留在“西方女性主义”的层面上，伍尔芙、波伏娃、米尔特、克里斯蒂娃、西苏、斯皮瓦等一连串名字及其理论成果，构成了我们进入中国女性世界的主要路径，当然，从另一方面来说，也构成了一种“影响的焦虑”。西方女性主义，一方面是女性主义最为有力的精神支撑与理论资源，另一方面，却又构成了一种后者需要追赶与超越的障碍。这种内在矛盾，很大程度上，蜕变为女性主义的一种悖论性的发展姿态，他者/自身、发达国家/第三世界、文化霸权/民族自尊心等错综复杂地交织在一起，形成了一种多姿多彩却又千疮百孔的奇特景观。正是在这种景观中，女性主义“本土化”方面的问题被凸显了出来。

从宽泛的意义上讲，女性主义的本土化问题，似乎并不特别值得深究。因为，在跨文化的话语实践中，即使是异域的女性主义的翻译与传播，也可以看作是一种本土化的努力——无论如何，在翻译传播过程中，都包含着一定的前理解因素，也蕴蓄着某种本土需要的未来变数。但这些并不构成我们放弃“本土化”问题探究的主要理由，当中国的女性主义越来越远离本土现实成为一种话语象牙塔的时候，当这种倾向越来越成为各方可以质疑和诘难女性主义存在合理性与合法性的最好借口之一的时候，女性主义明显的欧化所导致的话语的脆弱与空洞，就使得“什么是真正的本土化”问题，无比尖锐地横亘在我们面前，使我们无法回避。

在理想的层面上，女性主义的“本土化”，应该意味着对本土女性生存经验特殊性的尊重与挖掘，意味着寻找女性本土言说方式的尝试，也意味着在对抗传统的菲勒斯文化基础上又试图摆脱西方女性主义“母亲”的双重叛逆的开始。但是，20世纪90年代以来，中国的女性主义，无论是转化异域资源还是发掘本土传统，其本土化努力却呈现出种种误区和盲点，影响了其走向进一步深化。

一、参照系：从制造“镜像”到观照自身

当我们谈论“女性主义”的时候，毫无疑问，离不开“西方女性主义”这一参照系。特别是20世纪80年代以来，西方女性主义不仅成为女性主义最重要的理论来源，而且也成为其效仿和追赶的目标。考察西方女性主义这一至关重要的参照系，很大程度上，可以使我们触摸到，中国的女性主义一开始是如何确立自己的本土化起点的，又是如何来规划自己的本土化进程的。

有着数百年社会思潮历史的西方女性主义，对于只有短短数十年女性主义探索的中国学界来说，构成了怎样的理论强势与心理冲击，这是不言而喻的：

> 我们都是在欧美求学和供职的中国学者。在我们的学习、教学、研究过程中，我们对西方妇女学和女权主义在各个学术领域中的发展有所了解。更确切地说，我们都在不同程度上得益于女权主义繁花似锦的学术成果和不断推陈出新的理论方法。尽管它们没有直接解答我们中国妇女面对的问题，但是它们开拓了我们的思路，使我们能从不同的角度思考分析问题，甚至改变了我们的思维方式。①

类似于上述这样将西方女性主义神圣化的表达，不仅是某一社群人的基本立场，甚至也可以把它看作是中国女性学界一种普遍的共识，它毫无保留地肯定了西方女性主义的学术成绩，也不无自卑地确认了自己的“学生”位置，但是，这样的中国女性学界对于自己弱势地位的指认，以及对于西方女性主义的向往与憧憬，真能作为女性主义本土化的起点吗？显然，这样的参照系确定是带着某种情绪化的成分在里面的。尽管这种情绪也是由对中国女性现实生存危机的清醒认识为基础生发开

① 王政：《社会性别研究选译·序》，生活·读书·新知三联书店1998年版，第2页。

来的，但是，其中所暴露出来的对他者文化身份的由衷认同，却是值得警惕的，也是需要引起我们反思的。在所谓具有普遍意义的客观“知识”参照前提下，“西方女性主义”可以抹杀地缘、民族、文化等诸方面的差异，成为一种不言自明的权威，成为一种评判的标准。其实在不偏不倚的“参照系”的形象下，也隐藏着一种强势资本全球化希冀制造整齐划一的知识图景的需要。因而无甄别地以文化身份认同作为建立参照系的前提，必然会使女性主义的本土言说出现某种偏离。

首先是基本判断的偏离。尽管西方女性主义主要是立足于女性/男性格局来展开自己的思考的。但是，一旦这种思考降落到第三世界国家的土壤上，我们还是能够感觉到其中的变异。海外汉学中的中国妇女研究，很大程度上，就使我们看到了这种变异就是现实。植根已久的“欧洲中心”或者“白人中心”的知识背景，使得她们对于中国妇女的生存状况的考察，无论如何很难摆脱那种以“文明”为核心的启蒙意识，因而她们对中国女性生活的把握，总是要笼罩在自身那种成熟的女性主义的优势阴影下，像“中国妇女缺乏女权意识”这样的观点，很长时间内构成了海外汉学的基本看法[①]。将中国现实定位在“前现代”阶段，可以说，构成了西方女性主义进入中国女性世界的大前提；因而女性主义更多还是在文明/愚昧、西方/东方这样的大格局内展开，而不是完全紧贴男性/女性这一基本性别框架的。有鉴于此，可以发现，西方女性主义观照下的中国女性生活，多多少少还是无法摆脱那种东方“奇观”的意味，在此基础上，很难真正建立起对女性共通悲剧性命运的相互认同。我们当然不能苛责西方女性主义这种知识视野的盲区——这种盲区现在即使逐步为她们自己所反思和质疑，也是难以克服的。但当这种盲区被中国的女性学界当作一种客观的参照系所洞察的真相的时候，我们却有充分的理由对此加以质疑。这样的参照系，不仅不能为女性主义的发展提供一种鼓励或者动力，甚至连是否能够映照出中国女性生存的真实面貌也成疑问。很大程度上，这种参照系已经失去了其作为“镜子”的最基本的功能了。

其次是本土化方向的偏离。对于西方女性主义参照系的全面认同，除了构成我们对于中国女性生存现实的基本判断之外，更为重要的，还

① 鲍晓兰:《美国的中国妇女研究动态分析》，载李小江等主编的《平等与发展》，生活·读书·新知三联书店 1997 年版，第 369 页。

在于暗示了我们无论是在思维方式上还是在未来发展方向上，都应该与西方女性主义保持一致。因为，在其预设的逻辑起点上，西方女性主义的发展经历了一个从萌芽到成熟的完整的新陈代谢的过程，而这正是中国的女性主义最需要弥补的。这样的逻辑是一种简单思维方式下的类比，是以忽视知识生产的特殊语境为前提的，会使中国本土成为“西方”这一空间的延续，使中国的女性运动变为西方女性运动滞后的翻版，从而湮没了其独特性。一直困扰中国女性学界的“女权主义”/“女性主义”概念之争，很大程度上，就使上述弊端呈现了出来：

> 从80年代以来，国内一些妇女研究者选择了“女性主义”来指称西方的“feminism”的译词，同时又出现了用“女权主义”来指称西方的“feminism”、用“女性主义”来指称中国妇女的理论与实践活动的现象。这一现象隐含着一种将中国妇女的实践同国际妇女运动的实践作非历史性的、本质化的区别的倾向。译者们担心这种将中外妇女差异本质化的倾向会在国内妇女研究者与国际同行的交流中造成思想障碍。①

从表层看，“女性主义”与“女权主义”的概念纷争，只是反映了一种翻译名词上的侧重点差异；实际上，却揭示了中外女性学界对于同一现实切入的角度与知识背景的差异，以及由此隐含的权力之争。“译者”所忧虑的，并不是“女性主义”这一名称是否切实的指认了中国妇女的性别要求，而是这一概念有可能使其无法与西方妇女运动进行沟通。结合其上下文来看，其潜台词就是，中国的女性理论资源本来就来自于西方，当然没有理由不与西方的女性理论在话语上、在思维方式上保持一致。这种思路，尽管重视了不同的“女性主义”中“女性”这一核心内涵的相似性，同时却也掉进了另一个泥潭：完全以相似性抹杀了差异性，将参照系置换为“真理性”的存在，将知识的传播完全等同于知识的生产，贬斥与无视中国女性生存的特殊性，剥夺了中国本土女性主义生存与发展的空间，明显就是把“本土化”当作了“西方化”的另一种形式。在这样的思路下，女性主义对于本土经验的言说显然在无形中被

① 王政：《社会性别研究选译·序》，生活·读书·新知三联书店1998年版，第10—11页。

消弭了。

我们并无意抹杀或否定西方女性主义所产生的重要影响，但应该将这种影响加以区分和控制。西方女性主义可以作为一种参照系出现，但是它不能而且也不应该阻碍和遏制中国本土女性主义的发展。所谓作为参照系是指，它就是以“他者”的面目出现，其作用就是在于提醒种种“差异”的存在，它并不等同于“真相”，而可能只是一种失真的“镜像”。因而，我们并不能完全以此作为介入中国女性生存现实的依据，当然更不能以此为蓝图来设计女性主义的未来走向，从而使自己沦为一种丧失主体意识的影子存在。

二、差异：从价值判断回到学理判断

无论如何，中国的女性主义与西方的女性主义之间，是存在着巨大差异的。如何认识“差异”，以及如何来利用“差异”这种资源，无疑是女性主义本土化的重要内容之一。因为，它涉及到底以何种立场和姿态来总结我们的本土经验，以及如何重新确立女性主义和西方女性主义的关系等问题。

从19世纪晚期出现的中国女性的觉醒一开始就自觉地依附在一个民族国家建构的梦想中，并且自此以后，一直没有得到独立的释放。“五四”时期，妇女问题被当作“人的觉醒”的一部分而受到启蒙知识分子重视，“女性”由此被纳入到整个社会变革的进程中。可以说，20世纪80年代以前的中国的女性解放一直是作为武器或者工具，被各种社会思潮所塑形、所利用。进入80年代以后，中国的女性主义逐渐向西方女性主义靠拢，更加强调女性主义的独立性，注重女性主义作为一种边缘话语的激进立场，发挥女性主义对于主流文化的断裂、颠覆与解构作用。中国的女性主义在定位上、在形态上、在功用上，前后形成了明显差异。这种差异与其说女性主义在发展过程中自身产生的分歧，还不如说是传统的“妇女解放”思想与西方女性主义的注入所形成的差异。

相当长的一段时间内，对于由西方女性主义彰显出来的这种“差异”，我们常常会给予一种负面评价。我们通常认为，中国的女性其实是20世纪中国“现代性”话语的一种载体而已，从出发点到归宿，更多的是与政治诉求联系在一起，而不是有效体现了女性的自觉和需要。因而我们会更赞同20世纪80年代以后那种“浮出历史地表”的女性主义激进书写，以为只有与主流文化形态断裂，女性主义才找回了自身。毫无疑问，在这样的评价中，一直拥有独立的女性主义传统的西方女性主义扮演着一个潜在裁判者的角色，很大程度上左右了我们的判断。

对西方女性主义参照系的质疑，使得我们有理由重新思考并定位这种“差异”是否只能停留于负面评价。我们发现，其实差异是随处可见的，即使是西方的女性主义，也并不是铁板一块，也存在着各种主义流派，也都存在着较大的差异。比如说，英国女性主义更为看重社会实践，因而像阶层、制度、底层这样的概念，是她们津津乐道的对象；而法国女性主义更为看重女性个体经验，对于压迫女性个体存在各种权力结构比较敏感，等等。但是，对于这样的差异，我们却很少给出孰优孰劣的判断，我们只是说，这两种不同的女性主义流派都体现出了各自不同的社会语境、文化传统的影响与要求，都是本国女性主义实践的一种结晶。

为什么中国的女性主义与其他各国的女性主义所产生的差异，不能从这个意义上去进行理解？其实撇开西方中心论所导致的先验的价值判断，我们完全可以把中国女性主义的发展看作是一个独特的个案。李小江在《新时期妇女运动和妇女研究》一文中就指出：

> 妇女与国家的关系，在西方女权运动中是一个弱点，因此长期以来是西方女权主义理论中的一个盲点。今天已有所弥补，这个弥补恰恰是借鉴了第三世界国家妇女运动的经验而实现的。在这方面，我们的实际经验和理论探索在今后国际妇女运动和妇女研究中具有重要的意义。[①]

与西方女性主义深深植根于个人主义文化传统不同，中国的女性传统总是与群体文化精神扭结在一起。可以说，中国的女性与女性观念，与其特殊的文化语境是密切相关的。中国的女性主义要想从中脱颖而出，当然也不可能撇开其前提，这一点即使是海外学者也已经注意到了。伊沛霞在《内闱》中就认为：

① 李小江:《新时期妇女运动和妇女研究》，载李小江等主编《平等与发展》，生活·读书·新知三联书店1997年版，第357页。

> 宋代妇女生活的语境既包括权力的结构，也包括帮她们给自己定位于这些权力结构内的观念和符号。它嵌在历史之内，其特征由社会、政治、经济和文化进程塑造并反过来影响那些进程。家族和社会性别体系毕竟不是孤立的存在的。强调妇女的能动性意味着把女人看作行动者。正如男人一样，女人占有权力大不相同的位置，她们做出的选择促使家庭和家族体系更新并产生细微的变化。①

这说明，中国女性主义的成长从一开始就没有往独立运动的方向发展，这既是一种生存策略设计的需要，也体现了以群体为本位的文化特点。从其演进的过程来看，应该说还是针对国情，是有效的。

这样说来，我们大致可以断定，中外女性主义各自的发展特点是不可替代的，也是不能相互置换的，因而对于其间的差异，不可能用一个共通的女性主义标准去加以衡量，去判定其价值高下与得失。西方数百年来蓬勃开展的女性主义运动的确提供了丰富的女性主义理论，的确达到了较高的水平，但这只是一种学理判断，而非价值判断；并不能据此作为我们更加认同西方女性主义贬低自己的女性实践的理由。如果一定要做出一种价值判断，那么也只有搁置在本国的女性主义发展历程中去加以定位。

因而可以认为，通过参照系发现“差异”仍然是有意义的，但是发现“差异”的目的并不在于“趋同”，也不是以先验的价值评判立场来判定其他形态的女性主义有“矫正”的必要，而是要立足于“差异”，去把握“差异”背后的本国女性主义发展的独特道路，从而促进各个地域、各种形态的女性主义多元发展，以自己相对独立的声音加入到女性主义运动的大合唱中去。

三、资源：从横向移植到内外整合

既然20世纪80年代以前中国女性主义的发展更应该被看作是一种与西方女性主义不同的道路选择，那么，由此来看待80年代以后中国女性主义更多向西方女性主义汲取营养的转向，也就变得富有争议。由此

① ［美］伊沛霞：《内闱：宋代的婚姻和妇女生活·自序》，江苏人民出版社2004年版。

就引出了女性主义本土化的第三个内容：今后中国的女性主义依赖的资源是什么？中国已有的女性传统以什么样的面目出现？

从今天看来，女性主义在80年代以后的转向是各种因素集体施压的结果：有对“公正客观”的参照系的膜拜，有对“差异”的自卑，还有一点，就是中国女性学界内在的焦虑。基于第三世界国家的现实，中国本土的女性主义从一开始而且在很长时间内，都有急功近利的倾向。急功近利不仅表现为我们心态上的急躁，那种急于跟上发达国家女性主义运动的迫切，而且还表现在，在这种心态下，我们很容易将西方女性主义理论简单化为一种现实解决方案。我们习惯于以“第二性”的理论去批判传统的男权文化，用“自己的房间”来强调现代女性个体经验守护的重要，以“边缘”“解构”“后殖民”来言说中国当下女性主义运动的特质……可以说，本土女性经验的言说，很大程度上，蜕变成了西方女性主义理论的实验场，而且这种实验，由于带着很强的现实针对性，常常沦为“缺啥补啥”的眼前行为——比如说，在运用“第二性”理论之前，我们不大会想到要去了解：它是在什么语境下诞生出来的，和什么样的知识生产背景联系在一起；我们的现实语境又是什么，是否有差别从而可能导致知识的变异……在这样的转向中，女性主义无形中便是以西方女性主义参照系的存在来取代自己的思考，以现成话语的消费来消解自己的话语创造，其知识生产的力不从心可见一斑。我们当然不能指望这样的知识体系能够真正契合中国女性生存的现实。也正由于这种契合度在事实上是大打折扣的，女性主义在中国本土存在的合理性与合法性也就很自然地被打上了问号。要想真正确立女性主义的存在意义，仅仅满足于话语拼贴，满足于西方女性主义提供的空洞的“女性”维度，显然是不够的。

如果我们将视野放大的话，会发现，其实女性主义的上述症状并不是绝无仅有的，它们也是20世纪80年代以来整个中国学术界出现的带有一定普遍性的现象。近20年来，中国的学术界相当程度上也被笼罩在浓重的西方话语之下，理论创新沦为理论的挪用与移植，原创力为话语游戏所取代或遮蔽，总体处在对本土经验近乎“失语”的境地。也就是说，尽管女性主义作为一种相当边缘的话语，其话语的构成与表现有一定的特殊性，但是从其缺陷的基本形态来看，更多还是与其文化语境保持着同一性。女性主义目前的困境与缺陷，主要还是与“中国本土”思想状况联系在一起的，而并非是由于其“女性主义”的立场所造成的。这就意味着，女性主义要想走出目前少有作为、人云亦云的误区，恢复自己对于本土语境的话语能力，恰恰并不能够依靠西方女性主义，并不是要加强女性主义这种话语的特殊性，而是要将自身问题的解决与中国整个学术界原创能力的培植联系在一起。至少在本土化的问题上，较之于西方女性主义，中国的女性主义与本国的学术资源之间的距离应该更近。即使是对抗和清算传统的菲勒斯文化，也并不意味着要全盘加以抛弃，而是要在注入新的性别观念的基础上颠覆其旧有知识结构，而不是无选择的一概消灭。

支撑这个观点的一个有力的证据就是，就西方女性主义而言，尽管也形成了一整套女性主义知识谱系，但是在其内部，各国的女性主义还是形成了各自的风格与流派，无论是英国学派、法国学派还是美国学派，如上节所述，它们对于性别问题的关注侧重点以及基本目标，还是有着鲜明的区别的。而它们之所以能从一元格局中脱颖而出，很大程度上，在于它们并不回避本土资源的浸淫。本土的女性传统自不必说，更值得我们关注的，是它们对于看起来与女性主义无关的思想资源的借鉴、改写与重组。英国女性主义之于马克思主义[①]，美国女性主义之于黑人民权运动[②]，所得到的启发当然是巨大的，尽管这种启发有可能是以批判的形式进行的；法国女性主义与解构主义的渊源，更是公开的秘密。德里达关于二元对立结构的“悬置”与“延异”理论，拉康之于文化象征结构的发掘，在女性主义审慎的立场下，构成了法国女性学派基本立足点与言说思路[③]。可见，西方女性主义的发展并不故步自封，本土其他思想资源事实上成为丰富与壮大其力量的有效途径。

这个观点的另外一个依据也许还可以用一个真实的个案来进行说明：著名的跨国连锁企业沃尔玛为了保持商品廉价水平，涉嫌非法雇用童工，遭到了美国一些人权团体的攻击和抵制，美国的女权组织亦是其中反应较为激烈者，她们不仅自己带头抵制，而且还号召其他国家包括

---

① ［美］罗思玛莉·佟恩：《女性主义思潮》，刁筱华译，台湾时报文化出版企业股份有限公司1996年版，第86—102页。

② ［美］伊莱思·肖瓦尔特：《我们自己的批评：美国黑人和女性主义文学理论中的自主与同化现象》，载张京媛主编：《当代女性主义文学批评》，北京大学出版社1992年版，第239—270页。

③ ［美］伊莱思·肖瓦尔特：《我们自己的批评：美国黑人和女性主义文学理论中的自主与同化现象》，载张京媛主编《当代女性主义文学批评》，北京大学出版社1992年版，第387~393页。

像中国这样的第三世界国家的女性也加入她们的行列。从表面上看，这样的行为无可非议，但作为第三世界国家的女性，我们却可以质疑其行为的立足点：在类似于世界女性大联盟的号召中，美国的女权组织是否将第三世界国家的女性生存特点考虑了进去？事实上，第三世界国家的底层女性作为廉价的劳动力，其福利待遇并不比美国的童工好到哪里去，一旦她们真的加入声援队伍，拒绝购买由美国童工生产的廉价商品，不仅会使自己的生存陷于困顿，更为重要的，会使那些更富有侵略意味的另外一些跨国公司的高价商品获得了合理存在的理由。这是否意味着，对于第三世界国家的女性来说，一种正义性的行为（声援童工）要以另一种更为根本的正义的行为（第三世界抵制跨国公司更多的经济剥削）的丧失为代价。我并不想讨论美国的童工与第三世界国家的底层女性谁更值得同情，只想说，任何一种理论都离不开其生发的土壤，都有其特定的丰富内涵，也都有其特殊的价值观照，这正是它存在的最为合理的理由。“女性主义”尽管立足于一种特殊的人群划分（男性/女性），但不能将其单一化，也不能将其孤立起来进行看待。地域、国家、民族、阶层、宗教等因素依然是其不容忽视的因素，它们共同构筑了“女性”的多元形象、多种身份，使“女性”从空洞的概念还原为富有现实性的生命个案。在同一个沃尔玛事件中，美国的女权组织与中国这样的第三世界国家的女性主义者所敏感、所关注的完全可能是两类人群、两类内容，这是完全正常的，不需要去统一的，女性主义其出发点与归宿只能是“中国女性”，是“中国”这一特定的文化空间与经济地域赋予女性的特定处境、特殊感受，而不是普泛性的“女性主义”的“中国化”，否则它将无法确立自己的价值立足点。

这样说来，加强而不是割裂与本土其他思想资源之间的联系，发掘本土多种资源作为养分，显然正是女性主义走出“失语”误区的当务之急。当然这并不意味着我们全盘折服在本土其他思想资源中，从而迷失自己的立场。只有当启发与批判以悖论的方式构成了女性主义发展的张力时，女性主义才能以观照本土同时又兼顾女性命题的姿态向前奔跑，才能一步步地走向本土化的彼岸，从而建立起真正适应中国国情的性别理论体系。

（原载《南开大学学报（社科版）》2005年第2期）

中国当代文学中身体叙事的变迁及其文化意味

陶东风

自尼采以来，西方那些为身体辩护的理论家、思想家一直是以批判西方现代理性主义（笛卡尔是它的理论先驱）的文化观念与规训机制对于身体的控制作为自己的政治文化诉求与合法性资源。远的不说，以合理性为代表的西方资本主义现代性（资本主义的工作伦理、禁欲主义）设置了种种对于身体的规训，它一直成为西方反理性主义的思想家批判的对象，也是后现代身体政治的核心。“迄今为止，计算理性（calculative rationality）一直控制着社会秩序的生产与维修，它同时将那些关于社会秩序的另类构想（alternative conception）贬斥为乌托邦式的和非理性的。然而，管理理性（administrative rationality）的压抑性功能已经不可避免地导致了危机的出现。”[①]西方那些弘扬身体与欲望的合理性的思想家常常把批判矛头集中指向这个管理理性。他们认为：“‘身体政治’（原书翻译为 body political，“政治身体”）是我们政治生命中的基本结构，它为那种处于深刻的社会结构性危机、饥饿以及异化的时代中的终极追求提供了基础：在这样一个时代里，人们深感有必要重新恢复政治权威和社会共识之间的那种首要联系。我们之所以吁求一种有关身体的逻辑，其目的在于向当今处于霸权地位的技术型和官僚型知识构成中重新嵌入一种关于人和家庭的生物知识（bioknowledge）常识，否则，个人和家庭的生活将被现代大公司经济及其治疗型国家（therapeutic state）所控制。”[②]问题在于，当我们切入中国文化与文学中的身体问题时，却不能机械搬用这种以资本主义理性化为批判目标的身体研究模式。因为中国的社会主义

① 约翰·奥尼尔：《身体形态—现代社会的五种身体》，春风文艺出版社 2000 年版，第 61 页。

② 约翰·奥尼尔：《身体形态—现代社会的五种身体》，春风文艺出版社 2000 年版，第 62 页。

现代性对于身体的规训，显然应该区别于西方现代性对身体的规训。中国的现代性的道路是具有中国自己特色的，具体到革命文学中的身体呈现，就不能不首先考察社会主义现代性及其“革命伦理”的这个重要的中国特色。

一、革命文学中的身体

社会主义的革命伦理（又称为“人民伦理”）是敌视个体身体的，社会主义的道德表达——“美好的未来”“美好的事业”“美好的时代”“美好的献身”剥夺了个体身体的价值。“历史发展的必然性”使得个体的身体“血肉模糊”并没有差异。①“革命伦理”也可以称为“献身伦理”，个体的身体成为“社会主义伟大事业”的祭坛上的牺牲，成为实现“革命目标”和“伟大的人民意志”的工具，是要“献出去”的东西。我们可以看到，在新中国成立后到新时期以前的“革命文学”中，个体的身体基本上是缺席的，文学作品中只有非常少的身体描写，即使有，也是千篇一律的政治—阶级符号化的身体，是作为集体身体（阶级身体）之符号的身体。“革命伦理”敌视个体的身体价值与身体感觉，革命文学几乎不描写特殊的个体化的身体感觉。

革命文学的身体叙事的另外一个特点是身体的阶级政治化。革命文艺有一套特殊的身体符号学体制、程序、惯例与等级制。人的身体特征（身体）被赋予了特定的、明确的政治内涵并被纳入价值等级秩序（它后来被批评为“脸谱化”)：无产阶级的强壮身体无论在道德价值上还是在审美价值上均高于知识分子的柔弱身体。这一点特别体现在所谓的“肖像描写”上面。知识分子的身体类型是：小白脸、弱不禁风、没有劳动能力；无产阶级的身体类型是：体格强壮、皮肤黝黑、熊腰虎背。请看我国第一部描写知识分子思想改造的长篇小说《青春之歌》中的一段余永泽的肖像描写：

> 卢嘉川站在门边，静静地看着余永泽那瘦骨伶仃的背影——他气得连呢帽也没摘，头部的影子照在墙上，活像一个黑黑的大圆蘑菇，

① 刘小枫：《沉重的肉身》，上海人民出版社1999年版，第85页。

他的身子呢，就像那细细的蘑菇柄，……深夜惨白的电灯光，照见他的细长的脸更加苍白而消瘦。

这是一个典型的、模式化的“知识分子”身体形象，作者通过卢嘉川的视点漫画式地突出了这个身体的特点：寄生性（弱不禁风、没有劳动能力），这是一个只会读几本文学名著、个人主义与小资产阶级习气严重的知识分子，与劳动者、革命者的生产性形成鲜明对比。无论是叙述人还是主人公（卢嘉川），在观看与呈现这个身体的时候带着明显的蔑视态度（作家、叙述者、视点人物在这里是高度一致的，卢虽然也是知识分子出身，但是却已经通过投身革命而置换了自己的身份，因而厌恶知识分子的身体），它彻底地颠倒了“劳心劳力”的传统等级。革命文学中的身体被极度地陈词滥调化了，所以人人都成为“相面先生”：一看人身体就知道他是好人还是坏人，是资产阶级还是无产阶级，是劳动人民还是知识分子。革命者的身体被突出塑造为生产性的身体，而生产性的身体则是只有无产阶级才具有的肉体特征。这样，人的等级划分常常就是人的身体等级的划分。比如在电影《决裂》中，在谁应该上大学，把上大学的资格给谁的时候，支部书记把两只手——一只是贫农子弟那双长满老茧的手，一只是知识青年那只光滑白嫩的手进行对比，把前者展示给大家看并宣布：“什么是（上大学的）资格？这就是资格！”

第三个特点是：在革命文化与革命文学中，思想改造与身体改造常常是结合在一起的。这里涉及革命与身体的关系：革命不仅是制度革命——用新的制度代替旧的制度，也不仅是思想改造——用新的思想代替旧的思想，革命也是身体改造——用新的身体代替旧的身体。革命的最终理想是塑造社会主义、共产主义的“新人”，这个新人除了有新思想，还必须有新的身体。资产阶级（包括知识分子）要想通过改造获得革命者的身份，首先必须获得无产阶级的生产性身体，就必须改造身体（劳动改造），这种劳动改造既是对于身体的重塑也是对于思想的重塑。这两种改造是同时的、合一的：知识分子上山下乡既是思想改造同时也是身体改造，思想改造通过身体改造（参加体力劳动，把知识分子的身体改造为工农兵的身体）进行的而且最后落实为身体改造，不同的身体特征与不同的阶级身体和政治身份存在一一对应的关系。从这里可以发现政治权力对于身体的铭刻。正因为这样，知识青年就热衷于身体的改造，大家比皮肤黑的程度、老茧多的程度、身体改造的程度成为思想改造程度与革命程度的肉体标志（我清楚地记得，我的哥哥甚至在回家休息的时候也要故意到太阳下面晒皮肤）。这是“身体内部的阶级斗争”（张闳语）。这方面的另外一个典型的例子是“反右”与“文革”时期的体罚与殴打改造，右派的改造也是对于身体的惩罚与改造，“文革”时期的阴阳头与高帽更是把身体的政治属性加以戏剧性的夸张与定型。

第四个特点是：无产阶级的生产性身体是男性中心主义的，它使得女性身体去性别化、男性化。“铁姑娘”成为那个时代理想的女性形象，所谓“中华儿女多奇志，不爱红妆爱武装。”这是另外一种男性中心主义的话语，由于“红妆”本来是女性的文化标识，所以否定红妆也意味着否定女性的性别特征。我们可以在张贤亮的小说《男人的一半是女人》关于女犯人的描写中发现这种服装的置换与性别的置换：

> 这里的女犯穿的却是与男犯式样完全相同的黑色囚犯服。宽大的、像布袋一样的上衣和裤子，一股脑儿地掩盖了她们女性的特征。她们成了男不男、女不女的动物，于是比男犯还要丑陋。她们是什么？！她们是女人吗？“女人”只不过是习惯加在她们身上的一个概念。她们没有腰、没有胸脯、没有臀部；一张张黑红红的、臃肿的面孔上虽然没有“劳改纹”但表现出一种雌兽般的粗野。①

必须指出的是，革命时代的男性同样是革命话语的受压制者与牺牲者，他们同样不能表现自己的个体化的身体趣味，同样没有按照自己的文化趣味与审美理想塑造身体（包括发型、服饰等）的权利。因次，笼统地把那个时代的革命文化等同于男权文化又是不够的，甚至掩盖了问题的实质。

最后，我想指出的是，在中国的特殊语境中，“革命”的身体实际上是反革命的。因为至少是在现代性语境中，“革命”的本义是边缘的、受压迫的力量对于支配性的压迫力量的颠覆运动。中国现代的“革命”同样是在这个意义上使用的。结合中国的特殊现代性语境，“革命”一词在社会主

① 张贤亮：《男人的一半是女人》，中国文联出版公司1985年版，第34页。

义现代性（包括制度与文化）确立以前，它是革命的，因为“革命”作为社会主义现代性的指符，是处于边缘的；但是在社会主义现代性确立后，真正意义上的“革命”话语实际上已经不再是社会主义现代性话语，因为社会主义现代性话语成为强势话语、主导话语、官方话语，但是“革命”这个指符却依旧沿袭了下来，这就造成了名与实的背离，“文革”时期被当成“反革命”的那些人实际上都是偏离于社会主义现代性（极“左”意识形态）这个主流话语之外或质疑这个话语的边缘人，即真正意义上的革命者，而维护既存的社会主义现代性秩序的人，却依然被当作“革命”者，虽然“革命”这个词这个时候已经失去它的颠覆与批判的含义。相反，被“革命”话语称为“反革命”的东西——任何对极“左”的社会主义的既存秩序的批判颠覆的要求、力量在“革命”这个词的本义上倒是革命的。这样，革命文艺实际上是反革命文艺，而革命文学中的无产阶级的身体，实际上也就没有那种通过边缘颠覆中心的批判性了（比如今天的女权主义者的身体要求，同性恋者的身体要求等）。

二、搞破鞋与反革命：《黄金时代》的身体政治

由于“文革”时期的革命文化与革命伦理具有把身体非个体化、标准化、阶级化的压制与规训的性质，因此我们可以理解，新时期的思想解放最初表现为个体身体以及身体欲望的解放：邓丽君的流行歌曲、长头发、喇叭裤、“奇装异服”都承载着这样的政治对抗意义。也正是在这样的语境中，我们可以理解《黄金时代》中的身体书写的政治批判意义。这部小说可以解读为通过身体——主要是性爱——来对抗那个荒谬时代的文本。小说中充满了意味深长的反讽。在小说中，王二是一个生命力非常强的人，他的生殖器巨大无比。而作为个体生命力之象征的巨大生殖器，既成为他的巨大麻烦——因为“革命”就是“阉割”个人的身体欲望，为的是培养驯服的身体，也成为王二反抗当时的“革命”文化的唯一武器，成为他抵制政治文化对他的身份剥夺、重新获得自己的身份感的武器，是他对于当时的荒唐的社会文化环境的特殊反抗方式。他的性爱是他存在的最好的证明。所以，在人们讨论他是否存在的时候，他在做爱；而在做爱的时候，是用不着去证明自己是否存在的。

本来，王二与陈清扬的性爱是当时的荒唐时代的荒唐闹剧，陈因为

是寡妇就被人们认定为“搞破鞋”，而她要王二证明她不是“破鞋”，王二说这是无法证明的：

所谓破鞋者，乃是一个指称，大家都说你是破鞋，你就是破鞋，没有什么道理可讲……别人没有义务先弄明白你是否偷汉再决定是否管你叫破鞋，你倒有义务叫别人无法叫你破鞋。

而这显然是不可能的。这就是那个荒唐时代的荒唐逻辑。既然不能用正常的逻辑驳斥荒唐逻辑，那么，就用荒唐逻辑抵抗荒唐逻辑：既然你们认定我们“搞破鞋”，我们就搞吧，我就让你成为真正的“破鞋”吧。于是他们两人开始“搞破鞋”。他们因此而被反复批斗，因为“搞破鞋”是“政治问题”。但越是批斗，他们就越是起劲地做爱；越是批斗，他们的情欲就越高涨，他们把做爱说成是“敦伟大友谊”：

农场里，每回出完了斗争差，陈清扬必要求敦伟大友谊。那时总是在桌子上。我写交代材料也在那张桌子上，高度十分合适。她在那张桌子上像考拉那样，快感如潮，经常禁不住喊出来……

有一次批斗回来，陈清扬身上的绳子解不开，到了场部以后，我索性把她扛回招待所，在电灯下慢慢解。这时候陈清扬面有酡颜，说道：“敦伟大的友谊好吧？我都有点等不及了。”

王二与陈清扬的性爱之所以具有极大的政治颠覆意义，在于他们的行为发生在那个禁欲主义的时代，这使得他们的性爱成为抵抗政治改造、思想改造的唯一有力武器。西方的许多激进思想家认为在资本主义社会，社会权力出于专制控制的目的，使个体的欲望屈从于理性，在他们看来，社会解放的前提是身体及其激情脱离心理和社会的控制而解放。我们可以看到，中国社会主义现代性在这方面比资本主义的现代性有过之而无不及。

三、反抗现代性：身体书写的民间文化立场

在先锋文学中，莫言小说的身体描写是非常突出的。莫言张扬原始

生命力，而这种原始生命力的载体就是没有被现代文明规约的身体。在他的小说中，身体充满了野性，出没于天地之间，紧扣着自然节律，孕育着无限的生机和活力。这使得莫言小说的身体书写充满了浓厚的民间文化意味。这种颇富前现代色彩的民间文化使得莫言的身体叙事具有既有强烈的反现代色彩，又有强烈的非政治化倾向，且不同于90年代后期出现的消费文化语境中的色情文学。

首先，身体和生殖的自在统一关系是民间文化的突出特征，也是莫言小说身体叙事的重要特色。莫言的小说中，生殖现象是身体的自然性的体现，与生殖有关的身体器官和身体行为得到了空前突出的描写，比如乳房、生殖器、排泄、粪便、生育过程，等等。与现代消费社会中的身体不同，在民间文化中，身体，特别是与生殖有关的各种身体器官（比如乳房），还没有成为单纯的观赏性物件与视觉消费对象（比如我们在今天的非常性杂志和广告上见到的女性身体器官）。这点既使得莫言小说充满了在此前的当代文学作品中根本无法想象的大量身体描写，而且使他的身体叙事区别于后来消费性的所谓“身体写作”。莫言小说反复出现的乳房，就是与它的生殖和哺育功能紧紧联系在一起的，绝不是单纯的观赏物。这点在《丰乳肥臀》中表现得最明显。《丰乳肥臀》是女性生殖能力的颂歌，大量对母亲乳房的描写使这部小说成为乳房的赞美诗。小说中那位母亲（上官鲁氏）的乳房具有不可思议的力量，这种力量直接来自它和生命的关系。那个永远离不开母亲乳房的主人公“我”（上官金童），十多岁了仍然坚决拒绝断奶，拒绝母亲给他准备的替代性的乳胶奶头，因为“没有生命的乳胶奶头当然无法跟母亲的奶头——那是爱、那是诗、那是无限高远的天空和翻滚着金黄色麦浪的丰厚大地——相比，也无法跟奶山羊的硕大的、臃肿的、布满了雀斑的奶头——那是骚动的生命、是澎湃的激情——相比。它是个死东西，虽说也是光滑的，但却不是润泽的，它的可怕在于它没有任何味道。”乳胶奶头甚至无法与山羊奶头相比，是因为后者毕竟还是有生命的。“臃肿的、布满了雀斑的山羊奶”在重视观赏性的现代消费文化语境中是不完美的，甚至是丑陋的，远远不如没有生命的人造乳房好看（尽管不中用），但却有后者没有的骚动的生命与澎湃的激情。

其次，崇拜生殖必然凸显下半身的重要性。在民间信仰中，一些被现代城市文明所鄙视的东西，特别是与下半身相关的东西，常常有神奇的功效并受到崇拜。在巴赫金关于拉伯雷小说的分析中，下半身的这种作用得到了非常精彩的阐述。巴赫金指出：民间狂欢文化的实质是物质—身体的狂欢，充满了对下半身的崇拜：生殖器、粪便、肠子，等等。“在拉伯雷的作品中，生活的物质—肉体因素，如身体本身、饮食、排泄、性生活的形象占了绝对压倒的地位，而且，这些形象还以极度夸大的、夸张的方式出现，有人称拉伯雷是描绘‘肉体’和‘肚子’的最伟大的诗人。”① 上半身与下半身、肉体与精神、大地和人的分离本身就是现代性的建构。无论是人的身体还是大地，在现代理性文化的等级划分中都是代表“下”（与代表“上”的“精神”“灵魂”“天”相对）。而在民间文化中，人的存在首先表现为形而“下”的存在，表现为紧紧附着于大地的身体。巴赫金说：“一股强大的向下、向地球深处、向人体深处的运动从始至终贯穿了拉伯雷的世界，他的所有形象、所有主要情节、所有隐喻和所有比较，都被这股向下运动所包容，整个拉伯雷的世界，无论是整体还是细节，都急速向下，集中到地球和人体的下部去了。”②他进而指出：“指向下部为民间节庆活动和怪诞现实主义的一切形式所固有，向下、反常、翻转、颠倒，贯穿所有这些形式的运动就是这样的，它们上下换位，前后颠倒，无论在直接空间意义上，还是在隐喻意义上。”③

这个分析完全适合于莫言。莫言小说充满了对人和动物的排泄物的描写，从现代占据主导地位的人体标准看，它是“某种畸形的、丑陋的、不成体统的东西”。它不能纳入现代的“美的美学”的框架（巴赫金语），然而在莫言的小说中却散发着生命的气息。对于像“尿”这样的不登大雅之堂的粗俗之物，莫言有着自己鲜明的、迥异于现代文明的态度，一种更加接近农民民间信仰的态度，甚至充满了审美偏爱。这是他的民间文化立场的顽固体现（“尿”不仅是《红高粱》，也是莫言的几乎所有小说中反复出现的意象）。看过《红高粱》的读者一定会记得作品赋予尿的神奇作用：“我家的高粱酒之所以独具特色，是因为我爷爷往酒里撒了一泡尿。”尿是身体的直接延伸，也是被文明的世界所鄙视的身体分泌物。然而，正是这“尿”，却具有打破现代科学的理性化程序、

---

① 巴赫金：《拉伯雷研究》，河北教育出版社 1998 年版，第 22 页。

② 巴赫金：《拉伯雷研究》，河北教育出版社 1998 年版，第 429 页。

③ 巴赫金：《拉伯雷研究》，河北教育出版社 1998 年版，第 430 页。

化腐朽为神奇的力量。评论家们把高粱酒解读为“酒神精神”（原始生命力）的象征；但是很少人注意到这种所谓“酒神精神”与尿的关系。《红高粱》简直可以以“一泡尿的故事”作为副标题。如果没有尿，“酒神精神”将偏离其民间文化的深刻意蕴而失去土地的本色。

除了尿还有粪。《红高粱》中那个高密乡的泥土路上，“叠印过多少牛羊的花瓣蹄印和骡马毛驴的半圆蹄印，马骡驴粪像干萎的苹果，牛粪像虫蛀过的薄饼，羊粪稀拉拉像震落的黑豆”。而“我奶奶”和“我爷爷”就在这条土路上上演着惊天动地的“风流悲喜剧”，“在高粱阴影遮掩着的黑土上，曾经躺过奶奶洁白如玉的光滑肉体”。马粪、骡粪、驴粪、牛粪、羊粪与“我奶奶洁白如玉的光滑肉体”显得那么协调。在莫言小说中，最清洁、最美丽的东西与最肮脏、最粗俗的东西是如此紧密地联系在一起，或者更加准确地说，它们根本就没有分化，它们都是生命的组成部分。在民间文化中，物质性的存在是更为重要的，是人的生命的直接的也是最有力的依托，它与土地自在一体而超越了现代人用以规训身体的各种道德尺度，它是前道德的：“高密东北乡无疑是地球上最美丽最丑陋、最超脱最世俗、最圣洁最龌龊、最英雄好汉最王八蛋、最能喝酒最能爱的地方。”①

最后，莫言作品中的身体与整个大地和自然处于自在的统一中，这同样是民间文化的重要特点。在批评把拉伯雷的身体叙事加以“现代化”的阐释——认为它是资本主义“经济人”或个人利己主义形式的物质兴趣的表现——的时候，巴赫金认为：“在拉伯雷（以及文艺复兴时期其他作家）那里，物质—肉体因素的形象，是民间诙谐文化的遗产”，是“关于存在的特殊审美观念的遗产”。巴赫金又称这种民间诙谐文化为“怪诞现实主义”，指出：“在怪诞现实主义中，物质—肉体自然元素是深刻的积极因素，这种自然元素在这里完全不是以个人利己主义的形式展现出来，也完全没有脱离其他生活领域。在这里，物质—肉体的因

① 在民间文化中，不仅作为原始生命力直接象征的下半身受到崇拜、被赋予科学所不具备的神奇力量，而且下半身还是人，尤其是男人力量的标志。在小说《丰乳肥臀》中，一个母亲对于“一辈子吊在女人奶头上的窝囊废儿子”吼道：“你给我有些出息吧……我已经不需要一个永远长不大的儿子，我需要的是像司马库一样，像鸟儿韩一样能给我闯出祸来的儿子，我要一个真正站着撒尿的男人！”“站着撒尿”成为男人的成长仪式，是男人真正成为男人的标志，它因而成为男人之间力量交锋的重要标志。比如，《红高粱》中的“我”长大成人的标志就是在“我父亲”的坟头上拉屎撒尿，以表示“我”对父亲的超越。

素被看作是包罗万象的和全民性的，并且正是作为这样一种东西而同一切脱离世界物质—肉体本源的东西相对立，同一切自我隔离和自我封闭相对立，同一切抽象的理想相对立，同一切与世隔绝和无视大地和身体的重要性的自命不凡相对立。……因此，一切肉体的东西在这里都这样硕大无朋、夸张过甚和不可估量。这种夸张具有积极的、肯定的性质。在所有这些物质—肉体生活的形象中，主导因素都是丰腴、生长和情感洋溢。”[①]巴赫金突出的是肉体、物质在拉伯雷世界中的非现代性质，它不是个人主义的，不是抽象理性的，但也不是私人化的。

莫言总是通过许多大地上的物质来描写身体，而身体所活动的大地上总有各种各样的动物出没，有灿烂的星空和无边的野性的高粱地。人类的自然的、没有异化的身体与欲望就在这里萌发、生长，也在这里枯萎和死亡。当“我奶奶”在轿子里悄悄地伸出小脚，把轿帘顶开一条缝偷偷地往外看时，轿夫们优美颀长的腿、宽阔的肩膀、道路两边永无尽头，仿佛潺潺流动的河流的高粱多么协调地组成了一个野性的生命场景，惹得奶奶春情荡漾：“轿夫身上散发出汗酸味，奶奶有点痴迷地呼吸着这男人的气味……心中漾起一圈圈春情波澜。”

必须强调的是，我们决不能把莫言小说对充满原始生命力的身体的颂扬，对于大地、下半身以及排泄物的偏爱，与革命政治文化中对于劳动与劳动者身体的政治化赞美混为一谈（尽管两者似乎存在表面的相似性）。莫言小说（以及民间文化）中的身体还没有被纳入政党政治与政党意识形态（后者同样是现代性的建构），他也没有从政治意识形态的角度来颂扬泥土和粪便的美（就像大跃进时期的新民歌表现的那样）。莫言并没有把散发着原始力量的身体专利权赋予所谓的“正面”人物，实际上，他的笔下像“我爷爷”“我奶奶”这些拥有强壮身体的人物根本无法用政治上的标准进行分类：“我爷爷”既是“抗日英雄”，也是“土匪头子”。

四、挑战暴力叙事的极限：余华小说中的身体叙事

一个饶有趣味的问题是：在先锋小说以前的现当代中国战争文学

① 巴赫金：《拉伯雷研究》，河北教育出版社 1998 年版，第 23 页。

中，尽管可以发现大量战争情节，却无法找到过于残酷的身体描写——我指的是对于身体痛苦的细节展示。也就是说，它回避暴力。这是一个迷惑。战争文学不是要谴责敌人的残暴么？它为什么不把敌人如何残酷折磨人民（或人民解放军）身体的细节详细地展现出来呢？越是这样的细节呈现不是越能体现敌人的残暴和人民（以及解放军）的勇敢么？然而，无论是在战争题材小说中还是战争题材电影（视）中，残酷的身体描写始终缺席。经过反复思考以后，我倾向于这样的解释：即使为了表现敌人残酷和灭绝人性，过于详细的对于身体痛苦的描写仍然是不需要的甚至是有危害性的，这是因为详细描写敌人对人民（或人民解放军）的身体残害，必然要表现人民（或人民解放军）的极度身体痛苦状态，而这本身就潜在地威胁到战争（不管是什么性质的战争）的合法性。因为个体的极端的、真实的、感性的身体痛苦会使得抽象的献身伦理（为了各种各样的抽象“目的”把身体献出去）的合法性遭到瓦解，而战争的合法性前提恰恰就是这种献身伦理。这样，战争题材文学艺术常常只能用一些抽象的数量（杀死多少人）、名词（用什么刑具）等来概述敌人的残酷，用口号来表现人民（或解放军）的视死如归，而回避对于具体的身体痛苦的详细展示。

这个传统到了先锋作家那里开始被打破。对于暴力的展示（即不加入道德和情感色彩）是莫言和余华小说的突出特点。暴力总是针对身体的，没有身体就没有暴力，即使是思想文化、语言符号、意识形态的暴力，也总是落实在身体或作用于身体。因而书写暴力是书写身体的一种方式。暴力可以表现为对于群体的身体灭绝行为（法西斯主义），也可以表现为对于个体身体的长时间折磨。如上所述，在先锋文学之前，中国当代文学回避对于暴力的描写，或者在这方面显得非常节制。但是到了先锋文学，大量对于暴力的超然的“零度写作”出现了。详细而客观地展示对于人或动物的身体的摧残与折磨，呈现身体在极度痛苦中的各种动作形态，是先锋小说家的嗜好（由于其超道德的主观性，这种对暴力的展示也不同于大众消费文化中的暴力叙事）。莫言在这方面同样有相当的代表性。《红高粱》中关于罗汉大爷被孙五剥皮的一段身体描写，几乎是在挑战读者阅读忍受力的极限，作品详细地、不厌其烦地展示了孙五如何先像“锯木头一样”锯罗汉大爷的耳朵，接着更写了他如何从头顶开始剥罗汉大爷的脸，罗汉大爷被剥成一个肉核后，肚子里的肠子如何

"蠢蠢欲动"，一群群葱绿的苍蝇如何"漫天飞舞"，等等。

必须指出的是：我们千万不要对莫言，同样也包括其他先锋小说家此类血腥的身体书写作社会历史的理解，不能把它纳入正统的中国现代史的解释框架。如上所述，先锋小说不同于中国现当代文学的一个重大特点，就是它的非政治化、脱社会历史化。虽然《红高粱》讲述的似乎是抗战的故事，但是事实上抗战只是一个背景——探讨原始人性的背景、展示原始生命力的舞台——而已。我们不能通过关于抗战的政治化阐释框架理解它的意义。孙五剥皮的场景不带有具体的政治意义（诸如谴责日本人、歌颂抗日英雄），也不试图对读者进行革命道德教育。这是《红高粱》不同于传统抗战文学的最大特色之一。

对身体的施暴与对这个施暴行为的详细展示在余华的先锋小说（主要是《活着》之前的作品）中被叙述得更加惊心动魄、令人发指，也更加从容冷静。比之莫言，余华对小说的具体社会历史内容更加不感兴趣，更加热衷于表现欲望、死亡、宿命等抽象主题。他的小说人物几乎全部没有具体的社会身份（常常用各种英文字母和数字符号表示），故事也没有具体的社会历史背景，时间和空间高度抽象。余华喜欢在抽去了具体的社会、政治、历史内容的抽象情景中表现人无可选择、无可抗争、宿命地陷入噩梦似的灾难：情欲、死亡、谋杀、暴力、流血，等等。在《难逃劫数》中，东山、沙子、彩蝶等身份不明的人物陷入了一场注定了的疯狂杀戮。正如有论者指出的：余华的那些人物总是被注定走向阴谋，走向劫难，走向死亡。这种铁定的必然命运，使得余华的叙事总是极端蛮横而武断。他因此就可以肆意地让笔下人物干那些自取灭亡的各种怪诞事情。"余华的人物早已蒙上宿命的阴影，他们面临危险，切近死亡却浑然不知，他们如此坚决而麻木地走向灾难确实令人惊异不已。余华的叙事正是在这样的时刻找到游刃有余的感觉，东山对露珠的'求婚'一开始就预示着灾难，随后的婚礼不过是演示如何走近灾难的过程。"①

就本文的目的而言，我们感兴趣的是：余华小说的宿命——嗜血美学必然落实在对身体的暴力叙事上，他几乎在挑战暴力叙事的极限，他的叙述是"残酷的"——这个"残酷"当然也表现在他的叙述方法上：

---

①《余华及其〈难逃劫数〉》。http：//www.white—collar.net.

不管笔下的人物多么痛苦，叙事者却始终保持超然的“零度”姿势。在他的小说中，极少描写人的心理——精神活动，而是把心理活动转化为身体的物理动作与表面感觉（这显然是受到法国新小说的影响）。他就是用这种超然的方式叙述对身体的残害和身体的痛苦经验。可以说，最能够体现余华小说特色的还不是对于暴力的极化描写，更是其描写的方式：纯客观地呈现而不进行任何的心理活动描写，更不发道德议论。余华乐于充当一个冷漠的旁观者，幸灾乐祸地观看他的人物做出一个个匪夷所思的暴力动作：东山对露珠大打出手，露珠向东山泼硫酸，千佛的残暴，直至彩蝶的坠楼。下面是《难逃劫数》中对露珠用硫酸销毁她丈夫东山面容的描写：

> 她拧开了瓶盖，将小瓶移到东山的脸上，她看着小瓶慢慢倾斜过去。一滴液体像屋檐水一样滴落下去，滴在东山脸上。她听到了“嗤”的一声，那是将一张白纸撕断时的美妙声音。那个时候东山猛地将右侧的脸转了出来，在他尚未睁开眼睛时，露珠将那一小瓶液体全部往东山脸上泼去。于是她听到了一盆水泼向一堆火苗时的那种一片“嗤嗤”声。东山的身体从床上猛烈地弹起，接着响起了一种极为恐怖的“哇哇”大叫，如同狂风将屋顶的瓦片纷纷刮落在地破碎后的声音。东山张大的嘴里显得空洞无物，他的眼睛却是凶狠无比。他的眼睛使露珠不寒而栗。……东山在床上手舞足蹈地乱跳，接着跌落在地翻滚起来，他的双手在脸上乱抓。露珠看到那些灼焦的皮肉像是泥土一样被东山从脸上搓去。

我们完全不知道露珠这样做具体的个人和社会历史的原因，只知道小说一开始就已经在暗示这样的宿命结局。

由于抽去了具体的社会历史内容，对身体暴力如此细致的叙述，除了表现抽象的身体痛苦感觉以外，似乎不再有其他的阐释可能性。即使是在一些似乎有具体历史背景的小说故事中，余华作品的身体与身体描写同样是十分抽象的。《一九八六年》写的是一位中学教师在“文革”中被害成疯，他得了受虐和施虐双重狂想症，作品描写他走在大街上的各种幻觉——以惊人的仔细笔墨呈现他通过墨、劓、剕、宫、大辟等古代刑法刑人（施虐狂想症）与自刑（受虐狂想症）的行为，致使作品成了暴力场景的大展览。小说同样是用新小说的客观呈现方法叙述，记录视觉人物的所见、所闻而不进行任何的心理描写，也不做一般化的交代。千万不要以为这些暴力叙事是对于特定年代的特定政治黑暗的控诉，因为尽管这位受虐和施虐的双重狂想症患者是在“文革”时期被害成疯的，但是由于叙述采用了纯客观的，甚至玩赏、反讽的语式进行的，因此给人的感觉与其说是在控诉对于身体的政治残害，还不如说是在超然地欣赏身体的痛苦。这种超道德的身体暴力叙事不仅是对身体界限的超越，也是对一切道德尺度的悬置。余华的小说中没有一个正面人物，也没有一个反面人物，人物的“正”“反”得以成立的依据——作者的道德尺度或政治立场已经不再存在。这极大地解放了叙述：当叙述人完全采取一种超然、冷漠、客观的角度远观人类的同类相残时，叙述就可以变得肆无忌惮，没有什么残酷的东西不能呈现与展示。我们再也看不到现代当代作家在描写战争、死亡、流血等灭绝身体的事件时的政治立场乃至道德立场。这既可以看作是对政治化的身体描写的超越，但也暴露出先锋小说在道德价值上的危机。

（原载陶东风：《文学理论的公共性：重建政治和批评》，
福建教育出版社2008年版，收入本书时有删节）

剪不断，理还乱

——“莎菲”形象与作者丁玲之间的纠缠辨析

张志忠

《莎菲女士的日记》在丁玲的文学创作中，无论怎样估量都不会过分。它不但是丁玲的成名作，是丁玲小说中塑造一系列具有叛逆色彩和女性主义意蕴的人物形象的第一个路标，也是丁玲的作品中最为引人注目、引起反复探究的一篇作品。个中的原因之一，就是丁玲与莎菲的“剪不断，理还乱”的关系问题。这涉及叙事学中关于作者——隐含作者——叙事者的复杂关系的辨析，尤其是在作品采用第一人称的“我”进行叙事，从而使得故事的叙事者和作品的主人公合二而一的情况下，这位叙事者，是“可靠的叙事者”还是“不可靠的叙事者”？“可靠的叙述者”是指叙述者在叙述时与隐含作者乃至作者的思想规范、价值立场相吻合，“不可靠的叙述者”则是叙述者在叙述时与隐含作者乃至作者的思想规范、价值立场不相吻合。

一个作家处理他笔下的人物，不外乎几种情况：从社会活动中进行外部观察得来的，在人生经历的自我体验中生发的，或者两者兼而有之。按理说，以这样的观点来考察丁玲与莎菲的关联性，并不是多么深奥的迷宫，作家与莎菲的精神——血缘的相似性，即“可靠的叙事者”，不难确认。但是，在丁玲自己对这一问题一再否认以及论者由此不再深究、缺少进一步追问的语境中，问题就显得有些复杂。面对作家的自述，研究者未能越过这一屏障而深入解读作品；通过对这部作品的创作心理的探隐索微，我们本来可以发现丁玲小说创作的某些基本特征，但是目前似乎还少有人论及。

《文心雕龙》的作者刘勰在论及文学创作过程和作家个性的《体性》中说：“夫情动而言形，理发而文见，盖沿隐以至显，因内而符外者也。然才有庸隽，气有刚柔，学有浅深，习有雅郑，并情性所铄，陶染所凝，是以笔区云谲，文苑波诡者矣。”波诡云谲，气象万千，郢书燕说，歧路亡羊，作家的作品由此给解读者提出严峻的挑战。但是，刘勰又不是一个艺术的不可知论者，他的《知音》篇，一方面感叹古来知音难觅，伯乐难寻，一方面又充满信心地写道：“夫缀文者情动而辞发，观文者披文以入情，沿波讨源，虽幽必显。世远莫见其面，觇文辄见其心。岂成篇之足深？患识照之自浅耳。”沿波而讨源，我们不但可以解读作品的情感蕴含，还可以进一步地，从作家的创作发生学角度臆测有关作品的发生学过程——虽然是臆测，却也饶有兴趣，对理解作家作品有积极的帮助。

莎菲与丁玲：欲说还休为哪般

早年的丁玲，非常喜欢福楼拜的《包法利夫人》，以致在写作《阿毛姑娘》时，不知不觉地在这位乡间女性身上融入了包法利夫人那种超越平庸现实、追求一种浪漫梦幻般的情感生活的浓重意蕴，把一个乡村女子小布尔乔亚化了。福楼拜曾经有一句名言：“包法利夫人就是我！”20世纪80年代初，在一个文学讲座中，丁玲也说出了“作家写作品其实也是写自己”[①]的话。

按理说，丁玲应该会说，“莎菲女士就是我！”可是，丁玲却从来没有这样讲过。相反的，她一再否认自己与莎菲的精神相似性。1955年，在题为《生活、思想与人物》的创作谈中，在讲到当年有人说作家写梦珂和莎菲“这是写你自己”时，丁玲就否认说：“我从来都既不像梦珂也不像莎菲那样多愁善感，我倒是很能快活的人。我写的并不是我自己。我并没有那些事，那些事都是编的。”[②]在讲过“作家写作品其实也是写自己”之后，丁玲举例说，《粮秣主任》和《杜晚香》都可以为证：“刚才讲到的《粮秣主任》……也是写我自己，那个粮秣主任就是我。”“那个粮秣主任就算真有此人，他跟我讲的那一些话是他应该讲的，但他不一定讲得出来，那些话是我替他讲的，是他的，也是我的，是我感受到

① 丁玲：《文学创作的准备》，《丁玲选集》第3卷，四川人民出版社1984年版，第618页。

② 丁玲：《生活、思想与人物》，袁良骏编选：《丁玲研究资料》，天津人民出版社1982年版，第155—156页。

的。所以说还是写我自己。”[①]“杜晚香就是我自己，虽然我不是标兵……但那种体会，那种感情是我的，就是写的我自己，是写杜晚香，也是写我自己。”[②]但是，在谈到莎菲形象的时候，丁玲却仍然是欲迎还拒，欲说还休。“关于作者与《莎菲女士的日记》中的主人公的关系问题，是个有趣的问题。过去已经有许多人发表了不少高明的见解。五七年有个叫姚文元的小编辑，投左倾之机，写了几篇文章，得到某些人的欣赏而跃上了文坛。他判决莎菲是玩弄男性。……也有人说那个玩弄男性或者讲性爱的莎菲就是作者自己，要我去受莎菲的牵连，这很可笑。”“一部作品同作者本人的思想是否有因缘呢？一定有。作品就是作家抒发自己对人生、对世界、对各种事物的认识、感觉和评论，通过描述具体的人、事的发展来表述。主人公不过成了作家创作中的一个工具，作者借他让读者体会出作者所要讲的话，怎么能简单地去猜测这是写的谁，而且就肯定是谁呢？”[③]

在80年代初的一次访谈中，丁玲再度对作家与莎菲的关系问题，进行了澄清：

> 谈到《莎菲女士的日记》，丁玲爽朗地笑了，但笑声里却夹着一层淡淡的苦味。她说：“有人讲，莎菲就是丁玲，她玩弄男性，追求性爱……，这些人不懂。莎菲怎么能是我呢？我那时与胡也频住在一起，还是比较幸福的，不像莎菲那样，整天关在屋子里很难受。但有没有作家的东西，我认为任何作品都不能超出作家的思想，一定会有，没有不可能。这个作品里，有没有我的东西，有，但不是什么性爱，玩弄男性，主要是一种苦闷的东西，寂寞的东西，我都厌倦了的东西。到底追求什么，自己也不明白，莎菲追求、向往的是她还没有把握的……”[④]

事情还不止于此。在1984年6月于厦门大学举行的丁玲创作讨论会

① 丁玲：《文学创作的准备》，《丁玲选集》第3卷，四川人民出版社1984年版，第618页。

② 丁玲：《文学创作的准备》，《丁玲选集》第3卷，四川人民出版社1984年版，第619页。

③ 丁玲：《丁玲谈自己的创作》，袁良骏编选：《丁玲研究资料》，天津人民出版社1982年版，第214—215页。

④ 孙瑞珍、李杨：《丁玲》，阎纯德主编：《二十世纪中国著名女作家》，黑龙江人民出版社1983年版，第10页。

上，20年代后期与丁玲、胡也频等相当熟悉，参加过胡也频发起成立的文学团体“无须社”的老作家徐霞村，做了《关于莎菲的原型问题》的专题发言，从两个方面辨析了丁玲与莎菲的区别：第一，当年的丁玲，是个性格开朗、情绪稳定、平易近人、生活态度极为严肃的女性，“与莎菲那种有点病态神经质的性格，截然不同”；第二，丁玲所依据的人物原型，不止一个，其中有与她的恋人朱谦之同居数年却只有精神恋爱没有肉体接触的多情女子杨没累——丁玲在湖南长沙读书时期的女同学和在北京重逢的好朋友。[①] 耐人寻味的是，徐霞村的文章还写道：

> 为了慎重起见，我在写论文以前，特地写了封信给丁玲同志，问及杨没累这个人。丁玲同志在回信中进一步告诉我一些有关杨没累的情况，并指出莎菲身上“有杨没累，但又不只是杨没累。”又说，“你是看见过丁玲本人的，又是写《莎菲》时候的丁玲的。你是最有权威说出，丁玲不是莎菲，或，莎菲就是丁玲自己的人了。”这就使我更加有把握在论文中提出了关于莎菲的原型的看法。[②]

因此，徐霞村关于莎菲与丁玲之关系的证明，不但是一位历史的在场者的回忆，而且也折射出晚年丁玲本人的意愿。在“丁玲不是莎菲”与“莎菲就是丁玲自己”的选择中，丁玲自己的态度显然是毫不隐讳的。

但是，徐霞村的这份证言，也透露出另一种信息。那就是，在《莎菲女士的日记》问世之初，就有人指出“丁玲就是莎菲”。而且，徐霞村也承认：“有人说莎菲身上有丁玲的影子，在一定条件下，我还可以接受这个论点。因为一个作家在创造一个人物时，首先必须像熟悉自己那样熟悉自己的人物，至少也要像一个成功的演员那样，能够进入角色，否则，就写不出一个活生生的人物。只有在这个意义上，才能说，莎菲身上有丁玲的影子。”[③]

---

① 徐霞村：《关于莎菲的原型问题》，《丁玲创作独特性面面观——全国首次丁玲创作讨论会专集》，湖南文艺出版社1986年版，第216—221页。

② 徐霞村：《关于莎菲的原型问题》，《丁玲创作独特性面面观——全国首次丁玲创作讨论会专集》，湖南文艺出版社1986年版，第221页。

③ 徐霞村：《关于莎菲的原型问题》，《丁玲创作独特性面面观——全国首次丁玲创作讨论会专集》，湖南文艺出版社1986年版，第216—221页。

“莎菲就是丁玲”：是耶？非耶

我有一个猜想，徐霞村的“有条件”，是有口难言。他是希望将丁玲与莎菲的相似性排除得一干二净的。但是，“莎菲身上有丁玲的影子”一语，又是无法排除的。做出这一论断，明确指出莎菲与作者的关联性的，是曾经与丁玲相爱甚深、对丁玲有深入理解的冯雪峰。20世纪40年代后期，冯雪峰在《从〈梦珂〉到〈夜〉——〈丁玲文集〉后记》中，对莎菲的形象进行深入剖析，“作者把莎菲这少女（她的前身就是梦珂）的矛盾和伤感，的确写得可谓入微尽致，而且也的确连带着非常深刻的时代性和社会性，并非一般的所谓‘少女怀春’式的那种感伤主义，那是不用说的。”[①] 接下来，冯雪峰这样说，丁玲是“和莎菲十分同感而且非常浓重地把自己的影子投入其中去的作者，在这上面建立自己的艺术的基础的作者”[②]。这样的断定，是有着坚实的亲历和体验之基础的。

然而，在世事的迁徙中，指认莎菲就是丁玲自己，或者说“莎菲身上有丁玲的影子”，却成为1957年清算丁玲的方式之一。在《关于莎菲女士》中，张天翼就引用了冯雪峰的前述话语，“和莎菲十分同感而且非常浓重地把自己的影子投入其中去的作者，在这上面建立自己的艺术的基础的作者”，并且评述说，“我以为这是很了解丁玲的讲法”。[③] 在这篇批判文章的结尾，张天翼写道：“这个莎菲女士将会怎么样呢？”“那么，近来在反对丁陈反党集团的一连串会议上所揭露的关于丁玲思想言行的那许多材料——当然还远不完备——可以说是《莎菲女士日记》的续篇。”[④] 周扬的《文艺战线上的一场大辩论》，在疾言厉色地批判丁玲和冯雪峰、历数丁玲的“反动”倾向时，也这样指责说：“要了解丁玲的性格和思想，读一读她三十年前的这篇成名之作，倒是很有帮助的。书中的主人公是一个可怕的虚无主义的个人主义者……当然，作家可以描

---

① 冯雪峰：《从〈梦珂〉到〈夜〉——〈丁玲文集〉后记》，袁良骏编选：《丁玲研究资料》，天津人民出版社1982年版，第292—293页。

② 冯雪峰：《从〈梦珂〉到〈夜〉——〈丁玲文集〉后记》，袁良骏编选：《丁玲研究资料》，天津人民出版社1982年版，第295页。

③ 张天翼：《关于莎菲女士》，袁良骏编选：《丁玲研究资料》，天津人民出版社1982年版，第399页。

④ 张天翼：《关于莎菲女士》，袁良骏编选：《丁玲研究资料》，天津人民出版社1982年版，第412页。

绘各种各样的社会典型；问题在于作者对于自己所描写的人物采取什么态度。显然，丁玲是带着极大的同情描写了这个应当否定的形象的。”①

如果说，对当年的不公正批判，丁玲是被剥夺了辩护权的，那么，在70年代末期重返文坛之后，本来有可能为自己和莎菲做出必要的辩解，为何在丁玲的言说中，对这一问题总是采取遮遮掩掩、欲说还休的态度，就耐人寻味了。

个中原因，如有的论者已经指出的那样，丁玲在70年代末期复出之后，她在南京遭受国民党特务软禁的往事，一直没有得到彻底澄清和确切评价，成为她晚年的一大心病（直到1984年《关于为丁玲同志恢复名誉的通知》下达后，丁玲才感到心底压着的那块巨石落了地，乃至感慨地说她“可以死了”）。而且，从40年代的《三八节有感》《我们需要杂文》和《在医院中》引发的批判风波，到50年代中期长达数年的清算和斗争，直到北大荒的流放、秦城监狱的囚禁、上党山区的谪居，数十年间，深受“反党”罪名之苦，丁玲的身心饱经戕害。何况，与周扬积久弥深的矛盾未能消弭，反而更加激化，两人之间高下相形的位置，也使她长如惊弓之鸟，唯恐遭到新的暗算。因此，她首先要做的，是要竭尽全力为自己作出证明，证明她在苦难岁月始终是一个优秀的共产党员。为此，《韦护》可以讲，《太阳照在桑干河上》可以讲，《杜晚香》更是她在“文革”劫难中“一片冰心在玉壶”的证明。《莎菲女士的日记》能够证明这种“九死而犹未悔”么？今日的论者对丁玲的这种念兹在兹的“忠诚证明”不以为然，颇有微词。其实，在那个时期，从流放中归来的作家们，有多少人都怀着这片痴情啊！你读王蒙的《布礼》《最宝贵的》《相见时难》，张贤亮的《灵与肉》《绿化树》，从维熙的《大墙下的红玉兰》《雪落黄河静无声》，这种“忠诚证明”都是溢于言表的。尽管说，这几个作家很快就进入文坛主流而叱咤风云，比起丁玲一直所处的边缘化境地，大相径庭。何必为此而责怪丁玲，一个浮沉跌宕于现代中国文学潮流60年，在许多年头都被划入另册、屡遭厄运的老作家呢？

除此之外，还有没有别的缘故呢？我想，这和当年丁玲对自己早期创作的否定，和冯雪峰对《莎菲女士的日记》的贬抑性评价，密不可

① 周扬：《文艺战线上的一场大辩论》（节选），袁良骏编选：《丁玲研究资料》，天津人民出版社1982年版，第414—415页。

分。从丁玲的创作道路而言,《梦珂》《莎菲女士的日记》一类带有自传性的写作，在时代风云（左翼文学崛起的红色30年代）和自我的选择间本有矛盾。丁玲本性就不是一个极端的个性主义者，而是渴望着将自己交出去，或者交给爱情，或者交给革命，因此才会和胡也频相继转向，投身左联，而且为此付出沉重代价：胡也频被杀害，丁玲自己也被监禁数年。如何处理这次路标转换，在肯定自己的左联时期文学活动的同时，述说“梦珂”和“莎菲”，就成为重要的难题。须知，今下谈论“莎菲”，是在女性主义理论在中国大行其道的语境下，给其以相当高的评价，是新的理论给人们打开了新的视野，也获得了言说“莎菲”的恰当话语。特殊的作品需要特殊的理论才能恰当阐释。而80年代前期，人们谈论“莎菲”，无论是丁玲自己，还是研究者，都难免首鼠两端的尴尬。这只要看一下当年丁玲的铁杆拥趸、《丁玲传》的作者周良沛的《丁玲与莎菲》就可见一斑。他在反驳了简单地指认“莎菲就是丁玲”或者“莎菲不是丁玲”的论断后，转而陈述“莎菲”问世的时代氛围，“我听过很多二三十年代的革命前辈讲，他们那时争得的恋爱自由，是真正的自由恋爱。他们看到现在的年轻人找对象还得经人介绍，虽然不能说跟过去完全一样，也确实是变相的托媒说亲。当我们甚至还得赞扬‘婚姻介绍所’时，他们深有感触地叹息道：从这一点看，时代是倒退了。”“起码是我自己，有时看到莎菲这一点不顺眼时，倒不是以现在的眼光要求过去的作品，毛病倒出在比产生《莎菲女士日记》之前的那个时代，对爱情、婚姻更落后的眼光，带着点封建思想看莎菲的恋爱。暴露了我观念上的毛病。”[①] 需要先克服自己的“封建思想”，才能够改变看待“莎菲”的“不顺眼”，这一接受过程，何其艰难!

还有，被丁玲恋眷大半生的冯雪峰（据笔者推测，他也是丁玲预期的最佳读者），在30年代前期写成的《关于新的小说的诞生——评丁玲的〈水〉》，对“莎菲”的评价，对丁玲来说，也具有一言九鼎的作用。“且说丁玲原来是怎样的一个作家呢？丁玲在写《梦珂》，写《莎菲女士的日记》，以及写《阿毛姑娘》的时期，谁都明白她乃是在思想上领有着坏的倾向的作家。那倾向的本质，可以说是个人主义的无政府性加流浪汉（Lumken）的知识阶级性加资产阶级颓废的和享乐而成的混合物。

① 周良沛:《丁玲与莎菲》,《丁玲创作独特性面面观———全国首次丁玲创作讨论会专集》，湖南文艺出版社1986年版，第79页。

她是和她差不多同阶级出身（她自己是破产的地主官绅阶级出身，'新潮流'所产生的'新人'———曾配当'忏悔的贵族'）的知识分子的一典型。在描写一个没落中的地主官绅阶级的青年女子，接触着'新思潮'（'五四'式的）和上海资本主义生活时所显露的意识和性格的《梦珂》里，在描写同样的青年知识女子的苦闷的，无耻的，厌倦的不健康的心理状态的《莎菲女士的日记》里，在说述一个贫农的女儿，对于资本主义的物质的虚荣的幻灭的可怜的故事《阿毛姑娘》里，任情地反映了作者自己的离社会的，绝望的，个人主义的无政府的倾向。"[①]这样严厉的批评，一点不亚于50年代周扬、张天翼等人对丁玲的批判，但是，冯雪峰撰写此文的用意，是要高度肯定丁玲的新作、也是左翼文学的代表作之一的《水》，进而奠定丁玲在左翼文坛的重要地位，是充满了善意和关爱的。这种"觉今是而昨非"的心态，也正是丁玲自己所长期持有的。她对于冯雪峰的一往情深，且按下不表，冯雪峰发表这篇评论，是在丁玲主编的《北斗》上，时间是1932年1月，这也正是丁玲发表《不算情书》的时期（《不算情书》断断续续写于1931年8月至来年1月），而且丁玲在该文中坦陈："因为我们是太好，我们的相互的理解和默契，是超过了我们的说话，超过了一般人所能理解的境地。其实我不告诉你，你也知道，你已经感觉到。你当然高兴我能变，变得更好一点。"[②]直到晚年写作《悼雪峰》，她对冯雪峰的深情依旧，对当年冯雪峰对"莎菲"的批评仍然表示认可。还在《莎菲》问世之初，冯雪峰就给丁玲写信说，他读《莎菲》时的心情，说他哭了，他为这一代的苦闷的女性而流泪。但他同时直率地告诉丁玲："莎菲太消沉了，太虚无了，作为文学的倾向是不好的。在一片赞扬声中，在不少的完全同情的来信当中，读到一个真正友人的忠告，我感到特别亲切。"[③]隔靴搔痒赞何益，入木三分骂亦精。丁玲从冯雪峰那里感受到的，正是这种知己之情。不过，丁玲对这种情谊越是眷念，也就越是无法摆脱当年对"莎菲"的厌弃之情吧。

古谚说，肺腑而能语，医家面如土。在丁玲的自我陈述的引导下，

① 冯雪峰（署名何丹仁）：《关于新的小说的诞生———评丁玲的〈水〉》，袁良骏编选：《丁玲研究资料》，天津人民出版社1982年版，第248页。

② 丁玲：《不算情书》，《丁玲全集》第5卷，河北人民出版社2002年版，第20页。

③ 丁玲：《悼雪峰》，《丁玲选集》第3卷，四川人民出版社1984年版，第221页。

近些年来，对莎菲与丁玲之关系的探讨，似为少见。不过，仍然有人不愿意轻易放弃这一有价值的命题。张永泉的《莎菲形象系列与丁玲人生悲剧》就作出这样的论述："莎菲是丁玲切当的代言人乃至化身。如果把丁玲与莎菲的思想性格和气质放在一起进行对照考察，上述结论会进一步得到确切无疑的证明。丁玲和莎菲都是执著的理想主义者，她们都渴望人与人之间的真诚、友爱和理解，都追求自由、放达和美好个性的充分张扬，她们甚至都对生活充满不切实际的幻想。这使得她们都是那样热情、纯真和心地善良，使她们都是那样倔强、执拗甚至任性和乖僻，同时也使她们因找不到真正的知音而感到孤独和寂寞。"论者据此断定说：

> 所以，从某种意义上可以说，《莎菲女士的日记》是丁玲自传体的作品，莎菲就是丁玲。当然，这并不意味着莎菲和丁玲之间可以完全画等号，因为确如丁玲所说，她并"没有一段像莎菲那样的生活"（注:《延边之行谈创作》,《丁玲文集》第六卷),"那些事都是编的"（注:《生活、思想与人物》《丁玲文集》第六卷）。她同莎菲主要是精神上的联系。而且，丁玲在酝酿和塑造莎菲形象时，不仅仅只是从自己的人生体验出发，同时还从其他一些相关的知识女性身上吸取和提炼了相应的素材与思想，她是把这些融汇在一起使之在自己的头脑中发酵、升华，然后蘸着自己的心血，以自己的人格、自己的个性、自己的灵魂、自己的人生追求为准则，塑造出莎菲的形象的。这样，莎菲就成了那一特定时代包括丁玲在内的执著地追求理想人生的小资产阶级知识女性的典型。因此，对于丁玲来说，莎菲是属于主观型的形象。这就是丁玲与莎菲的关系。[①]（——这段引文中的随行注解都是张永泉原文所有）

这样的论述，把"莎菲是谁"的问题推进了一步。本文的目的则是，搁置乃至颠覆丁玲"没有一段像莎菲那样的生活"的自辩，深入讨论生活原型与小说人物形象的关系，并且试图解释丁玲前期作品中塑造人物形象的某些基本特征。

---

① 张永泉:《沙菲形象系列与丁玲人生悲剧》，载《河北学刊》1994年第5期。

毓芳与蕴姊：外围人物考定

首先，就是莎菲的情感困惑与丁玲创作《莎菲女士的日记》时的心灵挣扎的同构性以及作品中人物与现实生活的对应性。

在《水》的创作之前，丁玲的小说，基本上是围绕着自己的生活经历以及所见所闻展开的，甚至会直接地将自己的现实处境写入作品。丁玲写于胡也频牺牲之后的《莎菲女士第二部》中，我们也可以看到作者与莎菲女士在人生经历上的整体相同之处：在这部刚刚记了几天、只有短短数页的未完成作品中，莎菲没有像在《莎菲女士的日记》中所言，“但是我不愿留在北京，西山更不愿去了，我决计搭车南下，在无人认识的地方，浪费我生命的余剩”，而是在北京遇到一个19岁的男孩，两个人相爱，并且先后走上革命道路，投入新的生活。在《莎菲女士第二部》中记述的，是莎菲的爱人已经牺牲，莎菲自己带着一个出生不久的孩子在坚韧地生存和苦斗。莎菲回望往事，翻阅旧时日记，“自己觉得在那黄了的纸上所留下的影，是与自己完全判若两人了”。从这作为续篇的文字看，这是毫不掩饰地将丁玲于胡也频牺牲后她自己的生活与情感都写入作品，作者和人物合二为一，而且，也可以反证《莎菲女士的日记》中所写的确是“夫子自道”。可惜《莎菲女士第二部》刚刚开了个头，就被中断。否则，我们对30年代前后莎菲女士也就是作家丁玲的心灵历程，会有更为切近的了解了。

让我们切入《莎菲女士的日记》，考察作品中的人物关系。莎菲周围的人们，苇弟、凌吉士和蕴姐以及毓芳和云霖，显然都是有所指的。毓芳和云霖的奇特关系，让我们想到徐霞村所讲的朱谦之和杨没累：“毓芳已搬来，云霖却搬走了。宇宙间竟会生出这样一对人来，为怕生小孩，便不肯住在一起，我猜想他们连自己也不敢断定：当两人抱在一床时是不会另外干出些别的事来，所以只好预先防范，不给那肉体接触的机会。至于那单独在一房时的拥抱和亲嘴，是不会发生危险，所以悄悄表演几次，便不在禁止之列。我忍不住嘲笑他们了，这禁欲主义者！为什么会不需要拥抱那爱人的裸露的身体？为什么要压制住这爱的表现？为什么在两人还没睡在一个被窝里以前，会想到那些不相干足以担心的事？我不相信恋爱是如此的理智，如此的科学！”[①] 在后来的《阿毛姑娘》中，有两对情人，住在杭州西湖畔的葛岭，出现在一心憧憬热烈爱情的阿毛姑娘的视野里，这两对情人，以他们的缠绵和浪漫的感情游戏，给饱受无爱的焦灼之苦的阿毛姑娘造成极大的刺激。在现实生活中，这正是胡也频、丁玲和朱云谦、杨没累两对情侣在葛岭享受幸福时光之际。作品中的脸色苍白的女性死于重病，向阿毛宣告了爱情的短促和生命的无常，并且诱发了阿毛姑娘的绝望自杀，如现实中发生的那样，杨没累恰恰就是病逝在西湖岸边。

还有蕴姊。虽然她没有在作品中直接出面，但在莎菲心目中，她却是最理解也最疼爱自己的亲人，而且是这部“日记”的预定的读者，直到蕴姊去世，她仍然是莎菲继续写作日记的动因：

> 在心的忙乱中，我勉强竟写了这些日记了。早先因为蕴姊写信来要，再三再四的，我只好开始写。现在蕴姊死了好久，我还舍不得不继续下去，心想为了蕴姊在世时所谆谆向我说的一些话便永远写下去纪念蕴姊也好。所以无论我那样不愿提笔，也只得胡乱画下一页半页的字来。本来是睡了的，但望到挂在壁上蕴姊的像，忍不住又爬起，为免掉想念蕴姊的难受而提笔了。自然，这日记，我是除了蕴姊不愿给任何人看。第一因为这是为了蕴姊要知道我的生活而记下的一些琐琐碎碎的事，二来我怕别人给一些理智的面孔给我看，好更刺透我的心；似乎我自己也会因了别人所尊崇的道德而真的感到像犯罪一样的难受。

对蕴姊的深切忆念，在作品中多次被提，也让我们得以接近蕴姊的生活原型。“去年这时候，我过的是一种什么生活！为了蕴姊千依百顺地疼我，我便装病躺在床上不肯起来。为了想蕴姊抚摸我，我伏在桌上想到一些小不满意的事而哼哼唧唧地哭。有时因在整日静寂的沉思里得了点哀戚，但这种淡淡的凄凉，更令我舍不得去扰乱这情调，似乎在这里面我可以品味出一缕甜意一样的。至于在夜深的法国公园，听躺在草地上的蕴姊唱《牡丹亭》，那是更不愿想到的事了。假使她不被神捉弄般

① 丁玲：《莎菲女士的日记》，《丁玲全集》第3卷，河北人民出版社2002年版。

地去爱上那苍白脸色的男人，她一定不会死的这样快，我当然不会一人漂流到北京，无亲无爱地在病中挣扎。虽说有几个朋友，他们也很体惜我，但在我所感应得出的我和他们的关系能和蕴姊的爱在一个天平上相称吗？”只要对丁玲与王剑虹的友谊有所了解，就不难断定，这里的蕴姊就是王剑虹，那个苍白脸色的男子，则是瞿秋白无疑了。

韦弟和凌吉士：客来何处

至于在莎菲身边出现、导致其情感迷乱的苇弟和凌吉士，容我大胆地揣测说，他们对应的就是生活中的胡也频和冯雪峰。当然，这需要做出严密的论证，正所谓“大胆地假设，小心地考证”是也。

苇弟比莎菲大了4岁，但是，在作品中，他却一直是以一个低眉恭顺的小弟弟的角色出现的。如作品中所描写的那样：“我真不知应怎样才能分析我自己。有时为一朵被风吹散了的白云，会感到一种渺茫的，不可捉摸的难过；但看到一个二十多岁的男子（苇弟其实还大我4岁）把眼泪一颗一颗掉到我手背时，却像野人一样在得意地笑了。苇弟从东城买了许多信纸信封来我这里玩，为了他很快乐，在笑，我便故意去捉弄，看到他哭了，我却快意起来，并且说‘请珍重点你的眼泪吧，不要以为姊姊像别的女人一样脆弱得受不起一颗眼泪……’”；“还要哭，请你转家去哭，我看见眼泪就讨厌……”；“自然，他不走、不分辩、不负气，只蜷在椅角边老老实实无声地去流那不知从哪里得来的那么多的眼泪。我，自然，得意够了，又会惭愧起来，于是用着姊姊的态度去喊他洗脸，抚摸他的头发。他镶着泪珠又笑了。”据沈从文在《记丁玲》中的记载，胡也频在与丁玲的交往中，确实是以弟弟的姿态出现的。尽管说，生活中的胡也频不是比丁玲大4岁，只大了1岁。丁玲在北京期间，生活无着落，理想也落空了，她的读书梦、美术梦、话剧舞台梦和电影明星梦一一幻灭，最倚重的朋友王剑虹英年早逝，都折磨着她敏感的心灵；再加上对早夭的弟弟的追思——丁玲父亲早亡，唯一的弟弟也少年夭亡，而且是因为丁玲得病，传染给他而致命，负疚之情难以解脱，表现出一种青春期的歇斯底里症状，借酒浇愁，郊野痛哭，时有发生。当时，认识丁玲未久，听说丁玲情寄她死去的弟弟，热恋中的胡也频，便愿意将自己当作她的弟弟。他请公寓的伙计给丁玲送去一大把黄玫瑰，并且在花上夹了一个字条：“你一个新的弟弟所献。”[①]其间，还发生过胡也频以“丁玲的弟弟”的名义去拜访鲁迅而遭拒的插曲。

丁玲自己在《不算情书》中，也描述过她和胡也频之间类似两小无猜式的爱情游戏。“我们过去的有许多事我们不必说它，我们只说我和也频的关系。我不否认，我是爱他的。不过我们开始，那时我们真太小，我们好像一切小孩般好像用爱情做游戏，我们造作出一些苦恼，我们非常高兴地就玩在一起了。我们什么也不怕，也不想。我们日里牵着手一起玩，夜里抱着一块睡。我们常常在笑里，我们另外有一个天地。我们不想到一切俗事，我们真像是神话中的孩子们过了一阵。”[②]在这种孩子式的爱情游戏中，胡也频显然是占据主导地位，而且心满意足的。对于丁玲，这样的情形却未必令她满意。猜测起来，丁玲虽然比胡也频年纪轻一点，但是她的人生阅历比胡也频丰富得多。心高气傲的丁玲（施蛰存就写过一篇《丁玲的傲气》，记述丁玲在上海大学读书期间给他的印象），从上海到北京，结识过许多优秀的男性，既包括瞿秋白、施存统、茅盾、田汉、洪深，也包括那些吸引她的无政府主义革命家（今人似乎很少谈及丁玲与无政府主义革命的联系，其实丁玲在延安时期在向尼姆·韦尔斯讲述自己的身世时，就明确表示，她在20年代前期的上海时期，心仪的是那些无政府主义革命家，认为他们很优秀[③]）。从她的心

① 沈从文《记丁玲》中写道：那时节这女孩子感伤气氛极重，大约因为几年来在外边飘飘荡荡，人事经验多了一些，少年锐气受了些折磨，加之较好的朋友又死掉了，生活又毫无希望可言，便想起母亲，想起死亡的弟弟，想起不可再得的朋友。一切回忆围困了她，使她性格也受了影响，并且在实际上，则另外一件事必更有关系，便是她的年岁已经需要一张男性的嘴唇同两条臂膀了。因此便不问黄昏清早，常常一人跑到最寂寞僻静地方去，或是南城外陶然亭芦苇里，或是西城外田野里，在那些地方痴坐痛哭。有时半夜里还不知道回家，有时在家饭也不吃。不过朋友们同她自己，虽明白这份感情由于生活不满而起，却不明白倘若来了那么一个男子，这生活即刻就可以使她十分快乐。关于这一点，海军学生聪明了一些，当我同他在西单散步时，他向我说：“她有个弟弟死了，她想起她弟弟真会发疯。”我因为估想得出这海军学生心中的主意，我说：“要个弟弟多容易！她弟弟死了，你现在不是就正可以做她的弟弟吗？”海军学生脸红一下，想要分辩，又不敢分辩什么，把我肩上轻轻的打了一掌，就跑开了。———沈从文：《记丁玲》，《沈从文全集》第13卷，北岳文艺出版社2002年版，第37—38页。沈从文没有料到的是，胡也频刚刚以“一个新弟弟”的名义送花给丁玲，被他误打误撞地言中了。

② 丁玲：《不算情书》，《丁玲全集》第5卷，河北人民出版社2002年版，第21页。

③ 丁玲说，在上海平民学校时期，“共产党之外，我也认识许多无政府主义者，他们大多从北京大学来的，我受他们影响，于1922年加入无政府党。……我比较接近北京大学来的学生们，因为他们有兴趣的是一般社会问题，而不是恋爱与结婚。我喜欢无政府主义者，因为他们是理想家，梦想着建立一个乌托邦”。尼姆·韦尔斯：《续西行漫记》，安徽省中共党史学习研究会印行的内部参考资料本，第297页。

态而言，幼年丧父、此时又漂泊无定的丁玲，她最渴望的，是能够在精神上足以依赖的父兄般的男子，而不是在情感上一往情深却未免稚嫩的胡也频。在《续西行漫记》中，丁玲向时为斯诺夫人的尼姆·韦尔斯坦言，不是因为真正的情投意合，而是出于对他人的误解和冷待的憎恶，“我们像姊弟一般住在这房子里。我想随时离开胡也频，但他希望我们的关系会变得亲密些。有时我们快乐，有时不快乐。……我要从恋爱脱逃，但不知道怎样逃法”。[①] 类似的表述，丁玲数次讲到，可见这不是一时的口误。

在对尼姆·韦尔斯的谈话中以及在别的场合，丁玲都强调，她和胡也频的有名无实的同居生活维持了很久，就像朱谦之和杨没累那样的“柏拉图”式恋爱，也发生在丁玲胡也频之间。这样的述说，也在沈从文的回忆中得到印证（依照沈从文的回忆，这种精神恋爱，直到胡也频、丁玲、冯雪峰三人从杭州西湖回来，在沈从文对胡也频传授关于两性之“医学知识”的提点下，才得以改变）。

这种欲罢不能、欲去还留的状态，当然无法稳固两人的情感。与胡也频的幼稚和单纯相比，冯雪峰的出现，为丁玲提供了新的选择。随着胡也频和沈从文的作品逐渐被文坛所接受，相应的经济状况有所改善之后，丁、胡和沈从文都曾经打算到日本去留学，并且请人介绍了冯雪峰来担任日语教师。冯雪峰在“五四”时期就以湖畔诗人而著名，在“四一二”之后又于白色恐怖中加入共产党，开始翻译马克思主义文艺理论著作，在文学和政治方面，都足以充当丁玲的精神导师。如果说，在与胡也频的情感纠葛中，丁玲一直是处于被动接受的状态，她对于冯雪峰，却是迅速就陷入情感的旋涡。

冯雪峰的出现，是为丁玲等人补习日语，凌吉士在《莎菲女士的日记》中，与莎菲的交往，则是始于两人间的英语教学。这是莎菲为了有机会接近凌吉士而寻找借口率先提出的，这一恳求很快得到凌吉士的回应。“几夜，凌吉士都接着接着来，他告人说是在替我补英文，云霖问我，我只好不答应。晚上我拿一本‘PoorPeople’放在他面前，他真个便教起我来。我只好又把书丢开，我说：‘以后你不要再向人说在替我补英文吧，我病，谁也不会相信这事的。’他赶忙便说：‘莎菲，我不可以等

① 尼姆·韦尔斯：《续西行漫记》，安徽省中共党史学习研究会印行的内部参考资料本，第298页。

你病好些教你吗？莎菲，只要你喜欢。'”

和这一描写相映衬的是，十几年之后，丁玲在延安向尼姆·韦尔斯谈及当时的情形：

> 一天，有一个朋友的朋友来到我们家里，他也是诗人。他生得很丑。甚至比胡也频还要穷。他是一个乡下人的典型，但在我们许多朋友之中，我认为这个人特别有文学天才，我们一同谈了许多话。在我一生中，这是我第一次爱上的人。①

在作品中，莎菲困扰于苇弟和凌吉士的两种不同的爱，在现实中，丁玲则在胡也频和冯雪峰之间，难定取舍。揭示这一点，还不算太难的事，沈从文在《记胡也频》中就这样说：“那个时节在两人之间，似乎为了另外一些属于青年人不能少的‘感情的散步’，各有了些小小任性处。我不甚明白这些‘感情散步’的内容与那些经过，是不是适宜于从那篇《莎菲女士日记》上发现一点东西，因为我已经记不清楚这篇文章在那时节是不是早已写成。”②丁玲与冯雪峰的相识，是在1927年的冬天，《莎菲女士的日记》写作则是从该年的“十二月二十四日”写起，很有可能就成为丁玲感情危机的写照。丁玲对韦尔斯说，《梦珂》断断续续写了近四个月，《莎菲女士的日记》一气呵成只写了一个星期，除了别的因素，情感的炽烈和不吐不快的心态，也是重要原因吧。联想到在胡也频牺牲之后，时隔数月，1931年8月，丁玲就迫不及待地写下致冯雪峰的散文《不算情书》和诗歌《给我爱的》，毫无掩饰地展现自己自从爱上冯雪峰以来心灵的焦灼和压抑，“没有机会好让我向你倾吐，一百回话溜到口边又停住，你是那末不介意的，不管是我的眼睛或是我的心”。③此外，在丁玲的早期小说《一个女人和一个男人》《他走后》中，类似的情境和情感都一再被抒写，可见丁玲受这种单相思的情感折磨之深了。

---

① 尼姆·韦尔斯：《续西行漫记》，安徽省中共党史学习研究会印行的内部参考资料本，第298页。

② 沈从文：《记胡也频》，《沈从文全集》第13卷，北岳文艺出版社2002年版，第24页。

③ 丁玲：《给我爱的》，《丁玲集外文选》，人民文学出版社1983年版，第24页。

莎菲和黎蒂：丁玲性格探隐

还有丁玲这一时期的性格问题。徐霞村所描述的，当年的丁玲，是个性格开朗、情绪稳定、平易近人、生活态度极为严肃的女性，“与莎菲那种有点病态神经质的性格，截然不同”，亲见亲历，应该是可以相信的。但是，这应该是丁玲在朋友面前展露出来的一个方面；在此同时，丁玲却是有一段与莎菲非常相似的低回感伤时期，展露出其性格的另一个方面——我们今天所强调的，是丁玲豪气勃发的女中丈夫的雄姿，就像中国现代文学馆中那尊穿着八路军军装的丁玲塑像；但是，在丁玲早年的照相簿中，也可以看到那种充满小资情调和精心修饰的楚楚可怜的美人照。沈从文曾经记述了丁玲借酒浇愁、荒郊痛哭，胡也频也写过一篇明显是以丁玲与胡也频的早期交往为依据的小说《黎蒂》，这部小说，在技术上不见长处，却可以和《记丁玲》和《莎菲女士的日记》互相参照。

这是黎蒂在作品中的出场：

> 黎蒂，她是孤独地漂泊到北京来的一个漂泊者。因为她看见这红墙黄瓦的都城，还是初次，故在此地没有熟人；她所认识的，全是为她自己冷清清地住在公寓里，感到寂寞，无聊，时间悠长和空间压迫的缘故，用这“黎蒂”名字写信给那些曾听说而不曾见过面的献身于艺术的人——是这样认来的几个朋友。像这些朋友，自然，对于她的身世、家庭，和其余的一切都渺茫极了；他们所明显地知道她的，只是她生得又美丽，又飘逸，又有使人不敢怠慢的庄严和骄傲——除了这些，便是从她闲谈和歌吟里面，辨别出她的声音是属于湖南的腔调了。

这里写的，显然是胡也频对丁玲的最初印象。将沈从文的《记胡也频》和《记丁玲》与《黎蒂》相印证，可以见出沈从文所述胡也频当时向丁玲求爱的过程的纪实性；将黎蒂和莎菲的形象相比较，两位女性在精神气质上有很多重合之处。

接下来，笔墨渐渐深入了，从上海初到北京的黎蒂，给朋友们留下的是一个性格矛盾反差极大的、不愿意提及自己的既往的女性，“她的心灵在瞬刻间会变幻出两极端的灰色和灿烂，所以她不能安静于固有的习惯的生活”，经常处于焦灼和亢奋的交替之间。朋友中的一位名叫罗菩的男性，向黎蒂表达爱情以及从她那里得到的反馈，在作品中是这样描写的：

> 极其诚恳、忠实、殷勤、依恋，……差不多把整个热烈真纯的心献给黎蒂的，要算是罗菩了。罗菩，他认识黎蒂的第二天，在太阳的光辉还隐约在云端的时候，便把一朵含露的鲜艳的蔷薇，放在一个淡青色精致的纸盒里面，送给她；并且，在花枝上头，他是系着一张折叠的纸条子。
>
> “如果这一朵花儿能使你减少一点寂寞，那我的愿望就是达到了！”纸上面的字是写得非常的秀丽和端正的。从此，他便常常——几乎是每天一清早，便到黎蒂这小小的寓所来；只要黎蒂不向他说：“走吧，你！”他会毫不疲倦地一直坐到夜深，到黎蒂实行就寝时候，这才惘惘地回转去。他对于黎蒂，已是这样的超越过友谊的了。然而黎蒂却没有何等异样。虽然她也曾知道他的好意，但这样的好意在她的眼里看来，是太平常了，只像一只乌鸦从树枝头飞过去一样。因此，她对于罗菩，也像和其余的朋友，在她得意、欢乐、狂放，或倨傲的时候，大家谈谈、笑笑、玩玩，……到了疲乏和厌倦了，便同样的使她怀疑、鄙视，至于很不高兴地说，“愿你和别的人一样，不要在我的周围！”听了这一句难堪的话，在每次，罗菩都很伤心，他想：“我确是和别的人异样呵！”可是他终于低声地说，“好吧！”便掩着脸无力地走开了。

这一段文字，不但印证了沈从文所言，胡也频是在认识丁玲的第二天就向她示爱（《沈从文与丁玲》的作者李辉曾经质疑过沈从文的记忆是否准确），而且也可以和丁玲笔下莎菲对待苇弟的态度相互补充印证。作品的结尾处，在感伤中借酒浇愁，又从醉乡醒来的黎蒂给罗菩留下一封告别信，踏上新的漂泊之旅；在现实中，正是丁玲不辞而别返回湖南，胡也频随即尾随而去之际。

明乎此，我们就可以继续阐释丁玲这篇成名作的创作方式：在作品的整体框架和内心倾诉上，丁玲是根据自身的真实困境而实写的；但是，在关于凌吉士与莎菲的某些关节上，她却是反向设置，曲径通幽的。这样，就引出丁玲创作中的反向思维方式。就情感的倾诉而言，丁玲是坦率直言的；在许多枝节上，丁玲却是逆向取意、“反其道而用之”的。也正是这种反向思维，模糊了人们的视野。但是，当事人冯雪峰却心知肚明，最早从《小说月报》上读到《莎菲女士的日记》时竟然哭了——若非感同身受，何以如此动情？[①]

比如说，在作品中，莎菲陷入情感旋涡不能自拔，明明是她在追求和诱惑凌吉士，却又出于女性的矜持等原因，不愿意主动倾吐，渴望着从凌吉士口中听到“我爱你”，为了得到这一声表白，甘愿承担各种牺牲。在前引《不算情书》中，这样的情致同样存在着：“然而对于你，真正是追求，真有过宁肯失去一切而只要听到你一句话，就是说，我爱你！”[②]

在作品中，莎菲获得了她想从凌吉士那里得到的爱情表白，为此焦虑不安；在现实中，丁玲却明明白白地责怪冯雪峰的节制和暧昧说：“我想过同你到上海去，我想过同你到日本去，我做过那样的幻想。假使不是也频我一定走了。假使你是另外的一副性格，像也频那样，你能够更鼓励我一点，说不定我也许走了。你为什么在那时不更爱我一点，为什么不想获得我？”[③]

在前述《续西行漫记》中，丁玲这样讲述她认识冯雪峰之后陷入的情感危机及其解决方式：

> 这人本来打算到上海去的，但他现在决定留在北京。
>
> 我不同意这个，而要他离开，于是，他离开了。两星期后我追了去——胡也频也追了来。我们一同在上海只过了两天时间，我们三个决定一同到杭州那美丽的西湖去，这在我是一个非常复杂的局面。虽然我深深地爱着另外那个人，但我和也频同居了许多时候，我们彼此有一种坚固的感情的联系。如果我离开他，他会自杀的。我决定我不能和我可爱的人在一起。我对他说：“虽然我们不能

① 丁玲：《悼雪峰》，《丁玲选集》第3卷，四川人民出版社1984年版，第221页。

② 丁玲：《不算情书》，《丁玲全集》第5卷，河北人民出版社2002年版，第21—22页。

③ 丁玲：《不算情书》，《丁玲全集》第5卷，河北人民出版社2002年版，第22页。

共同生活，我们的心是分不开的；又说世界上只有一个是我所爱的，无论他离开多远，这个事实可永远不会改变。所以我们的爱只得是“柏拉图”式的了。所以我决定使他非常悲哀，所以我终于不得不拒绝和他见面，把关系完全切断。我仍然和以前一样爱他，但把这个连对他都保守了秘密，退回了他全部的信。关于这个人我不再多说了……①

如果说，以上的解读，都是从现实生活与小说的正相关入手，阐述丁玲的生活与情感状态与莎菲的相似相同之处，那么，丁玲的聪颖天性，则使她在进行文学创作时，经常也采用负相关的手法，处理小说与生活的关系，使得作品超越了生活本身的直观的有限性，也为人们考证作品添加了一种障碍。比如说，现实中，冯雪峰和丁玲、胡也频一样，也是一个生计并不充裕的青年文人，在作品中，凌吉士却具有了海外富商的纨绔子弟的身份。在现实中，丁玲眼中的冯雪峰是其貌不扬甚至有些“丑”的，吸引丁玲的，是他激情洋溢的文学才华和他在大革命失败之后愤然加入中国共产党的志士品格以及兄长式的成熟和坚定，足以对丁玲提供文学和人生的指导；在作品中，凌吉士却是一个十足的“绣花枕头”，徒有其表，内心却极为平庸和无聊。这种负相关的手法，有着欲盖弥彰的用意，是作家常用的障眼法，也表现在别的方面和别的作品里。比如说，丁玲自己是父亲早逝，在经济不能自立的时期，经常要靠母亲的接济为生，在《莎菲女士的日记》和《梦珂》中，女主人公却都有一个慈爱而且给她提供生活费用的父亲，母亲的形象，却始终阙如。在现实生活中，丁玲曾经有数年时间住在经济颇丰的舅舅家里，和她的一个表哥有过情感纠葛。这样的情形，也在《续西行漫记》中有过诉说②，这一事件发生在湖南家乡；在《梦珂》中，漂泊在上海的梦珂，在困窘之际，寄居在与母系的舅舅相对的父系亲戚姑母家里，也和一位表哥发生感情纠缠。梦珂的学习美术，到电影戏剧圈子里去探路，都是丁玲的生活中有过的；不过，丁玲最终确认了做电影和喜剧明星梦的虚

① 尼姆·韦尔斯：《续西行漫记》，安徽省中共党史学习研究会印行的内部参考资料本，第298页。

② 在此之前，丁玲与她寄居的舅舅家的表哥有过婚约，“我决心要摆脱我的婚约———一半是因为我在寒假里碰到了另一位表哥。他刚从天津南开大学回来，我很喜欢这个孩子，但他却竭力避开我。因为他不要因此引起家里人的批评”。尼姆·韦尔斯：《续西行漫记》，安徽省中共党史学习研究会印行的内部参考资料本，第295页。

幻，抽身离去，梦珂却是在这个名利场中留了下来，忍受着他人的轻薄和骚扰，进行新的打拼。如此推演开去，对于《莎菲女士的日记》中的凌吉士，与现实中的冯雪峰的关联，是否可以有一些新的理解呢?

（原载《华南师范大学学报（社科版）》，2009 年第 5 期）

天命：卑微生命的混融信仰

——论萧红文学泛文本的知识谱系

季红真

萧红生活在一个新旧杂陈的时代，外来文化以新的时空形式崛起在她的家乡附近，故乡小城呼兰与五方杂处的国际化大都市哈尔滨隔江相望。传统的文化思想在困兽犹斗的挣扎中，随着政治经济的衰败而逐渐瓦解，但是又“死而不僵”，强有力地操控着民间的思维与行为方式。得风气之先的乡绅之家，最早感受到民族危亡与文化衰败的厄运迅速变通，维新的风气是她成长最初的意义空间。但与广大而沉默的乡土社会比量，这个狭小的意义空间只是孤岛一样的存在，而且以亲族血缘等方式浸淫在乡土文化的无边包围中。尽管她接受了新的文化观念，但是从日常生活、人生抉择到家国大事，无不和乡土社会砥砺纠缠、难解难分，民间思想比家庭的文化氛围更柔韧有力地包围着她。民间思想对于她还有一重精神的强迫，深入无意识地影响着她关于自我与乡土的叙事。她以“五四”新文化为坐标，对民间思想进行了深入的辨析，在批判的认同中完成精神的自我确立，这就是探讨她泛文本知识谱系的意义。

一

萧红祖居的呼兰小城，是一个多民族聚居的古老边城。最早的原住民是属于肃慎、东胡与抚余三大族系，后来这三大族系发展为近代的满族、蒙古族、朝鲜族、锡伯族、鄂温克族、达斡尔族、赫哲族。在漫长历史的政权更迭中，他们基本都以渔猎游牧为主要的生产方式，信奉泛神的萨满教，保留了巫术的仪式活动。最早的汉族居民主要是逃亡的遗民与发配的流民，他们带来中原汉族的文化艺术与宗教信仰。交通的发达使之成为商贸繁荣的市镇，回族等民族又带来了伊斯兰教。尽管为了保持满族的风俗、朝廷的军力与皇家的贡品物产等原因，有清一代实行了近200年的封禁政策，但大批山东、河北破产的农民还是不顾禁令，翻山越海，爬过柳条边墙，到黑土地上来谋生，这就是所谓的闯关东。他们带来了农耕的文明，也带来了家族制度等汉文化的礼仪风俗，逐渐取代了原住民文化的主流地位。而现代文明以铁血暴力登场，又“以基督教征服中国”为梦想，19世纪末，那里就建起了仿照巴黎圣母院的天主教堂。

在这样层层的历史文化累积中，呼兰民间历来宗教文化兴盛，佛教、道教、伊斯兰教、天主教，都有自己活动的寺庙，此外，还有文昌阁、城隍庙、龙王庙等，具备所有封建城市的文化设施。这里文风昌盛，涌现了不少著名的文化名人，其中有著书论史的富永阿、崇尚儒学的乌珍布、藏书数千卷的舒昶等文化名人。光绪改元以后，推行科举考试制度，呼兰城里大兴官学，遂有“江省邹鲁”的美名，在文化教育上也被誉为“甲于江省”。和中国所有的地方一样，两个精神的世界重叠在一个空间中，士大夫的文化理念与民间混融的实用性信仰，并行不悖地存在发展，大传统中容纳着多元的小传统，民间的生活世界丰富多样。而西方文明的侵入，又使两种文化实践形式犬牙交错，撕裂了自我完足的文化系统。呼兰城虽小，也承受着近代中国共同的文化命运。

萧红的童年经验，就是建立在这样的历史文化的罅隙中，所有文化宿命的症结都浓缩在她独特的家庭环境里，形成她对世界的初始情境和终身记忆。作为山东逃荒移民的后代，和所有汉人一样，张家有着极强的家族观念，祖先崇拜是最基本的信仰，暴富起来之后，便要修家谱，强化宗族的制度以增强凝聚力。从她祖父那一代开始，就以一首诗排辈，有着极严苛的家规家法，规定子弟只许读书不许出仕，以诗书礼仪治家，确立了耕读的家风。萧红的祖父张维祯年轻时读过十几年诗书，口授萧红的《千家诗》是旧时私塾开蒙的主要教材。在萧红的笔下，他是一个蔼蔼儒者的形象。儒家“仁者爱人”的理念充分地体现在他的行为举止中，他劝阻老胡家不要打小团圆媳妇，他喜欢儿童，喜欢和他们重复开一些无伤大雅的玩笑。他把儿子强行拉来抵债的马，从车上解下来还给欠租的贫穷房客。他不善理财，终日闲着，只是负责擦地桌上的一套锡器。这套锡器应该是一套礼器，除夕祭祖是张家一直保持的礼仪[①]。他非礼勿视、非礼勿听、非礼勿言，对于冯歪嘴子和王大姑娘的非婚结合不置一词。他“不言乱力怪神”，对于跳大神和巫术一类民间信仰极为反感，对于虐待小团圆媳妇的老胡家不以为然：“二月里让他搬家。把人家的孩子捉弄死了，又不要了。”他还会用放大镜在阳光下点火，会用模板印帖子，精通其他一些物理，很有些儒者“格物致知”与“君子不器”的风范；他喜欢在后院种植蔬菜花树[②]，又很像陶渊明式归田园居的隐者。萧红的外祖父则是呼兰著名的塾师，精通四书五经，擅长八分体书法，人称“姜大先生”。他在家教授子女读书写字，为女儿择偶的标准是“门当户对，能读书[③]”。萧红父母的婚事是真正地合张姜两姓之好，强化着耕读的文化传统。

萧红的父辈，几乎都顺应时代的文化潮流而维新。萧红的父亲张廷举3岁丧母，12岁过继到二伯父张维祯家。他坚持到省城齐齐哈尔读新式学校至师范毕业，秘密加入国民党、秘藏孙中山的画像，响应“五四”运动，砸了祖师庙里的祖师牌位，提倡女学主办女校，成为呼兰教育界的头面人物[④]。他让子弟进新式学校，在家里倡导男女平等，鼓励子女读书上进。家里不贴灶王爷的画像，春节祭祖只是应付过场[⑤]。他的亲大哥——萧红的大伯父张廷蓂也是一个兼容新旧的人物，他继承张家祖业到荒僻异乡再度开拓，使颓败的家势得以中兴，并且娶孔公之女，视“宦途如河海”，巩固强化着耕读的家风。他通俄文，大概涉足洋务。他通翰墨、喜丝竹，性格英豪坚毅。长兄如父，他经常到呼兰帮助不善经营的张廷举管家，成为萧红童年唯一崇拜的精神偶像[⑥]。萧红六叔张廷献在北京读国民大学教育系，毕业回到哈尔滨任税务官，成功地经营各种现代商业，在道外水晶街有半条街的店铺。

几位男性家长体现着儒家文化向现代文明从生活方式到知识谱系的成功转型，给萧红提供了独一无二的文化环境，也奠定了张家在呼兰新

① 见萧红：《呼兰河传》，《萧红全集》第3卷，黑龙江大学出版社2011年版，第47页。

② 见李重华等：《萧红外传》，载《呼兰学人说萧红》，哈尔滨出版社1991年版，第60页。

③ 见王化珏：《访萧红亲三姨——93岁老人姜玉凤》，孙茂山编：《萧红身世考》，哈尔滨出版社2003年版，第81页。还可参见《萧红父亲张廷举其人其事》、王连喜《萧红故居与文物综合考》等，载《萧红身世考》、张秀琢《重读〈呼兰河传〉，回忆姐姐萧红》等。

④ 可参见李重华等著：《 小城三月的思想性与任务形象来源漫谈》，见《呼兰学人说萧红》，哈尔滨出版社1992年版，第156页。

⑤ 可参见萧红小说《北中国》，见《萧红全集》（第4卷），第93页。

⑥ 见萧红散文《镀金的学说》，《萧红全集》（第4卷），黑龙江出版社2011年版，第149页。

党乡绅的地位。萧红晚期对于早年家庭的文化气氛，有着细致而张扬的描述。《北中国》里的耿大先生原形取自父亲张廷举，环境是呼兰老宅，客厅里挂着威尔逊、拿破仑、林肯和华盛顿的画像，每天早饭之后，他要对所有子弟逐个介绍一遍，还要大孩子背一遍，让小孩子指认。“他的思想是维新的多了，他不迷信，他不信中医。”“他说什么是神，人就是神。自从有了科学以来，看得见的就是有，看不见的就没有[①]。”唯物主义的世界观是他思想的核心，共和民主是他的政治理想。伯父则为子弟讲解古文，熟读《西厢记》和《红楼梦》[②]。张家的青年男性都到哈尔滨和北京读书，回来大谈男女同校的见闻，叔叔还和女同学通信。所以这个家庭都“咸与维新”起来，家庭气氛自由轻松，“一切都很随便的，逛公园，正月十五看花灯，都是不分男女一起去”。大伯父经常在家里召集音乐会，所有的人都可以参与演出。家里还设了网球场，一天到晚打网球，亲戚家男孩子来了也一起打[③]。在萧红的笔下，这完全是一个开放的现代文化家庭。

混合着各种实用信仰的民间思想则以女性家长的言语行为，顽强地遗存在这个维新的家庭中，成为萧红成长晦暗而深厚的底色。祖母范氏“很是迷信，跳神赶鬼”[④]，代表了民间的信仰。她言语刻薄，在家里掌管一切。所有姜家亲属对她的叙述，都是一个好走动、神神叨叨、精明能干、很神通的人[⑤]。她给萧红起的乳名是荣华，为长孙起的名字是富贵，她居室器物摆设是艳俗的民间文化品位与西洋物质文明的杂糅，三只不同外观的钟表，体现了她趋时的趣味。有一种传说，她的哥哥是某地的督军，在长期军政合一与兵戎频仍的东北，军人的权势是至高无上的，她的性格与品位便也不足为怪。她体现着民间文化传统中经验的智慧，用针吓唬萧红的细节，最初的目的是惩戒，以杜绝她捅窗户纸的调皮行径[⑥]，结果弄假成真扎着了她的手指，成为萧红最初的创伤记忆，足以说

① 见萧红散文:《镀金的学说》,《萧红全集》(第4卷)，黑龙江大学出版社2011年版，第149页。

② 见萧红散文:《镀金的学说》,《萧红全集》(第4卷)，黑龙江大学出版社2011年版，地149页。

③ 见萧红短篇小说:《小城三月》，见《萧红全集》(第4卷)，黑龙江大学出版社2011年版，第112页。

④ 见萧红小说:《北中国》，见《萧红全集》第4卷，黑龙江大学出版社2011年版，第93页。

⑤ 见王化珏:《访萧红亲三姨93岁老人姜玉凤》等，载《萧红身世考》，孙茂山《萧红身世考》，哈尔滨出版社2011年版。

⑥ 见张秀琢:《重读〈呼兰河传〉，回忆姐姐萧红》，载王观泉编《怀念萧红》，东方出版社2001年版，第38页。

明这一点。她的精神世界更接近萨满巫术等原始宗教，各种文化禁忌都体现着民间实用化的神秘信仰，功能是永葆“荣华富贵”。萧红直系的继祖母徐氏（六叔之生母）则主要是信仰佛教，“胡匪”来袭击张家阿城福昌号屯土围子的时候，她恐惧得烧香拜佛，向佛爷祷告[①]。萧红的母亲是乡村妇女中的佼佼者，幼从父读书，女红出色，出嫁以后又恪守妇道，勤谨理家，是儒家女性规范的楷模。她对女性人生的想象力也超不出自己的经验世界，对萧红管束很严，一直不让她读书，留在家里看孩子[②]。她被妇道压抑的精神，主要靠信奉佛教来舒展，遇到紧急情况便会烧香拜佛[③]。萧红的继母是满族格格，没有受过新式教育，最原初的信仰当为流行在通古斯社会的萨满教，进入张家以后，转而信奉道教，有时遇事会请道士说法[④]。萧红在《小城三月》中，叙述了继母的一个亲属满族婚礼的场面，以“繁华”为中心词，当为融合了汉族文化的京旗之家，是乾隆七年开始从关里回迁屯垦的旗人，呼兰人称她的继外祖父为“梁三爷”，张氏族谱记载梁家“殷富”，都可以作为佐证。她的继母接受道教，也就不足为怪了。

这个家庭三位主要男性家长，成为更续变通着儒家正统文化精神的坚实支柱，而一家三口女性长辈，则几乎牵连着所有沦入民间的传统文化思想，而且文武坤当不乱，有机地融合为日常生活神秘的心理氛围，性别的差异在生物学之上，还有文化思想的明显冲突，善于变通的士大夫文化理念与民间思想的冲撞与磨合，凝缩在萧红童年的家庭氛围中。萧红自幼由祖父抚养，讨厌祖母，崇拜大伯父，和父亲与生母姜玉兰的关系很疏远，和继母的关系也多处于紧张状态，对于继祖母徐氏更是无比厌烦。其中除了感情的原因，还有意识形态的对立。这种对立不仅仅是思想的分歧，而且直接影响到她人生的命运。隐瞒萧红的生日，原因是迷信祭日出生的孩子不祥。母亲的恶言恶语中，是否也接受了起于先秦的谶语暗示，恶月恶日出生的孩子男杀父、女杀母。3岁，祖母就把她

① 见萧红小说：《夜风》，《萧红全集》第1卷，第30页。

② 可见张抗：《萧红家庭情况及其出走前后》，见孙延林主编：《萧红研究》第一辑，哈尔滨出版社1998年版。

③ 见萧红散文：《一九二九年底愚昧》，《萧红全集》（第4卷），黑龙江大学出版社2011年版，第180页。

④ 见张秀琢：《重读（呼兰河传），回忆姐姐萧红》，王观泉编：《怀念萧红》，东方出版社2011年版，第38页。

定给鬼神忌惮的军门，是否也有化解不祥的动机。她求学的阻滞，首先来自神秘的婚约，而端午节像咒语一样，在萧红实际的人生与虚构的文本中，都带有划分生死界限的时间性象征意味。萧红的思想追随着父辈言行与新式教育所体现的“五四”民主科学的精神，并且朝着这个方向寻找思想自由的空间，祖母一死就闹着搬到祖父屋子里住；偷了家中的食物跑出去找穷孩子们同吃同乐；在哈尔滨左翼文化沙龙牵牛坊的除夕之夜，她和朋友们玩闹戏仿拜财神与祭祖仪式的游戏①。

另外，家庭中处于边缘的女性亲属，又连接着广大的乡土社会底层民众的生活世界，是张家日常生活的主流意识形态，以言语的精神强迫有力地惩戒规训制约着多数家人的思想行为。女性作为朝夕相处的亲属，在家的狭小空间中，对于萧红思想的强迫比男性亲属更直接更有力，她们的宗教知识以琐碎的言谈压迫着萧红，理性的排斥无法阻挡沉积在潜意识中的巨大影响，民间传统文化遗存的各种信仰与禁忌，成为萧红最深刻的心理纠葛，一再以数字的方式呈现在文本中，释放出内心沉重的压抑感。《生死场》中《罪恶的五月节》两桩杀子的叙事，《呼兰河传》中3岁被祖母用针刺痛手指的细节，更像是生日禁忌和不可言说的婚约在文本中的变形替代②。

这种文化精神分裂着的家庭关系，比血缘的复杂更深刻具体地形成萧红的童年经验，形成了她文学泛文本的知识谱系。

二

民间生活的世界一直都是萧红关注的主要领域，尽管呼兰文风昌盛，但是在她的叙事中，没有出现过一个具体的传统乡绅式的人物，大量的形象是和寻常草木一样自生自灭的卑微生命，而且是近于没有戏的日常生活故事。除了祖父之外，没有一个儒者的形象。只在《呼兰河传》中，有一个不出场的满清翰林，作了一首歌，“溯呼兰天然森林，自古多奇才”，用以反讽老胡家虐待儿媳的愚昧暴行。传统的文化精神多是以负面的形式，影响着普通人的命运。

《呼兰河传》第二章列数呼兰民众的精神壮举，首先就是跳大神。这

---

① 见萧红散文：《几个欢快的日子》，《萧红全集》（第1卷），黑龙江大学出版社2011年版，第194页。

② 可参见拙作：《萧红身世之谜》，《新文学史料》2011年第2期。

是萨满教的遗存，宇宙观、自然观、社会观都被遗忘，只有巫术的仪式保留在贫瘠的民间社会，用来治病禳灾，因为一男一女对答歌舞，又成为民间的娱乐活动，具有人类学家所谓心理治疗的功能。在东北泛神的萨满教神祇谱系中，狐仙是外神[①]，跳大神是为神灵代言、模仿想象的狐仙附体与解说禳除办法的仪式；在中原的中古时期，狐仙的神话也带有灵异的特点，大概还有图腾崇拜的性质。萧红在《呼兰河传》中，把跳大神的基本场所设定在胡姓房客家，互文性的叙事策略潜在地暗示着图腾的意味，也就混融了两种文化的功能，跳大神的活动已经不限于通古斯原住民，在汉族民众中也广为流传。为了治小女孩儿发育过早与不懂规矩的“病”，她吝啬的婆婆前后花了五千多吊钱，“偏方、野药、大神、赶鬼、看香、扶乩、样样都已经试过”，正所谓有病乱求医。小团圆媳妇最终死于儒家妇道、萨满巫术、道家妖言与江湖野郎中等混融一体的愚昧信仰，民族政治迫害的集体无意识场景，以多种意识形态的邪恶力量呈现出来。而民众被压抑了的善良精神，则以新的传说替代各种意识形态的残酷想象，缓解内心的罪恶感与羞耻心，每当阴天下雨，冤魂枉鬼聚集在龙王庙侧的大桥下哭泣。小团圆媳妇在新的传说中变成了一只大白兔，“隔三岔五就到桥下来哭”。白兔在中原文化中是月神的化身，也指涉善良与温顺的语义，小团圆媳妇从需要去马跳神的狐仙“旁边人”，向“大白兔”的传说转身，有着民族集体无意识的自我调节功能，也有较为温和的中古中原民间文化对残酷巫术等民间信仰的精神矫正。而冯歪嘴子与王大姑娘的结合，在底层男性如老厨子、有二伯者流，是不能理解和容忍一个好好的姑娘不嫁给有钱的人，而嫁给一个穷磨倌儿，只是由于根深蒂固贫富尊卑的阶级意识以及无意识中的性嫉妒。对于乡土社会的无知女性，则是以为她伤风败俗，不合婚嫁礼仪，以显示自己道德精神的优越，这是儒家礼教的偏见。受到掌柜怒骂的原因：“破了风水了，我这碾磨房，岂是你那不干不净的野老婆住的地方！”“青龙白虎也是女人可以冲的吗！”“……从此我不发财，我就跟你算账……”他“义正词严”的愤怒中，包括了女人不洁的原始巫术信仰、封建礼教的贞操观念、道家天神护卫平安的说法以及由此带来的财货运道的迷信，也是混融了各种原始思想与中古宗教的实用性信仰。王大姑娘因难产而死，“大庙不收，小庙不留”，成了“游魂”。混融的实用

① 见色印：《东北亚的萨满教》，中国社会科学出版社 1998 年版，第 46 页。

性信仰，无疑是以女人为残酷牺牲的。就连《生死场》中的侵略者也把产妇的肚子剖开，去破义勇军中的“红枪会”，不知是出于同文同种的共同巫术信仰，还是丧心病狂之后，接受汉奸挑唆入乡随俗的本土巫术形式。打渔村最美丽的女人月英瘫痪之后，丈夫替她请神，烧香，到土地庙前索药，还跑到城里的庙去烧香，可谓诚心诚意，但是香火和鬼神都没有治好她的病，丈夫觉得已经尽了心，从此不再过问，任凭她痛苦地死去。混融的信仰，也是逃避现实责任的心理依凭。《呼兰河传》中定了娃娃亲的男家如果败落，女方不但不得退婚，而且要被迁怒，认为是女子妨的，嫁过去要受婆家的折磨。如果丈夫婚前死去，就是所谓的“望门妨”。

放河灯的七月十五盂兰会，是佛道两家祭鬼的日子，放河灯是为了给地狱中的冤魂怨鬼照出托生的路，是集体的精神心理治疗，而免得搅扰活人安宁则是实用性的目的，这也同样有缓解内心愧疚的疗治功能，鬼神的信仰与超度仪式沟通了阴阳两界，是所有传统宗教理解生死的共同心灵逻辑。只是由此派生出新的愚昧想象，这一晚出生的孩子是野鬼托生的，不被家人喜欢，订婚要隐瞒生日，除非家有充足的财货，一如“有钱能使鬼推磨”。河边的道场由和尚道士联袂演出，笙管笛箫的音乐烘托着虚幻的场景，最直接地体现着民间信仰混融的形式特征。四月十八的娘娘庙会是道教的节日，主神娘娘当为道教的碧霞元君，女人祭拜的目的是讨要子孙。就是这一女性的节日，信众也先要去拜祭关公的老爷庙报到，否则就是“反倒天干”。这个起于民间的神祇，因为从宋代起就不断被官方追封，至清代已经与文圣孔子并列，成为武圣，既体现着儒家仁、智、义、勇的道德人格，又主财运，被道与佛所认同，是一个掌管着世俗荣辱与贫富尊卑的大神，横贯儒释道三教，他体现着官方对民间思想的容忍与修正方式，实用而且高度整合划一，比单一功能的娘娘自然更值得花钱祭拜。性别的歧视中，有着世俗权利的轻重权衡，也呈现着民间信仰超越具体功能的混融方式。

感谢天地的野台子戏最直接地体现着农耕民族的自然崇拜。丰收之后，是为了感谢老天爷赐予风调雨顺的好年景，对于自然的敬畏早于一切宗教的信仰，也高于一切宗教的信仰。干旱祈雨成功，是感谢龙王普降大雨的恩情[①]，龙王则感动于人祈雨的虔诚与劳苦而降雨，其中有着

① 见萧红小说：《呼兰河传·第二章》，《萧红全集》（第3卷），黑龙江大学出版社2011年版，第27页。

天人感应的观念。这样的世界观深入民间的思想，使他们对科学理性的自然知识都本能地抵制。农业学校校长的儿子掉进大泥坑，是因为学堂设在龙王庙，冲了龙王爷了，龙王爷要降大雨淹死这孩子。或者是校长对学生说，天下雨不是在天的龙王爷下的雨，没有龙王爷，气坏了龙王爷就捉他的儿子实行因果报应，佛教的思想渗透其中。还有就是学生不像话，多有对龙王爷不敬的举动，龙王爷不是白人，惹了他能不报应你吗？！由此推断，有孩子千万上不得学堂，一上学堂就天地人鬼神不分了[①]。萧红发蒙的小学就俗称龙王庙小学，他的父亲曾经当过那所小学的校长，最古老的自然崇拜与泛神信仰，一开始就以民众舆论的方式挤压着她的精神，也造成了新党张家在呼兰的孤立文化处境。

依据靠天吃饭的基本生存法则，农耕民族敬畏天命就是顺理成章的事情。寒冬里赶马车的汉子，在没有道路的雪原中，是靠三星来分辨方向。二月开春的时候，“农民们蛰伏的虫子样又醒过来”，担担推车送粪。农耕经济对于自然规律的依赖，是无法动摇的绝对天道。二十多岁的学生，写家信在询问家人安康之后，必要有地租、大豆行情与出售与否的家政，背负着传统的生存伦理去汲取新文化知识。加上历来统治者的为神道设教，强化着人的渺小感，精神只好臣服膜拜在自然的无边法力之下，顺从季节卑微地生存，冬棉夏单、生老病死，大自然的威风“与小民无关”。只有一些原始的信仰保留在童谣中：“乌鸦乌鸦你打场，给你二斗粮……”乌鸦自古是太阳的象征，金乌玉兔是日月运行的神话想象，在满族文化中更是吉祥的保护神，宫殿里设有常年挂食饲养乌鸦的神杆。如期飞过小城头顶的乌鸦，犹如自然的信使，它们带走白昼的一切，小城便沉入黑暗的无边荒野之中，文明极其孱弱地依存于自然规律的无边法力。萧红对民间思想的观察，是以人与自然的基本关系为框架，探寻民间的精神信仰赖以形成的客观条件。

三

在这样严酷贫瘠的生存环境中，天命是综合着所有意识形态的整体观念。或者说是所有信仰的终极源头，无论贫富尊卑，无论具体的信

① 见萧红小说：《呼兰河传·第一章》，《萧红全集》（第 3 卷），黑龙江大学出版社 2011 年版，第 194 页。

仰与仪式，最终的权威都是天——自然的力量衍生出来的绝对主宰人格神。尽管取代以占卜问神而以人事修德敬神的天命观，早在春秋时代就已经崩溃，但是碎片以语言的方式积淀在民间的思想中。各大思想家以不同方式重新阐释天命，以应对这信仰的虚空，解决世界人生的基本问题，但是对于无知且无助的小民来说，天仍然是浑然一体的终极威慑力量，天命则是民间一直信奉的观念。“天”在老子是世界万物的本源，天命便是顺从这根本；在孔子是“天何言哉，四时行焉，万物生焉，天何言哉”，进一步的通俗化，就是“死生有命富贵在天”；在荀子则是“制天命而用之”。这些思想又都可以追溯到更古老的易，颠倒了的乾坤两卦，在简易、变易与不易的术数演练中，展示着自然人事的神秘，预卜推想吉凶，覆盖统摄着知识者与民间的两个世界，前提都是对天的敬畏，对命运的臣服。而外来佛教本土化之后则以因缘果报，为修正天命提供了可行的希望。这种历史的沿革使不同分工的华夏诸神谱系繁杂，而精神血缘又混淆不清，形成偶像崇拜的多种仪式，然而又都不曾超越最古老的“易”之终极思想源头。

萧红对此深有感触，无论是童年继母请道士所着道袍的符号，还是民间装饰的基本纹样，都透露着天命影响的深广与精微。她在散文《女教师》中，记叙了在哈尔滨商市街的一件真实往事，萧红为之当家教的女学生拿来几个字求她辨认讲解，她分辨不清，萧军认出是易经上的字，学生说是批的八字，谁都看不懂，特意请有学问的先生看看。萧红自然也说不出所以然，学生从此不来上课。写于1939年的《黄河》，在流亡中挣扎的艄公阎胡子，与邂逅的战士分手之后，激动地抚弄着锅饼上突起的花纹，“那花纹是画的‘八卦’”，“他还识出了哪是‘乾卦’哪是‘坤卦’”。并且由此得到中国必胜，老百姓一定能过上好日子的信念。天命以普通人无法洞悉的神秘，牵引着无数卑微生命的膜拜，也鼓舞着他们顽强达观地生存。这就是萧红对民间思想历时性的发现，以及在全民抗战的历史情境中，对民族远古精神的敬畏。

萧红的祖父有着陶渊明“乐夫天命复奚疑”式的散淡，而父辈则有着“制天命而用之”的自信与果敢。连接着广大民间社会的女性家长，则是以“无有不信”的虔诚，膜拜象征着天命的所有神祇与迷信所有的谶语。女性家长所融贯的民间思想，以各种方式进入萧红的童年生活记忆，凝缩在文本的语言细节中。《生死场》中，乐天知命的本分农民二里半相信兆相，对天命的敬畏体现在日常细节的敏感中，其中便有了谨慎保守的人生态度。王婆服毒假死之后，平儿去报庙，回忆当年生母去世也曾去报庙；《呼兰河传》中，萧红的祖母去世之后，家人也要去报庙，可见无论贫富，死的问题都要归神（也就是天）来管理。制作各种丧服，是亲属关系远近的文化制度性仪式内容，而炸打狗馍馍则是对死后世界的丰富想象，从天命大行其道的上古时代流传至今，汇入佛教因果报应的思想之后，具象为地狱的形式。

这样的天命信仰，简化了思想家们的睿智，渗透在萧红所有故事的民间思想中。《生死场》中传染病的流行与外国医生修理机器一样的医疗措施，带来村民们的惶恐疑问："……这是什么天象？要天崩地陷了。老天爷叫人全死吗？""天要灭人呀！……老天早该灭人啦！人世尽是强盗、打仗、杀害，这好似人自己招的罪……"完足的生活世界与文化世界被撕裂，所有混融实用的精神信仰与文化制度都无法抵挡洪水猛兽一样的外来文化。被暴力摧残得活不下去的村民，在对天盟誓抗暴的仪式中，所有的人都"曲倒在苍天之下"，在号啕的哭声中，"苍苍然蓝天欲坠了！""人们一起哭向苍天了！人们向苍天哭泣。大群人起着号啕！"苍天与哭声反复出现在叙事中，显示着原始信仰在民间的强大凝聚力。这种凝聚力是超越生死的，因为最卑微的生之希望也被粉碎，反抗的正义性便凸显出来，所以敢去死，"若是心不诚，天杀我，枪杀我，枪子是有灵有圣有眼睛的啊！"凝聚力来自对于至高无上的天的敬畏，所谓的"诚"是超越所有文化制度的基本伦理精神，违背了就要遭天谴。

在这样极端的历史事件之外，更寻常的理解，天命是建立在道德规范的自律性之上。在民间的信仰里，老天爷主宰着一切，不仅是风雨雷电，并且依照所谓的天道象征的伦理秩序与道德法则，奖惩人类的行为。在《放火者》中，萧红记叙了亲历的 1939 年 5 月 12 日重庆遭受的日机大轰炸，她被几个老人招呼到铁狮子下边，恐惧的避难者反复地自我安慰："我们坐在这儿的都是善人，看面色没有做过恶事，我们良心都是正的……死不了的。""看面色，我们都是没有做过恶的人，不带恶相，我们不会死……"可见善有善报恶有恶报的佛教观念与天人感应的中国思想，作为民间的天命信仰所起到的心理安慰所用。《烦扰的一日》中绝望的老乞丐，在饥寒交迫中挣扎在死亡线上，"他向天跪着，他向天祈祷"。萧红强烈地感受到社会崩坏的时代，天命是无助之人最后的精神归宿。当然，天命观中最消极的皇权思想，则是臣服于奴役者卑屈情状的理念基点。萧红对此深恶痛绝，莫过于在外来暴力的淫威之下，溃败中的乡村，被苦难折磨得绝望的无知民众，接受日伪的强大宣传攻势，以为“王道啦！”“日满”亲善啦！快有“真龙天子”！从一开始，萧红对于民间天命观的发现就有多层次的心理内容，焦点就集中在民众精神的两重性，可以从原始的思想出发抗争，也可以原始的思想为依据屈服。对于它的消极性，萧红一直十分关注，只是随着时间的流逝，愤怒变成了嘲讽，《马伯乐》第二卷中，发国难财的奸商船主，也“天地鬼人”地赌咒发誓，证明自己的“爱国壮举”。《呼兰河传》中对于自家荒凉庭院的叙事，所有残破事物都好像配了对似的自嘲式幽默，可谓反讽的极致。

萧红以五四“人的精神”理想，洞察到在这样的天命观中人是没有意志的，生老病死都是最高主宰决定的命运，人们只能无言地承受，生命的价值卑微如草芥，时间的推移只是生死的不断轮回而已。卑微的生命只有安贫节俭谨慎度日逆来顺受，“你说我的生命可惜，我自己却不在乎。看着很危险，我却自以为得意。不得意怎么样？人生是苦多乐少。”面对自然的灾害，只有以贿赂的方式祈求，大雨之中往河里扔几个铜板，为了让嘴馋的河神高兴，就不淹活人开荤了。生的无望只有借助死后的想象来填补，在《呼兰河传》的第一章，萧红用了一大段文字，描述了扎采铺的情景，内容是农耕经济中一应俱全的地主家宅，而且不分季节，“是凡好的一律都有，坏的不必有。”“穷人们看了这个竟觉得活着还没有死了好[①]。”只是主体缺席，说是谁的家宅都可以，严苛的文化制度是比自然力量更强大的精神压抑力量。萧红洞悉了天命观衍生出来的文化理念，只有空虚的形式与极端消极的人生态度。

在这样的天命观中，死的问题似乎解决得很好，而生的问题则极端严重。活着只是为了吃饭穿衣，没有其他的价值。所谓的伦理亲情，在匮乏的经济生存中，也无比脆弱：“母亲一向是这样，很爱护女儿，可是当女儿败坏了菜棵，母亲便会爱护菜棵了。农家无论是菜棵，或是一株茅草也要超过人的价值[②]。”小团圆媳妇死了，在有二伯看来就像一只鸡死了一样。王婆叙述第一个孩子死的时候，因为是农忙而顾不上难过。

① 见《呼兰河传·第一章》，《萧红全集》（第3卷），第194页。

② 见萧红《生死场》，《萧红全集》（第1卷），黑龙江大学出版社2011年版，第39页。

因为，“死人死了，活人们计算着怎样活下去。”“生命唯一的价值只是物种的延续，就是像动物一样的繁衍，成业对金枝只是被本能支配着动作一切”。三个生产的女人，是和动物一起痛苦地呻吟，母畜在生产后可以恢复出健壮的形体，而女人却因为育婴与繁重的家务而更加消瘦下去。至于生病更是灾难性的命运，打渔村最美丽的女人月英瘫痪以后，在“好像佛龛”一样阴暗的屋子里，犹如“坐着的女佛”。他的男人终于伤心厌烦至愤怒：“娶你这样老婆，真算不走运气！好像娶个小祖宗来家，供奉着你吧！”一味折磨她，直到悲惨死去。老无所养更是萧红流浪者的目光中，随处留在笔下的惨况，从乡村到城市，从东北到南方，到处都是老年乞丐的身影。他们甚至连痛苦都没有，只有“生老病死的烦恼”。大有“天地不仁以万物为刍狗”的浑茫意境，而“圣人不仁以百姓为刍狗”则是萧红叙事的左翼立场所植根的传统文化土壤。底层民众实用的混融信仰，都是孤苦贫穷处境中最基本的生存欲求：“在乡村永久不晓得，亦永久体验不到灵魂，只有物质来充实他们。”在泛乡土的社会亦是如此，马伯乐父亲虔诚信仰基督只是为了方便和洋人做生意，妻子则是为了得到财产，女佣梗妈扔掉佛像，转而拜基督，也是为了微小的世俗利益。他们似乎连死的问题都不考虑，生已经让他们忙得不可开交。只有《小六》中的贫苦小贩，被贫困逼得唯求一死，才拒绝去教会，也拒绝所有的信仰。外来文明带来的新宗教，也以实用性目的被接受，欧洲人“以基督教征服中国”的野心，更像是被吃教饭的中国人所征服，一如随着佛教传入的观世音佛，本土化之后连化身的性别也要发生变化，基督教被民间文化心理所容纳也是以世俗的微小利益为条件。

四

适应天命观念而制定的所有文化制度，都是以阴阳结构为基本模式形成的一整套尊卑观念的伦理秩序，所谓天尊地卑导致的男尊女卑以及长幼尊卑等，萧红在新文化生而平等的思想观照之下，都体现着压迫的权力结构，男与女、主与仆、富与贫、长与幼、强与弱、正与偏，所有的两项对立关系都带着规训与压迫的性质。性别的天然弱势与科学民主的思想启蒙，使萧红在心理上对天命观充满了抵触，左翼的立场更使她质疑天命观制约下的封建文化制度，也就是所谓的天理。

萧红以顽童式的幽默，最多调侃的是男尊女卑的文化秩序。“塑泥像的人是男人，他把女人塑得很温顺，……他把男人塑得很凶猛，……那就是让你一见生畏，……温顺的就是老实的，老实的就是好欺负的，告诉人们快来欺负她们吧。”“人若老实了，不但异类要来欺负，就是同类也不同情。”“所以男人打老婆的时候便说：娘娘还得怕老爷打呢，何况你一个长舌妇！”民间信仰世界的性别政治，在她的笔下暴露出残酷性：“可见男人打女人是天理应该，神鬼齐一，……可见温顺也不是怎么优良的天性，而是被打的结果，甚或是招打的原由。”对于执掌社会权力的各色男性的虚伪，萧红更是施之以辛辣的讽刺。仁爱开明的县长接出尼姑做自己的第五房姨太太，有话语权的现代知识男性以嫖娼来研究社会科学[①]，自视甚高而又一无所用的马伯乐靠妻子的私房钱逃难度日谈恋爱……

父与子的关系在这样的表意结构中，也是萧红着意颠覆的对象。除了早期家族叙事中的大量细节之外，最集中地体现在《马伯乐》当中。在一个貌似洋化的新式家庭里，在基督的精神氛围中，维系着父子关系的仍然是经济。在价值重估的文化震动时代，接受了新思想的马伯乐对于家庭的反感与屡次逃离的狼狈失败，都是受着金钱的制约。新式的父子关系没有本质的变化，父权制社会的核心问题仍然为私有制度所制约。

在这样的文化制度中，儿童更是没有任何地位与保障。《生死场》中的王婆因为惜物而强迫平儿脱下毡靴踩雪回家，“……乡村的母亲们对于孩子们永远和对敌人一般”，“王婆宛如一阵风落在平儿的身上，那样子好像山间的野兽要猎食小兽一般凶暴”。小团圆媳妇早早被卖给婆家，父母大约也是贪图所谓的“头绳钱”“脂粉钱”。《过夜》中那个长毛兽一样的小女孩，被卖给年老色衰的妓女，让她勉强存活下去的目的是将来接客赚钱。萧红自己的两个孩子都因无力抚养而送人，所以对孤儿的处境格外敏感，从《王阿嫂的死》开始，她笔下所有的儿童主人公几乎都是孤儿。《生死场》中的平儿是一个私生子，看见老马对小马的亲昵也会伤感。王婆的女儿冯姑娘身世飘零，最终死于抗日战场。小金枝像祭品一样，被生意破产无钱过节的父亲在暴怒中摔死。《林小二》的原形是云顶山孤儿院中的一个孩子[②]，《山下》中的女孩儿也没有父亲，《莲花池》中

① 见萧红散文：《三个无聊的人》，《萧红全集》（第1卷），黑龙江大学出版社2011年版，259页。

② 见曹革成：《我的婶婶萧红》，时代文艺出版社2005年版，第89页。

的孩子父死母嫁，跟随以盗墓为生的老祖父艰难度日，险些死于日寇魔掌。就是在马伯乐相对富足的家里，女孩儿和男孩儿也受着不平等的待遇。

穷人的处境更加悲惨，从一开始就是萧红文学最主要的内容。有钱人的为富不仁，是她的文本中最尖锐的主题。《夜风》中帮佣的长青母子，被克扣工钱、生病后被辞退。《太太与西瓜》中的送礼者与受礼者，尊卑的差异是由贫富差异与权力决定的。《生死场》中的赵三，被地主讹诈被迫卖掉耕牛，被误伤的小偷则由地主了断了生命。《手》中来自乡村小染坊的女生王亚明备受歧视，直至退学离开。《马房之夜》中的老厨子冯山，一生帮佣连自己的家都没有。其他如有二伯、冯二成子，更是在贫困线上挣扎，受愚弄歧视。连仁慈的老祖父也认为“富人家的孩子是不受气的[①]”。他对于十月革命的怀疑，理由是：“那穷党啊！那是个胡子头，马粪蛋不进粪缸，走到哪儿不也还是个臭[②]？”萧红早年与父亲的对立，也引发关于权力关系的思考：“父亲对我是没有好面孔的，对仆人也没有好面孔的，他对于祖父也没有好面孔的。因为仆人是穷人，祖父是老人，我是个小孩子，所以我们这些完全没有保障的人就落在了他的手里[③]。”

至于那些被命运挤到边缘的文化弃儿，更是无法救赎的悲惨，其中以女性为最。《生死场》中的金枝由于未婚先孕，被罪恶感压迫得蹲在地上，“她什么也没有理会，她逃出了眼前的世界”。在贞操观念的压迫下，就连两只叠落着的蝴蝶，也让她觉得罪恶，精神被奴役到了麻木的程度，“仿佛是米田上的稻草人”。而生产的刑罚对于她来说是双重的，证明未婚先孕的不贞，经历了更多苦难屈辱之后，她只好逃向最后一个避难所尼姑庵，结果尼姑庵也因为战争而关闭了。而萧红一个抗婚的同学，是进入天主堂当修女而得以成功[④]。《小城三月》中的翠姨，因为是一个再嫁寡妇的女儿而自卑，被乡绅之家认为不会有好家教而拒婚，京旗

---

① 见萧红散文：《蹲在洋车上》，《萧红全集》（第1卷），黑龙江大学出版社2011年版，第287页。

② 见萧红散文：《一九二九年底愚昧》，《萧红全集》（第4卷），黑龙江大学出版社2011年版，第194页。

③ 见萧红散文：《祖父死的时候》，《萧红全集》（第4卷），黑龙江大学出版社2011年版，第155页。

④ 见付秀兰口述，何宏整理：《女作家萧红少年时代二三事》，载孙延林主编：《萧红研究》第一辑，哈尔滨出版社1998年版，第185页。

之家的女眷大概也因为知道了她的身世，而由“腊梅花”的热情赞誉转而冷淡。这是无法赎的原罪，只有找一个门当户对的寡妇儿子婚配，最终以死亡抗拒残酷的婚姻制度。

在这样的文化制度中，天命又是无告的弱者精神的支柱，并且形成逆来顺受的消极人生观，因为一切都是命里注定了，事不在人为。《呼兰河传》中那些在婆家受虐待的女子，强行为她们定娃娃亲的娘家人只能以“这是命”来安慰之。《旷野的呼喊》中陈公公对儿子悄然投身义勇军的解释，是产婆说过他的腿上有痣，是主走星照命，也是自我安慰的性质。翠姨有向往现代文明之心，而无脱胎换骨之力，只能感叹“我的命不会好的”。有二伯在贫苦孤独的生活处境中，也试图反抗命运，他偷盗、他骂人、他跳井上吊……抗议冷酷的人间，可是无法动摇坚如磐石的社会制度与阶级偏见。他似乎安于穷仆人的本分，“啥人玩啥鸟，武大郎玩鸭子。……穷人，野鬼，不要自不量力，让人家笑话”。他大概是最不信天的：“穷人不观天象，狗咬耗子，猫看家，多管闲事。”可是又不吃羊肉，因为幼年丧母而吃羊奶长大，对天的敬畏渗透在个体的饮食禁忌中，一如努尔哈赤的子孙不杀乌鸦的道理，天人之间的感念已成一种文化习俗深入民众心理。他骂天骂地，只有听到名字后面加个“爷”字的称谓，才笑逐颜开，看见祖父则毕恭毕敬，理由是“宰相看见皇上还得下跪呢！”严格恪守贫富尊卑的秩序。他对财物采取回避的态度：“虽然也长了眼睛，但是一辈子没有看见什么。……比方那亮堂堂的大瓦房吧，……可是看见了又怎么样，是人家的，看见了也是白看。”但是，有东西不给他吃，就要骂起来，给他吃他又谢绝。他有着伦理精神支撑着的勇敢，经常说的话是：“没有亏心事，不怕鬼叫门。”一谈起庚子年独自护宅躲俄军的往事，就会吓得哭起来，可见也还是贵生的。他几乎不惮鬼神，“阴间阳间一样，活着是个穷人，死了是条穷鬼。穷鬼阎王爷也不爱惜，不下地狱就是好的”。但是，却无法摆脱传宗接代的古老观念，也恐惧死后的孤零，同样重死胜于重生：“死了连个添坟上土的人也没有。人活一辈子是个白活，到了终归是一场空……无家无业，死了连个打灵头幡的人也没有。”在天命笼罩下的人生观，在各种文化制度的制约下，就是这样自相矛盾地呈现在有二伯古怪的思想性格中。

萧红深入探寻了天命观深入民间思想的种种心理迹象，发现它对民众精神的操控力量。同时发现了真正体现顺乎天命的人生，是那些超出所有文化制度的生命，顺其自然情感的生存状态。对于天命观制约的人生价值，萧红表达了深刻的怀疑。《后花园》中的鳏夫冯二成子，在邻家赵姑娘青春生命的感召下，动摇了老实本分挣钱吃饭的传统人生观念，送走暗恋对象全家之后，他陷入大的悲哀，开始追问人生的意义：“人活着为什么要分别？既然永远分别，当初又何必认识！人与人之间是谁给造成了这个机会？既然造成了机会，又是谁把机会给取消了！”这也是一种天问，是普通人的天问：“你们那些手拿着的，脚踏着的，到了终归，你们是什么也没有的。你们没有了母亲，你们的父亲早早死了，你到该娶的时候，娶不到你们所想的；你们到老的时候，看不到你们子女成人，你们就先累死了。”“……你们要吃的吃不到嘴，要穿的穿不上身，你们为什么活着，活得那么起劲！”“……你省吃俭用，到头还是个穷鬼！”他对人生意义的追问带有左翼思想的社会批判性质，也包含超越了阶级立场的生命伦理，接近莎士比亚笔下的忧郁王子，也接近托尔斯泰笔下的安德烈·包尔康斯基公爵。但萧红却以一个贫苦的磨倌儿，来承担这个意义追问的职能，表达深广的忧愤，这也是左翼作家萧红的独到之处：“是谁让人如此，把人生下来，并不领给他一条路子，就不管他了。”答案就在他的“归路”中，地母一样为人缝补度日的老王安慰了他，使他重新回到平静的生活中。当夜，两个人就结了婚：“他并不像世界上所有人结婚那样，也不跳舞，也不招待宾客，也不到礼拜堂去。而也并不像邻家姑娘那样打着铜锣，敲着大鼓。但是他们庄严得很，因为百感交集，彼此哭了一遍。”可见真正顺乎天命的生存情感，是超越于一切文化制度之上的，先哲所谓“饮食男女，人之大欲存焉”。反抗邪恶的意识形态，而顺乎原始意义的天命，是萧红对于民间思想富于辩证的理解，一如祭天的野台子戏，人神共娱的世俗场景部分挣脱了僵死的文化制度，相亲会友串亲戚……；一如乡村女性不时集体爆发的哭声，都是原始的天命观养育出的质朴情感，犹如诗三百式的“天真烂漫思无邪”。

萧红以对天命的这样理解，完成了自我的精神确立。《呼兰河传》中唯一一个健康的人生与人性的故事，就是磨倌儿冯歪嘴子与王大姐的生活命运。因为没有媒妁之言、父母之命与正式婚礼，而受到邻人文化偏见的舆论压迫。虽然贫穷，虽然受到歧视，却满怀希望坚韧不拔地活着，以相濡以沫的真爱维系着艰难困苦的生存。尽管悲剧不可避免地发生，但是毕竟真正地生活过了，爱情延续在新的生命中。所有混融的实用信仰都退尽了虚幻的光影，所有邪恶的意识形态也失去了力量，生命自身的意义却以最朴素的形式彰显出来，一如天道的生生不息。“五四”新文化运动“人的发现”，无声地粉碎了所有空洞的文化理念与僵死的制度，与民间健康的情感汇合，也和先贤们对天命的阐释相勾连，这就是真正的“世界的本源”，这就是普世的天道“四时行焉，万物生焉”，这也是一种“制天命而用之”！

五

萧红对民间思想的发现，构成她作品广阔的泛文本历史文化背景，也是她成长发展的时代条件。萧红一生处于两种文化的夹击之中，终身抵抗而又充满矛盾，在自我分裂中痛苦一生。

“五四”科学民主的理念与独立自主的人生理想，一直是她人生跋涉的方向。早年家庭男性家长的思想启蒙，学校新式教师的激励，左翼朋友的救助鼓励，特别是鲁迅先生的关爱与影响，都使她追寻着这样的精神之光远行。她在《回忆鲁迅先生》中，记叙了鲁迅叙述早年夜行“打鬼”的经历，并且写进哑剧《民族魂鲁迅》中；在散文《饿》中，她记叙了中学美术老师高仰山的话：“只有衷心于艺术的心才不空虚，只有艺术才是美，才是真美。”她的文学一直到沿着“五四”新文化运动的精神发展，随着历史情景的变化与人生阅历的增长而拓展，由阶级而人性，由种族而人类，家族叙事开始的乡土社会，始终都是她文学的基本风土。她以“永远对着人类的愚昧”为作家的使命，就是最好的证明。

但是，她又和所有的乡土女性一样，有着先验于自我的人生羁绊，像原罪一样难以救赎。出生在祭日，成为神秘信仰的不祥之物；三岁祖母为她定下婚约，使升学的追梦历尽艰辛最终破灭；与家庭的决裂经济陷于赤贫，在战乱中与未婚夫同居，打官司控告“代弟休妻”的婆家败诉，未婚夫失踪之后被旅馆老板当作人质，与萧军的结合更是违背传统礼法，触犯了苛刻的家法，在那个时代，就是男子有这样的“劣迹”也要受活埋等处置，因此僭越了“封建阶级所能容忍的极限[①]”。而她从左

① 张抗抗：《萧红家庭情况与出走前后》，见孙延林主编：《萧红研究》第一辑，哈尔滨出版社1998年版，第67页。

翼的立场出发，以家族叙事开始文学写作，又把对父辈的愤恨转化在文字中，更是比绯闻更严重地损害了家族的声誉，被父亲以“诬蔑家长”等罪名开除祖籍，由此成为一个无家可归的流浪儿。乡土社会混融的民间信仰，以及衍生出来的各种文化制度，一开始就是她人生跋涉的最大阻滞。她作品泛文本的知识谱系，也就是她自己成长的最大阻滞。加上外族入侵的残酷历史情境，反抗挣扎的流亡几乎是以失败告终，最终死于太平洋战争炮火中的香港，和父亲的对抗也以回家的愿望为投降的精神标识[①]。

无法挣脱的人生宿命，比早年民间思想沉积在潜意识中的暗示，更强烈地影响着她对命运的感受。她的第一篇小说《王阿嫂的死》中，主人公的丈夫就是在五月节之后被地主杀死。1934年夏，她和萧军逃出伪满残酷统治的哈尔滨，辗转到达青岛的那一天，就是端午节[②]，正是她23岁的生日。这无异于一次新生，在她的身后，朋友纷纷入狱，不少陆续牺牲在法西斯的屠刀下。她这个时期写作的《生死场》中，有《罪恶的五月节》一段，两起杀子的叙事连缀在乡土人生的表层，却与自身宿命的深层语义相聚和。端午节亦称女儿节，生日的禁忌像咒语，为攀高亲的婚约，使被父亲摔死的小金枝具有自我指涉的意味，萧红也具有了祭品的性质，而人物想象的死亡则是告别往昔的仪式。她以为由此可以获得新生，但是苦难并没有结束。萧军频频情感散布，和端木的结合又受到多数左翼朋友的质疑与冷视，至亲的人一个个离她而去，两个孩子先后送人，都使她感到命运的孤苦与人生的无常。1939年，在重庆，她对老友张梅林说：“……我好像命定一个人走路似的[③]。”尽管“五四”新文化精神为她对抗命运提供了精神力量，但是终究超越不了死的大限，临终感叹：“半生尽遭白眼，身先死，不甘，不甘……”

在这样的夹缝处境中，她对民间社会的观照，就有着感同身受的生命体验，进入左翼阵营也就势在必然。区别于鲁迅那一代自觉启蒙的精英知识分子，她更认同民众的苦难，甚至崇拜他们坚韧的生命力。萧红曾对朋友说：“鲁迅以一个自觉的知识分子，从高处去悲悯他的人

① 骆宾基：《萧红小传》，黑龙江人民出版社1981年版，第98页。

② 也有人认为是端午节的当天，见铁锋《萧红生平事迹考》，《萧红全集》下卷，哈尔滨出版社1998年版，第1431页。

③ 梅林：《忆萧红》，见王观泉主编《怀念萧红》，东方出版社2011年版，第152页。

物。……我开始也悲悯我的人物，他们都是自然的奴隶，一切主子的奴隶。但写来写去，我的感觉变了。我觉得我不配悲悯他们，恐怕他们倒应该悲悯我咧！悲悯只能从上到下，不能从下到上，也不能施之于同辈之间。我的人物比我高①。”面对宿命的人生苦难，在民众顽强的生命力中汲取生存的精神力量，是萧红仰视民间思想的心灵逻辑；抵抗外来暴力的时代主题，建立历史主体的必然要求，也是萧红认同民间健康精神的重要原因。

此外，在一个强权的时代，性别的天然弱势是比文化传统更难以克服的宿命，也是形成她自我分裂感的原因。萧红对朋友说：“你知道吗？我是个女性。女性的天空是低的，羽翼是稀薄的，而身边的累赘又是笨重的！而且多么讨厌啊，女性有着过多的自我牺牲的精神。这不是勇敢，倒是懦弱，是在长期的无助的牺牲状态中养成的自甘牺牲的惰性。我知道，可是我还免不了想：我算什么呢？屈辱算什么呢？灾难算什么呢？甚至死算什么呢？我不明白，我究竟是一个人还是两个；是这样想的是我呢？还是那样想的是我。不错，我要飞，但同时觉得……我会掉下来②。”生物学的限制比文化心理的约束更难以战胜，萧红也只有在民间女性身上寄托这无奈，《生死场》中三个女性生产的场面是女性集体受难的悲情，像先锋美术一样的构图，最形象地表现出萧红对于性别的生物学思考。而王婆的苦难也是她作为女性自身苦难的折射，在文本中她先后失去三个孩子，在死亡之地却安然活到了叙事的终点。她曾经问鲁迅，王婆是不是写得太鬼气。这也是她推崇民间精神的心理基础，一如她认同两个磨倌儿的人生态度。据说在和端木蕻良的婚礼上：萧红对众人说：“我对他没有什么过高的希求，只是想过正常的老百姓式的夫妻生活。没有争吵、没有打闹、没有不忠、没有讥笑，有的只是互相谅解、爱护、体贴③。”她对于世俗生活的向往，也和冯二成子夫妇一样，是以简单、平易与和谐为幸福。

对于民间生活风情的诗意发现，也是她理解体现着原始天命的民间思想的内容。王婆在她的笔下几乎是一个乡村的浪漫主义者，不少寻常乡村的美景，都是借助她的眼睛描述的。她篇幅教长的作品中，都以民

① 聂绀弩：《回忆我与萧红的一次谈话》，载《高山仰止》，人民文学出版社1984年版，第100页。

② 聂绀弩：《在西安》，见王观泉主编：《怀念萧红》，东方出版社2011年版，127页。

③ 国兴：《文坛驰骋联双璧》，载《铁岭师专学报》1984年第1期，第39页。

歌小调串联叙事与议论，展现着民间朴素的情感方式。《生死场》中成业是唱着“寂寞的歌”登场：“昨晨落着毛毛雨，……小姑娘，披蓑衣……小姑娘，……去打鱼。”传达着他春心浮动的情绪。《呼兰河传》中对四月十八娘娘庙的风俗画式叙事，结束在歌谣中：“大小姐，去逛庙，扭扭嗒嗒走得俏，回来买个搬不倒。”而贫穷的房客自唱自娱的，则是以孟姜女故事为题材的秦腔《叹五更》。她的所有乡土小说，几乎都有着前后对照的结构，以灾难为界限，前半部是风俗画一样的日常生活，而后半部则是失去秩序的混乱与破碎的生活场景。这样的观察角度有迹可循，属于“五四”新文化运动的思想一脉。她中学的历史教师姜寿山毕业于北京大学历史系，对于五四新文学的熟读也使她一开始就在政治意识形态的叙事缝隙中，保留了民间艺术的鲜活形态。这也和磨倌儿的生存状态一样，体现着最古老的天命观念。

文化人类学的崛起是萧红泛文本背景的学术基石，而萧红在鲁迅身边的见闻，使她深受熏陶与启迪。当时，鲁迅正是在这个学科的影响下写作完成了《故事新编》，面对铁血暴力的民族危难，在古代神话的意义空间中完成民族伟大精神的发现，也完成了自我精神的确立。萧红对民间思想与精神的探寻，有批判有认同，接续着鲁迅一代的思想和艺术，异曲同工，以艺术的方式完成了对自身天命的叙述，借助民间的人物场景，传达出文化精神的自我确立。并且形成她人与自然关系的整体美学表述，直抵人与物互喻的独特修辞方式，泛文本中潜藏着一个大的宇宙自然生命系统的参照，所有溃败的故事，无论家族、乡土、革命、战争、历史，还是种族与人性，都在这个被称为天命的大系统中，获得伦理诗学的永恒意义。

2011 年 2 月 13 日写于沈阳烽火四台

（原载《中国现代文学研究丛刊》2011 年第 6 期，
收入本书时经过作者修订）

男性的镜城与女性的异化

——20世纪90年代中国电影的女性解读

赵树勤　李湘

如果说在20世纪80年代，我们可以听到来自电影《人·鬼·情》那般清晰有力的女性声音，那么，进入90年代以后，女性的声音就渐趋微弱甚至模糊了。它们不是被男性的声音所覆盖，就是同化于强势的男性表达之中。在90年代多元复杂的文化语境中，不少导演出于对观影期待中两性秩序的重构、现实的政治焦虑与商业焦虑的排解等因素的考虑，以对女性本质的异化、女性创造力的贬抑和女性身体与欲望主体性的占有，使本文中出现的女性形象更多地成为以男性为中心的现代社会的共谋者，而不复是女性自我的真实再现。也就是说，“妇女作为妇女”在90年代电影中基本上是缺席的。

一

20世纪80年代以来，女性文化的线性深入，带来女性主体意识的复苏以及性别观念的转变，男性面临着一种由性别解放带来的前所未有的主体性焦虑。这种焦虑使得男性充满着对旧的性别制度的缅怀，并期待着通过一种更为隐蔽的文化建构达成向旧的意识形态的复归；另外，女性文化自身的不成熟，使得她们自觉地默认了男性社会对于女性的角色规定。此外90年代电影面临的严峻的生存考验，使得它不得不以观众的兴趣与社会关注的焦点为指归，而相应地调整自身的制作策略。于是，在市场和观众的强大牵引之下，电影不再为它自身，而是显示出向男性权力意志或是男性主体利益的严重倾斜，使本文中出现的女性成为一种疏离于自我的异己的文化存在。

首先，男性权力意志通过一种似是而非的男性语言实现对女性本质的歪曲与异化，通过对被动服从的女性精神的培养来重建一种男性理想的两性新秩序。在对90年代经典文本的考察中，首先让我们感受到的是女性的被动、无力、困窘和绝望。如在《炮打双灯》中，女主人公春枝在与牛宝携手而进的那一场爱情突围中，她始终是被询唤、被拯救、被激活的客体与被弃置的对象，始终无法以主体的身份实现对属己的爱情的完整把握。当后来牛宝试图以生命作注赢回他们的爱情时，深知赛炮招亲后果的她，不是消极地躲进祖宗的牌位之后，就是无力地看着牛宝伤残而去，让一腔心事消逝于黄河的滚滚波涛中。《黄河谣》中的女人则生性柔弱与混沌，她们同蛮荒的黄土地一起成为男性可争夺、可选择的自然资源与生命资源，她们可以像牲口一样被男人豢养、买卖。男性以其粗亮的歌喉和强健的体魄成为这片蛮荒的黄土地上唯一的主宰。总之，在这些影片中，无论是作为被男性拯救的对象，还是等待着男人的挑选与认可，都不是对女性本质与女性个性的真实呈现，而是男性对于被动的女性的幻想与期待。

其次，从周晓文的《秦颂》、宋江波的《蒋筑英》、雷献乐的《留村察看》等影片中，我们看到的是女性对男性生命力量与精神气质的沉迷。例如，在《秦颂》欲望主题的背后，潜伏着一种致命的男性权力意志。这一方面体现在女性与强权和暴力对抗的同时，不经意地滑入父权文化为妇女设就的施虐性的贞洁陷阱中。栎阳公主虽以冲破封建禁忌的无畏举动搅乱了一派井然的宫廷秩序，但神秘的男性力量仍使她自觉地成了父权制贞节祭坛上的一堆白骨。另一方面表现为女性理性的丧失。栎阳公主既看不到她在高渐离眼中作为政治工具的“我在”，也无法觉察到她在高渐离眼中作为艺术的拐杖与琴弦的“我在”，而且至死都不明白作为爱人的她从来就没有存在过。如果说《炮打双灯》以女性的被动、服从来反衬男性的主动与征服，那么，在这里，则以女性对男性的沉迷与跪服让男性自我无限地膨胀，使之成为智慧与权力的神。

最后，从影片对极端的女性行为以及女性意志的涣散与崩溃过程的想象中，我们看到了男性对女性的误读和对女性意志的消解。在《我爱你》中，女性的个性与意志被诠释为一种女性的不可理喻与疯狂，而她们面临的沉重的学理困境则消解于闪烁不明的画面中。在《一声叹息》中，我们看到的是影片对充满焦虑的现代女性的另一种解读以及女性意志的消解。无论是宋晓英还是李小丹，都不约而同地选择对男性主动的迎合和对自我的放弃，以此作为对爱情与婚姻权利的争取。所以，不管是影片习惯性地将女性置于被动无为的一方，还是着意于表现女性对于男性近乎麻木的迷恋，或是在不经意中完成对女性力量的消解，无一不显示出影片在性爱这一主题中，对男性主体性的尊重与维护、对女性本质的歪曲和异化。女性能动的一面被抽去，她们成为一种为男性文化所软禁的、被动自虐的文化存在。

在以男性为主导的电影剥削性再生产和类型成规的制作中，无论是女性的自我超越，还是女性的创造力本身，都无法逃脱被男性语言鞭打与阉割的命运。于是，出现在男性视镜中又一异化的女性表象就是其创造性的沉睡与麻木，或是潜抑与内缩。这首先表现为女性对繁衍、养育的沉迷和女性对自我的放逐。如《九香》中孤苦无依的母亲为养儿育女不仅放逐了女性的欲望，而且积劳成疾乃至油尽灯枯；《秋菊打官司》中的孕妇历尽千辛万苦赶往县城为丈夫“讨说法”，最后却让自己陷入人伦与人情两不是的不安与惶惑之中。可以说，九香的悲剧、秋菊的尴尬，如果不是因为一种内化了的母亲责任，就是一种母性焦虑最为原始的排解，而自我却在不经意中因弃置而麻木，最终使自己成为远离现代文明的生养机器。

其次表现为女性对男性之“家”的固守和对女性自我的废黜。由宋江波执导的《蒋筑英》、陈国星执导的《孔繁森》、雷献乐执导的《留村察看》、叶大鹰执导的《红色恋人》等电影中的女主人公们，无不是被锁定在“家”——这曾一度被一些男性狡黠地称之为“皇后的花园”[①]之中，以对“各自职分”[②]的遵循而成为男性理想的“家”中的“主人”。无论是如影子般站在丈夫的身后、默默地成就着丈夫全部的人格与事业的蒋筑英之妻，还是有如《留村察看》中对充满焦虑的情人给予无尽的扶持和关怀的乡村女教师，或是《红色恋人》中随时准备着对爱人的健康和快乐做出积极响应的女革命者秋，都以女性无私的奉献与牺牲精神，精心掌管着爱人诗意的精神栖居与孩子们的“海上乐园”，以女性的温柔、

① “皇后的花园”是拉金斯在他著名的关于婚姻与家庭的社会学著作《关于皇后的花园》中的术语，意指男性想象与期待中理想的女性空间（包括社会的与文化的）一种形象的描绘。

② 拉金斯在《关于皇后的花园》中提出“各自职分”理论，其中包含着他对于男女角色与职能分配的基本看法与观点。

贤淑、贞洁、慈爱补充着男性生命中的遗憾与欠缺。而自我则在重复性的、内在性的家庭事务中不断地被挤压、耗损，处于被阉割、内缩的状态，成为远离现代文明而存在的一种替代性或间接性的“第二性”。

最后表现为女性对创造性自我的否定与贬抑。《独身女人》中的欧阳若云周身散发着现代女性特有的风姿与魅力，但是，当她为公司筹集贷款变成一场柔情蜜意的海滨漫步时，也就最大限度地远离了女性自我实现的初衷。在《画魂》中，改写的“浴女”的出现，使得潘玉良那种冷秀、寒峭的画风消失殆尽，而取之以一种肉感的迎合。而且，潘玉良在法国地下室的失态则更是对女性进取力量的一种莫大的嘲讽，影像呈现的不是一个痴迷于艺术的现代女性，而是一个传统的、偏执的小女人。总之，在上述影片中，我们看到的往往是现代女性的茫然与困惑，而不是女性现代意识的流露。于是，女性从开始的对自我的肯定转变为对自我的质疑与否定，让创造性自我阉割于无形之中。

20世纪末充满着由传统与现代的急剧碰撞带来的矛盾与困扰。于是，女性在承受传统语言鞭打的同时，又常常不经意地落入传统与现代的文化裂谷之中，当母亲的职责、女性的欲望与自我超越的理想遭遇在同一镜像空间时，她们就不可避免地承受着母性、“女性”与超越性之间彼此断裂与分离的生命苦痛，最终使自我成为一处被肢解的、破碎的生命存在。

这一方面表现为母性与“性”的悖谬与分离。90年代文化的多元化发展，使得人们承受着后现代话语给个体带来的心灵重创。所以，当九香、香魂女、菊豆这样一群因男性的缺失而饱受欲望煎熬的女人，以一种反常的生命行为讨还一个女人基本的生存权利时，就能以其生理性焦虑“合人性”的转移而使观影者产生感同身受的心理共鸣。此外，男性对于女性为妻为母的价值指认，既定的社会习俗与文化惯例对于女性的角色规范，使得九香、香魂女与菊豆在实现女性欲望的同时，又承受着为父权文化所规范的母性话语的鞭打。于是，影片就陷入女性的欲望话语与母性话语之间的杂糅和错乱之中，自然也就无法引领菊豆们走进女性所向往的空明澄清的境界。相反，倒让她们误入“母性”话语与“欲望”话语的激烈摩擦所带来的矛盾与困扰之中，让这些女人在“情妇”与“母亲”角色之间来回奔波，或是以“死亡”“毁灭”“消极的认命”来逃避角色或身份的两难选择。所以，九香满腹遗憾的离世，菊豆对染房绝望的焚毁，环环与香二嫂分裂的命运轮回，就成为男权文化为女性酿就的一杯千年苦酒。

另一方面，这种女性的分裂表现为母性与创造性之间的对垒与冲突。在女性所创作的电影中，我们不难看到女导演为摆脱“第二性”的存在所做的努力。无论是欧阳若云、秦瑶还是潘玉良，都不再是传统的女性，在她们从容、沉静的外表下，多了几分传统女性所没有的果敢、自信、克制与理性。然而，只要女性依旧是作为一个与“家”同义的社会存在，就不可避免地面临着事业与家庭的两难选择。因此，无论是《独身女人》还是《画魂》，其中的女性无一例外地承受着事业成功带来的爱情缺失的苦痛。在欧阳若云几经周折，终于让企业起死回生时，影片却让齐方死于一场莫名其妙的打斗之中；当玉良功成名就即将归国时，潘赞化却在一场突如其来的大火中离世。

总之，当我们从传统的层面切入，以一种女性的视角鸟瞰90年代典型的电影创作时，我们看到，在充满同情与关注、赞颂与安抚的男性语言的背后，潜伏的男性权力意志以及女性对于男性规则的屈从。

二

如果说在传统文化语境的影响与制约下，90年代电影以对女性本质的异化、女性角色的规定、女性超越的限制来重建一种男性理想的两性秩序的话，那么，当我们将视角由传统的男权文化语境转向现实的政治经济文化语境时，就会发觉，中国电影所面临的“一仆三主”[①]的文化困境，使其必然性地参与转型期中心意识形态的重建和电影商业化的生产与制作。这种伴随着政治和经济的转型带来的制作观念的变化，自然影响着电影对女性形象与女性角色的处理，使叙事中出现的女性表象再一次成为疏离于女性自我与女性历史的文化工具和商业性客体。90年代，政府为缓解多元文化发展带来的失衡与混乱，通过一系列政治、经济、行政与立法手段来加强对文化领域的控制。从90年代初期推出的周年献

① 著名影评家尹鸿指出，20世纪90年代的中国电影正处在一种“一仆三主”的困境之中：它一方面作为工业产品，受制于商品生产规律，另一方面作为一种艺术样式，又受制于“美的规律”，同时它作为一种行之有效的大众传媒，又被指定担负确定的国家意识形态使命。参见尹鸿：《当代电影策略分析》，载《当代电影》1995年第4期。

礼片到90年代后期推出的“新主流片”，政府这只“看得见的手”一直在发挥着重要的作用。由此中国电影从90年代初期的众声喧哗走向90年代后期的百川归海。于是，在90年代相对集中的政治语境中，主旋律电影再次以对个人话语的潜抑，让女性以国家话语与民族话语为其预设的政治身份进入90年代的文化整合机制之中。在90年代的主流电影中，无论是女性身体的隐与显，还是女性生命的去与留、爱情的失与得，既不是女性历史真实的投射，更不是女性所能支配的生命自由，而是服务于一种稳定的中心意识形态的工具与载体。

其一，通过对革命战争年代女性情恋的虚构，来强化那种建立在历史理性与革命理性之上的家国伦理的集体认同。如《黄河绝恋》对女性的个人话语的改写以及对革命话语与民族话语的纳入，女主人公安洁以自绝于黄河作为对日军暴行愤怒的反抗以及对国家与民族尊严的维护；《红河谷》与《鸦片战争》中头人的女儿与蒙难的歌女，则以身体尊严的放弃实现对国家与民族尊严的固守；《红色恋人》中的女主人公在革命话语对个人话语的政治规定中，以身心向国家与民族的自动皈依作为女性存在的认证和自我价值最终的实现。凡此种种，无不体现出在革命战争年代革命伦理对女性私己的生命和爱情的强大包裹力。也正是从革命话语对女性话语的规定中可以看出革命叙事之后的意识形态性质，即它如何利用女性并借助女性的生命与爱情发言。

其二，通过对女性的跨国情恋或是征服他者的经历的虚构，实现一个国家与民族主体性的确立。如以冯小宁为代表的“革命＋爱情”故事片，通过以琼斯（《红河谷》）、欧文（《黄河绝恋》）、佩恩大夫（《红色恋人》）为代表的来自异族的具有正义感的西方他者对东方女性的迷恋，以罗克曼（《红河谷》）为代表的对中国有着明显的隔膜、敌意与歧视的侵略者与野心家的中国观念甚至是战争观念的转变，来取得一种梦境式的民族尊严的补偿和民族主体性的确立。但是，不管影片试图通过对女性的生命与爱情主体性的占有而达成一种强大的家国认同也好，或是借助他者认同的表象达成一种民族主体性的确立也好，有关女性的个人话语无一例外地都被整合进国家与民族巨型话语的表达之中，女性主体对于生命真正的感受和深度情感被消隐为一种为革命理性、历史理性所遗忘的、沉默无语的生命潜流。

在90年代激烈的商业竞争中，导演们一方面高举反禁欲主义的大旗，让身体解放作为女性苦渡的方舟，引领她们走进西方他者猎奇的蛮荒野地；另一方面则借后现代女性主义的生命话语构筑男性欲望的瞭望平台，让女性对生命话语空间的开拓异化为一场现代技术造就的商业展览。于是，在90年代商业洪流席卷一切时，女性的身体、欲望便挣脱其自律性的控制，远离其原始的诗性精神被裹挟着进入现代商业交换体系之中，成为影像生产流水线上无法自控的消费性对象和商业奇观。

一是女性在影像中被呈现为迎合西方他者的东方奇观。90年代新民俗电影国际化策略所取得的巨大成功，其一是由于导演对西方人文意识形态的贴切把握，对西方观影者所能解读的身体意象、性场景的灵活运用以及对西方观影者熟悉的叙事原型的取用而使西方的评委和观众找到了一种陌生的共鸣。其二则是以陌生化的时空与场景、神秘的东方女性、异域风情的呈现深度地满足着西方观影者对东方女性以及东方文明的猎奇欲望。在西方人看来，“东方几乎就是一个欧洲人的发明，它自古以来就是充满传奇色彩和异国情调的萦绕着人们的记忆和视野的有着奇特的经历的地方”[①]。于是，无论是《炮打双灯》与《霸王别姬》，还是《大红灯笼高高挂》与《菊豆》，抑或是《风月》与《摇啊摇，摇到外婆桥》，无不因暴戾与血腥的东方场景的展示、东方自然景观的呈现以及女主角悲情、刚烈的生命反抗，而被解读为发生在神秘、遥远的东方国度的浪漫的生命历险。首先，在这些旧中国女人的生命传奇中，女性以奇观化的造型，随着蛮荒的黄土地、奔腾不息的黄河水、古旧森严的旧建筑和虚构的民俗一起走进西方观者的猎奇视野。如《黄河谣》中骑毛驴、蒙着红盖头的抢来的新娘，《大红灯笼高高挂》中着红袄、戴红帽的孕妇，《炮打双灯》中易装的女东家，《摇啊摇，摇到外婆桥》中妖艳的歌女，都以奇观化的造型直扑观者的猎奇视野。其次，影片以一种压抑的文化背景中女性表现出来的异常的生命行为，完成关于女性狂野的生命意志的全部想象。如在《大红灯笼高高挂》中四太太颂莲在一种深度的抑郁中对继子萌生的渴望与依恋，《菊豆》中菊豆不满杨金山的虐待而与侄儿一同奔向炽烈的染房。此外，还有《霸王别姬》《风月》《摇啊摇，摇到外婆桥》展示的人性的扭曲与疯魔……无不因女性在一种陌生、怪诞、荒谬、奇幻的情感纠缠中表现出来的唯美、悲烈、狂野的性爱，成

① 尹鸿：《世纪转折时期的中国影视文化》，北京出版社1998年版，第87页。

为让西方观者赏心悦目的东方奇观。另外，还有一些影片将叙事时空设置在旧的父权制时代，并在一夫多妻的文化体制之下，实现对女性爱欲、阴谋与野心的全部解读。如《大红灯笼高高挂》以大太太的隐忍、二太太的逢迎、三太太的风流、四太太的倔强、丫头雁儿的痴想，在古旧、封闭的宅院集中地铺排那些怪诞、阴暗、迷乱的女性欲望以及女性阴谋，以充分满足西方观者对旧中国女性世界的观奇欲望。

二是女性在影像中被呈现为愉悦观者的性对象与性客体。在 90 年代市场经济文化语境中，导演们面对的是一个反崇高反理性的消费群体，现世的官能满足取代了形而上的精神追求与灵魂自省，成为人们在以市场经济为主导的现实生存背景中的快乐共享原则。于是，电影中暧昧的身体意象、挑逗性的艳情场景便成为最为叫座的商业亮点。如果我们认为从“本我”这一层面上，男性欲望体现为一种狂热地沉溺于自我的生命本能的话，那么，在 90 年代电影中女性作为男性狂野的欲望对象则再一次成为围观者与市场定制的商业奇观。

第一类情形，作为观者隐秘的窥私欲望的性对象与性客体。出现在屏幕上女性的身体意象，首先形成了对男性窥私欲望隐秘的呼应。一方面是对女性身体直接的窥视与远距离触摸。在《红樱桃》中，楚楚纹身场面的设计旨在揭示战争的恐怖与罪恶，但再现过程中被突出的身体意象、被忽视的女性体验却使女性作为“看”的对象从反战的主题中分离出来。《一声叹息》《离婚合同》中女性的性感部位在一些宽松的场景，如卧室、游泳池与海滨得以充分展示，摄像机力图从不同的角度与方位捕捉到理想的身体曲线，以对男性欲望目光的追随使女性时刻处于“他者的凝视”[①]之中。另一方面是通过偷窥、监视等变态心理和变态性行为的描写，再一次将女性置于观者与角色双重的欲望目光之下。如《炮打双灯》中管家对春枝与牛宝在画室幽会时充满妒忌与恶意的偷听、《风月》中秀仪与端午对忠良与如意无处不在的监视与窥探，无不借助于神秘、怪诞的场景设计与恐怖的音乐以及窥视者乖戾、怨毒、阴暗的面部表情的特写再现出窥视者内心的躁动和隐忍的愤怒，从而最大限度地满足观者的窥私快感，并将其缝合于影院封闭的欲望迷宫之中。

第二类情形，作为观者狂野的欲望宣泄的对象与客体。在 90 年代相

① 斯玛丽·帕特南·童：《女性主义思潮导论》，华中师范大学出版社 2002 年版，第 274 页。

对宽松的道德机制和审查机制之下，导演们又以一种艺术家的悲怜情怀和商业家的敏锐将女性从生命匮乏的囚笼中解救出来，让那群从灰色的生命地带中走出的女人着上浓艳的铅华后展示其恣意飞扬的生命形态。于是，从菊豆与杨天青的乱伦、小金宝与宋二爷的暗度陈仓、四太太颂莲与大少爷之间的眉目传情、秀仪对忠良歇斯底里的纠缠、如意与忠良之间绝望与怨恨交织的狂乱迷情，到栎阳公主与高渐离在等级森严的宫廷中制造的使瘫子走路的性爱奇迹，无不通过一种大胆、流畅、奔放的镜头语言释放出来。而摄影机高度的写真能力更是让女性裸呈于众目睽睽的观望之下，使观者忘情地走进远离理性与现实的欲望狂欢之中。

以上分析表明，90 年代电影的生产与制作在很大程度上表现了与女性主体利益的疏离，体现了与男性性政治的高度一致性。这一方面由于以男性性政治为核心的父权意识形态的存在与延续；另一方面则在于女性集体性的缄默与屈从造成女性话语的缺失。因此要终止这种建立在男权文化之上的视觉表象语言对于女性主体利益侵犯的继续，则必须建构一种符合女性主体利益，并有助于两性平等对话的电影语言。因此，如何建构一种更为合理而健全的电影语言，是影视界同时也是学术界应该积极探讨的又一课题。

（原载《天津社会科学》2004 年第 6 期）

非虚构写作的文体边界与价值隐忧

——从阿列克谢耶维奇获“诺奖”谈起

孙桂荣

2015年的诺贝尔文学奖由白俄罗斯女作家斯维特拉娜·阿列克谢耶维奇获得。此前，国人对这位作家并不熟悉，尽管她已有四部作品被翻译为中文[①]。不过，借助“诺奖”的巨大影响力，阿列克谢耶维奇成为近期中国文化界的一个热点话题。对于中国当代文学而言，她的作品带来的最大冲击是其独特的形式。她是诺贝尔文学奖历史上为数不多的以新闻记者身份、纪实写作样式获此殊荣的（上次是1953年丘吉尔的《第二次世界大战回忆录》），并由此以女性身份呼应了一个近年来在中国文坛方兴未艾的文体——非虚构。

命名的缘起、创意与尴尬

阿列克谢耶维奇获诺奖后，国内不少评论认为这是非虚构的胜利。不过与国内更多从美学的角度理解非虚构文学相比，她的写作与严格意义上的新闻体非虚构更接近些。从其在国内已出版的几部著作来看，它们是典型的“口述实录”体文字，除后记中少量自我描述外，正文全是采访对象的言说，她不仅在书中会公布受访者姓名，而且以受访者为中心进行体例安排。受访者姿态各异的声音因为诉说的个人化与感情化，产生新闻报道中少见的震撼人心的力量，这才使其成为广义的文学。美国作家彼得·海斯勒也认为，“非虚构即是真实，不可编造……过去，美国的一些非虚构文学作者也会编造一些文学场景，一些‘复合型人物’。

① 获2015年诺贝尔文学奖之前，阿列克谢耶维奇在中国出版的中译本作品主要有《战争的非女性面孔》、《切尔诺贝利的回忆：核灾难口述史》、《我不知道该说什么，关于死亡还是爱情》、《锌皮娃娃兵》。

约瑟夫·米切尔（Joseph Mitchell）、杜鲁门·卡波特（Truman Capote）等许多作家都曾经这样编造过。但是时至今日，非虚构文学已经不再接受这种编造行为了”[①]。这是从“反虚构”层面理解的非虚构，与国内一般吸取新闻的真实性与文学的形象性进行类似“跨界”写作相比，可算“狭义”上的非虚构。从词源上说，国内对非虚构的理解与运用相对宽泛，更接近美国20世纪60年代的非虚构小说。

非虚构这一命名在中国颇有争议。早在1980年，学者董鼎山就撰文介绍20世纪60年代美国的非虚构小说，不过在他看来，“非虚构小说”这一新词纯粹是由卡波特生造出来的，“所谓‘非虚构小说’、‘新新闻写作’，不过是美国写作界的‘聪明人士’卖卖噱头，目的是在引起公众注意，多销几本书”[②]。也就是说，非虚构小说作为通常所说的纪实文学，早已有之，其命名在西方更多是畅销书的商业行为，因此，当时中国学界也没有多少人去关注这一文类。在笔者看来，这一是因为“非虚构小说”（Nonfiction Novel）将“非虚构/纪实”与“小说/虚构”纠结在一起，具有天生的矛盾与悖论性；二是因为“文革”过后，中国文坛上颇为流行的报告文学本身就包含着非虚构与文学创作的双重含义，没必要借用这一外来语词。

非虚构写作在中国形成潮流是近年来的事。2000年以来，《天涯》、《广州文艺》、《山西文学》、《南方周末》、《中国青年报》等报刊陆续发表了一些民间语文、自叙传、回忆录、口述实录、历史档案类的文章。不过，一般认为非虚构写作在中国形成潮流与2010年《人民文学》杂志的力推相关。对于非虚构写作倡导者而言，这是对既有文学文体的修正与再造，以非虚构写作来规避人们对形式单一、面貌老旧的既往文体的审美疲劳，并极力撇清它与“一般所说的‘报告文学’、‘纪实文学’”的关系[③]。如果从后者在当下文化语境中已蜕变成记述好人好事的官样文章、广告文学，或热衷于黑幕、案件之类通俗文本这一角度来看，继续认为“非虚构是报告文学的题中应有之义，是报告文学已经完全容纳和体现了的个性特点”[④]是较为偏颇的。以带有一定颠覆色彩的前缀“非”

① 谷雨、南香红、张宇欣：《为何非虚构性写作让人着迷》，腾讯文化，2015年8月29日，http://cul.qq.com/a/20150829/011871.htm

② 董鼎山：《所谓“非虚构小说”》，载《读书》1980年第4期。

③ 见《人民文学》2010年第2期非虚构专栏中的“编者留言”。

④ 李炳银《关于非虚构》，载《文学报》2012年2月16日。

开头的这一命名取代传统的报告文学，不仅在语词上相对新鲜，在内涵上也加入了一定的个人视角与独立写作的意味。

当然，即便厘清了非虚构写作在新时期文学中的谱系渊源，仍不能保证对其有一个相对正面和清晰的界定。倡导它的《人民文学》表示“何为‘非虚构’？一定要我们说，还真说不清楚”①。也有学者对原有概念进行泛化理解，认为“它基本容纳了报告文学、纪实文学、史传文学等，可以称之为‘大报告文学’”②。还有人将这一概念解释为“不是一种文学体裁，而是一种从作品题材、内容和创作技巧上来区分的文学形态，既可以理解为文学的创作方法手段，也可以理解为一种文学创作的类型或文学样式”③。在笔者看来，这种命名的模糊和尴尬源自中国学者谈论的非虚构写作并非本源意义上的非虚构，而是非虚构文学。文学，尤其是现实主义文学，尽管也讲求真实，但与新闻意义上的真实不一样。后者认为“真实”取决于文字表述与现实世界的趋近、吻合程度，是事实之真；前者的真实则主要是一种“真实感”，它的反义词是“虚假”，而不是“虚构”，形而下的器物之真并非其孜孜以求的目标。现代文论里“杂取种种，合成一个”④的典型说，更表明文学追求的真实感永远都是一种似真性。就是因为这两种真实观的较量与纠结，非虚构文学的文类理念带有一定的矛盾，甚至悖论性。

与非虚构理念相关的是文学新闻化。对小说真实性的强调早在20世纪80年代末新写实小说的“原生态”、“零度叙事”中就露出端倪，而后新新闻小说、新体验小说也都不约而同地提到小说创作的纪实性、亲历性、新闻性，如“因为叙事的亲历，将使‘新体验小说’吸取了很多新闻的特点”⑤，“小说的内容是作家的亲身经历和体验，或者是亲耳所闻，它属于纪实文学，不是虚构的故事”⑥等。同时，“自传体”写作、“及物写作”、“在场主义”等概念也在不断强化本真、自我的非虚构诉求。不过，这些都只能算是小说的纪实性笔法而已。新世纪以来的非虚构写

① 见《人民文学》2010年第2期非虚构专栏中的“编者留言”。

② 李朝全：《观“非虚构”创作潮》，载《杉乡文学》2011年第6期。

③ 丁晓平：《非虚构绝不等于“真实”》，腾讯文化，2015年4月27日。http://cul.qq.com/a/20150427/023513.htm

④ 鲁迅：《出关的“关”》，《鲁迅全集》第6卷，人民文学出版社1981年版，第519页。

⑤ 陈建功：《少说为佳》，载《北京文学》1994年第2期。

⑥ 赵大年：《几点想法》，载《北京文学》1994年第2期。

作，如《人民文学》的非虚构专栏，则将新闻采访与纪实操作“硬性”规定为这一文体的立足点，以确保写作过程、写作技术、写作手段的真实性。批评家李敬泽称其为“行动者”的写作[①]，而这并非传统意义上用笔或敲击键盘等写作行为本身的“行动”，而是作家奔赴未知世界（有别于作家内心世界与自身现有生活）的“行动”。为非虚构写作激赏的“冒险”精神也并非艺术上的探索，而是超越个人生活的小圈子，在广阔的现实生活中冒险。传统现实主义写作的“深入生活”与采访、调查、报道、田野考察、访谈实录等现代新闻手段相结合，是此次非虚构倡导最醒目的部分，其直接的后果便是“文学新闻化”。

写作尺度与文体边界

非虚构也是一种具有创造力的写作，彼得·海斯勒坦言，“非虚构写作让人着迷的地方，正是因为它不能编故事。看起来这比虚构写作缺少更多的创作自由和创造性，但它逼着作者不得不卖力地发掘事实，搜集信息，非虚构写作的创造性正蕴含在此间”[②]。阿列克谢耶维奇的部分文字正体现了这一点，她在写《锌皮娃娃兵》时，用两年时间辗转多地对军官、士兵、护士、妻子、情人、父母、孩子等几十人进行采访，记录入侵阿富汗的苏军士兵回到家乡后的生活。新闻手法对阿列克谢耶维奇来说是写作的前提，她在此基础上精心选取受访者的“微言大义”，被认为是阿列克谢耶维奇的文字“单靠‘纪实’——记录受访者的话——就能撼动人心”[③]的证明。

如果非虚构的深度只能源自发掘事实或搜集信息的话，那么它会比“源于生活，高于生活”的文学创作在表达时多了几分难度和限度。因此即便阿列克谢耶维奇的非虚构作品也不是篇篇都有如此震撼人心的力量。访谈多少人、访谈谁、怎样访谈以及如何组织访谈文字等实际问题是新闻记者的基本功。中国的非虚构倡导者更多是为应对文学领域的困境而倡导非虚构写作，是一种策略性提法，久在文学界浸淫的作家能否

① 《李敬泽：文学的求真与行动》，载《文学报》2010 年 12 月 9 日。

② 谷雨、南香红、张宇欣：《为何非虚构性写作让人着迷》，腾讯文化，2015 年 8 月 29 日，http://cul.qq.com/a/20150829/011871.htm

③ 云也退：《诺奖不是阿列克谢耶维奇最合适的桂冠》，凤凰文化·视点，2015 年 10 月 10 日，http://culture.ifeng.com/insight/special/2015nobel3/#_www_dt2

真正践行批评家提出的非虚构理念是一个难题。而非虚构写作是否能为徘徊中的当代文学探索出一条新路，则是另一个难题。对于中国作家来说，这种需要小心翼翼规避戏剧性冲突、收起想象翅膀的非虚构写作，不啻为严峻的考验。当然，这股潮流还是为文坛注入了新鲜活力。以《人民文学》的非虚构专栏推出的作品为例，一批底层打工者涌入文坛，并以亲历者的姿态写出弱势群体在政治、经济、文化等方面的群体性经验，这与以往私人化写作的自恋倾向形成鲜明对比。例如，萧相风的《词典：南方工业生活》以解释“关键词”的方式对南下打工者的生存景观进行具体揭示。作者本身是一位产业工人，他在身边搜集素材，突出的不是“我”而是“我们”，注重描写“我们”的加班、倒班、工衣、出粮、打卡、轮休、走柜、集体宿舍、食堂、夜晚生活的方方面面。此前底层写作中情节化、戏剧化的“乡下人进城”故事让位于日复一日、年复一年的日常生活记录，“我”的个人悲欢让位于“我们”闭塞、困窘、机械的集体挣扎，底层生存的贫困与悲哀在这种流水账般的记叙里展开。此外，李娟的《羊道》系列对新疆边地民族实地“蹲点”式书写，将牧民、牧场、羊、马、剪羊毛、毡房、养鸡、卖杂货、种葵花、采木耳等简单、琐碎的日常生活纳入写作，规避了文学史上惯常的异域、异族“奇观化”书写传统，写出了原汁原味的边民生活。这些文学实践相较于20世纪80年代报告文学“一人一事”与“社会问题”这两种范式，提供了特定族群“常态化”描写的新样态，体现出非虚构文学的探索精神。

不过，中国语境中的非虚构概念存在一定的悖论性，既然以非虚构相号召，便必然面临需要纪实的文体要求。已经六十七岁的阿列克谢耶维奇尽管屡获大奖，但其作品在数量上并不多，总共只有十来部，这与其非虚构写作方式有关。她写的每部书都在采访当事人上下很大功夫：写《切尔诺贝利的回忆：核灾难口述史》用了十年、《战争中没有女性》用了四年、写《我是女兵，也是女人》用了三年……她与几百个采访对象的细致交流能够有效保证非虚构写作的纯粹性、深刻性。美国非虚构作家彼得·海斯勒也曾为写一部有关埃及的作品在开罗生活了十年，他认为非虚构“是作为记者的写作”，“你无法创造出故事情节。这和小说不同，写小说时你可以随意创作人物和事件”①。非虚构有一定的叙述边界，这是这一文体的限制，阿列克谢耶维奇将自己的作品称为“文献文学”②的道理也在于此。在这一点上，中国的非虚构写作一方面由于理论上理解的宽泛（将非虚构界定为借用新闻笔法的文学创作），另一方面也由于现有体制下快速出成果的需求，往往不会或不能像域外作家那样“慢工出细活”，对这一文体的限制亦缺乏应有的敬意和警醒，在一些具体操作问题上常常招来各种争议，即使是在这一潮流中涌现出的优秀之作也不能幸免。例如，梁鸿并不讳言，梁庄并非真名，“中国河南穰县的地图上找不到‘梁庄’”③，而两个农村妇女春梅和巧玉的名字也是虚拟的，一个女人和两个丈夫的情节设置也因为太过巧合而被批评家刘春认为“太像小说了”④。所有这一切可以说都是“虚构”而非“非虚构”。太过随意的写作超出非虚构这一命名的文体界定，若再以“非虚构”之名大力宣传推介就会陷入难以自圆其说的文体陷阱，这也是非虚构写作在当代中国时常会遭遇的尴尬。

新闻价值与美学价值

目前，国内学界对非虚构写作的论争主要集中在如何处理细节性虚构的层面上，但事实上，这一问题还牵涉更多需要重新界定和反思的东西，像题材决定性、政治性与事件性、叙事方式与美学价值等。

新闻的目的在于还原生活、还原事实，着力点在“还原”。马克思说过：“它不断从现实世界中涌出，又作为越来越丰富的精神唤起新的生机，流回现实世界。”⑤新闻界人士也明确指出，新闻强调信息属性与事实属性，新闻价值基本以其“事实力”大小为依据⑥。而人们对文学作品的判定标准则相对多元，主题、形式、风格、趣味等均在考虑之列，

① 何伟：《非虚构写作在中国有难以置信的潜力》，载《新京报》2015 年 1 月 17 日。

② 高莽：《阿列克谢耶维奇和她的纪实文学》，载《锌皮娃娃兵》（后记），九州出版社 2015 年版，第 313 页。

③ 刘琼：《从梁庄到吴镇的梁鸿》，载《文学报》2015 年 11 月 19 日。

④ 刘春：《是什么烤红了“非虚构”》，载《深圳特区报》2011 年 5 月 27 日。

⑤ 卡・马克思：《第六届莱茵省议会的辩论（第一篇论文）关于出版自由和公布等级会议记录的辩论》，《马克思恩格斯全集》第 1 卷，中共中央马克思、恩格斯、列宁、斯大林著作编译局编译，人民出版社 1995 年版，第 179 页。

⑥ 参见方延明：《新闻文学化与文学新闻化的异化现象研究》，载《山东大学学报》2009年第4期。

如果仅以描述对象本身价值的大小来判定文学作品就会走入“题材决定论”的误区。然而，在市场经济时代，作家在利益驱动下往往考虑书写对象是否是“焦点”、“重点”、“热点”，书写角度是否“宏大”、“权威”、“新鲜”，能否引发“看点”，这些都是一部作品能否获得关注、引发社会反响的关键。对于以新闻化、纪实性手段进行创作的非虚构作品来说，其描写对象本身的新闻价值、社会价值，与作品本身的文学价值之间的边界尤其模糊，以作品书写对象的新闻价值或以其是否揭示时代重大命题的社会价值来判定其文学价值的现象时有发生。更有甚者，有些批评家会以作品的意识形态倾向性为主要依据判定非虚构作品的价值。此次阿列克谢耶维奇获诺奖的争议即源于此。作为一个异见人士，她的作品涉及“二战”、入侵阿富汗、切尔诺贝利核灾难、苏联解体等，几乎囊括了从“二战”到普京时代的所有俄罗斯历史上的大事，对苏联及俄罗斯的国家政策有着一贯的批判立场。俄罗斯文学研究者吴晓都认为，她“在传统文学上的表现并没有太大创新”，甚至“如果没有诺奖，她的作品就是二流水平”[①]。从俄国文学的发展史来看，这样的批评是有一定道理的，“除了访谈，还是访谈”的阿列克谢耶维奇的作品与历史上的同类题材——如诺曼·梅勒的《黑夜大军》、安东尼·比弗的《攻克柏林》等——相比，并非异常出彩，有研究者甚至认为它们也没有超出俄罗斯同期“战壕真实派”的描写水平[②]。作为流亡作家，阿列克谢耶维奇的作品在祖国反响一般。她此番获奖，绕不过备受争议的诺贝尔奖的政治性原则，考虑到欧美国家与俄罗斯正处于严峻的对峙期，她的获奖与揭露苏联灾难与丑闻的题材选取关系极大。

诺贝尔奖当然不是一部作品优秀程度的最好证明，这在历届诺奖得主身上都有所体现。本文的论述重点是，由于非虚构写作“以事实说话”的文体要求，其对写作对象的社会与新闻价值格外倚重，从而会面临以写作对象的社会与新闻价值判定其文学价值的题材决定论问题。还是以《梁庄》为例，其语言、结构、修辞等文学性要素在作品中作用几何？笔者看来，《梁庄》的总体风格简约、凝练、沉郁，不过或许与作者长期从事论文写作有关，行文上有的地方尚嫌拘谨、生涩，叙述语言要好于人物语言。但这些对《梁庄》来说似乎并不成为问题，因为它首先

① 参见《抛开诺奖，阿列克谢耶维奇的作品就是二流水平》，载《北京青年报》2015年10月16日。
② 参见《抛开诺奖，阿列克谢耶维奇的作品就是二流水平》，载《北京青年报》2015年10月16日。

被当成一部揭示“社会问题”、“农民问题”的读物来阅读。它的单行本取名“中国在梁庄”，副标题是“还原一个乡村的变迁史、直击中国农民的痛与悲”，在媒体宣传中更是被冠之以“当代中国乡村社会调查”、“中国农民生存状况实录”，这些无不在强化、突出其社会价值与新闻价值。由于《梁庄》对中国农村在城市化进程中的痛苦与悲哀这一命题的全景式揭露与现代性忧思，比起其他同类非虚构作品（如乔叶《盖楼记》对乡村以点带面的个案式书写，贾平凹《定西笔记》对乡村风俗与边缘场景的留恋）更容易吸引国人的关注。因此，有批评家认为《梁庄》是在内容或题材上比较“讨巧”的产物，是一部“农民问题大全”①。从《中国农民调查》到《我是农民的儿子》再到《梁庄》，全景式反映农民命运的写作（不管是虚构还是非虚构）都能引发强烈反响，原因就在于“三农”问题对当代中国来说本身就是一个十分重要，甚至可以说是最重要的社会命题，更何况它书写的是固守家园的乡村留守者，从而避免了模式化的“乡下人进城”表述。宏大的选题似乎“先天”地决定了它广受瞩目，然而这并非叙事本身的胜利。

如何既借助新闻化、纪实性手段进行非虚构写作，又不至于完全落入新闻化、事件化书写的误区，是当前非虚构写作潮流需要注意的问题。文学作品的新闻化、事件化书写是指以实效性、新鲜性、切近性、社会影响性的新闻原则结构文学作品。以小说的形式反映社会发生的重要事件，以满足公众关心、了解社会的心理，这在当下的中国文坛时有浮现。张欣的《深喉》和《浮华背后》，须一瓜的《淡绿色的月亮》、方方的《中北路空无一人》、胡学文《飞翔的女人》、张学东《谁的眼泪陪我过夜》等都有着摹写、影射社会热点事件或依据新闻报道来创作的影子。2005 年 1 月 13 日，《南方周末》发表的农民工千里背尸返乡的调查报道《一个打工农民的死亡样本》更是催生了贾平凹的《高兴》与曹征路的《赶尸匠的子孙》②。这些都可以算是有着非虚构因子的文学创作。这种新闻化书写能够强化文学对热点问题与当下生存状态的关注，提供更多社会资讯。然而从新闻报道与案件中寻找资源又往往会导向对极端事件、巧合、信息量的过分依赖与迷恋，而且道听途说或仅依据媒体报道进行创作往往会让作品带有主观推测、臆断的痕迹。《人民文学》“人民

① 刘春：《是什么烤红了“非虚构”》，载《深圳特区报》2011 年 5 月 27 日。

② 参见方延明：《新闻文学化与文学新闻化的异化现象研究》，载《山东大学学报》2009年第4期。

大地·行动者”计划面向全国征集的非虚构写作项目强调实地跟踪采访的亲历性，一定程度上能够克服虚浮、表面的缺陷，而且它将写作者关注的重心聚焦于大千世界的多样化存在，而非有些媒体热衷渲染的极端性案件。但在写作实绩上，新闻化、事件化书写仍很常见，像获得人民文学奖“特别行动奖”的《中国，少了一味药》就取材于在时下已经成为社会“公害”的传销现象。为了创作这部作品，慕容雪村不惜以在江西上饶一传销窝点“卧底”二十三天的方式，得到传销团伙如何对人进行洗脑的第一手资料，作品写来跌宕起伏、引人入胜。然而，强调经历的传奇性、对社会焦点话题的热衷、戏剧性情节的过多穿插等，使这部作品的新闻化、事件化的倾向也很明显，仍留有对传销这一非法、隐秘活动的“奇观化”展示痕迹。慕容雪村的这种卧底写作并不是特例，通过暗访性工作者场所、黑社会群体进行写作的现象已经出现，然而这是否又会重蹈对边缘群体、边缘事件进行“窥私”性暴露以招揽读者的覆辙？

对于20世纪60年代美国的“新新闻报道”，迪克斯坦认为“在这种新闻中，作者作为一个中心人物而出现，成为一个对各种事件进行筛选的个人反应器”[①]。的确，看似“无我”的非虚构之作也有“我”的在场，但这主要体现在选择哪些访谈对象、将访谈对象的哪些言论写进文本的“选择权”上，与传统文学的叙述人在文本中直接发声的写作方式不一样。在叙述语言上，口语化的访谈实录体也同文学化、美学化的语体风格有明显差异。阿列克谢耶维奇作品的译者高莽曾说，他当年翻译其作品的缘由一是“政治因素”，二是她的作品“文字浅显易懂”[②]。这两点均难与作品本身的艺术魅力直接对应。在口语化、实用化的非虚构文体中，叙述人往往一方面处处在场，另一方面却无法承担传统文学那样深刻而复杂的结构性功能，只起一个提问、串联、汇总的“见证人”角色。像《梁庄》以每个梁庄人的讲述展现农村生活的多个侧面，“我”只是一个倾听和提问者，甚至需要他人帮助才能勉强完成采访任务。而《羊道》系列中的“我”则主要作为边塞居民生活的搜集和记录者存在。

---

① M.迪克斯坦语，转引自王雄《新闻报道和写作的新维度——论“新新闻学”对我国当代新闻报道和写作方法的启示》，载《江苏社会科学》1998年第5期。

②《译者高莽忆阿列克谢耶维奇：她这条路子，和别人不一样》，载《新京报》，2015年10月9日。

与对采访对象生活事无巨细的展示相比，“我”个人的一切都被有意无意地遮蔽或删除，在人物关系上造成了一种新的不平等，在结构关系上则呈现出由被采访人的言说连缀全篇的单一与平面化①。此外，非虚构写作普遍运用新闻的“现在进行时”进行创作，艺术风格倾向于简约、直白、明了。这一切无疑都淡化行文的繁富与复杂性。在最大限度地营造真实性场景的同时，对文学修辞、美学技巧方面的追求相比于传统文学有着自觉或不自觉的下降趋势，尤其是经典叙事作品中经常出现的那种迂回曲折的心理挣扎、峰回路转的情感历程、欲说还休的生命况味都被不同程度地弱化。这大概是借用新闻化、纪实性笔法的非虚构写作要付出的代价。

在当代中国的叙事前景及女性介入非虚构的可能性

与文学相比，新闻能够更快、更真实、更便捷地介入当代人的现实生活。对信息量的追求、对切身利益的关注、对现实利害的计较，使得生活节奏日益加快的现代人更愿意从新闻中获得资讯，新闻化的非虚构写作在一定程度上迎合了现代人的这种趋“近”舍“远”、求“实”避“虚”的心理。非虚构写作形成潮流在当代中国已成为不争的事实，目前不少出版发行机构广泛采用虚构和非虚构两大类别设置图书销量排行榜，而非虚构目前已经在市场上占据较大比重。尤其是当我们用“排除法”（只要不是虚构文艺就是非虚构）来理解这一文化现象时，非虚构已囊括了纪实文学、史传文学、回忆录、图文集等形形色色的各种图书类种，俨然成为这个时代的文化“巨无霸”，而女性与非虚构文类的结合则与女性文学在新世纪的特定发展相联系。

新世纪初的底层写作潮流开始对接起了市场经济转型期中国社会形态的剧烈变动，被称为是新世纪文坛的一件大事。然而，或许因为它主要还是小说（“虚构”类文体）创作，并从“软新闻”式私密性写作潮流中脱胎不久，受20世纪90年代讲求新锐、极端的“个人化”写作影响的痕迹还是很明显的，这也是底层写作屡受诟病的一点。如不少底层写作文本出现了对底层生活的“猎奇性”书写，边缘场景与边缘人物成了

① 参见杨俊蕾《复调下的精神寻绎与终结——兼谈 <梁庄> 的非虚构叙述旨向》，载《南方文坛》2011年第1期。

作家青睐的对象，生活奇观化、主题欲望化、情节偶遇化成了不少文本的结构性要素，并一度类型化、模式化，与他者雷同，或自我雷同化。"'女底层'往往是直奔卖身现场，或明或暗地操起皮肉生涯；'男底层'呢，通常是杀人越货，既恶且毒，一个个瞪着'仇富'的眼神"，"惊怵、绝望、凄迷与无奈，间或还有些堕落式的快慰和暴力化的戏谑。"[①]底层毕竟不是文人知识分子生活其中的主要场地，所以不少底层写作只是在臆想的"经验"和"常识"中进行底层关怀，即使是真心想为底层民众代言，也往往由于个人偏好而展示或放大了某些底层场景，并遗漏或减缩了另一些底层场景。但此次非虚构写作由于对采访、访谈、报道、田野调查、实地考察等新闻手段的倡导与"硬性"规定，这种在臆想的"经验"和"常识"中进行底层关怀的情形大为减弱，个人趣味在淡化，而客观揭示底层图景的意识在增强。比如新世纪初林白的《妇女闲聊录》作为林白的一部转型之作，以一个叫木珍的农村妇女放肆、泼辣、眉飞色舞、滔滔不绝的聊天书写南方的农村生活，也带有"实录"的文体特征，不过在木珍津津乐道的话语中，我们读到更多的是家长里短、鸡飞狗跳的农村日常生活，以及赌博、偷盗、打架，尤其是野合、偷情、做小姐等与性相关的乡村人伦秩序的颓败与失控，这不能不说与写作者在私人化写作中长期浸染的个人趣味有关。相形之下，梁鸿的《梁庄》对农村的揭示就没有如此个人化和趣味化，因为有着新闻调查的现实依据，它并不侧重于农村的哪一个层面，而是以农村留守儿童的无望，农民养老、教育、医疗的缺失，农村自然环境的破坏，农村家庭的裂变，农民"性福"的危机，新农村建设留于形式等，对让人心痛的农村现实进行了全方位展示，以农村人物访谈为线索结构全篇，而每个人物访谈又是集中揭示了农村问题的每一个侧面，这样，《梁庄》基本摒弃了《妇女闲聊录》多多少少的奇观化书写窠臼，还原了一个更为复杂，也更为严峻的农村现实。

然而，必须明确的一点是，对于宣称"源于生活，高于生活"的传统文学而言，非虚构写作并未因囊括的文化种类多就具有某种视野的宏阔性和先锋性。恰恰相反，对于文艺与生活的关系，它甚至有着某种"后撤性"——以撤回生活本身的方式拒绝"高于"生活的超越性与形

① 洪治纲：《底层写作与苦难焦虑症》，载《文艺争鸣》2007年第10期。

象性。因为新闻性、事实性要素的介入与张扬，在一定程度上占有、挤压了传统文类的修辞性空间，这恐怕是高调宣示自身“非”/“反”文学虚构的此类作品与生俱来的宿命，并有可能在叙事伦理的层面上异化为一种新的文化宰制。非虚构作品当然也可以成为经典，像司马迁的《史记》、伏契克的《绞刑架下的报告》等，但总的来说，相对于小说、诗歌、戏剧等虚构文类，数量上要少一些，这与它的文类特质有关：因为非虚构写作要以“事实”说话，它比虚构文类有着更强的社会性与时代性，然而这些也是最容易事过境迁的。针对阿列克谢耶维奇此番获诺奖，有批评者指出：“人们记住了事实，就会忘了她，记住了她是‘反苏’的，就不会高看其写作；而有朝一日档案公开，战争与核泄漏的真相进入常识领域，谁还会为了‘文学之美’，去读这个白俄罗斯女记者的书。”[①] 过强的时代性、政治性必然稀释和淹没其文学性内涵。与那些获得诺贝尔文学奖的纯文学作家相比，阿列克谢耶维奇的非虚构写作反而有“短命”的危险，这与非虚构文体强调社会性、新闻性（而非文学性、艺术性）有关。当前文学界以“行动”和“在场”提倡非虚构写作，对于懒惰、傲慢、依靠二手材料进行写作的中国作家来说有必要，但在根本上，文学永远应以吸引力、震撼力、感染力服人，虚构或非虚构只是不同写作方式而已，书写“真人真事”并没有道义上的优先权。恰恰相反，真正代表文学精神的是虚构，而非“非虚构”。非虚构在以文学笔法报道事实的同时必须承受“跨界”的代价：倘若只以记述事实为依据，就无法像历史与新闻那样明确和清晰；而以感人程度论，则又因受制于自身的文体限制而难以放飞想象的翅膀。因此，非虚构写作所拥有的似乎永远都是与社会、政治、经济、历史等外围领域相联系的交叉、边缘身份。

在此意义上，笔者并不像国内大多数媒体那样以阿列克谢耶维奇获得2015年诺贝尔文学奖来欢呼非虚构的“胜利”，相反，我认为阿列克谢耶维奇此番获得诺贝尔奖恰恰凸显了非虚构的文体边界与价值隐忧，其在中国当代文学界引发潮流与传统文体式微这一特定背景联系在一起。或许，任何一种知识或范式的产生，都会突出一些元素，抑制另外一些范畴。就在知识界围绕非虚构写作热议时，网络与大众文化领域里

① 云也退：《诺奖不是阿列克谢耶维奇最合适的桂冠》，凤凰文化·视点，2015年10月10日，http://culture.ifeng.com/insight/special/2015nobel3/#_www_dt2

逃离现实的“绝对虚构”——穿越、臆想、玄幻之作正在大行其事。当文学过于内向时，它需要向外转；当文学过于强调形式时，它需要内容的实在；当文学过于强调个人化和小叙事，它需要关注社会重大问题；当文学过于奇观化和极端化，它需要在日常生活的惯性轨道内发现社会的症结与存在的真相……中国的非虚构写作就是在这样一个文学谱系的节点上出现在这个时代，并为女性文学走出身体写作的拘囿、有效介入广阔的社会现实提供了一种新的可能性。

（此文原载《文艺研究》2016 年第 6 期，
收入本书时作者做了一定修订）

回忆与自述

重申抗拒失语

刘思谦

一日午饭后躺在床上翻阅那本厚厚的由我主编的20世纪90年代女性散文集，里面有我的一篇散文写我在1998年5月14日清晨突然不会说话了，原来是得了叫作“命名性失语”的脑梗塞的事，题目叫作《抗拒失语》。“抗拒失语”这个题目一下子又把我给抓住了，就像当年我听到医生说出“命名性失语”这个病名时感到一阵战栗一样，“知道这是一个神秘的隐喻，是需要我用有生之年去抗拒的宿命，是知性神明对我的一种提醒，也是对我的一种鼓励，鼓励我要鼓起勇气去抗拒失语”。我相信如果用“抗拒失语”这个题目，足以概括我在女性文学研究中所获得的学术感想。因为无论是“五四”运动以来至今的一代又一代女作家还是我自己，已有20余年的女性文学研究经历，难道不都是敢于抗拒失语的结果吗？正是抗拒失语拒绝被命名、被言说的命运而拿起笔来自己为自己命名，自己言说自己，才有了以女性为言说主体经验、主体思维、主体的现代女性文学这样的女性的文学新景观，有了女人自己的文学，而我们的女性文学研究，说到底难道不也是敢于抗拒失语，自己为自己也为女人争取自我命名的权利的一种勇气和智慧的体现吗？我意识到如今我要写的这篇学术感言，就是要回顾和总结女作家们和我自己抗拒失语、自我命名道路上的经验与感受，以便把这条艰难而又充满了乐趣的道路走下去。想到这里，我决定就用“抗拒失语”这个题目再写一篇，并且带有一点庄严感地在前面加上了“重申”这两个字。是“重申”而不是一般的“再谈”，以表明“抗拒失语”之于我的女性文学研究之学术理路、之形成的起源性的紧密关联。

和许多同性同行们一样，我的女性文学研究之路，也是从追问“女人究竟是什么”这个至今也还没有明确答案的难题开始的。她们否定了千百年来男人对自己的命名，诸如女人是男人身上的一根肋骨、是男人许多件衣服中的一件等，而力图说出自己是什么，却总是不能正面说出，而只能说出不是什么。就是如今已成为中国许许多多现代渴望自由独立而出走的女性文学原型的娜拉，当年当她离开她那个甜言蜜语的丈夫时，也只能说出她不是他的玩偶而说不出她是什么。这是女性争取自身解放道路上的一道自我命名的思维的也是生存论上的难题。我在1993年春完成了我的第一部女性文学研究专著《娜拉言说》交上海文艺出版社出版时，对这个问题似乎若有所悟可仍然说不出。这种恍恍然而又似有所悟的心态，体现在《娜拉言说》首页我的照片下面的自题词，便是这样几句话：

> 研究女性文学，顿悟于一句大实话：女人也是人。
>
> 然而，这作为人的女人又是什么呢？我仍然说不出。也许就是我、就是你、就是她，就是这里写到的一个一个的女人。

这几句话的写出，就体现了这种有点明白而又不怎么明白的心态。那句“女人也是人”——这个关于“女人是什么”的正面的回答之能够写出，是鉴于我对“五四”新文化运动的理性认知，而正是有了“人的发现与女性的发现”这一启蒙运动的思想成果，才有可能出现这样一批觉悟到“女人也是人”和自己“作为女人也是和男人一样的人”的现代知识女性对自我的认知。“女人也是人”可以说是现代女性觉醒的起点，也是她们对父权夫权对自己命名的反命名和自己为自己命名的自我意识觉醒的起点。然而这个起点至今看来也仍然是暧昧不明的。将近一个世纪以来，女作家们以及女性文学研究者们并没有在这个起点上紧接着的第二个问题即这个“作为人的女人又是什么呢”给出明确的答案。我也没有。所以我只能如实回答“我仍然说不出”。不过紧接着“也许”后面的一句肯定判断句式“也许就是我、就是你、就是她，就是这里写到的一个一个女人”，今天读来却感觉到一些“朦胧的理性思维的闪光”。也许正是从这个朦朦胧胧的理性思维的闪光为起点，在我持续的锲而不舍的阅读思考中，“个人”这个对于正面回答“女人是什么，我是什么”这个追问具有重要理论意义与方法论意义的概念脱颖而出。“个人”在我的思维中渐渐浮出水面，是因为我在多年来的阅读思考中感觉到这些同为女人和同为现代女作家的女人们相互之间是如此不一样（这“不一样”

不言而喻自然也并不能否定她们之间也有共同点）。例如即使是同样出身于名门且有国外留学生活经历并在个人爱情婚姻方面比较完满顺利的冰心、凌叔华、林徽因、杨绛之间，以及在出身于中等阶层家庭又都在20世纪三四十年代走向了左翼革命文学在爱情婚姻方面不够顺利的白薇和丁玲之间，彼此之间也是如此的不一样。仿佛是波伏娃说过一句这样意思的话：在一个女人与另一个女人之间的差别，常常大于一个女人与一个男人之间的差别。这是一种来自生活的直觉感悟，却并非理论思维的准确概括。怎么办？该怎样概括出这同为人的男人与女人之间和同为男人之间与同为女人之间的同和不同呢？这是女性文学研究所遇到的一个难以回避又如此难解的难题。在这个难题面前，我感觉国外的无论是早期女权主义运动抑或后来的“社会性别研究”，对“性别”这一人的一种性别分类概念，在方法论上总是有些一概而论，即过于看重其共同性而忽略了其共同性中不同的个人性。也许正是这样一点恍恍然的感觉，使我写出了上面这句话“作为人的女人”“就是我、就是你、就是她，就是这里写到的一个一个女人”这句话，并且在《“娜拉”言说》的写作体例上，选择了注重个性的作家论体例而拒绝了一概而论的常常是理论概念先行的所谓“综合研究”体例。

“个人”由此而成为我的女性文学研究关键词。因为终于抓住这个关键词为起点，所以我思考了如何把这“个人”与“作为人”与“作为女人”这三者统一起来。仅凭常识也能相信，每一个具体的女人，都既是一个“人”也是一个“女人”，同时还是一个名字叫某某某的人。这“某某某”也就是指称一个具体的不会和别的任何一个女人或男人相混淆也不会或不应该被别人所代替的人。这在学界叫作“专名”也可称为是这个具体的个人的语言学“能指”。这样，我就可以从“人”这一宇宙上被称为“万物之灵长”的物种上来梳理“性别之与人”究竟是一个什么样的关系了。原来，“性别”是“人”这一物种的一种分类标准，即“人”按照其性别可分为“男人”和“女人”这两种，就像“人”是按照其与别的物种牛、马、羊、鸡、狗等而加以区分的一个物种一样，都是一个“类概念”，指称的是抽象的在某一类别中的共同点，而类概念所区分的各种不同类别，如“人”“男人”“女人”“民族”“阶级”“国别”等概念自然也是抽象的。准确地说是千千万万个具体的人，即具体的男人女人的共同点抽象出来概括地称之为“人”，“男人”“女人”，等等，也就是语言学上所说的“抽象能指”。我们在生活中，只能看到一个一个的不是男人就是女人的具体的而且是有名有姓的人即“个人”，却看不到不男亦不女没名又没姓的抽象的“人”和抽象的“男人”“女人”。至此，我想我已经能够给“个人”这个概念下定义了：即“个人”是“人”这一物种和“男与女”这两种性别等各种分类标准所指称的可视可感的实实在在的一个“实体”；也是在分类学上不可再化约，不可被替代的具体的“人”和具体的“男人”和“女人”等最后的“能指”。可是到此为止，我还只是从人的分类学上说清了“人”“男人或女人”与“个人”三者之间的关系，还没有触及这三者之中共同的价值论上的问题，而我在前面所说的那个作为女人觉醒的起点的“女人也是人”的“人”，却是具有沉甸甸的价值的分量的，这里的“价值”，也就是以上“人的觉醒、女性的觉醒、个人（个性）的觉醒”为起点的启蒙精神所追求的，以平等、自由、自主、独立、尊严、人权等为价值目标的全人类的普世价值观。我们如果抽掉这些人之为人的普世价值观，仅从分类学上回答“人是什么和女人是什么、我是什么”的追问，便必然会陷入纯生物学的泥潭，而无助于被贬为“第二性”的女人女性意识自我意识的真正觉醒，更不能启发女人摆脱依附性乃至奴性的没有人的尊严的“第二性”而去追求建构自己的主体性人格获得自己言说自己的话语权利和能力。甚至有可能把我们的女性文学研究引到脱离人的尊严和独立的歧路上去的危险。试问当年我所顿悟到的“抗拒失语”，难道不是抗拒这种以种种形式剥夺压抑女人作为人作为个人的话语的权利的自觉意识？正是意识到这一点，我在那篇写于90年代初的《抗拒失语》中，以几个肯定性判断“就是……”“就是……”阐释了什么是“抗拒失语”：

> 抗拒失语就是敢于倾听和应答自己内心真实的声音，就是让自己的感觉、经验、思想进入语言，就是宁可不说宁可沉默也不说那些虚假的不知所云的“他者语言”，就是时时提醒自己不要被膨胀的权力话语、商业广告话语所蛊惑和劫持，就是用语言之光朗照自己内心的蒙昧和黑暗，就是从罩在我们头顶的那张失语的大网中突围而出[①]。

① 见《女性生命潮汐——二十世纪九十年代女性散文选读》，河南大学出版社2005年版，第48页。

这至今也仍然是我给自己拟定的女性文学研究座右铭。

文学是人学，女性文学不言而喻当然也是人学。作为具体的女性文学研究的人学研究，如何才能够抗拒失语，不被权力话语、商业广告话语乃至男权话语所蛊惑与劫持而发出真实的自己的声音呢，这需要建立一种结合人学相关理论与人的价值论的女性文学学术研究理路，这体现在我在以上思考的基础上形成的包含了一个三段论逻辑推理的关于人——女人——个人的概括，也是我对“五四”以来现代女性关于“人是什么、女人是什么和我是谁”这一追问的回答：

> 人（与男人一样的人）——女人（与男人不一样的人）——个人（以独立的提升了的具体的千差万别的个人，将“做人”与“做女人”统一起来的人）。

这是一个标准的“正、反、合”三段论逻辑推理过程，也是一个超越了人和性别分类学概念的现代女性关于人是什么、女人是什么和我是谁的追问的具体的又是内含了人的价值论的理性回答。同时这也表明我的女性文学研究理路，已经从学理层面上纳入了代表人类文明进步方向的、告别了中世纪的蒙昧与封建黑暗的启蒙的理性的现代文明价值观与价值理念。这也就是说，我国第一代现代女作家庐隐、石评梅们关于“人和女人和我”究竟是什么的百思而不得其解的形而上的“哲学论”，经过以上“否定之否定的肯定”，终于得出了“个人”这个形而上与形而下的“合题”，落实到了非常具体而现实的同时又是理想的每一个“个人”的现实生存的地面上，同时也提升到了我（你、她）作为个人如何才能告别封建的人身依附性而达到独立自主，自己实现自己作为人和作为女人的生命价值，从而自己回答“我是谁”这样一个作为人的理想的也是现实生存的难题。从女性文学研究方法论而言，那便是以个人的名义将做人与做女人统一起来，冲出千百年来女性生存的话语黑洞，冲出失语的“无物之阵”，自己回答我是什么样的人和什么样的女人这个难题。而这，其实也就是自我价值的实现，是自己对自己的摆脱了奴性、依附性的女性主体性建构。不言而喻，这个难题的回答，对每一个女人而言，都是一个艰难的渐次实现的过程，也是对每一个作为“个人”的女人思想的和生存智慧的考验，同时也是我个人“抗拒失语”的理性目标。

“人是社会关系的总和。”这里的“人”具体到“个人”应该说是各种社会关系与性别关系的综合体现，而性别关系尤其是进入爱情婚姻的两性关系又是人与人的各种关系中最复杂、最难破解和最难说清楚的关系，这自然也是我为自己设定的“抗拒失语”的一个难题。《“娜拉”言说》所写到的十二位女作家，几乎个个都遇到了这方面的各不相同的难题，而她们如何处理、解决这个难题，又没有或许永远也没有一个统一的答案。我在写作《“娜拉”言说》的过程中，发现这又是她们各自在“言说”中语义、语调最为暧昧和滞涩的部分，常常是吞吞吐吐、欲言又止或者词不达意。例如白薇这个当时知名的左翼女作家，一生受够了父权夫权双重压迫之苦，她从娘家婆家这两道家门出逃之后到日本留学，并开始写作。父亲给她们姐妹二人起的名字叫黄彰、黄显，寄予了彰显家门的希望，而她的反命名是改名为“白薇”，并且特别申明“白”是枉然之意、“薇”不是“蔷薇”的“薇”，而是“山窝里一种味极苦的苦薇草”，意思是自己在两性关系方面所受的苦也是白受。她还说过“女性是没有真相的”。“什么真相、假相，假到牺牲了女子一切的各色的相，各由社会、环境、男人、奖誉、毁谤或谣传去决定他们”[①]。就没有说明白女性何以没有真相，更说不出她认为女性的真相是什么？这时她已经历了离家出走后和风流诗人杨骚的苦恋，杨骚接二连三地移情别恋和反反复复地来了走，走了又来，并且把他严重的性病传染给了她。两性关系的爱情婚姻对她而言，她能够说清楚的便只是一个“苦”字，而且是徒然枉然地说不出和说不清楚的苦，她的“女性无真相”和渴望自由独立的“娜拉”们说不出“女人是什么”和“我是什么”的反命名之后自我命名的困惑犹疑是一样的，都是一种“失语的痛苦”。还有萧红这位被鲁迅所器重的文学才华横溢的女作家，却在两性关系方面历经坎坷，使她感觉到自己一身而分裂为两个“我”，一个是向着文学的天空飞翔的“我”，一个是向下坠落随时都会掉下来的两性关系中的“我”。这种壮丽的飞翔和失败的坠落的自我感觉，也正是作为向着自由独立的精神世界飞翔的“我”和现实的两性关系中痛苦的“我”的分裂。尤其是她与同样知名的现代作家萧军的关系，至今也还是一个难以破解的两性关系之谜。按

① 转引自拙著:《“娜拉”言说》河南大学出版社 2007 年版，第 216 页。

说，两萧的传奇性相逢与结合，可以演绎出一段现代的“天作之合”的两性关系佳话。萧军从根本上说也是一个好人，与萧红在政治上与文学上可谓志同道合。后来他与萧红分手后到了延安以及1949年后在东北解放区历次政治整风中都是一个绝不随波逐流的硬汉子。可是据现有资料看，他和萧红的关系却是自从他们走到一起就没有过多少平静的日子，如从1937年夏到1939年春总共十个来月的时间，萧红竟只身三次出走，三次又都悄然而归。也就是说，她不到一年时间就做了三次“娜拉”，而三次却又都不得不“回来”。从萧红的一首短诗《苦杯》可以看出，萧军的移情别恋是一个原因，还有没有别的原因呢？或者说，他为什么要移情别恋呢？萧军说过：“萧红不是妻子，尤其不是我的妻子。”这话听来不是仅仅以男权中心所能够解释清楚的。参照苏青的《结婚十年·后记》谈到和自己离婚的教训，有一点便是夫妻之间动不动便分床、分室导致夫妻性生活不和谐甚至成为无性婚姻而关系破裂：“于是男人便想：要同女人在一起机会多得很，谁又稀罕你黄脸婆来？”这不是说男人移情别恋应该，而是从女人的立场上说出了夫妻性生活和谐对于维持婚姻的稳定性是一个重要因素。可这一点却偏偏被女人尤其是萧红这样的女人所忽略。据萧红友人孙凌回忆，萧红婚后身体、情绪欠佳，常常头痛、失眠、月经不调，三郎（萧军）常常用拳头打她……这些现象的后面，有一个不能或不会说出口的原因，那就是夫妻性生活失调问题，双方在性爱这个可以看作是婚姻的物质基础之一的性方面均不能得到满足。这是两性关系方面隐秘的也是重要的原因。

“生死契阔，与子相悦；执子之手，与子偕老。”张爱玲这个旷世才女把《诗经》里这句话作为她所向往的两性关系的理想境界，可是她自己的两次婚姻尤其是和胡兰成的婚姻，却让她感到甜酸苦辣五味杂陈，说不出也不想说，失语整整三十年才在她的最后一部半自传式小说《小团圆》中以化名的方式吞吞吐吐地说了出来。还有她后来在美国麦克道尔文艺营实乃救济营里与一个大她29岁的美国老男人的婚姻，本想借此解决自己的饭票问题，却料不到反倒成了他的“饭票”兼护理员与“保姆”。这说明女人的问题如果说是一个性别问题，而这个性别问题本身和民族的、社会的、经济的乃至权力的各种问题联系起来，同时它又是千差万别的和十分具体而复杂的。如何处理好如此具体的两性关系，是没有统一答案的。只有靠普天下的每一个进入这样的两性关系的女人和男人们运用自己的记忆和智慧，好自为之了。

在写于1993年的《娜拉言说·引言》中，作为理解女性文学之产生与发展的历史大背景，我简略回顾了两性关系由母系制到父权制转变的契机和脉络，认识到两性关系是人类社会各种关系中最先发生变化的关系。如今19个多年头过去了，我隐隐约约地感觉到，它也将是人类社会发展各种关系中最后才能发生根本变化和得到根本解决的一种人与人的关系。在同一个屋檐下和一扇扇紧闭的家门里面，不知道有多少对夫妻正在进行着冷战热战、合合分分、笑笑哭哭的家庭悲喜剧乃至闹剧。两性关系之复杂性与根本变革的艰难性，决定了我的女性文学研究“抗拒失语”的长期性和艰难度。联想到近10年来女性文学的悄然沉寂和女性文学研究的严重失语，在很大程度上正是在两性关系方面出现的新现象、新问题，使我们莫衷一是，难以言说。例如电视连续剧《蜗居》里的女大学毕业生郭海藻的宁做“二奶”的婚姻观和她对“有权有钱也有情有型”的贪官宋思明的钟情和对爱侣小贝的背弃，联想到现实生活中一些同样是知识女性、职业女性的“干得好不如嫁得好”和“我的身体是我自己的，我愿意卖给谁就卖给谁”的择偶观，与《伤逝》子君的时代相比，我们是前进了还是倒退了呢？我说不出。我所能做的，大约也只是一如继往地“抗拒失语”而已。

2010年9月12日

（原载谢玉娥主编：《智慧的出场：当代人文女学者侧影》，本文为代前言，河南大学出版社2013年版）

我在美国的女性主义生涯

柏 棣

在美国俄亥俄州立大学读研时期的好友尼克曾送给我一本书《爱的阴暗面》（The Dark Side of Love）鼓励我战胜自己，完成论文。当时我们都陷入在撰写博士论文的痛苦之中，在美国，文学文化专业的博士论文一般要用5年左右时间才能完成。博士资格考试后，因为受不了这种折磨，论文中途而废因此永远做“ABD”的人也不少，ABD代表“All But Dissertation”，意思是“万事俱备，只差论文”。《爱的阴暗面》的作者高尔丁博格（Jane Goldburg）是个心理学家兼存在主义者。她的主张是：一个成年人有两件事是潜意识甚至于是无意识决定的：一是配偶，二是事业。这两件事不是理性的选择，而是发生，是由个人童年时期而积存的潜意识的驱动而发生。生活因此有希望，因此有痛苦，因此有意义。尼克的意思是，论文的写作就是这种意义上的“发生”，因为任何有一点实用主义精神的人，都不会在金融经济的大潮中，浪费精力写没有任何经济价值的“文科”论文。我对高尔丁博格的主张是既拒绝又接受：对“配偶的发生”不以为然，选择在阶级社会中，逃脱不了利益的干系，不可能无目的的。但是我来美国学习女性学，跟女性主义的结缘，真的不是着意选择的，是一种自然而然的“发生”。

我对女性主义的关注是从大学开始的。我1978年3月入学，就是“文革”结束后的第一届参加过高考的大学生，77级。这里要说一句，一次我在芝加哥大学做讲座，提到了自己是77级的，有一个学生提醒我，77级是中国教育精英化的开始。作为黑龙江大学英语系的学生，我在这个“培养精英”制度中的表现就是认真记单词，认真学语法，练得一口流利的英语，语音纯正，听不出是中国人。大三的时候，系里分班，把我们这些同意留校做老师的学生集中在一个班，配备了几位外国籍教师。其中有一位叫露西（Lucy）的老师教我们英美文学史。露西刚刚在美国完成博士学位，跟我年龄差不了多少，所以我们接触得比较多，常常去她那儿聊天，借书看。有一次，她推荐了几本现代主义的小说，有劳伦斯（D.H.Lawrence）的《儿子与情人》（Sons and Lovers），乔伊斯（James Joyce）的《一个青年艺术家的画像》（The Portrait of the Artist as a Young Man），还有一本就是伍尔夫（Virginia Woolf）的《到灯塔去》（To the Lighthouse）。

以我当时的英语水平，根本无法读懂这些无论从文字上还是文学意义上的“天书”。可是还书的时候，还是硬着头皮编了一些“读后感”，主要是说意识流的问题。结果一来二去，自己就觉得成了意识流的专门研究者，尤其是Woolf的意识流。1980年，我写了一篇文章，和导师潘维白联合署名发表在《黑龙江外国文学学会论丛》（第一期），很受老师们的重视。这样就有了以后硕士论文的题目：Woolf的小说。“自己的一间屋子”就成了主要命题。外国文学研究教学领域就把我自然而然地分到了西方女性文学这个领域里。1985年东北三省联编《外国文学词典》，主编刁邵华老师分给我的词条也都是跟女性主义有关的，比如“蓝袜子”（Blue Stockings），“呼啸山庄”（Wuthering Heights），等等。

现在回想起来，我没有太多地参与当时控诉中国革命的“伤痕文学”“反思文学”等潮流，对于当时出现的“妇女应不应该回厨房”“恢复女性意识”等讨论印象也不太深。中国当时的中文的外国文学和英文系的外国文学有联系，但是确实是两个系统。我是学英文的，“唯英文是尊”的倾向严重。前面提到的77级标志着中国精英教育的重新开始，英文就是这种教育的重要组成部分。而后来国内教育中从小学到大学的“英文至上”，无疑是一种延续。英文系的学生觉得自己才是真正懂得原汁原味的英语文化的，有很浓重的文化买办倾向。

1987年前后做出国的准备。在寻找接收学校的时候，有人建议我出去学女性学（Women' s Studies）。那时没有网络，记得是在黑龙江大学图书馆里看一本关于美国大学专业的参考书。我在里面挑出来两所大学，印第安纳大学和俄亥俄州立大学。两所大学的女性学中心比较大，而且招收外国学生，于是就发出了材料。两个学校都发来邀请信，因为俄亥俄有同学，就决定去那儿作为公派访问学者去学习女性学。

东北地区的公派学者当时在沈阳领事馆签证，面试那天，本来很紧张，因为我前面的四个人都被拒签。领事是一个美籍华人，看完我的材料以后，递给我一张名片说："啊，在我看过的材料中，你是第一个去学女性学的，祝贺你，你选对了研究方向。我太太是女性主义者，我们圣诞节去哈尔滨请你吃饭。"

1989 年 1 月，我在俄亥俄州立大学开始系统地学习西方女性主义理论。学校在哥伦布市中心，当时是美国本科生人数最多的学校，有 6 万多。学校的中心是一个椭圆形的大草坪，尽头是巨大的图书馆，女性学分馆几乎占据了整个二楼。我的导师马琳（Marlene Longenecker）是英语系的教授，当时兼任英语系的副主任和女性学中心的主任。还为俄亥俄州长做了 3 年专职妇女问题顾问。我到的时候，她刚刚卸任。马琳的研究方向是英国 19 世纪小说和西方女性主义理论。她做事非常严谨，对概念绝不含糊。对我的要求非常严，可以说是不讲情面。中文的文章一般从大方面开始说，比较笼统，不太注重具体例子和引证。用这种方式写英文的文章，在她那儿绝对通不过。第一次见面就递给我一个书单，有四十多本书，是一个月的阅读量。我在图书馆二楼的阅览室里，从早到晚读第一浪潮、第二浪潮，读马克思，读韦伯。1993 年，为了迎接 95 北京世妇会，中华海外女性学学会决定由鲍晓兰牵头出一本介绍西方女性主义的书。我在书中的那篇《平等与差异：西方后现代主义女性主义理论》就是在交给她的一篇作业的基础上翻译过来的。比我大 5 岁的马琳是马克思主义女性主义者。她跟我这个从"共产主义"国家来的访问学者因此有了很多女性主义以外的话题，有了些亲密感。像大多数第二波女性主义者一样，马琳对中国的"文化大革命"有着一种情结，这在很大程度上影响了后来我的博士论文选题：《女性主义的乌托邦：无产阶级文化大革命的样板戏》。

1989 年 6 月，马琳开车带我去马里兰参加全美女性学联合会（the National Women's Studies Association，缩写成：NWSA）的年会，她到我住的地方来接我。当时我跟另外三个国内来的访问学者在校园外面合租一幢房子。看了房子之后，她说："哦你住在'贫民窟'啊"，又马上补充说，"但是，你还是属于中产阶级的"。从哥伦布到马里兰那八个小时，我们俩就没有停止辩论"中产阶级"的实质。那天傍晚，我们在马琳的朋友家过夜。当时马琳是全美女性学联合会的执行主席，她的好朋友卡琳（Caryn McTighe Musil）是 NWSA 的主席，住在马里兰，就算是首都华盛顿的郊区吧。卡琳的丈夫在 K 街工作，他的律师楼主要是为削减军费武器预算游说国会，是非常左翼的，他同时还代表 NWSA 的利益对国会的议员们施加影响，争取国家资助。记得那是一幢很大的房子，当晚请来了很多华盛顿政治圈内的人开了个烛光晚会。在谈话中，我接触到了很多新东西，比如说第一次听到美国政治中“游说”（lobbying）这个概念，也是第一次听到“女性主义是特殊利益集团”这样的说法。NWSA 是美国内部政治的一部分，NWSA 所要争取的女性的利益还要 K 街的律师来代表。

我 1989 年到美国，正值女性学大发展之时。我清楚地记得，当时俄亥俄州立大学女性学中心主任苏珊·哈特曼（Susan Hartmann）在一次会上骄傲地说：“毫无疑问，女性学的壮大和发展将是 20 世纪后 20 年学术界最伟大的成就。”虽然这是一种夸张的说法，但是女性 / 社会性别学所取得的成就无可非议。首先从政治上讲，女性 / 社会性别学对改变美国高等教育的话语做出了贡献，把“社会公正”“社会批判”等概念纳入学术语言。从学术组织 / 学术机构上讲，女性 / 社会性别学冲击了“学科”的概念，其“超学科”“跨学科”“学科际”的组织形式，也为在大学工作的女教授们提供了一个不仅是学术的，更是感情联系的基地。女性 / 社会性别学开始成立的时候，正是美国大学学术组织建构中所谓“区域研究”盛行之时，比如亚洲研究、美国研究、非裔美国人研究，等等。女性 / 社会性别学最重要的成就是在短短的二十几年里，建造了自己的教学体系和内容：根据女性主义的理论和社会实践发明了一系列关键词语，并围绕着这些关键词语建立了学术范围，包括教学规范、研究规范，进入了高等教育体制。

对于初到美国的我，女性学首先是基本意识上的挑战。比如在 1991 年，我上了一门女性学硕士必修课：性的政治。第一堂课教授让大家做自我介绍。这可不是讲自己的工作爱好、家庭背景，而是要重点说说自己的社会性别角色：“自己是什么，不是什么。”“我是双性恋者，我是 35 岁时发现自己的同性恋倾向的，我拒绝做妻子。”这是大多数同学的自述。轮到我了，我能说什么呢？“我是异性恋，我结婚了，是妻子，我有一个儿子，是母亲。”我感到为难，感到了自己的文化保守性。在课上放映电影，已经忘了名字，老师介绍说是一个经典的色情片，要求大家集中在“色情的性别政治”上。这是我第一次接触色情，而且是跟同学们一起看。从头到尾，我都陷在巨大的恐怖之中，就像被拉进了犯罪团伙，进入了黑社会一样。我们很多人都有这样的经历，好像是王政跟我讲过，她看着看着就跑出去吐了。课堂讨论当然很激烈：色情是强奸的意识形态，强奸是色情的具体表达。性交跟性欲没什么关系，是一种权力形式，强奸的目的不是性，强奸者的愉悦是完全控制了被强奸者的胜利的感觉。从这里引申出：所以人类中所有愉悦都是控制成功了的感觉。然后涉及麦卡侬（Catherine MacKinnon）1989 年提出的著名论断：婚姻是制度性的强奸，色情是强奸的舆论准备。关于“性骚扰”实质的讨论，我也记得很清楚。性骚扰的法律有着一个不可调和的矛盾：允许性骚扰文化的存在，整个文化是建立在性骚扰的逻辑上的，要求个人的超为超出文化，是不可能的。对性骚扰的处理，一般都是以营利为目的的。这样就延续了卖淫文化，在另一种逻辑中的卖淫。非性工作者的不情愿卖淫，性部分被利用。性骚扰不是性，而是权力，等等。

虽然我的社会性别身份：母亲和妻子在同学中显得保守，但是我的衣着服饰却经常被同学们看成是对女性主义的刻意追求。我素面朝天，不知胭脂是何物，喜欢短头发，喜欢穿线条简单，颜色单一的衣服，这在我都是自然的，是毛泽东时代“半边天”“不爱红妆爱武装”的社会性别美学。同学们都很羡慕我这种对化妆的“无意识”。在美国对很多女性来说，去掉了脸上的油彩，就是去掉了自信。

对美国女性主义的更深层的认识不是从书本上得到的，而是从现实的生活中领悟出来的。女性主义理论表面上的统一性与一致性在 80 年代末就解体了。我亲身经历了美国女性主义的全国性组织的分裂。1990 年 6 月，在俄亥俄州阿克伦市召开的 NWSA 的年会上，一批参加会议的有色人种女性主义集体离开会场表示抗议。事情的起因是 NWSA 总部那年初解雇了一个黑人职员，这件“小事”导致了以“甜蜜的姐妹情谊”为纽带的美国女性主义全国性的组织瓦解。

因为我的导师是 NWSA 的执行主席，解雇这件事跟她有直接关系，当时在女性主义的出版物上，很多人认为她是种族主义者，带有白人中产阶级特有的偏见。她后来被迫辞职，从此组织上离开了女性主义运动，虽然继续从事女性主义理论的教学。我们这些学生也被迫站队，批评女性主义内部白人对有色人种的歧视，而且必须认识到这种歧视是制度性的，不是一个个人的选择。把人以颜色分类，分成种族，对我来说也是很新鲜的。1989 年在 NWSA 会议注册的时候，问我是不是“有色团组”（Are you in the colors caucus？）的。我回答，我没有颜色，因为我以为她说的是名字牌的颜色，我又说是绿色的。她说，不对，你属于有色团组？我说，我没有颜色。后来我才弄明白，在美国，皮肤颜色就是阶层，就是身份。美国的女性主义理论跟种族紧密相连，不谈种族，几乎无法谈女性主义——文化的地域性、理论的地域性。人的社会性别身份、种族身份和阶级身份一起组成了美国的身份政治。

美国人的地域性还表现在对世界其他地方出奇的无知和眼界狭窄。20世纪90年代初，一般美国人对中国的了解少得几乎是零，对中国的看法基本都是被“共产主义祸水论”洗脑洗出来的。1990年，我在纽约杭特学院（Hunter College）参加一个国际女性学会议，发言的时候就看见一位坐在第一排的老太太一直在抹眼泪。研讨会结束，她过来对我说，我特别感动，为你的坚持所感动。你从被杀害、被遗弃的命运中逃出来，而且怎么能把英文学得这么好，太了不起了。我当时听得莫名其妙，后来才知道，美国的宣传是，中国的女孩子一生下来，不是被遗弃就是被杀害，所以我就是一个“幸存者”。美国的文化从某种意义上说是一个幸存者的文化，历史上几次大的移民浪潮都跟在本土国家遭遇迫害有关，所以说自己是“被迫害、被凌辱”的在美国很能得到同情。有些从中国来的、现在有了一些名气的女性就是利用了这样一种文化情结，顺藤摸瓜，靠编造自己“被迫害、被凌辱”的经历骗名骗利。

1993年对我是很难忘的一年。5月要参加博士资格考试，3月26日，我被俄亥俄州立大学的警察逮捕，罪名是：对儿童造成一级危害，如果罪名属实，最长5年监禁，罚款4万美元，失去孩子的抚育权，孩子由国家负责安置收养家庭。

9岁的儿子因为放春假就跟我到学校来。大学和当地中小学按照自己的时间表放假，从来不协调，所以我这样一边上学一边教书一边做母亲的人，在孩子放假时只能把他带在身边。我当时在做助教，办公室在四楼，上课前去楼下的系办公室复印一些资料。儿子在我的办公室里闲得难受，就决定给411打个电话询问市里高中篮球联赛的事。办公室是分机，要拨9才能打外线。不知怎么弄的，就拨了911报警电话。学校警察根据电话找到我的办公室，把他带走了。我复印回来，孩子不见了，桌上一张纸条：请到警察局接孩子。一进警察局就被告知，你有保持沉默的权利，任何你所说的话都可能被用来做法庭证词对你不利……你被逮捕了。接着就是照相按指纹。没有任何人给你解释，不管问什么问题，都是一个回答：请找你的律师来谈。我是一个穷学生，做助教每月700美元的工资。律师一个小时的咨询费就要200元，我怎么可能有自己的“家庭律师”呢？

在女性学中心的帮助下，总算跟儿子一起回家了，可能算是一种保释吧。后来才弄明白，俄亥俄州法律条文规定，14岁以下的孩子必须24小时有成人监护。警察在我的办公室里看到孩子一个人，所以就认定因为我不在场，所以我对孩子不负责任，因此对孩子的安全造成了一级伤害。我离开警察局时，一警察对我说，你不懂在美国怎么做母亲。通过律师、学校、老师、朋友的帮助和两个多月的努力，哥伦布市法庭作了无罪判决。

这个亲身的经历告诉我马克思主义的断言：任何法律都是为那个社会统治阶级服务的，都带着那个社会的阶级身份。保护儿童的法律也是20世纪八九十年代的美国女性主义在立法上取得的伟大成绩之一。但是过分强调社会性别，忽视阶级、种族，是女性主义参与立法的一个重要理论盲点。法律上要求对孩子认真呵护没有什么错误。但是要成人24小时监护孩子，除了中产阶级和富人们，谁又能做得到呢？我一个月工资700元钱，平均一小时不到1元钱，怎么会有钱去雇5美元一小时的保姆呢？当然，在街道上，在学校的院子里，总会看到14岁以下的孩子自己玩，为什么这就不是问题呢？如果我是白人，警察见到一个白人的孩子，也会把他带走，也会马上想到在美国会不会做母亲的问题吗？有色人种对孩子不负责，这种偏见不正是种族歧视的一个方面吗？

1997年，经过4年多的煎熬，我终于完成了博士论文，在美国大学里找到了教职。论文择题为“中国的女性主义和样板戏”，其实是对西方女性主义的一种对抗。在90年代，中国的妇女解放被西方女性主义解构、否定，侨居国外的做女性问题研究的中国人也是步步紧跟，好像中国的妇女解放弊大于利，女人被双重负担，是被解放，新中国没有女性主义。我通过对样板戏的研究旨在说明，中国的妇女解放就是一种女性主义，我称为“革命女性主义”。样板戏所体现出的“革命女性主义”理想，是对自辛亥革命至1976年各个时期的女权运动、妇女解放运动诉求的继承和发扬。这种诉求就是“不为人妻，不为人母”。“革命样板戏”同延安文学和十七年文学的区别就在于它在革命的话语中嵌入了明确的女性主义/妇女解放的主张。可以说，样板戏激进地、彻底地解构了中国社会传统的社会性别制度。也正是这种革命女性主义的内在性质在一定程度上使得样板戏在现当代文学中，甚至革命文学中颇不入流，成为“异类”。

20 世纪 90 年代末，女性学开始衰落。衰落表现在各个方面。从社会政治经济的大环境上看，新自由主义的极端利己主义占了上风，西方第二波女性主义的主流，社会主义 / 女性主义被妖魔化。出现了反女性主义的“逆流”（backlash）。组织机构的危机更为明显，一夜之间，似乎所有的女性学中心都要“更名”，“正名”为“女性 / 社会性别 / 性学中心”。作为 60 年代妇女运动的理论和第二波女性主义的学院定位，女性学（Women' s Studies）成立的本身已经标志着那场轰轰烈烈运动的结束。由社会批判运动转变为社会学术体制内的一个机构，尽管这个机构没有被完全承认——绝大多数的女性学的机构设置是“中心”，而不是“系”，因此没有单独决定教师提升和终身制的权利——但是机构化本身业已说明其革命性的基本丧失和政治的妥协。作为处在体制边缘的“中心”，女性学从来没有中断过自身在大学教育中的合法性及合理性的申辩。大约从 1994 年起，是否用“社会性别学”（Gender Studies）来替代“女性学”（Women' s Studies）的争论持续不断，经历了大体四次全国范围的激烈辩论。坚持使用“女性学”的一方认为，“社会性别”早在 80 年代就已经被社会主流接纳收编，其原本的批判性丧失，成为一种社会分级的表述，而“女性学”坚持女性主义的社会批判性。而主张用“社会性别学”的一方认为，学校资源和资金不愿意负担社会批判性太强的女性学，所以要做一些妥协。另外，女性学所强调的社会批判性与资本主义对劳动力的要求南辕北辙，严重影响了毕业生的就业问题。社会性别学可以拥有更广阔的社会和学术空间，不但可以包括女性，也可以包括男性，促成男性学的形成。当然，还可以包括第三性及各种其他的性取向。也可以包括对性的自然性的研究，等等。争论的结果，社会性别学获全胜。至今为止，美国 95% 以上的女性学中心更名为“女性 / 社会性别学”中心或“女性 / 社会性别 / 性学”中心。

在学术上，后现代主义作为一种方法论侵蚀了先前所有的理论流派。“解构”“话语”“自身机制”“颠覆”“阳具象征”都成了学术必用词。后学的日渐壮大从实质上说来，是左翼学术运动被招安的过程，是同资本妥协的过程。后现代在学术上建立了一种新的规范，一种艰难晦涩的文体，其实就是皇帝的新装，越看不懂，越说明有水平，大家全在故作深沉。1996 年 5 月发生了一件著名的丑闻，一个叫索可尔（Alan Sokal）的物理学家当时在后现代的学术刊物《社会文本》（Social Text）上发表了一篇文章，这篇文章引用了很多德里达、海拉维（著名的女性主义者）和德鲁斯的后现代主义的行话，完全是一派胡言乱语，没人能看懂，可是居然被选中刊登。

1997 年到 2003 年之间，我一直在为生存奔波，不停地调换工作、不断地搬家，先从麻省的卫斯理学院（Wellesley College）搬到爱荷华州立大学（Iowa State University），最后定居在新泽西州。习惯了国内“分配工作”的我，实实在在地感到了资本主义竞争的残酷性。俄亥俄州立大学的同学，很多人拿到了博士学位，但是都因为没有相应的工作而转行学电脑。我比较固执，坚持认为必须要做自己喜欢做的事，必须在大学里工作。经过 6 年艰苦的努力，我通过了终身制的评审，这样在美国的生存基本上得到了保障，有了安全感。所以可以有更多的时间来思考女性主义理论的问题和中国妇女研究的议题。

我感觉到传统的对西方女性主义各种思潮的区分的概念已经模糊，提出了根据另外区分的可能性。当时对西方女性主义理论的划分一共有四个大的派别，或称流派。西方女性主义理论主要是第二波的贡献，所以说，第二波主要有四个大的流派。第一个流派是自由主义 / 女性主义，性别平等、选择自由是其基本思想。第二个流派是激进女性主义或者叫文化女性主义，是一种非常本质主义的情绪，以反对男性和男权为主要目标，认为男性好战的本性使社会失去公正；女性天生却和平，母性是解决冲突的希望。激进女性主义中的同性恋理论还是很有说服力的，以后跟后现代的“表演理论”结合演变成“酷儿理论”（Queer Theory 应译为“奇异理论”）。第三个流派就是社会主义 / 女性主义。社会主义女性主义是激进主义和马克思主义 / 女性主义中间的一种调和，既强调女性区别于男性，又注重女性的社会权利和权力，比如社会福利等。这里的社会主义不是科学社会主义，属于资产阶级社会主义的一种，系民主社会主义或福利社会主义，比较强调社会组织和国家的参与。最后一个就是马克思主义 / 女性主义，其实当时在美国，这个流派算是一个主流，虽然人数不多，但是很有战斗力。的确，第二波女性主义所取得的重要成就，基本都是在马克思主义 / 女性主义的理论框架中完成的：家庭暴力、性骚扰、婚内强奸等这些女性主义的新概念都是在马克思主义/女性主义对国家的暴力机构法律的改变中建立的。马克思主义/女性主义不是个人诉求，是社会诉求，旨在改变经济基础，改变上层建筑，从法律上，从学校的条文上，从体制上改变社会性别关系。当然，它有其历史局限性，它毕竟是资本主义的产物。

21世纪的西方女性主义理论已经不具有这种清晰的理论分界岭。特别是经历了90年代的“大反弹”（the Backlash），女性主义理论朝两个极端发展。一方面，更加个人化了，把“个人的就是政治的”（The Personal is Political）口号发挥到了极致。另一方面集中在对全球资本主义的批判，摆脱了后现代女性主义象牙塔中的理论思考，更关心全球资本运作中的社会性别政治。所以，我认为西方女性主义目前存在着两个大的派别：生活方式女性主义和社会公正女性主义。

在这期间，我还集中精力对后现代女性主义以及新自由主义资本主义进行思考和批评。这期间出了两本中文写的书：《西方女性主义文学理论》和与苏红军合编的《西方后学语境中的女权主义》，还发表了有关生活方式女性主义和多元文化的几篇文章。当时主要关心的问题是“后学”时期的马克思主义女性主义的“立场观”。“立场观”认为，人所在的物质世界不仅建构了同时也局限了人对社会关系的认识。关于立场，正如卢卡奇（Lucacs）所讲，工人阶级的先进思想构成了无产阶级立场，但是，无产阶级立场不是某个个别工人的生活经验和信仰。在他的《历史和阶级意识》（History and Class Consciousness）一书中，卢卡奇说，立场是建立更美好的社会的理论远见，而不是某个日常生活实践的总结，以及在这种总结基础上选择的立足点。同理，女性主义立场不是指现实的、日常生活中女人的意识，因为她们的意识是由她们的被压迫地位决定的。女人的观点可能是反抗压迫，也可能是认同压迫，还可能是由对压迫制度的认同引起的女人对他人的压迫。

2005年前后，资本主义国家的危机更严重了。经济危机就是实实在在的日常生活中的变化。我的专业本来是有两个全职的老师，现在只剩我自己，学校的教辅人员更是朝不保夕，教职工俱乐部里常跟我一个桌子吃饭的五位都先后被“精简”下去。2008年至今，全世界范围的经济危机为马克思主义的复兴铺垫了基础。我的学校有很多的左翼同事，经济系的期刊《马克思主义经济》（Marxian Economics）很有名气。我加入了佛罗里达大学的“马克思主义女性主义读书会”，讨论全球化，讨论资本主义的出路。这段时间我想明白了一些重要问题：妇女问题不是妇女的问题，妇女问题是社会问题。妇女解放不是妇女的解放，是人类的解放。西方女性主义，说到底，是资本主义制度的产物，所以其社会改良主张永远脱离不了资本主义的实质：私有制、个体利益、争取自己的利益。所以我们女性主义者的最低纲领应该是：拥护社会主义，批判资本主义，坚决反对帝国主义（包括中国帝国主义）。

在56岁的时候，我为自己设定了10年内要完成的五个任务：1，对21世纪西方女性主义理论和实践的总结；2，对“西方女性主义对中国妇女解放的批评“的梳理和思考；3，中国同西方女性主义接轨的前因后果；4，西方女性主义在中国；5，中国社会主义妇女解放理论实践的资源梳理。这些都是大题目，有时对自己的能力、精力缺乏信心。在这样的时刻，我会用两段名言来鞭策自己。一是毛泽东主席在《纪念白求恩》里面说的：“一个人的能力有大小，但是只要有这点精神，就是一个高尚的人。”还有就是保尔·柯察金的：“当他回首往事的时候，他不会因为虚度年华而悔恨，也不会因为碌碌无为而羞耻。”这个在“文化大革命”中养成的习惯使我受益无限。

2011年，加州伯克利大学邀请我去做一个关于“文化大革命”的报告。别的报告人都准备了PPT来讲解“文化大革命”，因为现在的学生是很视觉中心的。发言前，会议的主持问我有没有准备些影视资料。我对大家说，我带来了自己，我就是最好的视觉材料。发言后，我为大家唱了《红灯记》里铁梅的“都有一颗红亮的心”。顿时会场活跃起来，掌声雷动。参会的斯坦福大学的王斑也按捺不住激动，非要接着唱《沙家浜》郭建光的“泰山顶上一青松”。我半开玩笑半认真地说，我们就是那个时代的象征，就是那个时代的记录。会后，收到了很多信件。一份让我特别感动：柏棣，感谢你来加州做的报告，看见你，我懂了你为什么为成长在那个时代而骄傲，你让我看见了一个活生生的“生在新社会，长在红旗下”的一个中国妇女。

（该文为柏棣女士的原创之作）

见到了贝蒂·弗里丹

盛 英

忘不了1995年第四次世界妇女大会NGO（非政府论坛）对于我个人发展的意义，它同样也反射了中国女性在历史行进中的步履和姿态。我有幸成为世妇会NGO“妇女与文学”专题的发起人和组织者之一，那时的期盼和偶然，兴奋和成功，细节多多，难以忘怀啊！

1994年深秋，天津社科院文学所鲍震培找到我，她说他们院准备搞个女性文学方面的研讨会，希望我给予协助。当时，《中国妇女》已颁布第四次世妇会NGO各专题名称，征求响应者。我对“妇女与文学”专题一直心怀憧憬，但却不知如何去响应。小鲍的光临，一下子让我找到了突破口。于是，在天津社科院紧锣密鼓地筹划下，由小鲍起草申请书，由我连夜改定，在申报期限的最后半小时里，小鲍终于赶到全国妇联大楼提交申请书。更没有想到的是，接待小鲍的刘伯红当场拍板，批准了我们的申请。由天津社科院主办的“妇女与文学”专题果然将正式登场了。快速！奇迹！这正是非政府论坛的特色！1995年2月，天津社科院科研处长万新平带领小鲍和我，奔赴世妇会中国组委会汇报筹备情况。我们是同“妇女与影视”专题的于蓝、“妇女与舞蹈”专题的资华筠一起汇报的，她们，尤其是于蓝，对我们论坛有批判男作家男权话语的内容深表惊讶和不解。但组委会的康泠没有提出异议，后来，康泠还特别支持我们论坛，使我们的专题论坛得到了中国组委会的嘉奖。

1995年6月，作为世妇会NGO预备会的“中外女性文学国际学术研讨会”在天津隆重召开。这个细节，才是我最想同大家分享的。研讨会不仅因为有世妇会中国组委会和天津市委的支持，各地出席者的踊跃和专业，给人留下深刻印象。更让人受到鼓舞的是，大家见到了美国妇女运动理论家贝蒂·弗里丹，并聆听了她讲述自己从事妇运理论著作的经验和体会，太刻骨铭心了！此事，得感谢北京大学中外妇女问题研究中心的陶洁老师，自从她被邀请成为我们论坛的主持人后，她全力地投入其间。于是，弗里丹在参加了北大的妇女文学研讨会后，立马赶来天津参加了我们的会。另外，还得感谢朱虹老师，是她对弗里丹讲话从专业角度给大家重新翻译了一遍，让我们对弗里丹理论加深了认识，感到特别亲切。

那年，弗里丹已经是七十多岁的老人了。然而，当她身穿豹皮型套裙挺立在讲台上时，大家兴奋极了。银白色头发映衬着她鲜红的嘴唇，尤为灿烂和诱人。她讲啊，讲啊，从她自己经历讲起，从她第一本书《女性的奥秘》讲起，谈及她第二本书《第二阶段》和第三本书《年龄的优势》。这些书，今天已为中国知识女性所熟悉，但当时的我却用心地沉浸其间，思绪绵绵。关于文学中“性”的问题，弗里丹从女性主体性给予论述。她认为英国劳伦斯的小说尽管肯定了女人的性欲，但他只是把女人当作性的对象而已；法国福楼拜《包法利夫人》对女人性欲状态的叙述要真实得多，即，女人只有通过幻想才能实现自己的主体，而幻想又只能通过男人实现；女人作为性主体，是在英国小说家多丽丝·莱辛的《金色笔记》里才真正得以实现的。我因为曾同莱辛有过一面之缘，听了弗里丹这么讲述后，果然觉得特别入耳。女人在性问题上丧失了主动性，谈何女性“自我”？女人的性权利是女性主体性的核心之一。那天，弗里丹在探索女性主体性问题时，还提及女性自我确认的“整体性”问题。她认为，既不宜只用“母性”“妻性”来代表女人，也不宜只以职业来获取女性的独立人格。啊，弗里丹这个观点，同我们关于女人是“人的自觉和女性自觉的统一”观点何等相似！我愿意坚持这个“整体性”，不仅对女性自我，还对中国妇运。有人说，弗里丹前两本著作在美国已经过时，属于保守派，但我却恰恰喜欢她的这个守成。弗里丹第三本书是讲老年妇女问题的，它对我的鼓舞就更大了。她说，女人在性成熟年龄和生育年龄常常摆脱不掉男人的困惑，但过了更年期就可摆脱男人困惑，获得真正的自由了。当年我已五十多岁，尽管尚未有那种进入自由境界的感觉，但看着弗里丹活得如此光彩照人，心想，何不以奔向自由境界为目标，再度塑形自我，活出一个更精彩的人生呢。弗里丹认为，女人惧怕说出自己年龄的时代已经过去，女人老了并非末日，而是她新一轮青春焕发的开始。今年，我已是 70 岁老人，不久前一个朋友聚会上，南开大学乔以钢说我的身体“10 年前比 20 年前好，今天比 10

年前好！”是啊，这个评说对于我的鼓励多大！让我的生命从70岁开始吧。

1995年8月30日至9月5日，世妇会NGO妇女论坛在北京怀柔正式开幕，那些天，怀柔的雨真大，但我们的论坛并不因为下雨而遭冷落，相反却受到国内外朋友的欢迎和好评。一天，雨停了，我在怀柔一条路上再次看到弗里丹，但她被好几位外国女性朋友簇拥着边走边聊，特别专注的样子。我没有去打扰她，自己静静地驻足望她。天津会上，她已牢牢地定格于我心间。

写于2009年6月9日

（原载盛英著《女神 女性 女性文学》，
南开大学出版社2012年版）

迟开的花儿：请别先凋谢

盛 英

2004年9月5日，是我65岁生日。女儿送我一帧手绣的黑底红花书签，并附小诗："白发妈妈/花样年华/火红玫瑰/书里安家。"捧着书签，心想学农业的女儿心地纯良，书签的象征性果然实在。是啊，评坛上的我，是个迟到者，虽苦读苦写却依然后知后觉。迟开的花儿，你可别先凋谢啊！

我搞文学评论的起步甚晚。原先在大学教书（河北大学文艺理论教师），后来一直从事编辑工作；粉碎"四人帮"后在《新港》（现《天津文学》）就职期间，才利用业余时间开始写点小文章投寄《光明日报》《人民日报》《文艺报》以及各地文学刊物，当时已是40岁上下的人了。1980年春，自试评张洁创作的《道德与诗情》一文在《光明日报》刊登后，竟迎来了自己的学术春天。然而，应该讲，一直到由我主编的《二十世纪中国女性文学史》于1995年初夏问世时，我仅仅是个业余作者而已。

提起业余写作，还是有说头的。1956年高中毕业，我因没能考上一流大学，就从上海到北京参加工作了，当时被分配到科普出版社当见习编辑。年仅17岁的我，因还没有选举权而被大编辑们爱称为"小盛英"。他们倾力地带领我、帮助我，使我迅速成长。在《学科学》杂志编辑部时，他们还鼓励我提笔写点"红药水""碘酒"之类补白性文字，以锻炼我的文字能力。20世纪70年代后期，当我在《天津文学》做编辑时，应该讲是个相当"可以"的编辑了，既敢向大人物组稿，又能出点子；既能写点东西，又敢一写就向大报大刊投稿。这里的"可以"和"大胆"自然同《新港》主编万力的鼓励有关，而"科普"期间的熏染却已提前打下了基础。科普出版社出了许多中国一流的科普作家，如郑文光、郭以实等，这个印象太深了。编辑工作与业余写作原来是能协调好的。当然，文学评论的业余写作，已不同于写"红药水"、写"森林"的那个样了。

可喜的是，我的业余写作遇上了改革开放——洋溢着理想和激情的20世纪80年代。那时，我不辞辛苦地到处组稿，迎来编务、写作双丰收。在北京，因主编万力想念他延安“鲁艺”的老同学朱寨、冯牧、贺敬之，让我同他们联系，结果前辈们使我在京很快地打开局面，不仅请到冯牧来津演讲，《文艺报》主编唐达成还撰文解析《天津文学》，为刊物赢来声誉；同时，当时评坛先锋顾骧、钱中文、丹晨、雷达、张韧、曾镇南等也都看重我们刊物，而成为刊物的积极支持者。在上海，我不仅找到复旦同班同学周介人，并由吴亮牵头，让我同今日评坛精英陈思和、许子东（香港）、毛时安等相聚；至于后来我能撰写出女作家柯岩、茹志鹃、王安忆、王小鹰等的相关文章，不能不说是组稿活动起了媒介作用。20世纪80年代的中国，正如查建英所言：“是一个人文风气浓郁、文艺家和人文知识分子引领潮流的时期。”① 中国作协自从恢复正常工作后，开办了多期被戏誉为“黄埔军校”的读书班，集合各地评论家对创作进行品评，以催促创作持续发展和繁荣。我参加过第二、三、四届茅盾奖长篇小说读书班，较大面积地触及文学现实，致使我养成了追踪文坛演变轨迹的习惯。其实，只要不忘掉潜入作家文本为评论者天职的话，适当地参加些相关的读书活动、文化活动、社会活动，对评论者开阔视野与思路而言，显然是有好处的，至少益大于害。20世纪90年代，我多次出席海峡两岸妇女界文化交流活动，参加世妇会NGO论坛，1999年又加入了中国妇女研究会，致使我对西方女性主义理论由陌生到有所了解，对中国女性主义的本土化也有了新的思考；新世纪以来，我认真地参与中国小说学会的小说排行榜活动，以及冰心研究会的研讨、讲座与评奖（海外的冰心文学奖）活动等，也都证明了这一点。我的文字，之所以能学院派和江湖派特点兼而有之，可能同这种研读与适当社会文化活动的结合模式有关。也许，业余写作也有业余写作的优长吧。

当然，做编辑却迷恋于写作，自然地会遭遇质疑。20世纪90年代前中期，我以既委屈又自信的心情提出申请：把职称由编辑系列改为研究系列，幸运的是，申请获准。假如说，文学批评对于我而言是同社会生活的对话、是自己心灵放飞的话；那么，文学研究对于我而言就显得沉重得多、心虚得多了；毕竟自己学术底蕴浅陋，凭一时热情和感悟，

① 查建英：《八十年代——访谈录》，生活·读书·新知三联书店2006年版，第7页。

是难以写出经得起历史推敲的文字的。清楚了自己的底细，自尊好强的我，心态反而变得平和谦卑起来。随之，我决定扩充、调整自己的知识构成：努力补上以往虽喜欢却尚未真正涉猎的中外哲学史、各类别心理学、社会学、伦理学、人类文化学、宗教学、神话学、文化研究和脑科学等。在知识海洋中遨游，兴趣盎然，信心渐增。我读书时间和写作时间的比例一般是 10 ∶ 1，甚至 20 ∶ 1。如，为写《冰心和宗教文化》一文，由《圣经》开始，读了不少有关基督教文化的著作（包括外国人的译本、冰心同时代人的相关著作），还涉猎了一些佛教著作，该文终于理清了冰心在圣灵降临时的叙事与抒情。具有文化底蕴的文章是经得起时间考验的，我相信它的的价值。以往的业余写作倾于激情，但时入恍惚之境，今天搞文学研究可要既通文字更通学理了，研究、研究，重点应放在“究”字上，只有究尽了研究对象的内核、原委、结果，才可能结出可靠的精神果子。文学研究可不是一般的文学批评，研究的人只有不断地学习相关学问，深入审察研究对象，乃至反思自己研究途径和方法，才可能有所发现。作为研究员，我必须从头做起。

刚写作时，什么都写，写过天津作家及其作品的评论，甚至写过话剧——吴祖光《闯江湖》、苏叔阳《丹心谱》的评论，前者还荣幸地上了 1981 年的《中国戏剧年鉴》。尔后，兴趣渐次集中，集中在对女作家的评论和研究上，并由此开垦出了一块属于自己的园地。对中国女性文学的研究，尤其对现当代女性文学的研究，由于其始终同政治文化相纠缠，相关女性文学自身特质的考察，反而变得既单调又复杂了；当下，随着后现代元素的急剧膨胀，女性文学率先趋于多元化，致使女性文学所出现的繁荣与困扰，让研究者更加无法轻松了。

《二十世纪中国女性文学史》的问世，可谓是我从事研究的开始，之所以说“问世”之后才是“开始”，因为该著依然存留着业余写作时的种种不足；“开始”正是对这些不足的补正，以及进入新战略和新思路的开始。该著由我主编，乃系集体创作；从我所经历、所体味的集体写作而言，我以为它并非为研究事业的好方式，此后，我是不愿再搞此类集体行动的。当然，这不会影响我一贯的向先行者学习请教，对后来者奖掖携助的品行。该著刚出版时，受到过一些同行首肯，但总觉得并不像自己所想象的那么热烈和热情，后来又陆续听到一些微词；正是不同的反馈，反倒让我从学术上作起自我反思来。回顾整整 9 年编写过程，尽管我们以女性意识为统领，专注地潜入其历史场景，追寻女性作家创作轨迹，揭示女性审美特征，初步梳理出了一个近百年女性文学发展演变的史略，但，其缺憾也是显见的：其一，对20世纪初、20世纪末女性创作的铺叙沦于疏漏和匮乏之境，致使文学史不甚完整。我特别感激山东大学郭延礼教授对该著乏于近代女性文学叙述的批评和补正①；至于20世纪末的几年，由于编写时间始于80年代中期、止于90年代前中期，对90年代某些具转折性意义的女性创作，没能给予或单独列出或充分展示，留下重大缺失。其二，该文学史所藉文化资源有限、滞后，致使文学史的文学史观与性别观均流于清浅或简单化，纯属初创时20世纪80年代的水准。最近，副主编乔以钢撰文对该著文学史观的不足，作出了详尽而到位的论述②；她的论述对我那进化论的思维方式，以及过分赖于启蒙主义话语的局限性等有很多警示。其实，该著的性别观同样存有不少局限性，这也同样是我当时学术局限性的呈现。80年代中期，我的性别观念未能及时地吸取当时已陆续输入的大量西方女性主义理论，尤其后现代女性主义理论，而停留在我国明末开始萌发、清末民初和“五四”得以发展的性别平等论；对外国女权主义的引入，也只是关注于20世纪20年代引进的瑞典爱·伦凯和美国纪尔曼的女权理论上；对英国伍尔芙、法国波伏娃、美国肖沃尔特女性主义理论的解析也相当肤浅。一句话，当时我对性别差异理论虽有涉猎，但乏于领悟，更少识见；至于后来影响遍及于妇女理论界的后现代女性主义理论、社会性别理论，也同它们有所疏离；结果未能将女性文学深层特征充分地揭示出来。《二十世纪中国女性文学史》无论在宽度上还是在深度方面，可以说是“纵横地”不

① 郭延礼教授不仅在《文艺研究》2007年12期撰文《二十世纪女性文学研究中的一个盲点》指出拙作所存问题，并亲自写《中国近代女性文学史论》（已列入教育部社科研究项目），全面地阐述近代女性文学的四大群体和三大特色。

② 乔以钢的《中国现代女性文学史观的初建及其反思——以〈浮出历史地表〉和〈二十世纪中国女性文学史〉为中心》（《中国社会科学》2010年3期）一文提出，《二十世纪中国女性文学史》文学史观的不足有四：其一，在处理性别、文学、历史三者之间的关系时，对文学生产及其内部构成之复杂机制的认识注意不够；其二，文献材料的运用，时或存在理念为先的倾向；如在将启蒙主义、人道主义立场与性别视角相结合、显示女性创作独特性的过程中，对女作家及其创作文本进行筛选时往往“更乐于张扬‘女性’解放、凸出和扩张的状态，而对‘女性’平常、萎缩和沉沦的状态兴趣不大”（该“引文”出自陈飞《二十世纪中国妇女文学史著述论》，《文学评论》2002年第4期）；其三，以进化论思维建构中国女性文学史框架有简单化之弊。进化论的思维方式尽管支撑起了女性文学史叙事的总体框架，但难以充分顾及女性文学历史本身的丰富性和各女作家个性，甚至会出现将历史的延伸同某种理念（如女性意识）的演进生硬地联系在一起的情景。其四，对“女性真相”的追寻、对女性特质的理解，流露出一定的本质主义色彩。

完整。

其实，各种派别的西方女性主义理论，作为一种女性立场和视野，对男权中心文化的反抗与颠覆，确实具有巨大能量，而其对以往男女二元对立的本质主义思维方式又是一种质疑和反拨；事实上它为我国女性文学的多元发展起了良性的促进作用。但，我在较长时间里却一直被束缚在“中学为体，西学为用”的框子里，而影响了自己的眼界，甚至不敢承认西学对自己的实际意义。2001 年 12 月，在香港举行的《性别与当代文学》研讨会上，我作了《女性批判：当代中国男作家的男权话语》发言，反响尚可；讲演结束后的现场交流，男性学人林树明问我：“美国女权理论家凯特・米利特对你有何影响？”我回答道：“我看过米利特的《性政治》，但我主要是研究了中国自己的，包括古代传统文化，才作了这个对男权话语批判的。”这个回答是实情，但到底还是隐瞒了《性政治》一书对我这个“批判”的重大价值。我是细读了《性政治》的，你若见到我读过的这本书，会看到其间的上百个眉批和夹条。《性政治》对人类文化中性别问题的“良性轰炸”，同样炸开了我头脑里的种种疑团，找到了男性“恐女症”“厌女症”等的人类性根源，从而催促我去作这个批判。对于这个“催促”和“动力”，我理应正面承认与感激才是，但却自欺欺人地给予隐瞒和低估，这是为什么？原来是我“坚守本土化立场”的无意识在作祟，乃至到了作秀之境；该行为也反映了我在“体”“用”争论中所呈现的一种片面性和脆弱性。其实，任何文化的建构与价值实现，都须有异质文化作为参照系；处于全球化语境中的性别文化，更是难以离开西方女性主义思潮的驱动，在此搞点“西学为体，中学为用”也未尝不可。倘若对西学付之以轻忽，那倒反而会不利于本土化及其价值的实现。对这件事情的反思，终于让我在用心于中国传统文化的同时，以加倍的用心沉潜于西方理论了，结果颇有收获。后来，香港谭国根先生将香港会议发言集成了《性别、话语与文学中的自我：中国大陆、台湾及香港面对的问题》（英文版）一书出版[①]，我的发言也被收入。该著书背上刊有美国俄勒冈大学副校长云迪・拉逊的赞词，认

① 《性别、话语与文学中的自我：中国大陆、台湾及香港面对的问题》英文版 Gender，Discourse and the Self in Literature：Lssues In Mainland China，Taiwan and Hong Kong 由香港中文大学出版社 2010 年出版，该书作者包括大陆的郭淑梅、何嵩昱、金燕玉、林树明、乔以钢、盛英，台湾的邱贵芬、宋美华，香港的罗贵祥、谭国根、黄丽明、杨素英、叶少娴和加拿大的李翠恩。

为该著“以深入的历史知识和理论卓见，为正在全球化的性别研究及女性主义理论提供了一个中国焦点”。看到赞词，我更感到，女性文学研究，只要认真地直面于本国女性文学传统以及当下女性文学创作实际，真切地整合中外性别文化理论的诸多资源，走融合之路，必能将“自在之物”化为“为我之物”，而通向坦途。

2010年春夏之交，读到周有光老人近作《朝闻道集》，其间提出的“双文化论”和“国际现代文化”论①更让我豁然开朗，不愿再僵化下去。他认为，“目前每个国家都生活在传统文化和国际现代文化并存的‘双文化’时代”，而“国际现代文化”正是“世界各国所‘共创、共有、共享’的共同文化”。是啊，中国女性文化不正是种“双文化”？不正是“国际现代文化”的一部分？女性文学研究倘若再拘泥于“体”“用”之争，本土化和西化之争的话，那只会跌入自造的陷阱；当今，国际化视野是极为迫切和重要的。

就世界而言，“二战”后，尤其20世纪60年代以来，整个人类文化思想的演变逻辑、发展路数都已发生根本性变化：西方文化的基本意识形态——人文主义与罗格斯中心形而上学面临了严重危机，解构主义思潮让人们从现代乌托邦理想中走出来，而各国思想家们则都在思考与探索人类精神的出路与通道。对于如此观点的解构主义、后现代主义的真正关注，我是相当滞后并犹豫徘徊的；尽管我较早地接触过对解构主义颇有研究的著名诗人郑敏先生（因要执笔女性文学史有关她的章节，我曾访问过她，还在她家吃了饭；后因她丈夫童诗白教授同我丈夫同姓，我俩又一起拜望了这对贤伉俪），并读过她给北师大外语系编写的《解构主义论文六篇》讲义②。当时，我因觉得该理论晦涩难懂而望而生畏；尤其读到郑敏1986年春在美国明尼苏达州立大学一次会议后同德里达的对话，就更让我不敢太“解构”了。郑敏问德里达：“在全力以赴的解构之后”，“有没有考虑文化建设问题”？德里达道：“跟前只能解构，因为这个过程还远远没有完成”，“至于未来可能要建设”，“那是未来人的任务”。啊？当时的郑敏都疑惑，如此地解构下去，会不会“陷入泥沼，前

① 见周有光：《朝闻道集》，世界图书出版社2010年版，第93—110页。

② 郑敏的《解构主义论文六篇》内含：一、解构主义与文学批评；二、两种文学史观：文学的和解构的；三、自由与深渊：德里达的两难；四、汉字与解构阅读；五、20世纪大陆文学评论与西方解构思维的撞击；六、保罗·迪曼的解构观与电影《红高粱》。

进不得”（见《解构主义与文学批评》）？那么，对于我这个理想主义尚未彻底动摇的人来说，反而就更加恐惧解构了。20世纪90年代前中期，我还旁听过两次由王宁主持的关于后现代的学术沙龙，对一些把什么都往后现代大口袋里装的见解，我也不敢苟同。总之，进入21世纪前，我对整个后现代抱着较为谨慎的立场和态度；至于对后女权主义，则一方面惊叹她们解构男权中心文化的震撼力，一方面又觉得她们过于颠覆现代性、过于解构启蒙话语，认为是很难行得通的。就这样，刚进入21世纪时，我在《中国女性主义文学：昨天、今天和明天》[①]一文中，用了王岳川的话：“后现代主义不是人类的归宿，它仅仅是世纪之交人类精神价值遁入历史盲点的‘文化逆转’现象”，“我们大可不必在中国推进后现代主义”来代表我当时的基本立场和态度。

随着中国大陆对几位后现代代表人物如福柯、克里斯蒂娃、德里达等研究的深入，以及他们自身的变化或转型，近几年我对后现代的模糊看法似乎有所改变（当然，这同后现代本身就是个“模糊的思潮”也有直接关系，“模糊的思潮”提法由法籍华裔哲学家高宣扬所言）。我喜欢读同大师们有过直接接触的研究家的著作，如高宣扬《福柯的生存美学》《克里斯蒂娃：当代女性主义的典范》（论文），陆扬《德里达的幽灵》等就让我颇为出神；我也看重造诣深厚、能贯通中外哲学史的哲学家的意见，如张世英的论文《“后现代主义”对“现代性”的批判与超越》《哲学的转向及其影响》《阴阳学说与西方哲学中的“在场”与“不在场”》等[②]更让我回味再三。这些专著和论文，让我明白了，后现代主义孕育于现代性之中，它为现代性提供着反思，因而它是从现代性内部突破现代性的一种创造力量；它并不打算终结现代性，经过后现代洗礼的现代性也许会得以更好的发展和超越吧。不是吗？像福柯，他就是在对传统主体论的系谱学批判中，建构起了他的生存美学；他并非只会否定和破坏，他的生存美学正是引导人们走出现代困境、创造自身幸福美好生活的实践原则。至于德里达，他的晚期作品，一则提出要回归具有开放精神的希腊传统，二则举起了公正和正义旗帜，三则宣布解构主义

① 盛英：《中国女性主义文学纵横谈》，九州出版社2004年版，第35页。

② 高宣扬：《福柯的生存美学》中国人民大学出版社2005年版。克里斯蒂娃研究论文载于《法兰西思想评论》第4卷，同济大学出版社2009年版。陆扬《德里达的幽灵》，武汉大学出版社2008年版。张世英著：自选集《羁鸟恋旧林》，首都师范大学出版社2008年版。

是运行在马克思主义传统里的一种马克思主义精神。看来，他已经进入了他曾经不齿的乌托邦里去了。对如此的后现代，我果然不再恐惧，并感到可吸取其彻底的批判精神、不断自我超越的精神。当然，后现代对普遍性的否定、对整体性的否定、对理性的否定，自有它的片面性，既不必全盘接纳也须保持警觉。

具体到自己受西方后女权主义影响的状况，我想，可以说是：不大亦不小。2004 年我把一部论集命名为《中国女性主义文学纵横谈》，实在是颇具意味的。当时，因写了一些批判男作家男权话语的文章，感到再也不宜仅仅赋诸女性文学称谓了；此外，自 20 世纪 90 年代中期以来，我一直比较倾向于借鉴法国女性主义理论家某些理论来剖析性别问题。很多女性批评家喜欢运用艾莱娜·西克苏（1937—　）的躯体写作理论，而我却更喜欢露丝·伊利格瑞（1932—　）的女性系谱理论，近几年来又喜欢上了朱莉亚·克丽斯蒂娃（1942—　）的超越性别、倾向于女性的个体性、人性研究的思路了。

伊利格瑞本是著名精神分析学学派领袖拉康的学生，但她却造了自己良师益友的反，扬言：精神分析是父权制的，是阳具中心主义的，而不能充分认识到母性的或女性的性欲所扮演的角色。1974 年，她终于因为坚持女性立场的著作《他者女人的反射镜》而被拉康的学派开除，成为学界一个轰动事件。正是伊利格瑞批判拉康的理论，让我对一些女作家如冰心、安娥性别意识的辨析做得比较到位，得到了一些学人的运用或肯定。伊利格瑞提出的建立母女继承制、找回女性系谱，让我更感到亲切；以前我总想把中国女性文学史由古到今地串起来，但后听说已有人在做了，于是就特别着意于对女作家作品中女性形象系谱的寻找，觉得找回了它，才可能有助于女性自我内在性、超验性的重铸。

克丽斯蒂娃因为担心女权主义存有被主流话语同化的可能，一向拒绝将自己称为女权主义者；然而，这并不影响她成为当代女性主义的典范。克丽斯蒂娃以符号学著称，其实，她同伊利格瑞一样并不完全赞同拉康有关“想象态”与“象征态”的学说；只是她巧妙地以她个人术语——“符号态”来取代拉康男权式的“想象态”，结果让人觉得她规范了拉康学说；殊不知，她的这个符号态实际上是母性意义上的符号态，是作为破坏父权象征的创造性力量而存在的。克丽斯蒂娃习惯于超出两性关系范围研究妇女解放问题，她以研究人类整体文化的根本性质及其深层次矛盾作为自己方向；就此，她研究欲望时，除快感欲望外，发现人性中还有一种追求意义的渴望，而人的自我的内在性、超越性，正是由这种对意义的渴望所形成的。再就此，她研究人性，认为女性的任何问题，都可以在女性“人性”特征及其社会文化性质中找到答案；通过对历史上和现实生活中女英雄、女圣人、才女心灵世界的探测（著有女性天才三卷本《阿伦特》《美拉尼·克莱因》《柯列特》），她发现了人性的纯洁性、高尚性和无限创造性，而女性的人性，因为“爱”的因素果然高于并优越于男性。就此，她进一步对人的个体性进行研究，既重视人的多元异质化情状，又认定每一个女人的个体性（包括个人价值、个人经验、个人情感、个人智慧）都是独一无二的。2009年初春，克丽斯蒂娃受法国方面委托，为了解法国文化在中国传播情况再次来到中国，在好友高宣扬邀请下，她在上海同济大学作了《一个欧洲女人在中国》讲演，演讲中，她再次强调女性的个体性特征，以及不可取代的尊严（这个观点在她专著《独自一个女人》中有详尽阐发）。克丽斯蒂娃对女性人性的表彰，对女性个体性的强调，是我所特别认同的，这使我再次感到，新时期以来中国女性文学沿着“人—女人—个人”前行的路子，是条康庄大道。近日，刚草就的《转型期：女性文学中的女性自我》一文，就表达了这个思想。我以为克丽斯蒂娃许多思想为新世纪人类精神，尤其女性精神的发展，提供了坚实理论基础，我愿意深入地研习它。

至于对中国传统文化的继承与发扬，我也颇具自己个性特色。其一，在儒道释三种文化中，我并不青睐于儒学，而对知识分子“儒道互补”的行为法则，却心悦诚服。其二，我近十几年来对远古文化、神秘文化产生了兴趣，并开始研究起中国女神来。

可能是因为受“五四”时代打倒孔家店思想的影响吧，我较长时期将儒学看成是统治阶级统治之术的重要理论资源，以及是某些道貌岸然者的道德面具。前段时间，据说清代学者廖开说过：“‘五经’无‘真’字”，今人李慎之请人用电脑把“五经”检索了一遍，果然也没找到一个“真”字，此时，我觉得鲁迅有关旧意识形态“瞒与骗”的说法，终于挖到了根子；于是，对将儒学视为宗教的潮流也热心不起来。当然，儒学的正面价值，我还是赞许的，否则，当我为铁凝《笨花》撰写评论时，就不会对主人公向喜的儒家仁义作出注释，并论及《孟子》和《大学》了。儒家文化，它毕竟是中国传统文化主体，决不宜因自己的喜好而予以轻忽或蔑视。关于知识分子为人处世的“儒道互补”法则，我就更认可了。当我评述台湾女作家罗兰散文中的哲理名言：“以出世的精神做入世的事业”时，自觉颇为得心应手（见《“属于秋天”的作家——罗兰》）。事实上，中国知识分子的成功之道与快乐之道，财富之道与文化之道，待人之道与自处之道，总是围绕着入世和出世的互动互补关系——“儒道互补”之径运转着，并形成一个圆象的。中国传统文化的特色总“以圆为象”，知识分子难以走出这个圆象。

记得，1996年10月在南京举行的女性文学研讨会上，我同女作家徐小斌会下的对话，对我影响不小。她说起中国有许多玄学很有意思，除佛教外，比如姓名学、数术都能激发起她的灵感。之后，我为准备《亲吻神秘——谈徐小斌小说和神秘文化》一文时，竟然静坐在天津图书馆好几天，翻阅厚厚的神秘文化大词典。当时，尽管对数术没太注意，但后来在网上读到庞朴《“三”的秘密》时，一下子就被吸引住了。中国人爱讲四方、五行、九鼎，我却不知古人也十分看重“三”这个数字：“数始于一，终於十，成於三”，“成於三”的思想是很能解决问题的。2008年年底，我为《文艺报》写《融合之路：女性文学三十年》，论及女作家性别与超性别相融合的创作视野，反响不错；我自以为正是对“三”字的运用，才使文章出了彩。数术之学，在中国哲学中占有重要地位，一个“三”字，竟然让人们从二分世界中解放出来，这样的传统文化难道不值得骄傲吗？

1998年年底，在为首届中国当代女性文学建设奖获奖作品作评点时，我很欣赏林丹娅的神话原型批评；尔后，自己也想把中国女神做点研究；曾向丹娅请教过看哪些神话学书籍，但因忙于其他作业，一直未能及时开工。直到2005年后，我才花了一些时间泡在中国神话世界中，读了一些远古史、考古学的书，断断续续地写了一组“我看中国女神”文章，已完成七位女神——创世母神女娲和西王母、自由女神嫦娥、坚韧女神精卫、爱神瑶姬和盐水女神、美神洛神等的写作，有的已发出，有的待发；我会再写一些，并搞出一篇理论性文章来，论及中国女神与中国女性文学的关系。女神研究可能是女性文学发生学研究的一个品种，极有味道。以瑶姬为例，当我得悉她主动求欢“愿荐枕席”时，就很自然地联系到当今女性争取性权利的情景，并对男权文化话语“渴望强奸”给予批驳。我准备完成这组女神文字后，将近五六年来的论文结为集子，并已为它起好书名

《女神·女性·女性文学》。你看，行吗？

为了在“双文化”照耀下再夺成果，我多么想再写、再写……真的能再作坚持？我毕竟已是年过七十的人了。只是，我对自己生命的坚韧性，较有自信，愿再坚持写下去。在快结束本文的时候，让我插进一个我生命经历中同马车相撞的惊险小故事吧。20世纪70年代中期，我因公去天津美院办事，中午回家途中，自行车从金钢桥下坡后，正好遇上一辆在向右边拐弯、载有好多粮食的马车，我被撞倒在马下，自行车飞了出去，只见马的前蹄向上腾跃，还吼叫一声，我迅速地从马下逃出，马也仁义地绕开了我。一下子警察赶来，还围上二三十人，我找到了自己的自行车，懵懵懂懂地对警察说，我没事，让赶车的老乡走吧。围观者很不理解我的放人，我自己也不知道什么害怕与疼痛，咬着牙骑车回了家。第二天清晨，咳出了一口鲜血，但去医院检查，却没发现什么问题。我骑车技术差，经常摔跤，但又总是有惊无险。有了这些大难不死的经验后，我发觉自己生命力挺顽强，自信生命的坚韧性能让我这迟开的花儿，不至于马上凋谢。

（原载盛英：《女神·女性·女性文学》，
南开大学出版社2012年版）

生命的再造和张扬

——我与女性文学

陈骏涛

一

新近，有一位从事性别研究的年轻女士问我：“您是从什么时候开始女性文学研究的？从事该研究的原因是什么？”

这话还得从1994年冬天说起。因为1995年北京要开联合国第四次世界妇女问题大会，出版家们都在紧锣密鼓地筹划出版一些有关妇女的书。那几年因为我主编的“跨世纪文丛”有一点影响，有一天，一位朋友便带来一家出版社的策划人敲开了我的家门，约请我出面主编一套女性文学方面的丛书。主编这套丛书得写一篇总序，这个工作只能由我自己来做。我临时找了一些书来看，创作的和理论的都有，当时给我印象最深的、受启发最大的是刘思谦女士的《娜拉言说——中国现代女作家心路历程》。可能是因为我与刘思谦是同代人的缘故吧，我对她书中的那些基本观点都比较认同。刘思谦不是以西方女性主义（女权主义）为坐标系来分析、研究中国女性文学，而是以中国自己的坐标系（当然也参照西方女性主义）来分析和研究中国女性文学，充分注意到中国社会革命和思想文化革命与中国妇女运动、中国女性文学的密切关系。孟悦、戴锦华的《浮出历史地表——现代妇女文学研究》这样的新锐著作我也看了，觉得很激进，的确很有见地，但并不是所有的观点我都能认同。

这篇总序总算写出来了，收进了我主编的《红辣椒女性文丛》的各本书里（按：《红辣椒女性文丛》共出了4辑18种，四川人民出版社出版，不过真正属于我主编的是前两辑9种），同时又以《“女性文学”刍议》为题发表于1995年4月11日《光明日报》文学评论专刊上。这该算是我在性别研究方面的处女作也是代表作之一吧！

我就是这样走进女性文学研究门槛的，起步很晚，而且是不自觉的，但却一直走到了如今，整整11年！

回想起来，我第一次参加性别方面的会议，是1995年夏天在天津举行的“中外女性文学国际学术研讨会”，这是联合国第四次世界妇女问题大会的会前会。我带了加盟“红辣椒女性文丛”首辑的张抗抗、方方、斯妤、蒋子丹、唐敏五位女作家和出版社的编辑参加了这次会议。那一次参加会议的据说有170余人之多，不少境外学者也来了，可以说是一次盛会。会议组织者安排五位女作家集体在会上亮相并作即席发言，我也被推上了讲台。不知道是谁开了一个玩笑，说：洪常青带着娘子军上台了！说得我有点飘飘然的。在女作家亮相和发言之后，不记得我说了什么可能是不太得体的话吧，引来了盛英女士声色俱厉的申斥。我起初虽则感到有点突然，但很快也就释然了：我以为这是女性长期受压抑的一种暴发或说释放，是可以理解的。以往的种种都是以男性为中心的等级次序铸就的，我也难以逃离它的制约，潜在的男性中心意识总不免要时时表现出来。进入女性文学领域以后，不时仍难免以男性为本位来思考问题，这时候有某位女士出来指谬，抑或批判和申斥，都是理所当然的。盛英是我的师妹，我们彼此都比较了解，也许正因为有这一层关系吧，她才会如此直率地指名道姓申斥我。我也并没有因为此事而疏远盛英，我跟她依然和好如初。当然，这类事例在我身上还是极少见的。10年来，我参加过无数次以女性为主体的会议或沙龙，也许是因为我比较年长也比较随和的缘故吧，女士们对我都是友好的、尊重的。在一些会议或沙龙上，我也听到过一些女士的或有偏颇情绪的激进言说，但我都能以平和的心态对待之。我常常对别人也对自己说：男权中心了两千年，为什么就不能让姐妹们出几口气呢？

二

中国当代文学研究会女性文学委员会从1995年开始举办的七次女性文学研讨会，我参加了五次，在男性学者当中，我可能算是参加得比较多的。这当然也是女士们对我的一种关照，为此我十分感谢她们。我由此而结识了许多热情而有追求的女性学者，包括内地的和境外的。10年里，从南京，而厦门，从承德，而哈尔滨，再到最近的开封—洛阳，还有2001年大连大学主办的性别与文学艺术圆桌座谈会，同年底香港浸会大学和中文大学联合主办的女性文学委员会的会外会——性别与当代文学学术研讨会，2002年上海社会科学院主办的社会性别与文学文化学科建设研讨会等，每一次会议我都深有所获。这些会议的主要筹备者和组织者都是女性：南京会议的金燕玉和徐采石伉俪，厦门会议的林丹娅，北京—承德会议的谭湘，大连会议的李小江，香港会议的叶少娴和谭国根伉俪，上海会议的陈惠芬，哈尔滨会议的郭淑梅（采薇），开封—洛阳会议的刘思谦、谢玉娥、张凌江，她们都为此作出了无私的奉献。应该说，每一次会议都是组织得很出色的，我赞佩女士们出色的组织工作和细致周到的安排，在她们柔弱的外表后面，竟蕴藏着如此强大的生命活力。筹备组织一次全国性会议，非亲历者是难以体会其辛苦的。新时期以来，我负责筹备组织过几次全国性的学术会议，深知其中的艰辛，常常是一次下来，人几乎是虚脱了。就我所知，1998年谭湘筹备组织了北京—承德会议之后，就大病了一场，其他的会议筹组者即使没有病倒，恐怕也得累倒。所以有人开玩笑说：要惩罚一个人，最好的办法是罚他去办会！

女性文学委员会和其他单位所组织的这些会议，以及洪安南、谭湘和毛军英等先后主编的《百花洲》大型女性文学双月刊，荒林主持的“双性视野”网站、主编的《中国女性主义》杂志，王红旗主编的《中国女性文化》等在中国女性文学和女性主义的发展进程中，所起的作用是十分积极的，它们都将被写进中国女性文学和女性主义的发展史册中！

三

10年来，我所写的关于女性文学或性别问题的文章大大小小加起来有近50篇，虽然不算太多，但对我来说也算是不少的了，它占了我10年里全部批评文章的四分之一。连我自己也没有想到：在我进入耳顺年之后，居然会用四分之一的时间和精力，投入到女性文学研究和批评之中！

有些文章是作为我批评活动的一部分主动写出的，例如，关于那些女性作家和作品的评论，但不少文章却是在性别会议前后在女士们的催促之下写出的。例如，《女性写作的“私人化”与价值目标》《关于女性写作悖论的话题》《关于中国（大陆）三代女批评家的笔记》《夏娃言说——近年五部女性文学理论著述评说》《中国女性主义：成长之旅》等。《女性写作的“私人化”与价值目标》导因于我在南京会议上的发言，由于媒体在报道的时候把我推向了反对女性写作“私人化”的一方，我才写了这篇文章澄清事实，阐述我对上述问题的全面看法。《关于女性写作悖论的话题》的雏形是我在承德会议上的发言，承德会议之后又与谭湘和荒林作了一次对话，我把这两篇东西糅合起来便成了《话题》一文，后来这成了一篇比较有影响的文章。《关于中国（大陆）三代女批评家的笔记》是为参加香港的性别会议写的，我为此作了不少调研，查阅了许多书刊，香港会议期间主办方颇为重视，安排我第一个发言；回京以后，我又作了一些修改和补充，因为文章较长，便分成压缩版和原版先后发表，也产生了一定影响。《夏娃言说》是为参加哈尔滨会议写的，评说的是21世纪以来比较优秀的五部女性文学理论著述，《南方文坛》发表了这篇论文以后，引发了一些研究者对这五部著作的关注。《中国女性主义：成长之旅》是为参加开封—洛阳会议而写的，在会议前的半个月，在热情的东道主刘思谦和谢玉娥的一再催促下，我才将与郭素平女士一篇对话中我自己言说的部分，扩充成文；虽然有些仓促，但其间仍然凝集了我近年来对中国女性主义成长之旅的思考，从宏观上提出了一些值得人们思考的问题。此外还有厦门会议中对女性小说“私人化”倾向的讨论文章，承德会议之后对获奖的女作家和女学者的评价文章，大连圆桌对话会的文章，以及先后在《百花洲》《中国女性文化》和《中国女性主义》、“双性视野”网站上发表的那些文章……

我说的上面这些，绝不是为了表功，跟一些女士们，特别是那些中国女性主义的先行者和专门家们所做的工作相比，我的这些文章可以说是微不足道的。我只是想借此说明一个事实：我这些年所写的女性文学方面的文章，所做的有关性别问题的研究，都是在女士们的催促下，受到女士们的感召和启示做成的。因此，我应该感谢女士们，感谢我的同代的和隔代的异性朋友，正是由于她们的催促、感召和启示，使我在进入耳顺年之后，才能得到一次生命的再造和张扬。我深知，这种生命的再造和张扬，在一个人短暂的一生中，是可遇而不可求的，因此，我十分珍惜这样的机遇。

回想起中国女性文学和女性主义从20世纪80年代以来的行进旅程，它从幼小而渐渐长大，到如今成为一种堂堂正正、令人瞩目的文学存在和性别存在，真是感慨良多！当年的女权主义（女性主义）是一个多么令人讨嫌和避之唯恐不及的字眼啊，而如今却成了人们普遍可以接受的字眼。当年有几个女学者和女作家愿意承认自己是女权主义者或女性主义者的？而如今却有越来越多的女学者和女作家愿意承认至少是默认自己是女权主义者或女性主义者了，甚至有一些男士也自愿加入到这个行列中并引以为荣，公开宣称自己是“男性的女性主义者”。人们对女性主义（女权主义）接受心理的这种变化，是女性主义在中国境遇的变化，也是中国女性主义成长的重要标志。

我在《中国女性主义：成长之旅》一文中，曾将从20世纪80年代以来的中国女性主义划分为三个阶段，我认为目前仍处于成长期。成长与成熟是不一样的，成长意味着还有不足，还有欠缺，正在建构和发展中，需要继续前进。因此，成长是个积极的、行进的概念，它是与蓬勃向上的生命活力相关联的。我在欣喜地看到中国女性主义蓬勃成长的同时，也热忱地期待着她能够迈向更高的境界！

在回答上述那位年轻朋友的提问，“您认为中国女性主义文学研究的目的和目标是什么”时，我说了这样一段意思的话，我说，如果一定要用几句话来概括的话，那就是：解构男性中心主义文化，寻觅中国女性文学的经验和传统，借鉴西方女性主义的养分为我所用，建构有中国特色的女性主义诗学。

这里的关键词有两个：一曰解构，二曰建构，解构是为了建构，建构是为了更好地解构，二者互为因果。关于解构，女士们已经说了很多了，我不可能再有什么新见。按我的简单的理解，因为迄今为止的人类历史基本上是以男性为中心的历史，文化亦是如此，而男性由于身在其中，很难逃避男权中心的制约，所以才需要有女性主义者出来解构。但在中国这个封建主义传统源远流长、根深蒂固，从而男权主义中心意识也是源远流长、根深蒂固的国度，要解构男权中心主义，必须讲求策略和方式方法，否则必然收效甚微。

这些年，我欣喜地看到，女性学界举起了“微笑的女性主义”的旗帜，向男士们露出了蒙娜丽莎式的笑容，表现出对男性的“关怀”。她们还说，“男性批判”也是一种“男性关怀”。虽然有些男士不喜欢这种关怀——一种居高临下的关怀。不过，这至少说明女性主义者对男性的姿态变了——从敌对到友好。我在《微笑的中国女性主义》一文中曾说：我不把“微笑的中国女性主义”单纯看成《中国女性主义》编者提出的一个宣传词，而是把她看成中国女性主义者在21世纪所采取的一种新的姿态和新的策略，她标示着中国女性主义者思维和策略的某种调整，其最主要的是以两性和谐发展的意识替代两性对抗的意识。她聚焦于两性关系问题，既探讨女性问题，也探讨男性问题，谋求两性的和谐发展；她批判男性，试图解构男权中心，同时又关怀男性，不激化两性的对抗和冲突；她不以偏颇激进的姿态，而以公正平和的姿态出现在国人面前。我们在这里所看到的是一种平权的女性主义，而不是霸权的女性主义。当然，如果把“微笑”视为“软弱”，那就大错特错了。“微笑”只是一种姿态，一种策略，它实际上是自信的一种表现，在“微笑”的后面是“犀利”，是对男权中心的无情解构。实际上，这是男士们都很明白的。但是女性学界有没有这种姿态，是不是采取这样一种策略，却是并非无关紧要的。

至于建构，也有两个中心点：一是寻觅中国女性文学自身的经验和传统，二是借鉴西方女性主义的养分为我所用，二者均不可偏废，最终是为了建构有中国特色的女性主义诗学。这里有一个问题，就是女性主义者要不要发掘中国女性文学自己的经验和传统？要不要本土化和中国化？我的回答是肯定的。任何一种西方理论传入中国，都有一个本土化、中国化的问题。西方女性主义是在西方特定的文化、历史、政治、经济以及社会背景中产生和发展起来的，是西方国情的产物，它就具有浓厚的本土性。西方女性主义的本土性决定了它的局限性：它不是放之四海而皆准的真理。而中国的文化传统和中国妇女运动的发展实际又与西方有很大的不同，完全搬用西方的一套必然要产生许多错位，因此西方的女性主义（包括其文学批评理论）在中国就有一个本土化和中国化的问题。其实，从西方女性主义传入中国的那时候起，就开始逐渐被改造和转换，直到改造和转换成中国人可以接受的样子，如今还正在这个改造和转换的过程中。这是很正常的，就像马克思主义传到中国，也要被改造和转换一样。

女性主义诗学是一个很大的题目。按我的有限的认知，我认为，它的基本点是以承认男女两性造就了不同的文化和文学，要求了解“陌生性”和尊重“他性”为前提的，是一种超越男女两性二元对立关系的新的思维，它企望催生出一种新型的两性审美关系。当然，这多少带有一点理想主义色彩，因为要真正造成这样一种新型的审美关系，那是在相当遥远的未来。但是，这样的目标却是我们不能不争取的。我认为，21世纪以来，中国女性学界提出的“中国女性主义”，“微笑的女性主义”，“男性批判”和“男性关怀”，“双性视野”和“两性对话”，等等，它们都与旨在超越二元对立思维的“性别诗学”不谋而合。这是中国女性主义者的一种积极的、前进的姿态。

谈到建构，女性主义自身的建构问题是至关重要的。诸如：开阔中国女性主义者的视野和胸怀，如乔以钢女士所言：女士们应该有一种宽广的胸怀、复合的视角和平和的心态，或如刘思谦女士说的：要防止性别视角的过度阐释，提倡双性视角；另外要培植和鼓励真正出类拔萃的创造性的思维和研究成果的出现，警惕层层相因；还有要开拓女性主义的传播渠道，应该多有一些深入浅出的女性主义著述推及更广大的人群，等等。目前，中国女性主义尽管人气正在上升，但其认知范围基本上还局限在圈内，什么时候女性主义能够从圈内走出来，成为一般人都能理解和接受的东西呢？这中间有很多艰巨的工作要做。中国的女性主义者们，任重道远啊！

（原载陈骏涛：《这一片人文风景》，
河北教育出版社2007年版）

青铜之谜与父权文明

荒 林

我大学期间阅读的诸多书籍中，李泽厚先生的《美的历程》是读后一直存疑的一本书。不是对这本书论述和观点的不理解，而是这本书中配图的青铜艺术——被称为“狞厉之美”的青铜时代，以一种冰冷狰狞的存在压迫着我，令我百思不得其解。后来我知道由于我是女性的缘故，这种压迫才格外强烈，因为女性的身体和冰冷的青铜之沉重之间，完全没有办法达到“美的和谐”状态。

长期以来我一直试图从感觉经验上取得求证，即人类集体进入青铜这样一个冷兵器时代，有没有怀疑过这样的奴隶时代是否值得？或者是，人类为什么会进入到这样一个征服他者的时代：青铜时代的艺术品中很多是兵器，用来残酷战斗的，很多是祭器，用来残酷祭人的，以人的名义把奴隶奉献给神。

我不能想象这样的时代，女人们除了潜伏自己，深深地隐藏在家庭之中，还有什么地方可以存身。大学之后的漫长阅读生活中，青铜如同冷兵器本身，一直是我的恐惧。我常常想，也许自从有了青铜，人类的伊甸园就永远消失了。

直到海子的《亚洲铜》需要我做出阐述，在一次编写给大学生的教材中，我找到了海子作为男性作者同时也是青铜的男性读者的感受，“亚洲铜，亚洲铜／祖父死在这里，父亲死在这里，我也会死在这里／你是唯一的一块埋人的地方”！我忽然意识到，父权中心文明的武器，也是父权中心文明的掘墓工具。敏感的男人如诗人海子，也在深刻反思和批判这个漫长的文明时代，它的后续影响一代一代。并不只是女人，作为男人的海子，也完全没有办法与青铜达到“美的和谐”状态，生命的安全愉悦体验。

女性主义探讨权力的实质与来源。权力与技术的关系是如此密切。

青铜技术取代陶瓷技术成为统治力量，母权时代即宣告结束。考古学家们在半坡村发现的陶瓷面盆，里面雕刻的双鱼欢乐畅游，体现了人与自然的浑然一体，人与人的轻快相处。与青铜时代的威严、紧张迥然不同。然而，我们如何确证青铜时代的父权权威对于轻松日常生活的边缘化呢？即我想知道曾经是母权时代主流的轻松的日常生活，父权时代如何放弃了？

在台湾故宫博物院，镇馆之宝就是著名的毛公鼎。毛公鼎为西周晚期的宣王时期器物，为皇皇巨制，已经完全从实用的兵或祭器，脱胎换骨为纯粹的权力宝鼎。直耳，半球腹，矮短的兽蹄形足，口沿饰环带状的重环纹。半球腹内的铭文32行499字，乃现存最长的铭文：完整的册命，也就是父权授权命令。共五段：其一，此时局势不宁；其二，宣王命毛公治理邦家内外；其三，给毛公予宣示王命之专权，着重申明未经毛公同意之命令，毛公可预示臣工不予奉行；其四，告诫勉励之词；其五，赏赐与对扬。通常认为毛公鼎是研究西周晚年政治史的重要史料。它也是我们了解青铜时代父权仪式的最好资料。共五段每一段都是以“父歆”两字开头，体现“父权”的强力，文中指出父权强力上与天意结合，下则“祭一人才立”，恐吓告诫不服从权力的人。权力由上而下，权力专断，权力与利益息息相关。我们已经很难想象，在陶瓷时代，权力是平行合作，利益是互动交流的历史场景了。

迈步在台北故宫琳琅满目的历史珍宝之间，我的心还在鸟语花香的陶瓷时代徘徊。虽然青铜时代的文字开始了文明深入记载，但陶瓷时代的艺术还是令人怀想。在那样一个人人可能是艺术家的母权时代，一定有艺术家反对过于轻松的日常生活吧？我想象这位艺术家一定是男性，他不屑于用泥土制作陶器，他对于易碎的陶盆陶罐心生厌倦，他一个人离开群居的部落，狂奔到远方的山冈。

不错，这一位男艺术家和所有不能从腹部生下孩子的男人们，都怀有一个对于永不破碎和千秋万代生命长存的隐秘愿望，他们常常一起来离开被孩子们环绕的女人们和部落，他们常常狂奔到远方的山冈，开满淡紫色花朵的神秘的山冈。

这样想象，是我在台北故宫博物院的时候，这里正做青铜时代展览。为了让人们明白青铜的由来，电脑演示厅用“原来如此”的象形字做门楣，里面一幅幅盘古时代的泥土、山冈和开满淡紫色花朵神秘的山冈依次排列，然后是淡紫色花朵山冈之畔的炼铜古炉。我第一次认识淡紫色花朵是铜草花——如同那一位不屑于用泥土制作陶器，对于易碎的陶盆陶罐心生厌倦的男性艺术家，我和他一起向铜草花深处狂奔，无边无际的花野散发出青铜的气味——另一个时代的气味，“原来如此”的原，是花的原，此便是草生长的样子。他和他们和我，沿着草根的指引，发现了青铜土壤，一种完全不同于陶瓷土地的坚硬物质，一种梦想成真的永久之物。

每一个新时代的来临，都包含着梦想的激情，强烈的激情才可以让人战胜炼铜的艰难和搬运青铜的沉重。审视着沉重的毛公鼎，我体验着一种远古的激情，这激情被铭刻在毛公鼎遒劲的文字中。

由此不难推测，母权时代的结束并没有流血牺牲，沉重的青铜编钟也被激情所发明，用来奏响新时代的探索。母亲们表示支持或者表示愿意观望。如是漫长的父权文明时代经由美丽的铜草花开，来到不能再返回去的各种等级、战争和发明。人类的竞争进入一个前所未有的时期，崇尚沉重与牺牲有时甚至变成时髦。我尽可能想象父权时代的时髦，终于解开那些虎视眈眈的兵器和祭器之谜，所谓“狞厉之美”，还真正是那个遥远时代时髦的激情之美，与我们当代的酷美，是一样令人追捧的风尚。

漫长的青铜时代塑造了男人们孔武和刚强气概，也让历史由青铜来雕塑与记忆。当然不只是母亲们，女人们，也有男人们怀旧，轻松愉快的陶瓷时代那所有柔情的因素，便依然在家庭范围的日常生活中存续着，包括日常陶瓷技艺的精致化。精美到象征而不能实用的花瓶，则似乎仅仅为了怀想一个永逝不返的女性时代。

还好，生命仍然得经由十月怀胎，虽坚强不屈却真正脆弱无比，母亲们仍然拥有最宝贵的权力，爱和宽容。

据说黄帝的老师是素女，这个女人精通人间百艺，尤其精通房中术。素女九法也是这次我在台湾第一次看到。完美无比的自然性爱，是母权时代向父权时代传承的人类精华之一，与蔬菜种植、家畜饲养和陶瓷技艺等一起，作为人类自然和美的生存之道，以温柔的边缘的存续，伴随着父权文明走到尽头。

（原载荒林：《澳门之美：一个奇异的城市》，
九州出版社 2012 年版）

最初和最后的清洁

毕淑敏

我的处女作中篇小说《昆仑殇》在 1987 年《昆仑》杂志第 4 期发表之后，《小说选刊》1987 年 9 月号最先给予转载。这对一个普通的业余作者来说，是巨大的鼓励和鞭策。那时，我在北京的一家工厂当医生，写作对于我来讲，尊崇而高渺。

我至今深切感谢最初发表和选编我小说的编辑——《昆仑》编辑部的海波先生和《小说选刊》的李国文老师。不仅仅因为他们编发了我的小说，给予一个名不见经传的业余作者那样厚重的重视和鼓励，而且由于这个过程中毫无瑕疵的洁净和纯粹。那时，我在整个文艺界举目无亲，不认识任何人，也不熟悉任何一家刊物的任何编辑。单纯地抱着对西藏阿里那片土地的不舍情怀，在医院值班室的日光灯下，开始落笔素纸，一鼓作气地写下我对那块覆盖着白雪和冰川的国土的热爱，写下我对牺牲在那里的年轻战友的祭奠，写下对那个铁血年代的困惑和反思。《昆仑殇》后来得了当年的文学奖，直到今年各种版本还一再收录和单册出版。并发行到了台湾，我爱人开玩笑说，你这个当年的共军，文章已在海岛登陆。

从那时出发，二十多年过去了。在一年等于几十年的巨变时代里，这段光阴，足以沧海桑田。每当我听到人们说起如果不懂得潜规则，写作就几乎没有可能被刊发或是得奖的时候，我总是会说，不，并不总是那样的。起码以我的亲身经历，可以证明这并不确切。不管怎样抹黑这个行当，最少我可以站出来言之凿凿地作证，一个女作者，不必趋炎附势，不必迎合潮流，不必卑躬屈膝，不必委曲求全，不必“潜”和“被潜”，依然能够沉稳地写作并安然地坚守。

当我知道若想发表文章或是得奖，需要怎样的曲折时，除了惊愕，还饱含庆幸。庆幸在我初学写作的年代，还有那样诚挚负责的编辑，还有那样温暖公平的选刊。如果让我当初就猝不及防地见诸重重晦暗，对那时的我来说，文学之路的打击很可能是致命的。我会错愕之后拂袖而去，绝无勇气坚持下来。这既源于我自恃有医术在身不屑求人的孤傲，也是一种精神洁癖的追索。

最初的鼓励是何等的重要！最初的清爽无比珍贵！它让我奠定了对写作这一行始终如一的敬畏和仰视，它让我在饱经沧桑之后，依然相信正直和慈悲的力量遇挫弥坚。期待着这样的传统，可以发扬光大。期待着如海波和李国文先生这样的好编辑好老师的好品行，如同珍稀的物种，受到保护和尊重，在新时代的文学土壤中，枝繁叶茂。

2011 年春节，我在尼泊尔和不丹度过。加德满都的巴格马蒂河，是恒河的主要支流，被称为“圣河”，是当地最大的露天火葬场。印度教教徒死后在这里焚尸，并将骨灰抛撒入水。到达河边的时候，正是夕阳西下暮色四合时分，烈焰沸腾触目惊心。在中国，死亡以黑色和白色为翅，驮载天人永隔的惨痛，而在尼泊尔，这一时刻是由橘色的鲜花、镶着褐边的火焰和金黄的柴垛组成。梵音缭绕中，尸身先在圣水中荡涤，洗去尘世灰埃，然后点燃柴堆，火苗渐升，在某一瞬间爆裂成一丛丛怒放的火舌，腾空起舞，光照四方……

大约四五个小时后，能燃烧的东西都化为无言的灰烬，人们把它撒入乌黑的河水。说河水乌黑，不仅是融入了炭灰，主要是天色墨透，万物失了色彩和形状。我注视着这个过程，以为自己会受到强烈撞击和震撼，可是，没有，稍微有点遗憾。突然间想到了写作，顷刻做出了一个决定。我热爱这个工作，在众人的帮助下，庆幸自己曾有如此洁净的开端。希望能有始有终，保持这支笔的纯洁，直到生命终结的那一天。故此，我决不为金钱和名利而写作，不再主动参加任何一种文学评奖，死后不开追悼会，不惊扰任何朋友，只需三两亲人陪伴，悄然遁去。

我当过医生，看到过死亡。如今又看到死后的情形在我面前如此栩栩如生地展示，庆幸啊。

记得吴冠中先生对自己的孩子们说过，如果你们想我了，就去看我的作品。我活在我的画中。我希望自己成为这样一个作家——活在我曾经写下的文字中。它们带着我的体温和血脉，在我死后依然温暖地流动。

（原载《小说评论》2011 年第 1 期）

女性写作与写作着的女性

徐 坤

刚刚接到一位热心读者寄来的一份剪报，上面是另一位读者写的有关徐坤其人其文的一些感想，发在《中国邮电报》上，题目是《“砍”姐徐坤》(听上去怪吓人的)。文章开头这样写：“原以为小说到了王朔那里也就算玩到极致，没料想，半路上又杀出个徐坤来，并且是女的，1995年的徐坤是幸运的，这位1963年出生，写小说不过三四年的嫩手，却硬是在旗号林立，流派纷呈，高手如云的文坛上争得一席之地，大大咧咧光脚丫子席地而坐，嬉笑怒骂，疯言乱语，直‘砍’得众高手面色灰白，哑口无言，羞愧难当。”

看完以后我不禁哑然失笑，先要感谢这位李景亚先生的厚爱，谢他在替我做着义务的、无形的宣传，读到这篇文章的读者立即来信索书，极其真诚地想要知道“替代王朔的女人”是个什么样，不光读者，就连我自己，看了这篇文章以后，也特别想认识一下这位“光着脚丫子席地而坐，嬉笑怒骂，疯言乱语”的徐坤是个什么样子。(当然，我与徐坤在出生年月等一些细节上的出入就不显得怎么重要了，譬如说徐坤应该是和我一样1965年出生，到了1995年写小说方满两年等。)

想不清楚李先生怎会从文字中得出这种很好玩儿的印象。大概，人们对于一个新出炉的女作者总会怀着更多的好奇与猜想吧。如果写作《白话》《先锋》《热狗》《梵歌》《鸟粪》《游行》的作者是个男性（写《女娲》《出走》《遭遇爱情》的徐坤肯定是女性无疑），那么他肯定无缘得到像我现在所得的这么多的“青睐”。至少，他长得什么人模狗样，平常穿鞋的时候袜子上是否露出一两个窟窿眼儿，也就根本没人有兴趣去关心了。即便他真的如此邋遢，也会被冠以风流倜傥、落拓不羁的美名，他的不修边幅定是会给当成极有品位、极有艺术个性的象征，说不定马上就会有一大批男性崇拜者群起而效仿之。

轮到女人就不灵，女作者根本享受不到这样的福分。倘若一个女作家的艺术个性比较突出，并且又有一定的前卫性，那么，人们兴趣的着眼点很快就会从她的作品中抽离出来，转而投向她作品背后的私人生活，并且，她总是要给看得跟正常的女人不太一样。比方说她长相不怎么样，不能干别的，就只好去当女作家，不用出头露面见人，只能靠写字为生赚钱糊口；这人还肯定是没有女人味儿，凶悍霸道，没有哪个男人敢娶，嫁不出去，浑身洋溢招人烦的老处女气息；若是结过婚的，肯定也是又离婚了，要不，成了名的女人，还有哪个当丈夫的能伺候得起？（钱锺书先生的一句名言："名女人的背后必定跟着几桩离婚案"可以佐证。）再说了，贤妻良母的小媳妇样，哪还有花边新闻可以去搅动传媒？！没结过婚的，也必定是私生活紊乱，讲起来不堪入耳，读起来不堪入目。否则的话，她书里描写的那些逼真的性爱场景都是从哪里来的？

总之她不应该是人们心目中常规意义上的那种温婉可人、端庄秀丽的女性。她的个人生活一定是要一塌糊涂，乱七八糟，一个普通女人所应有的那些良好品质她几乎全都缺乏，她几乎生来就是做第三者的料，专事插足别人家庭，搅乱别人家的生活，让这个社会的秩序不得安宁。似乎只有这样，她当一个女作家的条件才算基本上成熟了。尤其是大多数的女性读者，更是带着饱经男权社会驯化与摧残的冷酷眼光，无情地斜看艰难浮出水面的同性姊妹。

女作家、女艺术家们从开始创作的那一刻起，就要意识到她不久就会享受到人们对她性别的分外关怀，当然，同时也要享受到人们对一个性别为"女"的创作者的深刻误读与深情误猜。

你说，这到底是她的"幸"还是"不幸"呢？

就我自己而言，身为一个"写作着的女性"，我一直比较习惯于以"超性别"的面目出现，而对于自己的女性性别，对"女性写作"这个话题却一直有所规避。这一方面源于这个男权社会对我经久的强化训练，从认识字的那一天开始他们让我模仿的就是男性大师，几乎就没有什么女性大师的经典文章供我去效仿。每一次成功的临摹都能够得到糖果和鲜花的鼓励，致使我的女性思维不断地朝着迎合他们的方向而努力发展。每一个生活在男权社会的女作家受的几乎都是同样的雄性文化训练，差别只在于受训时间的长短，接受的深浅程度如何。有些女作家后来在受训中断之后，就自觉地开始叛逆，把从前菲勒斯审美机制所规定的那些个套套自觉地给摒弃了，开始了自我性别意识的复苏和猛醒，转而运用一套新的女性话语体系来尽情表述自己，向男权文化开始冲击。她们实在是一些令人钦佩的勇敢女性。可是我自己却做不到这些。我所接受的科研技能训练，我所从事的学术研究职业要求我必须站在一个客观“中性”的立场来看待这个世界。（这个世界的所谓“客观”“中性”实际上也都是由男人来一手规定的。）我极其适应，也很如鱼得水。因为这种“仿男性”的思维模式在我刚能够思维的时候，就已在我的脑中建立好了，现在我只不过是在顺理成章的应用它。

所以“超性别”并不是我的选择。它只是一种顺理成章。不“超性别”倒成了我的一种艰难选择，要想让我真实地袒露我刻意隐匿了多半辈子的女性自己，对我来说难度不小。我呵护自己的性别就像呵护自己的眼睛一样。朦胧派诗人的几句诗大概可以表述这种忐忑的也很绝决的心情：我宁可交出生命 / 交出笔 / 我也不会交出今夜 / 交出你。

我不会轻易袒露我的性别，更不会轻易地把她描摹出来。尽管在今天，“女性写作”业已成为中国文坛上的一种事实和一道景观，可是要让我自如、平静地去书写自己的性别，还是有很大的心理障碍，怎么都没法自如地写出来。

是什么原因导致如此？是不是也因为我见过了太多的伤害？对于女性写作的无端的，也是无辜的伤害？人们对一个女作家作品的评论，最终总是要有意无意地推导而成为对女作家本人的伤害。能够得到赞誉的女作家总是少而又少，除非她们以“中人”的姿态进行写作，不透露出任何有关她们个人生活和女性心态的信息。无论是被列为“小女人”文学或是“私小说”以及“女”这个“女”那个之类文学，在现实的情境下都不会被绝大多数人认为那是一种褒义字眼，这样就影响到我的内心产生了一种深深的忧惧，和对自己古老性别的巨大忧伤。女性性别是多么娇嫩、柔弱、不堪一击呵！当我们被各种“主义”击伤时还可以期待有朝一日平反昭雪，东山再起；一旦我们的性别遭到贬损时，万劫不复的就将是我们的人格，我们的个人生活，到那时世界就真的容不下一个女人立足安身了。

“超性别”的苦楚和无奈只有女作家才能体味得到，而对男作家而言，无所谓超不超什么性别，只要他具有了一个男性性别，就蛮可以上天入地、挥斥方遒。整个世界的所有游戏规则都是他们一手制定的，一切的文学经典都出自于他们之手，他们无论用什么眼光看世界都极具道理。男人的性别和女人的性别，男人的心理和女人的心理，一切全都由他们来规定和揣摩，当他们以一副长着胡须的雄性脸孔出现时，他们可以恣意统御、描画这个世界；当他们化装成女人粉墨登场时，也没有人敢说他们是人妖，相反倒觉得男人的一半是女人，女人天生就是他们舞台上所表演的那样，是男人拔掉两根肋骨以后妖模妖样变出来的。

这个世界对于男人和女人的道理是多么的不公平呵！女作家能够获得这份自由吗？她要想免遭伤害，要想使自己的艺术生命变得持久，就不得不精心隐匿起自己的性别，以一种“超性别”游戏与这个男权文化周旋。舞台和空间都极其有限，她反串了这个角色就必定要失去本真的那个角色。也许只有在下了台，摘掉面具卸妆时，她才能对镜中红颜黯然神伤，才知道自己所刻意隐匿掉的性别，永远都不可能再回头拾起重描了。

女性写作与写作着的女性，这中间的断裂该是多么的巨大！诉诸文字的思考与她在生活当中的形象该是有着多么巨大的反差！什么时候，才会有女性自由平静抒写胸臆时代的到来？什么时候，写作着的女性才能跟她的女性写作统一起来？

（原载《博览群书》1996 年第 8 期）

通往文学之路

魏 微

很多年前，我大约并未想到，将来会成为作家，且是一个地道的卖文为生者。我家族里也绝无这样的血统遗传。——我父亲曾做过新闻；虽然都是写字的，但是这两种写字实在相去太远。作家，在寻常人眼里，大概是个很奇怪的职业，我也嫌它不够响亮，叫起来不像医生、教师、公司白领那样正常且有身份。

我想我是害羞的，也常常为我的职业感到自卑。“穷酸文人”说的就是我这样的人吧。但是现在想来，文学是最适合我脾性的，单调，枯燥，敏感，多思。有自由主义倾向，不能适应集体生活，且内心狂野。

我是在很多年以后，开始写作时才发现这一点的。那就像偶然推开了一扇门，发现里头的房间构造、家具摆设、气味、人物都是自己熟悉的；抑或是误入一条交叉小径，起先是茫然的，可是顺着它的纹理走下去，却别有洞天，越来越自由。

不写作我能干什么呢？也许现在是个闲妇，温绵慈善，可是天生有颗不安分的心，时常抱怨着，觉得冤屈。我发现我不能适应任何工作，我懒惰，不负责任，对人际利益缺少智力，似乎也无热情。1993年，我在无锡一家外资企业工作，常往返于沪宁，跑进出口公司。很长时间过去了，我不会拟合同，也不会说行业术语。和客户交谈时，我会脸红。单位组织联谊活动，让我和老板跳舞，我推让着，怎么劝都不行。

我是害臊的。我的生涩让我不安。我意识到了，立意纠正着，可是很吃力。在这样的场合里，我无法做到讨人喜欢，我无能，笨拙。在办公桌旁呆坐着，望着窗外的蓝天，我知道自己是无聊的，可是那一瞬间，我安心，喜悦。我看《新民晚报》上一篇陈丹燕的美文，写上海街景的，那华丽忧郁的句式打动了我，一遍遍地阅读着，最后把它抄下来。

那时我还没有写小说，也无此志向。只不过一天天地混下去，也不知何时是尽头。隔一些时候，《江南晚报》上介绍上海发现了一个文学新秀，被称作“小张爱玲”的须兰。那时我正在读张爱玲，初读时并未觉得她的好，只觉得场面繁华热闹，各种俏皮、玲珑剔透的人物走来走去；及至后来，才注意到造词，节奏、章法和意境……一点点地揣摩着，叹为观止。

而与此同时，我母亲打来电话，告知我的小城正在选拔科级干部，需考试，择优录取。我母亲有强烈的“官本位”思想，只可惜我没有继承她的野心和敏锐的政治触觉——她并未从政，却是个很好的干部人选，精明，上进，作风果断。

我母亲是遗憾的，因为我没有如她所愿成为官员，而当了作家。即便很多年后的今天，她也常常抱怨着。她说，你又不是不知道，自古以来文人就没有好下场。她很少读我的小说，因为读不懂，小说又过于清冷、沉郁，她不喜欢。不过她也承认道，这倒是很像你的。她喜欢热闹一些，纠缠一些的，像爱情小说。她希望我能成为畅销书作家，我告诉她这是不能够的，性格使然。

我至今也未写过一篇像样的爱情小说，我是有顾虑的，一旦涉及两性关系描写，我总是犹豫再三。不为别的，只因为我是我父母的女儿，我曾经在他们的眼睛底下，一天天清白地成长。我愿意为他们保存一个完好的女儿形象。我不想撕破了它，这出于善良。

也许有一天我还会结婚生子，也许很多年后，我将是别人的祖母或姥姥，我希望他们在读我小说时，不至于太过难堪。羞耻心一词于我，主要是针对和我有血缘关系的人，我的父母，弟弟，叔叔……这其中有一种很微妙、暧昧的关系，作用于我的小说。——我为这关系去写小说，恐怕终其一生也难以写明白。它是不可破译的，关于亲情，亲情里的男女……道德感。那紧张纠缠，然而单纯茫然的情感关系。它是混乱不清的，然而它终究还是亲情。

多年来，这关系困惑着我。我终于写小说了，起因却是另一个。1994 年前后，我的女友们都纷纷恋爱结婚了。她们大多二十三四岁，曾和我一起静静地生长。20 世纪 90 年代中、前期，这几乎是我们一生中最光华夺目的年龄段，我看见岁月怎样在这代女孩子的容颜上密密地开出花来。腼腆的，饱含着思想的，一天天不动声色地绽放。

我觉得疼惜。一代少女就这样走过了她们的青春期，心平气和的……然而谁看见过她们那五光十色的、像肥皂泡一样破灭的幻想，谁听见了那里头的挣扎和尖叫？个个都是精灵，美好、清白、骄傲，只因为她们年轻过，花样年华，光泽转瞬即逝……她们恋爱了，很快谈婚论嫁了。

这真让人绝望。完全不能解释的，我沮丧之极。年轻时，我一直克制着不去恋爱，仿佛一恋爱，人就变老了——变得不纯洁，内心有很多伤痛。我害怕谈婚论嫁，只有我自己知道，我害怕的其实是长大成人，慢慢负起责任来，开始过庸常的生活……我想我是病态的，一直不肯面对现实。

1994 年，我送单身的女友们走上婚姻的殿堂，我伤感之极，也因此而沉静，变得无所惧怕。我决定把它们写下来。这就是《小城故事》的写作背景，旨在祭奠那段芬芳和光泽的年华，也祭奠这年华里的女友和我自己。

这是我的处女作。

我的写作是仓促的，既无文学准备，也无思想准备，几乎是一念之间提起笔来。我从不以为，写作是我的必然之路。如果不写作，我现在肯定择业而居，也许是记者和编辑，也许是银行职员……总之，安居乐业的样子，然而很吃力。

可是活在这世上，谁不吃力呢？我们每个人都是茫然的，辛苦，抱怨，为找不着自己在这人世的位置……也许我找着了，可是误打误撞，我自己并不知晓。我只是觉得，是写作纵容了我，它让我发现了自己的很多缺点，脆弱，疏懒，没有忍耐力，没有责任心。总之，在俗世意义上，我会很辛苦。——我做一切都会觉得吃力，除了写作。写作把我的缺点无限度地放大了，我依赖它。是它安慰了我，让我铁定心来只做这一个人，而不是那一个。

我认真做起作家来了，这是 1994 年春天，我知道自己还有很长的路的要走，积累，写作，等待成名。那时我只读很少的文学作品，《红楼梦》《围城》以及张爱玲的小说……完全因为喜欢，才翻来覆去地读，有点类似我文学的教科书。外国古典文学如托尔斯泰、巴尔扎克的小说也读，但是趣味相左，简直难以卒读。我中学时读《红与黑》，开篇就是十几页的风景描写，看了简直头疼。直接跳过去，读于连和市长夫人调情，心中充满欢喜。

我的趣味并不高尚，也因此，古典名著的好处我无法领略。很多朋友向我推荐《包法利夫人》，每推荐一次，我就重读一次，技法，结构，白描艺术，人物塑造……我知道它是好的，但不是我喜欢的那种好。我们这代作家，受惠于古典作品的很少；我们的作品因此而少技术性，显轻薄。我想这是遗憾的，但也只能由这遗憾蔓延……毕竟，这中间隔了近两个世纪，即便着意弥补，也仍像长筒丝袜上打的补丁，歪歪曲曲的，更见局促。

另外，看现代小说就舒畅多了。那里头有一种莫名其妙的东西，惊悚，怪异，完全不合逻辑，突然发出的一声尖叫……很像20世纪。我理解的现代性全在这里了：外表很平静，可是突然间一个仓促的小动作：走路时掉过头去，偷偷吐一下舌头；趁人不注意的时候，偷偷摸一下自己的身体，自得其乐……完全是下意识的小动作，仓促，烦恼，无聊，可这是20世纪的骨骼，它潜藏在我们每个人的血肉里，一不小心就会露出来。

我读现代小说，完全是心领神会的。像被人说中了一段隐秘，那里头的弯拐抹角处，被分析得清清楚楚——那真是可怕的，可是可怕之余，也觉得欣喜和放松。

我第一次读卡夫卡是在1990年，读的是短篇《判决》。在此之前，没有人告诉我什么是现代小说，我也不知道卡夫卡是谁。我仅是把它当做短篇来读的。读完后，久久说不出话来，只是惊讶。我于其中发现了小说的另一个空间，广阔的，具有新鲜刺激的质地，就像一道豁口，隐隐露出暧昧的光亮来，然而这光亮是我熟悉的，也让我害怕。

从1994年始，我计划系统地读一些书，借以补血充气。我父亲去新华书店买来许多外国名著，大多是古典作品，《珍妮姑娘》，《汤姆叔叔的小屋》……然而看了也就看了，没留下太深印象。当读到《百年孤独》时，反应则完全不同。我是一气呵成读下去的，从晚上读到凌晨。到了深夜，我合上书，舍不得再读了。三番五次地躺下去，再爬起来，到底忍心把它读完。

我的文学趣味是褊狭的，然而也是自发的。自此以后，我打消了系统读书论。我不想勉强自己。好书是读不完的，好的东西它在那儿，就如一道风景，它是我们生存的一部分背景。我们看见了，它才是；如果看不见，它就不是。也有一种时候，我们视而不见，那没办法。就如某类美女，长得很合分寸，瓜子脸，樱桃小嘴柳叶眉……我知道她长得美，可是不艳羡，也不惊讶。古典名著总让我想起这一类的美女。

我的庞大的读书计划暂时告一段落，我是惋惜的。我知道自己是贫血的，偏食，但不多嘴。就这么任性地一天天地瘦下去。迄今为止，我的常读书仍是有限的，红楼，水浒，张爱玲和萧红……后来又加入了杜拉斯，还有另外一些人，总之，名单会越来越多，然而适合我的书还在那儿，从来、也将永远在那儿，有的我已经碰见了，有的正待发掘。这是先天决定的，我无法更改。

我计划将来出一本读书笔记，记下我读小说的某一瞬间的顿悟和感动。此外，也想读些人物传记和史书，比如明史，现代史——但首先得文字风趣，少学究气；如有可能，我甚至想放下手边的写作，抽出一段时间来重温《诗经》和《史记》，还有明清小品文，唐诗宋词以及香艳的《牡丹亭》。——读书于我，抛弃功利性的一面，主要还是为了趣味，追求文字给予身心的熨帖和抚慰。我不想拿它当工具书来读。现在的我，已经没有了虚荣心。

从前读书是有虚荣心的。初中读《拿破仑传》，高二读《叔本华传》和郁达夫的《沉沦》，只因为它们于我的同龄人来说，还是相当陌生的名字。

我像做贼一样偷读课外书，上课时读，回家关上房门读。有一次我母亲推门进来，我砰地一声把书扔进抽屉。她把书找出来，把它撕成两截。我哭了，后来把书粘起来，还掉。隔了一些时日，旧病重发，又开始偷读。其实那时读的不全是文学书，我后来走上文学路与这段时期也没有关系。老师来家访，告诉我父母我如何不听话，上课时读《射雕英雄传》，听不进批评，木着脸，还扬着脖子。

这是早些年的事了。到了 1987 年，我高一，开始读琼瑶和三毛，这两位都是流行作家，现在看来，谁也不比谁更文艺性。可是我当时喜欢三毛，以为她是文学，我希望有一天能做成她那样的作家，留着长发，把脸遮盖起来，单露出大大的眼睛，盘腿坐在地毯上。琼瑶的小说也迷得不行，一本接一本地看，哭得一塌糊涂。

到了1988年，一旦面临文理分科，我责无旁贷地选择文科。我的作文已经很好了，文笔流畅，喜用一些冷僻词，写起散文和叙事文尤其得心应手。作文常常被老师当作范文演读。我的语言老师姓夏，1988年刚从师大毕业，一个帅小伙子，敏感，清高，善解人意，总之，有着文人的一切习性。

他给我们带来了新思潮，抱怨小城的闭塞和种种陋习，课时45分钟，他用一半时间来讲不相干的事：他的大学生活，他所接受的文明和教化，很多我从未听过的国外文人学者的名字，以及他们的著作。我想，这于我是有益的。

教务主任有时会来察看各班级的上课情况。夏老师说，他要是来了，你们咳嗽一声。果然，有一次教务主任来了，后排的同学看见了，大声咳嗽。夏老师向我们做了个鬼脸说，好，现在我们开始上课。

他课上得真是好，口才也好。他与我们打成一片，常常心血来潮带我们去郊游。他说，作文不是坐在教室里写出来的，得首先观察。就有调皮的男生说道，现在就带我们去观察吧。他想了想，笑道，你们分批出去，两人一辆自行车，不要大声喧哗，要是有人问起了，就说是自习课，出去买纸笔。

他就像我们的兄长。常有学生缠着他点评班里的女生。点到我时，他略沉吟一下，笑着摇了摇头，不置可否。我听了这一幕，也是不置可否。我是如此沉默，单调，让人无话可说。而作文里透露出的气息，他比谁都清楚。一个处于青春期的姑娘，敏感，心思细密而丰盛。——不说也罢。

有低年级的学生要看我的作文，他从六十多本作文簿里随手拽出我的。我不知道我后来的写作，是否与他的这一随手拽出有关联，然而我表示感激。他曾给了温暖和信心。

我们很少交谈。然而我知道他是不羁的，他厌恶小城，常常渴望逃离。有一段时间，他突然失踪了，据说逃课去了新疆。后来不声不响回来了。他很快就结了婚，这是1989年，他25岁。他铁定心滞留在自己的小城，做中学语文老师。

很多年后，他成了我妹妹的班主任。有一天他踱到她身旁说，某某是你的姐姐吧？长得很像的，她作文很好。我听了，也只是不介意地笑着。我想我是伤感的，10年过去了，这中间经过漫长的成长，变化。物是人非。

对于他的回忆，是与我的写作有关的，他是我隐隐的背景。青春，狂想，夏日炎炎的1988和1989。一个喜欢皱眉头的姑娘，安静，生涩，然而天生有颗狂野的心。她想出人头地，唔，做个作家会怎么样呢？——只偶尔，她会这么幻想。

（原载《青年文学》2002年第4期）

少小离家老大回

叶广芩

全国第七届作代会在北京召开，我随着陕西团的十几名代表乘火车北上，车声隆隆，同伴们在车厢内串门聊天，我坐在窗前望着沉沉落下的夕阳，内心有些感慨，北京的女儿作为“陕西”的代表回京，心头难免夹裹着剪不断理还乱的情愫，让人一言难尽。车窗外的景致于我是熟悉又陌生，当年我是坐着这趟车在绵绵的秋雨中，夹着铺盖凄凄惶惶离开的。送别我的只有不满十四的妹妹和她用回去的车票钱买的两个烧饼。到西北去，伤痕累累，惊心未定的我，不敢问命运，不敢谈前程，只希望活着，平平安安地活着，以告慰家乡同样伤痕累累的老母亲。

一晃 38 年。

落魄的时代没想过当作家，目光所及是如何在一次次批判会上做到脸不变色，如何用锄头准确对付玉米脚下的杂草，如何背着人用车床车出小榔头，如何无声地记忆外语单词……生活由此变得丰富多彩。20 世纪 80 年代开始写些个小短篇，登了也无人理睬，有些失落。后来弃文从史，研究司马迁，想的是当个学者型的作家，结果仅一篇《天官书》便使我陷入“狗看星星一片明”的混沌境界。又出国去研究“太平洋战争”，也似蜻蜓点水，不像专业人员那样深入踏实，回国后对研究蜀道又产生兴趣，出傻力气，横穿秦岭，追着唐德宗、唐僖宗的脚印走傥骆道……

陕西给予了我辗转腾挪的空间。

年轻，常常以为自己的体验是独特的，对生命的理解是深刻的，有意无意地给自己的写作加入了载道的严肃与使命的庄重。人便变得有些别扭，自己跟自己较劲，为老大不小，学问一无所成而愧赧焦虑。活得外在而张扬，有时还爱作秀，像鲁迅先生说的“将自己的照片登载在杂志上，相片上须看见玻璃书箱一排，里面都是洋装书，而自己则作伏案看书，或默想之状”。这样的傻冒之举实在是做了不少，现在想想总觉浅薄。

这两年将写作舒缓下来，徜徉于秦岭山林之中，混迹于豆架瓜棚之下，知道人生还有另一种活法，“昼出耕田夜绩麻，村庄儿女各当家”，喝了一肚子柴锅熬的苞谷豆粥便想到人的诸多问题，想到文的诸多问题。泡于油腻腥膻之中总不如“一箪食，一瓢饮，在陋巷”舒展长久，文学和人一样，淡泊相处，可以维持久远，用不着急赤白脸地半月一个中篇，一年一个长篇地推出，读者的眼睛要紧，自己的身体要紧，不轻诺，不急就，已不是风风火火的小青年。天地有大美而不言，民间有很多我们在热闹与喧嚣中感悟不到的真谛，保持正常的生活态度，保持性情的平淡，文章的平淡，那才是将人做到了极致，将文作到了极致。

不要在乎什么传世与不朽。谁也不能不朽。

俗话说，人有双重父母，两处家乡。我便常想自己，想我来西安以后的几十年，在农场种地，在工厂做工，在市文联搞创作，回顾来路，38年的脚印无不与这片水土的步履相合，这是我的福气和幸运。北京恢宏的帝王之气与厚重的文化内涵是任何地域都无法替代的，凄美纯净的亲情更是上天得天独厚的馈赠，这也是我走到哪里都不能忘却故土的原因。陕西华清池的温柔，老孙家羊肉泡馍的醇美，秦腔戏曲的苍凉，城墙城楼的古远，同样也深深地刻在了我的骨子里，成为我生命的一部分。海纳百川的长安，自汉唐起，气势便包容了整个世界，包容了天下，自然也包容了我……“丈夫重知己，万里同一乡”，这是一种精神上的认可与融入，不是户口簿上的简单迁入迁出，是一种难以说清的对这片地域的爱，包括它的进步与不足。同样，一种责任也重重地压在肩头，那是作家的责任，是赤子对于家乡的责任，无论北京还是陕西，这责任直到永远。

火车的隆隆声中，北京越发地近了，想必作协接站的同志已等在站台，那是家乡人的等待，一种亲情油然而生，我想，无论是谁，我都会拥抱他。

（原载《小说评论》2008年第5期）

后记

“浮出历史地表”之后的女性文学研究，与女性写作一起分享知识禁果，感受文化和历史的压抑，在日益机构化、学院化、精英化的知识体系中成了一道亮丽的风景。当然，其博大精深却也驳杂纷纭的研究现状也存在一定问题。比如研究实践的侧重，重视西方各色现代女性主义思潮的译介整理，忽视本土女性文学实践的原创研究；研究立场的游移，研究视角在有着更多女性关怀色彩的性别立场，与同阶级、道德、人文主义等语词相联系的“超性别”立场之间游走徘徊；研究声音的单一与派别生成的无力，中国女性文学研究内部没有出现持守启蒙人道主义立场的女性话语与后现代主义女性话语的明显分野，围绕私人写作的“看”与“被看”之争，在中国从女性主义内部的不同派别之争更多地转向了与男权文化传播机制之间的文化之争，等等。

以上是几年前我在一篇名为《浮出历史地表之后——对女性文学批评当下境遇的思考》的论文中对中国当代女性文学批评与研究所做的一点评判。目前看来，这种评价在新世纪第二个10年的学术场中依然有效。编辑此书也算是从学术资料的梳理角度对女性文学与文化研究中存在问题的一种回应和修正吧。这本书从酝酿、构思、材料的取舍，到与各作者联系获取授权、校对、审核，经历了一个漫长、艰难的过程。期间因为我出国访学、教学任务繁重、身体不适等原因，编辑工作曾一度暂停。目前终于要呈现在大家面前了，也算是了却了我的一个心愿。

感谢不吝赐稿的各位作者，无论是前辈名家、海外学贤还是学界新锐，均对本书的编辑工作伸出了热情的双手，让我感受到了女性研究大家庭的温暖与支持，也看到了这一领域的勃勃生机。这在一个浮躁功利的年代弥足珍贵。也感谢责任编辑李惠编审，作为我几年前就认识的一名好友，她为本书费了很大的心血。在此，我唯有以本书的出版对所有关心和爱护我的人说一声：谢谢啦！

孙桂荣

2016年9月1日